KB052991

왕초보도 가능한

생성형 AI 빅3
챗GPT
미드저니
스테이블 디퓨전

[알수록 진짜 돈 되는 기술]

생성형 AI 빅3 [알수록진짜돈되는기술]
챗GPT
미드저니
스테이블 디퓨전

초판 인쇄 : 2023년 9월 12일
초판 발행 : 2023년 9월 12일
중쇄 발행 : 2쇄 2024년 2월 18일

출판등록 번호 : 제 2015-000001 호
ISBN : 979-11-983257-2-3 (03800)

주소 : 강원도 횡성군 횡성읍 송전로 209 (고즈넉한 길)
도서문의(신한서적) 전화 : 031) 942 9851 팩스 : 031) 942 9852
펴낸곳 : 책바세
펴낸이 : 이용태

지은이 : 이용태
기획 : 책바세
진행 책임 : 책바세
편집 디자인 : 책바세
표지 디자인 : 책바세

인쇄 및 제본 : (주)신우인쇄 / 031) 923 7333

본 도서의 저작권은 [책바세]에게 있으며, 내용 중 디자인 및 저자의 창작성이 인정되는 내용을 무단
으로 복제 및 복사하는 것은 저작권법에 의해 처리될 수 있습니다.

Published by chackbase Co. Ltd Printed in Korea

생성형 AI 빅3 [알수록 진짜 돈 되는 기술]
챗GPT
미드저니
스테이블 디퓨전

**왕초보도 가능한
오리지널 사용법**

AI로 생성한 이미지s

*책바세 챗

{ 프롤로그 }

인공지능(AI) 시대, 사람이 했던 일의 대부분을 기계와 소프트웨어가 대신하고 있다. 이러한 때에 많은 사람들은 혹여 자신의 일자리를 잃는 것은 아닌지에 대한 우려를 하고 있다. 하지만 전혀 두려움을 가질 필요가 없다. AI 시대에도 우리 인간이 해야 할 일은 여전히 존재하며, 오히려 더 많은 일들을 할 수 있기 때문이다. 우리는 다음의 몇 가지 사항들을 준비하고 실천하며, AI의 능력을 통해 새로운 일자리를 창출하고 보다 안전하고 편리한 작업 환경을 구축해 나가면 된다.

●●● 창의적인 생각과 발상의 전환 인공지능은 특정 패턴과 데이터를 기반으로 학습하고 예측을 만들 수 있지만 메타인지 metacognition: 주제에 대한 내용을 생각하여 결론에 도달할 수 있는 능력 를 가지고 있는 우리 사람만이 가능한 참신하고 유니크한 아이디어를 생각하거나 기존의 관점에서 벗어나 새로운 시각을 제시할 수 있다.

●●● 감성적인 판단과 의사소통 인공지능은 정교하게 설계되어 있지만 그것은 여전히 인간의 감정(감성)과 이해력을 완전히 대체할 수 없다. 그러므로 인간만이 가지고 있는 사회적, 감성적인 판단은 여전히 중요하다. 이것은 대화, 협상, 치료, 교육 등 다양한 분야에서 요구되는 엄청난 능력이다.

●●● 윤리적이고 도덕적인 결정 인공지능은 데이터에 기반한 결정을 내릴 수 있지만 그것이 항상 윤리적이거나 도덕적인 결정이라고 보장할 수 없다. 결국 윤리적, 사회적 가치를 평가하는 최후의 결정은 사람이 하는 것이다.

●●● 지속적인 학습과 적응 인공지능은 학습 알고리즘에 따라 데이터를 학습하고 적응하지만 그것은 특정한 범위 내에서만 가능한 것이다. 반면 인간은 다양한 환

경에서 새로운 정보를 익히고, 적응하며, 독립적으로 문제를 해결하는 능력을 가지고 있어 이를 더욱 발전시킬 수 있다.

●●● 가치 창출 기계(로봇)와 AI는 수많은 작업을 자동화하고, 효율성을 높일 수 있지만 새로운 가치를 창출하는 것은 여전히 인간의 영역이다. 이것은 새로운 아이디어를 구상하고, 새로운 비즈니스 모델을 창출하고, 예술 작품을 탄생시키는 등 다양한 방식으로 활동할 수 있다.

인공지능 시대, AI가 우리의 삶을 효율적으로 만들어주는 동안 우리는 우리만이 가지고 있는 역할과 능력을 강조해야 하고, 우리 자신의 역량을 개발하고, 인간다움을 더욱 깊게 이해하고, 창조적인 가치를 추구해 나가야 한다.

이 책에 대하여...

1장. 챗GPT 시작하기(입문 편) AI 기술 중 가장 대중적이고 활용도가 높은 대화형 인공지능 언어 모델인 챗GPT에 대한 이해와 기본적인 사용법을 다루고 있다.

2장. 챗GPT 활용하기(고급 편) 블로그, 소설, 시나리오 등의 글짓기와 업무를 위한 엑셀, 프레젠테이션, 기획서 작성 등의 다양한 실무 현장에서 유용한 활용법을 다루고 있다.

3장. 프롬프트형 AI 미드저니(MJ) 프롬프트를 통해 표현의 한계를 뛰어넘는 환상적인 이미지를 생성해 주는 미드저니의 사용법과 활용법을 다루고 있다.

4장. 모델형 AI 스테이블 디퓨전(SD) 모델(체크포인트)과 프롬프트를 활용하여 최고의 캐릭터(인물, 그림, 배경 등)를 생성해 주는 스테이블 디퓨전 사용법과 활용법을 다루고 있다.

{ 추천사 }

박희용_(주)위브앤 대표 · 경영학박사

제대로 시작되지 않은 마법같은 생성형 AI시대, 수많은 정보의 홍수 속에서 무엇을 선택할지 모르는 분들을 위하여, 누구나 쉽게 개인의 삶과 업무에 바로 적용할 수 있는 책이다. 이 책을 손에 잡는 순간 자신의 삶과 가치가 변한다고 감히 말하고 싶다.

박한_게임 아트디렉터 · 소설가(정기룡) · 목원대학교 외래교수

인간의 역사에 있어서 기술의 발전을 빼놓고 얘기할 수는 없다. 물론 그로 인해 야기되는 혼돈과 논쟁을 배제할 수는 없지만 결국 언제냐의 문제일 뿐 이미 Ai는 여러 업무 분야에 대세 도구로 자리 잡아가고 있다. 문제는 실무자 자신들이 다루던 도구 이외에 새로운 영역을 다시 공부하고 업무에 적용해야 하는 것이 상당히 스트레스로 다가올 것이라는 점이다. 이 책은 챗GPT, 미드저니, 스테이블 디퓨전을 한 책에 총망라함은 물론 알기 쉽게 정리하여 누구나 단시간에 학습을 할 수 있도록 정리가 되어 있다. 따라서 변화의 시기인 지금에 이 책을 통해 업무의 효율을 높이고 새롭게 바뀌어가는 업무의 패러다임을 따라감은 물론 미리 발전 동향까지 익힐 수 있다면 이 책의 독자들은 자신의 분야를 선도하는 프론티어로서 자리매김을 할 수 있으리라 믿어 의심치 않는다.

김광섭_한국폴리텍대학 방송미디어과 교수

바야흐로 생성형 AI 시대다. 경제 · 의료 · 교육 등 모든 산업 분야의 생태계는 빠른 속도로 바꾸고 있다. 이미 우리는 일상에서 인공지능 기술을 접하며, 이 흐름에

누가 얼마나 빨리 적응하느냐에 모든 비즈니스 성공 여부가 결정된다고 생각한다. 본 도서는 생성형 AI 빅3 프로그램을 선택적 지식이 아닌 필수적 기초 학습으로, AI 입문자들에게 최고의 지침서라고 확신한다.

진기엽_대한석탄공사 상임감사

생성형 AI는 이제 현대 사회에서 없어서는 안 될 모두의 도구가 되고 있다. 농촌이든 도시든, 남자든 여자든, 나이가 적든 많든 상관없이 함께 공유해야 할 기술이며 도구이기 때문이다. 이 책은 AI 중 가장 강력한 지지를 받는 챗GPT와 미드저니 그리고 스테이블 디퓨전이라는 빅3에 대해 심도있게 탐구할 수 있게 해 주는 도서이다. 복잡한 개념을 알기 쉽게 설명하며, 현대 기술의 초석을 이해하는데 도움이 될 것이다.

최찬호_오산대학교 보컬 & KPOP 콘텐츠과 학과장

챗GPT와 미드저니, 스테이블 디퓨전과 같은 최신 AI 기술을 활용하는 방법을 담은 이 책은 현대 산업과 인공지능의 결합으로 이루어진 혁명적인 세계를 탐구하는 필독 도서로서 5차 산업혁명과 인공지능 시대가 우리의 업무와 삶에 업무 혁명과 창의적이고 효과적인 수익화 비법을 통해 새로운 비즈니스 가능성을 탐색하는데 필수적인 지식을 제공한다. AI 작곡을 가르치는 교수로서 이 책은 미래 지향적인 사고와 창의적인 역량을 갖춘 학생들은 물론 웹소설 작가, 프레젠테이션 디자이너, 디지털 콘텐츠 제작자 등 다양한 전문 분야에서 성공적인 결과를 만들 수 있는 큰 영감을 주리라 확신한다.

김서윤_상명대학교 디지털만화영상전공 외래교수 · 아트디렉터

5차 산업혁명 시대, AI를 제대로 활용하기 위해서는 AI가 어떤 일을 할 수 있는지 알아야 한다. 결국 AI를 작동시키는 것이 [사람]이기 때문이다. 이 책은 AI의 개념부터 정량적인 업무부터 웹 소설, 웹툰 등에 활용할 수 있는 창작의 영역까지 무한대의 활동 영역을 제안하고 있다. 업무역량 향상은 물론, 모두가 외치는 [워라밸]로 가는 길에 밝은 길잡이가 되어 줄 책이라 확신한다. 기술의 발전은 퇴보하지 않는다. 앞으로는 어떻게 얼마나 활용할 수 있느냐에 따라 각자의 위치가 포지셔닝될 것이다.

변지윤_디자인 전문기업 ㈜마미핸즈 대표

챗GPT와 미드저니 그리고 스테이블 디퓨전은 온라인 콘텐츠 비즈니스로 경제적 자유를 추구하는 분들에게 훌륭한 보조인력이 되어줄 것이다. 이 책은 이러한 Ai를 효율적으로 활용할 수 있는 방법을 실용적으로 제공하고 있다. 이 비법서를 통해 자기계발과 창작의 영역을 넘나드는 페르소나를 구축해 보기 바란다.

박지연_박지연라이터스룸 대표 · 신비아파트, 안녕 자두야 작가

이 시대의 화두는 단연 인간과 대화를 해주는 AI 챗봇에서 시작되는 것 같다. 이제는 AI시대이다. 이로 인해 많은 직업들이 사라지고, 인간이 AI에 밀려난다는 등의 말들이 많지만, 그 실체를 온전히 알고 활용할 수 있는 사람은 아직 드물다. 대부분 각자의 포지션에서 챗GPT를 만져보고, 과소평가 혹은 과대평가해 겁을 먹는 모습을 보았다. 이게 대체 무엇이길래 다들 견해가 다른 것인가? 혹시 [군맹무상]? 맹인 여러 명이 코끼리를 만지고 각각의 좁은 소견으로 뭔가 그릇된 판단을 내리고 있는 것이 아닐까... 이 시대, AI는 우리에게 새로운 무기가 될 수도, 우리를 퇴물로 낙오시킬 수도 있는 도구가 될 것이라고 생각했던 찰라, 때마침 궁금했던 챗지피티, 미드저니, 스테이블 디퓨전을 총망라하는 책이 출간됐다. 유독 노동집약적인 작업이 많은 애니메이션 업계에 종사하는 사람으로서 AI의 등장이 살짝 솔깃하다. 앞으로 AI를 통해 인간이 하기 힘든 수작업들을 대체할 것이다. 물론 시나리오 작가로서 AI가 인간을 대신해 시나리오를 쓸 수 있다는 것은 믿어지지 않는다는 궁금증과 의심을 갖고, 색안경을 끼고 AI를 보고 있지만 정작 AI가 어떤 원리로 사고하고 어떤 방식으로 작동하는지 아무것도 모르고 있지 않은가. 이 책은 수많은 업계에 종사하는 사람들 뿐만 아니라 AI시대에 무엇을 어떻게 공부해야 할지 몰라 혼란스러운 학생, 지망생은 물론, 이들을 지도해야 할 선생님들에게도 반가운 가이드가 되어 줄 것이다.

장신상_민선7기 제45대 횡성군수 · 강원해파랑연구소 부소장

인공지능, 요즈음 누구나 입에 오르내리는 단어이다. AI는 사람이 모르는 문제를 예측하기도 하고, 발견하여 해결하는 등 우리의 상상을 뛰어넘고 있다. 이것이 바로 다양하게 전개되는 기계(기술) 문명시대의 서막이다. AI와 인간의 경쟁 시대? 시대의 변화 속 주체가 되기 위해서는 인간과 기술의 최적화된 조화를 이루게 하는 것이다. AI는 이제 공공분야에서의 교육, 행정, 사회, 문화 혁신이 이뤄지고, 경제 분야의 방향에도 영향을 주고 있다. 이로 인해 인공지능에 의한 지식화와 인간의 감성을 더하여 발전된 창의력을 발휘하게 될 것이다. 이 책은 AI 중 누구나 현실에 반영할 수 있는 생성형 AI에 대한 실용적 내용이 담겨있다. 500페이지가 넘는 분량에도 수준 높은 내용을 전자책(PDF) 형태로 수백 페이지를 보태고 있는 만큼 방대한 정보를 주려고 하는 작가의 마음을 헤아릴 수 있게 한다. 인공지능 시대, 업무와 비즈니스 분야의 AI를 진심으로 탐닉하고자 한다면 이 책을 적극 추천한다.

이시맥_바른걸음연구소 소장

현대 산업과 인공지능의 만남을 탐구하는 챗GPT, 미드저니, 스테이블 디퓨전의 사용법 도서를 적극적으로 추천한다. 인공지능의 놀라운 발전과 가능성에 도전하고 싶은 분들에게 진정으로 필요한 도서라고 말하고 싶다. 개인은 물론 비즈니스에 적용 가능한 통찰과 아이디어가 가득하여 미래에 도전하는 모든 이들에게 도움이 될 것이다. 이 책에서 소개하는 Ai를 통해 수익 창출하는 방법들은 새로운 비즈니스 모델에 대한 영감을 줄 것이다.

김현정_생명공학자

빛의 속도처럼 광속으로 발전하는 과학은 미래 의학의 전진을 위해 치료제 개발, 유전학, 화학, 생물학 그리고 분자 연구에 더해 맞춤형 인공지능 기술로 집중해 나아가고 있다. 이제야 비로소 맞춤형 AI의 시대가 서막을 연듯하나, 바이오와 교육 분야에서 활동하는 나 역시 AI를 완전히 이해하는 데에는 한계를 느낀다. 그러나 이 책을 처음 만났을 때 단순히 AI에 대한 이해를 넘어서 창의력이란 새로운 경지를 탐험하게 되었다.

김민주_3D 아티스트·전문 작가(혼자서 배우는 만만한 블렌더 3D)

챗GPT의 등장으로 인공지능에 대한 인식과 평가가 크게 달라졌다. 현재의 인공지능 기술은 다양한 산업 분야에서 널리 쓰이고 있으며, 누구나 쉽게 이용할 수 있는 수준까지 발전했다. 이것은 과거의 기술과 비교했을 때 뚜렷한 진보를 보여준다. 따라서 이 분야의 발전과 더불어 사용자들을 위해서는 인공지능 기술에 대한 지속적인 관심과 연구가 필요하다. 이 책은 그런 필요성에 응답하며, 최근 가장 관심이 높은 AI 빅3(챗GPT, 미드저니, 스테이블 디퓨전)에 대한 사용법을 설명하고 있어 AI를 처음 접하는 이들에게 좋은 기회가 될 것이다.

한택규_웹툰·일러스트 입시 학원 강사

직접 손으로 그림을 그리는 입시 강사로서 AI에 대해 부정적인 생각을 하고 있어, 크게 관심을 두지 않았다. 하지만 시대가 AI를 향해 빠르게 이동함을 깨닫고, 그에 대한 이해가 필요하다고 느낀 후 이 책을 통해 챗GPT, 미드저니, 스테이블 디퓨전 등을 활용해 보니 웹툰 및 일러스트 관련 입시 미술 수업뿐만 아니라 실무에도 도움이 될 것이라는 생각이 들었다. 이제 AI에 대한 부정적인 인식이 상당 부분 사라지게 되었고, 기술의 발전을 적절히 활용하면 더 나은 결과물을 창출할 수 있다는 긍정적인 인식을 갖게 되었다.

서정원_정원 색채연구소 대표

이 책은 생성형 인공지능 챗GPT, 미드저니, 스테이블 디퓨전에 대한 깊이 있는 이해와 사용법을 제공한다. 책 속에는 각 도구의 핵심 기능을 명확하게 설명하고 있어 기술에 대한 초기 공포감을 없애고, 실제 작업에 사용하는데 도움되며, 책에 포함된 예제들은 독자가 실제로 AI를 활용해 볼 수 있게끔 잘 설계되어 있어 이를 통해 AI가 실제로 어떻게 작동하는지 이해할 수 있게 도와준다. 이제 이 책에서 소개하는 세 가지 핵심 AI 도구를 통해 자신의 작업 영역에 어떻게 획기적인 변화를 가져올 수 있는지를 보게 될 것이다.

김현수_(주)아키플랜 종합건축사무소 부소장

AI 관련 책들이 서점 가판대에 홍수처럼 쏟아져 나오고 있다. 그 중에서도 본 도서가 의미 있다고 생각하는 부분은 이 책에서 다루는 챗GPT, 미드저니, 스테이블 디퓨전이 현재 AI의 최선봉에 있는 툴들이며, 각 툴을 깊이 있게 다루는 것은 물론, 서로 간의 연결성에 대한 인사이트를 준다는 점이다. 각 툴은 성격이 다르고 개별적으로 사용하기에도 훌륭하지만 함께 사용하면 더욱 시너지를 발휘하므로 이미지 생성의 전체적인 프로세스를 고민하고 있는 분들에게 추천드린다.

최석영_뉴미디어 아티스트·작가·한양대 ERICA 캠퍼스 겸임교수

생성형 AI를 통한 새로운 가능성을 만드는 시대, 챗GPT, 미드저니, 스테이블 디퓨전 통한 비지니스의 접근 영역을 배우고, 그 가치를 만들어 변혁의 시대에 길잡이가 될 책으로 강력 추천한다.

{ 학습자료 활용법 }

보다 효율적인 학습을 위해 [책바세.com] 웹사이트에 접속해서 해당 도서의 학습
자료 파일을 다운로드받아 활용한다.

학습자료받기

학습자료를 활용하기 위해 ❶[책바세.com] 웹사이트에 접속하여 ❷[도서목록] 메
뉴에서 [해당 도서]를 찾은 다음 표지 이미지 하단의 ❸[학습자료받기] 버튼을 클
릭하면 열리는 구글 드라이브에서 ❹❺[다운로드] ▶ [무시하고 다운로드] 받아
학습에 사용하면 된다.

학습(작업)에 적합한 PC 환경

생성형 AI(Generative AI)를 실행하고 활용하려면 이에 적합한 PC 환경이 필요하다. 작업의 특성과 복잡한 정도에 따라 사양이 달라질 수 있지만, 미드저니나 스테이블 디퓨전과 같은 이미지 생성 Ai를 목적으로 할 경우에는 그래픽(비디오) 메모리(VRAM)가 중요한데, 일반적으로 다음과 같은 사항을 권장한다.

원활한 작업을 위한 생성형 AI PC 권장 사양

일반적으로 인공지능 기반 콘텐츠 생성은 CPU보다는 GPU(그래픽 연산 처리) 성능이 좋아야 하므로 PC 환경에서 다음과 같은 **GPU(6GB 이상의 VRAM)**를 권장한다.

- **최소사양** GTX1050, GTX1050 ti, GTX1060, GTX1070, GTX1080. GTX1650, GTX1650 s, GTX1650 ti, GTX1660, GTX1660 s, GTX1660 ti, RTX 2060, RTX2060 s

- **권장사양** RTX2070, RTX2070 s, RTX2080, RTX2080 s, RTX2080 ti, RTX3060, RTX3060 ti, RTX3070

- **최고사양** RTX3080, RTX3080 ti, RTX3090, RTX3090 ti, RTX4080, RTX4090

사용자 PC VRAM 확인 방법

작업에 사용되는 PC의 VRAM을 확인하는 방법은 [Ctrl] + [Alt] + [Delete] 키를 누른 후 [작업 관리자]의 [성능] 항목에서 [GPU]를 통해 확인할 수 있다.

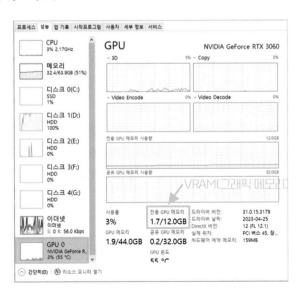

{ CONTENTs }

PART 03 ▶ 프롬프트형 AI 미드저니(MJ)

별책부록: 생성형 Ai 빅3 [외전]

본 도서 지면에서 다루지 못한 내용을 별도의 PDF로 담은 도서로 챗GPT, 미드저니, 스테이블 디퓨전의 새로운 기능(버전)으로 업데이트하여 설명한다.

학습자료에 포함되어 있으며, 압축 비밀번호는 20230912이다.

리미티드(한정판): 연봉 5억 N잡러가 되기 위한 무자본 창업 50선

생성형 AI를 활용한 진짜 돈 버는 기술을 50가지 업종으로 나눠 상세하게 소개한 도서이다. 본 도서를 구입(대여 책 불가)한 독자들에게만 [한정판]으로 제공된다.

본 도서를 구입한 독자에게만 드리는 책이다. 2024년 1월 31일까지 한정판으로 제공

박스 안에 이름과 직업을 쓴(싸인펜) 후 위책 표지와 함께 보이도록 촬영하여 QR 코드를 통해 카카오 톡으로 요청한다.

PART
01

챗GPT 시작하기 (입문 편)

생성형 AI를 처음으로 시작하는 분들을 위한 챗GPT의 정의와 활용 가능한 직업, 딥러닝과 머신러닝의 개념, 챗GPT의 끝없는 진화와 활용 방법, 그리고 다양한 팁과 고급 기술까지 소개한다. 또한 구글 검색의 진화, 카카오톡과 빙(Bing)에서의 챗GPT 활용, 이미지 인식과 번역, 그리고 오토-GPT 등의 주제를 포함하고 있어 챗GPT를 이해하고 실용적으로 사용하고자 하는 독자에게 유용한 내용을 담고 있다.

001. 도대 챗GPT가 뭐길래 이렇게 난리들인 거니?

챗GPT(Generative pre-trained transformer)는 OpenAI(오픈 에이아이)에서 개발한 인공지능 채팅 웹으로 인간의 질문에, 인터넷상에 존재하는 모든 데이터를 사전 학습한 후 딥러닝 Deep learning: 인간의 뇌 신경망처럼 컴퓨터를 통해 데이터를 학습하고 패턴을 인식하는 머신러닝(기계학습) 언어의 알고리즘 기반의 자연어 처리 기술로 답변을 해주는 **채팅봇**이다. 이때 사용되는 모델은 트랜스포머 아키텍처로 기계 번역, 질문과 답변 시스템, 텍스트 요약, 문장 생성 등에 사용된다.

그러나 GPT는 여전히 개선해야 할 부분이 있다. 모델의 크기와 복잡성으로 인해 계산 리소스와 에너지 소모가 크다는 단점과 편향된 데이터로부터 학습하게 되어 편향된 결과를 생성할 수도 있다는 문제가 있기 때문이다. 이러한 한계를 극복하기 위해 지속적인 연구와 발전이 이루어지고 있다.

☰ 무작위로 뽑은 챗GPT를 활용할 수 있는 66가지 직업들

01 **기자** 뉴스 기사 작성, 인터뷰 요약, 자료 조사 등의 작업에서 시간과 노력을 절약하며 효율성을 높일 수 있다.

02 **작가** 아이디어 생성, 문장 개선, 글쓰기 도움, 글의 일관성 유지 등의 과정에서 창의력과 생산성을 향상할 수 있다.

04 **광고 디자이너** 광고 문구 제안, 타겟 고객에 맞는 컨셉트 개발, 시장 조사 자료 처리 등에서 창의적인 아이디어와 효율성을 높일 수 있다.

05 **마케터** 시장 조사, 고객 세분화, 광고 문구 작성, 콘텐츠 전략 개발 등의 과정에서 효율적이고 창의적인 마케팅 전략을 구상할 수 있다.

06 **영화 각본가** 캐릭터 개발, 대화 생성, 스토리 아이디어 제안 등의 과정에서 독

창적인 각본과 영화 구성 요소를 효과적으로 창출할 수 있다.

07 블로그 작성자 주제 발굴, 문장 개선, 글 구조 설계 등의 작업에서 품질과 효율성을 높여 독자에게 더 매력적인 콘텐츠를 제공할 수 있다.

08 시나리오 작가 캐릭터 및 대화 생성, 스토리 아이디어 개발, 구조 개선 등의 작업에서 독창적이고 매력적인 시나리오를 효율적으로 구상할 수 있다.

09 콘텐츠 크리에이터 새로운 주제 탐색, 글쓰기 도움, 독창적인 아이디어 제공 등의 과정에서 창의력을 향상하며 고품질 콘텐츠를 생산할 수 있다.

10 웹 개발자 웹사이트 콘텐츠 작성, 사용자 지원, 자동화된 문서 생성 등의 작업에서 개발 효율성과 사용자 경험을 향상하는 데 도움을 받을 수 있다.

11 고객 지원 담당자 빠른 응답 생성, FAQ 작성, 문제 해결 가이드 작성 등의 과정에서 고객 만족도를 높이고 업무 효율성을 개선할 수 있다.

12 소셜 미디어 관리자 창의적인 포스트 작성, 효과적인 해시태그 생성, 트렌드 분석 등의 작업에서 효율성과 콘텐츠 품질을 향상할 수 있다.

13 영어 교사 학습자료 개발, 문법 설명, 작문 피드백 등의 과정에서 교육 효과를 높이고 학생들에게 맞춤형 지도를 제공할 수 있다.

14 기술 지원 엔지니어 문제 해결 가이드 작성, 빠른 응답 생성, 기술 자료 분석 등의 작업에서 효율성을 높이고 고객 만족도를 개선할 수 있다.

15 인공지능 연구원 자연어 처리 모델 개선, 새로운 알고리즘 제안, 연구 논문 작성 등의 과정에서 창의력과 연구 효율성을 향상할 수 있다.

16 데이터 과학자 데이터 전처리, 자연어로 된 데이터 분석, 시각화 설명 등의 작업에서 효율성을 높이고 분석 결과를 명확하게 전달할 수 있다.

17 **번역가** 초안 번역, 문장 개선, 표현 다양화 등의 과정에서 효율성을 높이고 고품질의 번역 작업을 수행할 수 있다.

18 **편집자** 원고 수정, 글의 일관성 확인, 문장 개선 등의 작업에서 효율성을 높이고 출판물의 품질을 향상할 수 있다.

19 **교육 컨설턴트** 교육 자료 개발, 개별화된 학습 계획 제안, 학습 전략 설명 등의 작업에서 효율성을 높이고 맞춤형 교육 솔루션을 제공할 수 있다.

20 **인사 담당자** 이력서 및 자기소개서 검토, 인재 분석, 자주 묻는 말 처리, 면접 질문 생성 등 인사 업무 효율화에 도움을 받을 수 있다.

21 **세일즈맨** 고객 코멘트 분석, 맞춤형 제안 작성, 판매 전략 개발, 이메일 작성 등 판매 활동에 필요한 데이터와 소통을 지원받을 수 있다.

22 **프로젝트 관리자** 업무 분배, 리스크 관리, 프로젝트 일정 계획, 팀원 간 커뮤니케이션 개선 등 전반적인 프로젝트 관리 업무를 효율적으로 수행할 수 있다.

23 **커뮤니케이션 전문가** 콘텐츠 작성, 대화 분석, 이슈 대응 전략 수립, 대화 상황 시뮬레이션 등 다양한 상황에서 효과적인 소통을 도모할 수 있다.

24 **문화 연구원** 자료 검색, 언어 분석, 연구 주제 발굴, 문화 비교 연구 등 문화 이해와 관련된 과제를 더욱 효과적으로 수행할 수 있다.

25 **자기 계발 코치** 고객 피드백 분석, 목표 설정 도움, 자원 추천, 진로 및 개발 전략 제시 등 개인 성장을 돕는 맞춤형 코칭을 제공할 수 있다.

26 **의료 컨설턴트** 최신 의료 연구 자료 검색, 복잡한 의료 데이터 분석, 치료 방법 비교, 의료 서비스 개선 제안 등 의료 관련 문제 해결을 지원할 수 있다.

27 **법률 자문가** 법률 자료 검색, 사례 분석, 법률 용어 해석, 법률적 이슈 대응 전

략 수립 등 다양한 법률문제 해결에 도움을 받을 수 있다.

28 **이력서 작성 전문가** 취업자 특성 분석, 자기소개서 작성, 포트폴리오 향상 전략, 특정 직무 적합성 평가 등 취업 성공을 도와주는 서비스를 제공할 수 있다.

29 **그랜트 작성자** 프로젝트 개요 작성, 연구 목표 설정, 예산 계획 수립, 제안서 개선 등 정교하고 효과적인 그랜트 제안서 작성을 지원받을 수 있다.

30 **행정 관리자** 문서 작성, 일정 관리, 업무 프로세스 최적화, 자원 배치 등 다양한 행정 업무를 효율적으로 수행하고 조직의 생산성을 높일 수 있다.

31 **커뮤니티 관리자** 참여자 행동 분석, 콘텐츠 생성, 커뮤니티 이슈 해결, 활성화 전략 수립 등 커뮤니티 운영의 효율성과 만족도를 높일 수 있다.

32 **게임 스토리 디자이너** 캐릭터 및 세계관 구축, 대화 및 퀘스트 작성, 이벤트 개발, 플레이어 피드백 반영 등 게임 내 스토리와 흥미 유지에 기여할 수 있다.

33 **공공관계 전문가** 이슈 대응 전략, 언론자료 작성, 발표 연설 지원, 관계자 소통 강화 등 조직의 목표와 가치를 전달하고 이미지 관리에 기여할 수 있다.

34 **도서관사** 도서 검색 및 추천, 독자 서비스 개선, 정보 조직화, 이용자 질문 처리 등 도서관의 업무 효율화와 이용자 만족도 향상에 기여할 수 있다.

35 **과학 커뮤니케이터** 복잡한 과학 개념 설명, 관련 자료 검색, 인기 과학 콘텐츠 작성, 교육 자료 개발 등 과학 정보를 쉽게 전달할 수 있다.

36 **심리학자** 행동 분석, 심리 상담 지원, 연구 자료 검색, 설문 조사 개선 등 심리학적 지식의 확장과 치료와 연구 활동의 효율성을 높일 수 있다.

37 **문화 교류 전문가** 문화에 대한 분석, 소통 장벽 해소, 교류 프로그램 개발, 이벤트 기획 등 세계 각지의 문화를 이해하고 연결하는데 도움을 받을 수 있다.

38 **비즈니스 분석가** 데이터 분석, 시장 동향 파악, 전략 수립, 경쟁사 분석 등 기업의 성장과 경쟁력 향상에 도움이 되는 정보와 인사이트를 얻을 수 있다.

39 **인재 개발 전문가** 교육 프로그램 개발, 역량 진단, 팀 빌딩 활동 기획, 코칭 및 멘토링 지원 등 조직 내 인재 성장과 개인 역량 개발을 도와주는 역할을 수행할 수 있다.

40 **미디어 마케터** 콘텐츠 생성, 타겟 고객 분석, 광고 전략 수립, 트렌드 파악 등 다양한 채널을 통한 브랜드 인지도와 고객 확보에 기여할 수 있다.

41 **전략 컨설턴트** 경영 이슈 분석, 기업 분석, 경쟁력 평가, 전략 제안 등 기업 전략 수립과 문제 해결을 위한 정보와 인사이트를 얻을 수 있다.

42 **UI/UX 디자이너** 사용자 행동 분석, 인터페이스 개선 제안, 웹사이트 최적화, 피드백 처리 등 사용자 만족도와 제품 사용성 향상에 기여할 수 있다.

43 **미디어 기획자** 콘텐츠 전략 수립, 타깃 오디언스 분석, 트렌드 예측, 효과적인 캠페인 개발 등 미디어의 효율적 활용을 통해 브랜드 목표 달성을 돕는다.

44 **연구원** 최신 연구 동향 파악, 자료 검색, 논문 작성 지원, 실험 설계 및 분석 등 다양한 연구 활동을 효율적으로 수행하고 결과 공유에 기여할 수 있다.

45 **기술 전문 작가** 최신 기술 동향 파악, 설명서 작성, 기술 블로그 콘텐츠 개발, 전문 분야 정보 공유 등 기술 지식 전달과 정착화에 효과적으로 기여할 수 있다.

46 **제안 작성 전문가** 요구사항 분석, 제안서 개요 작성, 프로젝트 계획 수립, 제안서 리뷰 및 수정 등 제안서 작성을 보다 빠르고 정확하게 처리할 수 있다.

47 **대화 디자이너** 스크립트 작성, 자연어 이해 모델 개발, 피드백 처리, 챗봇 및 음성 인식 기술 등 다양한 대화형 인터페이스 개발을 보다 빠르고 효과적으로 수

행할 수 있다.

48 **스피치 라이터** 연설문 작성, 스피치 분석, 특정 주제에 대한 정보 검색, 연설 발표 스타일 개선 등 연설 작성과 발표를 보다 효율적으로 지원받을 수 있다.

49 **독립 출판** 콘텐츠 생성, 편집 및 교정, 독자 검색 및 추천, 마케팅 전략 수립 등 출판 과정을 보다 빠르고 효율적으로 수행하며, 독자 요구에 대한 대응력과 만족 도를 높일 수 있다.

50 **인공지능 트레이너** 데이터 분석, 모델 개발, 인공지능 교육 자료 개발, 알고리 즘 최적화 등 인공지능 교육과 관련된 작업을 효율적으로 처리하며, 학습 성과와 성능을 개선하는데 기여할 수 있다.

51 **디지털 마케팅 전문가** 콘텐츠 생성, 광고 캠페인 개발, 타겟 고객 분석, 검색 엔진 최적화, 소셜 미디어 마케팅 등 디지털 마케팅 전략 수립과 실행을 보다 효 과적으로 지원할 수 있다.

52 **농업 종사자** 작물 병해 진단, 농산물 수질 분석, 작물 재배 일정 및 생산성 예 측, 기상 정보 분석 등 농업 생산성 향상에 필요한 다양한 정보와 지식을 얻을 수 있으며, 이를 바탕으로 농업 생산성을 높일 수 있다.

53 **건축 및 인테리어 사업자** 고객 요구사항 분석, 인테리어 디자인 제안, 소재 선 정 및 구매, 가구 배치 계획, 예산 계획 등 건축 관련 프로젝트를 보다 효율적으로 수행할 수 있으며, 고객 만족도와 시공 효율성을 높일 수 있다.

54 **도배사** 공간 분석, 재료 선택, 색상 조합, 디자인 제안, 예산 계획 등 도배 작업 을 보다 효율적으로 수행할 수 있으며, 고객 만족도와 시공 효율성을 높일 수 있 다. 또한, 도배 작업에 필요한 정보와 노하우를 습득할 수 있어 기술 역량 강화에 도 기여할 수 있다.

55 제빵사 빵 종류 및 레시피 개발, 재료 선정, 제빵 기술 및 기계 사용 방법 등 다양한 정보와 노하우를 습득하여 더 맛있는 빵을 만들 수 있다.

56 어린이집 교사 어린이의 발달과 교육과정에 필요한 다양한 정보를 얻을 수 있으며, 이를 기반으로 교육 자료 개발과 프로그램 계획을 수립과 어린이의 상황과 감정에 적절하게 대처할 수 있도록 돕는 데에도 활용할 수 있다.

57 유튜버 콘텐츠 아이디어 생성, 제목 및 설명 작성, 키워드 분석, 자막 생성, 댓글 및 피드백 처리 등 유튜브 채널 운영을 보다 효율적으로 수행할 수 있으며, 더 많은 구독자와 시청자를 유치할 수 있다.

58 취준생 취업 정보 수집, 이력서 작성, 자기소개서 작성, 면접 질문 대비 등 취업 준비 과정에서 필요한 정보와 자료를 더욱 쉽게 얻을 수 있어 더 체계적이고 효율적인 취업 준비를 할 수 있다.

59 고령자 건강 정보, 노후 생활 정보, 컴퓨터 및 스마트폰 사용법, 사회 이슈 등 다양한 정보와 지식을 습득할 수 있으며, 디지털 기술의 활용에도 도움을 받을 수 있다.

60 미싱사 의류 디자인 아이디어 도출, 패턴 및 재질 선택, 제품 생산 과정 계획 등 다양한 정보와 노하우를 얻을 수 있으며, 이를 기반으로 더 많은 고객에게 맞춤형 제품을 제공하여 판매의 효율성을 높일 수 있다.

61 배우 연기 정보 수집, 대사 및 감정 분석, 캐릭터 분석, 대본 작성 등 연기 준비 과정에서 필요한 정보와 자료를 더욱 쉽게 얻을 수 있으며, 새로운 캐릭터 아이디어 도출 및 대본 창작에도 도움을 받을 수 있다.

62 패션 디자이너 패션 트렌드 정보 수집, 디자인 아이디어 도출, 소재 및 컬러 선택, 제품 생산 계획 등 다양한 정보와 노하우를 얻을 수 있어 보다 창의적이고

시장성 높은 제품을 개발할 수 있다.

63 문화 평론가 작품 정보 수집, 리뷰 및 분석, 작품 비교 분석, 작가 분석 등 다양한 정보와 자료를 더욱 쉽게 얻을 수 있으며, 이를 바탕으로 보다 정확하고 풍부한 문화 평론을 작성할 수 있다.

64 무대 감독 연극 정보 수집, 대본 및 감정 분석, 캐릭터 분석, 스토리보드 작성 등 다양한 정보와 자료를 더욱 쉽게 얻을 수 있으며, 이를 바탕으로 더욱 깊이 있고 정확한 무대 작품을 연출할 수 있다.

65 웹툰 작가 스토리 아이디어를 자동 생성하거나 대사를 자연스럽게 생성하거나, 캐릭터의 대화를 자동 생성하는 등 다양한 방법으로 활용할 수 있다.

66 미용사 고객의 헤어스타일, 머리색, 피부 타입 등의 정보를 GPT가 자동으로 맞춤형 미용 조언을 생성할 수 있다.

살펴본 위의 직업들뿐만 아니라 세상에 존재하는 모든 직업은 챗GPT를 활용하여 작업 효율성을 높이거나 새로운 기회와 아이디어를 창출하여 업무환경 개선 및 사용자의 퍼스널 브랜드 가치를 높일 수 있다.

002. 딥러닝과 머신러닝 이건 꼭 짚고 넘어가자

딥러닝과 머신러닝은 인공지능(컴퓨터)이 데이터를 통해 학습하고 패턴을 인식하는 기계학습 기술이다. 머신러닝은 알고리즘을 사용해 데이터를 분석하여 그 결과를 바탕으로 모델을 만들어 예측과 분류를 수행하며, 딥러닝은 머신러닝의 한 분야로 인공신경망을 기반으로 복잡한 패턴을 학습 및 고차원 데이터를 처리한다.

☰ 데이터를 분석하여 판단하는 머신러닝

인공지능은 머신러닝과 딥러닝으로 구분된다. 그중 머신러닝 Machine Learning : 기계학습 은 인공지능의 한 분야로써 컴퓨터가 스스로 학습하는 기능을 갖춘 기술이다. 기존 프로그래밍은 인간이 연구를 거듭한 결과물을 코드로 표현하여 이를 시스템에 적용했다면, 머신러닝은 방대한 데이터로부터 학습하고, 학습이 완료된 모델을 사용하여 판단이나 예측을 한다. 예를 들어 카톡에서 누군가가 비속어 사용을 감지하는 상황을 설정해 보았을 때 기존 프로그래밍의 경우 비속어에 해당하는 욕설, 비하, 유사 부정적 표현 등 비속어 사용 패턴을 사람이 연구한 후 비속어 특징들을 컴퓨터에 적용하기 위해 다양한 알고리즘 Algorithm : 어떤 문제를 해결하기 위해 정해진 일련의 절차나 방법 을 활용하여 프로그램 코딩을 진행하는데, 이 과정은 사람의 시간과 노력에 대한 비용이 많이 소모되며, 새로운 비속어가 등장할 경우 다시 새로운 프로그래밍이 필요하다. 그러나 머신러닝의 경우 비속어에 대한 연구보다 비속어를 어떻게 필터링할 것인지에 대한 고민을 한 후 수많은 데이터로부터 비속어라고 판단되는 언어 패턴을 자동으로 학습한다. 이때 비속어에 대한 판단은 컴퓨터가 직접하는 것이다. 즉, 사람이 개입을 하지 않고 프로그램이 판단한다는 것이다. 이후 만족할 만한 성능이 되도록 시스템을 개선해 가며, 시간이 지나 사용하는 비속어가 변화하더라도 기존 데이터를 학습하여 필터링이 정상적으로 이루어질 수 있도록 한다.

☰ 스스로 학습하여 판단하는 딥러닝

딥러닝(Deep learning) 또한 인공지능의 한 분야로써 컴퓨터가 사람처럼 생각하고 학습할 수 있도록 하는 기술이다. 하지만 머신러닝과는 다르게 스스로 사물의 면이나 형상 등의 수많은 데이터를 학습하고 분류해서 같은 그룹들과 묶고 상하의 관계를 파악할 수 있는 사고를 하는 인간의 뇌와 가까운 기술이라고 이해하면 된다. 머신러닝은 단순히 컴퓨터에게 먼저 다양한 정보를 가르치고 그 학습한 결과에 따라 컴퓨터가 새로운 것을 예측하지만, 딥러닝은 인간처럼 스스로 학습하여 상황 예측 및 판단을 할 수 있다는 것이다. 예를 들어 머신러닝처럼 사람이 다양한 강아지 사진을 보여주고 [이것이 강아지이다]라고 알려준 후 새로운 강아지 사진을 보여줬을 때 강아지라고 판단하는 것과 달리 딥러닝은 스스로가 여러 가지 강아지 사진을 찾아 강아지에 대한 학습이 끝난 후 새로운 강아지 사진을 강아지라고 구분할 수 있다. 인간의 생각이 다른 것도 결국 이러한 학습의 차이에 오는 것이다. 2016년 이세돌과 바둑 대결을 펼쳤던 알파고도 딥러닝 기술을 통해 만들어진 프로그램이다. 알파고는 이세돌과의 대결을 앞두고 끊임없이 스스로 바둑 기보를 가지고 바둑 전략을 학습했는데, 알파고들이 서로 바둑을 두면서 바둑의 원리를 배워가고, 과거에 있었던 바둑 경기들을 스스로 학습하면서 어떤 상황에서 어떤 수를 두어야 할지 배워나간 것이다. 이처럼 딥러닝 기술은 사람처럼 학습하고 판단하는 능력을 발휘할 경우, 인간이 뛰어넘을 수 없는 문제들을 해결할 수 있다. 구글과 페이스북 등 여러 글로벌 IT 기업들은 이미 딥러닝 기술을 활용하고 있다. 딥러닝 기술이 앞으로 우리의 삶에 어떠한 영향을 줄지 상상해 보자.

☰ 생성형 AI의 학습법

생성형 AI는 2022년 말에 등장하여 폭발적인 관심을 불러일으키며 생성형 AI의 잠
재력에 대해 개인과 기업 모두 호기심에 빠졌다. 그렇다면 생성형 AI란 정확히 무
엇일까? 간단히 말하자면 생성형 AI는 주어진 데이터 세트를 활용하여 인간의 지
시에 따라 새로운 콘텐츠를 창조하는 기술이라고 이해하면 된다. 세일즈포스의 수
석 과학자 Silvio Savarese는 기존 AI 모델과 달리 생성형 AI는 "단순히 분류하거나
예측하는 것에 그치는 것이 아니라 인간과 같은 언어 체계를 가진 명령어로 자체
콘텐츠를 생성한다."라고 설명하였다. 데이터를 정확하게 분류하고 예측하는 능력
은 성공적인 생성형 AI를 구축하는 것에 있어서 핵심적인 요소로 볼 수 있다. 그러
므로 생성형 AI는 작업에 사용될 데이터의 질에 좌우된다.

생성형 AI는 어떻게 작동하나?

생성형 AI 모델을 개발하는 여러 가지 방법이 있지만, 최근에는 사전 훈련된 대형
언어 모델(Large-Language Models, LLMs)을 사용하여 텍스트 기반 프롬프트로부터
새로운 콘텐츠를 생성하는 방식이 큰 인기를 얻고 있으며, 이미 다양한 분야의 작
문과 미디어 아트에 이르기까지 모든 것을 생성하는데 도움을 주고 있다.

　사용자가 AI에게 어떤 콘텐츠를 생성해야 하는지 지시를 내리면 AI는 사용 가
능한 LLMs에 기초하여 단어, 코드, 더 큰 범주에서는 한 번도 경험해보지 못한 완
전히 새로운 것들을 생성해 준다. 생성형 AI는 일반적으로 생성형 적대 신경망
(Generative Adversarial Networks, GANs) 또는 트랜스포머(Transformer)라는 두 가지
유형의 심층 학습 모델 중 하나를 사용하여 작동한다. GAN은 생성자(Generator)와
식별자(Discriminator)라는 두 개의 신경망으로 구성된다. 이 두 신경망은 서로 경쟁
하며, 생성자는 어떤 입력에 기반하여 결과물을 생성하고, 식별자는 결과물이 실제
인지 가짜인지 판별한다. 생성자는 식별자의 피드백을 기반으로 결과물을 조정하
고, 식별자를 정지시킬 때까지 반복된다.

챗GPT(채팅 생성 사전 훈련 트랜스포머)와 같은 트랜스포머(Transformer) 모델은 개별 데이터 포인트가 아닌 연속적인 데이터(문장이나 문단과 같은)에 기반하여 출력을 생성한다. 이 접근 방식은 모델이 문맥을 효율적으로 처리하는데 도움이 되므로 텍스트(문장)를 생성하거나 번역하는데 사용된다.

GANS와 트랜스포머 모델이 가장 인기 있는 생성형 AI 모델이며, 다른 여러 기술들도 사용된다. 예를 들어, 샘플 데이터를 기반으로 새로운 데이터를 생성하기 위해 두 개의 신경망을 활용하는 변이형 오토인코더(Variational Autoencoders, VAEs)와 2D와 3D 이미지를 생성하는데 사용되는 신경복사장(Neural Radiance Fields, NeRFs)이 있다.

● 생성형 AI 작동과정 ●

프롬프트 생성		분석(식별)		생성
챗GPT 미드저니 스테이블 디퓨전 코덱스 등	⇨	프롬프트 내용 분석(식별)	⇨	텍스트 및 이미지 등의 결과물 생성

003. 도대 챗GPT로 뭘 할 수 있는 거니?

챗GPT로 할 수 있는게 뭐냐고? 아주 어려운 질문이지만 단순명료하게 답할 수 있는 질문이기도 하다. 왜냐하면 GPT는 모든 사람, 모든 직업군에서 아주 유용하게 사용할 수 있는 도구이기 때문이다. 아래 열거한 키워드들은 챗GPT를 통해 무엇을 얻을 수 있는지 흥미로운 주제 위주로 작성한 것이다.

맛집 찾기, 사업 아이템, 당뇨에 좋은 음식, 유튜브 채널 추천, 인간 관계 잘하는 법, 큐브 맞추기, 행복하게 사는 법. 죽기 전에 할 것 100가지, 힐링하기 좋은 곳 추천, 첫인상으로 사람 알기. 내 성향 찾기, 성격으로 직업 및 사업 찾기, 물리학과 논문 작성하기, 이성을 만나는 법, 죽는 날짜 예측하기, 아주 특별한 제목 짓기, 운전면허 예상 문제, 세상에서 가장 웃긴 이야기, 100만 원으로 영화 만드는 방법, 500만 원으로 세계여행하는 방법, 돈 벌기 가장 쉬운 방법, 글 잘 쓰기, 출판하기, 꿈풀이, 창밖에 잠수교가 보인다 가사를 입력하면?, 은퇴 전 손흥민은 몇 골을 넣을까?, 완벽하게 은행을 터는 법, 투명 인간이 되려면, 라면 스프의 비밀?, 코카콜라의 재료는? 하늘을 나는 방법, 조코비치의 기록은 몇 년이나 갈까?, 박세리 결혼 나이?, 윤석열과 이재명이 원수가 된 이유?, 가장 키스 장면이 많은 영화는?, 트림하면 몇 칼로리가 소모될까?, 재채기하면 몇 칼로리가 소모될까?, 아이들과 함께 할 수 있는 100가지 게임?, 별똥별에 맞아 죽을 확률?, 빨간색을 좋아하는 사람의 성격?, 부산광역시 기장군에서 하기 좋은 사업?, 당근 마케팅 비법, 물고기 판매 사업 성공법, 막국수 맛집 순위, 차태현이 배우로 성공할 수 있었던 비결, 김범룡의 숨은 명곡 찾기, A와 B가 헤어진 이유, 오징어 게임 시즌2 성공확률, 아이들이 쉽게 틀리는 맞춤법, 책의 목차 잡기, 보고서 목차 잡기, 기획서 목차 잡기, 200살 장수를 위한 가장 이상적인 식단, 어원 찾기, 구글 마케팅 비법, 자동차 보험 비교, 자전거 라이딩 코스, 연예인 실제 키, 테슬라 주식 아직도 안전한가?, 경제 용어, IT 용어, 철학 용어, 사자성어, 정치 용어, 심리 용어, 과학 용어, 의학 용어, 가장 빨리 안전하게 살 빼는 법, 즐겁게 복수하는 법, 자동차 수리 견적, 나에게 맞는 컴퓨터 사양 찾기, 수능 예상 문제, 내가 대머리가 될 확률?, 가장 이혼율이 높은 나라?, 전 세계 기준 나의 재산 순위, 나의 외모 순위, 나의 키 순위, 조루를 극복하는 가장 좋은 방법, 물리학 계산법, 아이큐 테스트, 감동하는 애니 추천, 영화 추천, 모태 솔로 탈출법, 강남에 건물 사는 법, 블로그에 글 올리기, 웹소설 쓰기, 시나리오 쓰기, 심금을 울리는 트로트 가사 쓰기, 특제 라면 요리 비법, 매직아이 만들기, 사진 편집하기, 디자인하기, 그림 그리기, 작명하기, 꼴 보기 싫은 사람 기분 좋게 손절하는 법, 보글보글 게임 잘하는 법, 오목 잘 두는 법, 놀면서 먹고 사는 법, 낙과를 비싸게 파는 법, 최고의 마케팅 비법, 성공한 사업가의 성공 스토리, 빌 게이츠가 이혼한 이유, 국가별 수도 찾기, 한국의 미래 예측, 반드시 투자해야 할 스타트업 추천, 예술가 목록 찾기, 가장 아이큐가 높거나 낮은 동물, 웹툰 작가 되는 법, 부부싸움이 자식에게 미치는 영향, 음주가 자식에게 미치는 영향. 나이별 심리 테스트, 관상 보는 방법, 뉴진스 맴버 소개, 블랙핑크가 1년에 버는 돈, 금붕어 잘 키우는 법, 연예인 사주, 63빌딩보다 높은 빌딩은?, 특수분장사 되는 법, 싫은 사람 퇴치법, 영풍치킨 재료, 드라이 아이스로 티눈 없애는 법, 최고의 탈모 치료제, 마술 비법 공개, 혼자서 전자소송 쉽게 하기. 팩트체크, 성공하는 유튜브 채널 만들기, 오디오 북 만들기, 탈세 연예인 기업인 정치인 목록, 중고 자동차 가격, 중2병 자녀와 친해지는 법, 암 극복하는 법, 영화 촬영지, 나는 SOLO 촬영지, 수제 맥주 만들기, 빌려준 돈 쉽게 받는 법, 비상금 숨기는 최고의 장소, 숨긴 비상금 찾는 법, 낱말 퀴즈, 숨은그림찾기, 여행하기 좋은 장소 찾기, 최고의 뷰 맛집 찾기, 리미티드한정판 찾기, 해킹 법, 복요리 하는 법, 컴퓨터 견적내기, 기업 소개 및 연락처 알기, 최고의 제목 만들기, 최고의 이름 짓기, 수학 문제 풀기, 영어 회화하기, 사투리 번역하기, 나에게 맞는 최고의 다이어트 식단 찾기, 부동산 부자되는 법, 암호화폐 성공 투자법, 도배 잘하는 법, 인테리어 잘하는 법, 놀랄만한 광고 카피 만들기 등...

살펴본 것처럼 챗GPT는 업무, 취미 또는 세상의 모든 잡다한 질문에도 무한대의 정보를 제공해 준다는 것을 알 수 있을 것이다. **결국 챗GPT의 가치는 사용자가 던지는 질문의 수준에 따라 달라지는 것이다.**

004. 도대 챗GPT는 누가 만들었니?

챗GPT는 오픈AI(OpenAI)에서 개발한 자연어 처리 모델이며, 오픈AI는 인공지능 연구 및 개발을 수행하는 연구 기관으로 일론 머스크, 그렉 브록만, 존슨 트랜 등에 의해 창립되었다.

 ## 일론 머스크(Elon Musk)

일론 머스크는 남아프리카 출신의 기업가, 발명가, 투자가이다. 트위터, 페이팔, 스페이스X, 테슬라 등의 창업자로 이 기업들을 이끄는 CEO로도 유명하다. 또한 일론 머스크는 인공지능과 뇌-컴퓨터 인터페이스 기술, 화성 탐사 등의 분야에서 혁신적인 아이디어와 열정적인 비전을 제시하며, 암호화폐, 트위터 인수 등으로 인해 국제적으로 주목받는 인물이기도 하다.

 ## 그렉 브록만(Greg Brockman)

그렉 브록만은 미국의 컴퓨터 프로그래머이자 기업가로 현재 오픈AI의 CEO이다. 컴퓨터 과학, 인공지능, 딥러닝 등의 분야에서 전문적인 지식과 경험을 갖추고 있으며, OpenAI의 인공지능 연구와 개발에 큰 역할을 하고 있다.

 ## 존슨 트랜(John Schulman)

존슨 트랜은 미국의 인공지능 연구자이며, 오픈AI의 창업 멤버 중 한 명이다. 딥러닝 분야에서 많은 경험과 지식을 갖추고 있으며, 인공지능과 로봇 공학 분야에서의 연구로도 잘 알려져 있다.

챗GPT는 현재 GPT-4까지의 진화되었다. 이전에는 2018년에 GPT-1(1억 천 7백만 개의 파라미터), 2019년에 GPT-2(15억 개의 파라미터) 그리고 2020년에 GPT-3(1,750억 개의 파라미터)를 가지고 있었다. 하지만 2023년 3월에 출시된 GPT-4.0의 정보는 아직 공개되지 않았지만 이전 모델보다 훨씬 많은 파라미터를 가지고 있는 것으로 알려져있다.

≡ 챗GPT-3.0

GPT-3는 약 1,750억 개의 매개변수를 가지고 있어 GPT-2보다 훨씬 크고 강력한 성능을 발휘한다. GPT-3의 발전으로 인해 이 모델은 다양한 언어 작업에서 뛰어난 성능을 보여주고 있으며, 이를 통해 기계 번역, 질문-답변 시스템, 텍스트 요약, 문장 생성 등 다양한 분야에서 활용할 수 있다. 또한, 특정 분야의 전문 지식을 활용하는 응용 프로그램 개발에도 도움이 된다. 예를 들어, 법률 자문, 메디컬 정보 처리, 도메인별 전문가 시스템 등에 사용될 수 있으며, 나아가 콘텐츠 생성, 교정, 감정 분석, 개체명 인식 등 다양한 언어 처리 작업에 활용된다.

파라미터 개수

GPT-3는 약 1,750억 개의 매개변수를 가지고 있다. 이는 이전 버전인 GPT-2 (약 15억 개의 매개변수)보다 훨씬 크며, 이로 인해 훨씬 더 복잡한 언어 패턴과 문맥을 이해할 수 있다.

디코더 블록 층수

GPT-3는 트랜스포머 아키텍처를 기반으로 하며, 이 아키텍처에는 인코더(정보 입력)와 디코더(정보 출력)가 포함된다. 그러나 GPT-3는 디코더만 사용하는 **디**

코더-전용 아키텍처를 사용함에 따라서 GPT-3의 **디코더 블록 층수**는 실제로 그 자체의 트랜스포머 아키텍처 층수를 의미한다.

입력 토큰 개수

GPT-3의 입력 토큰 개수는 모델의 크기와 문맥 창(context window) 크기에 따라 결정되는데, 이는 모델이 처리할 수 있는 최대 토큰 수를 나타낸다. GPT-3의 경우 최대 문맥 창 크기는 2048 토큰으로 설정되어있다. 이것은 GPT-3가 한 번에 처리할 수 있는 최대 문자, 단어, 혹은 기호의 수를 의미한다.

≡ 챗GPT-4.0

GPT-4는 GPT-3.5의 후속 버전으로 출시된 후 아직 파라미터 등의 스팩이 공개되지는 않았지만 그동안의 버전이 진화되는 과정을 참고하면 1,000배 더 커진 170조 개의 파라미터를 가질 것으로 예측된다. 이것은 인간 두뇌 규모 수준의 매개변수로 일반적으로 자연어 처리(NLP) 및 텍스트 생성과 관련된 다양한 작업에서 높은 성능을 발휘한다. GPT-4는 이전 세대의 GPT 모델들 보다 여러 가지 장점을 가지고 있는데, 주요 장점은 다음과 같다.

언어 이해력

GPT-4는 많은 양의 데이터를 학습함으로써 높은 수준의 언어 이해력을 발휘하며, 이로 인해 자연어 처리(NLP)와 관련된 다양한 작업에서 높은 성능을 보인다.

다양한 언어 지원

GPT-4는 다양한 언어에 대해 학습하므로 여러 나라의 언어로 텍스트 생성이 가능하며, 이로 인해 국제적인 커뮤니케이션 및 지원에 도움이 된다.

다목적 활용

GPT-4는 텍스트 생성, 기계 번역, 요약, 질문 응답 시스템 등 다양한 분야에서 활용할 수 있으며, 이를 통해 여러 가지 애플리케이션에 적용할 수 있다.

높은 텍스트 생성 품질

GPT-4는 이전 세대의 모델보다 더욱 자연스러운 문장 생성이 가능하며, 맥락에 부합하는 내용을 생성하는데 뛰어나다.

적응성

GPT-4는 새로운 도메인이나 작업에 대해 추가 훈련이 가능하여 특정 분야에 대한 성능을 개선할 수 있다.

지능과 지식 향상

GPT-4는 뛰어난 언어 이해와 처리 능력으로 한 번에 처리할 수 있는 단어 수는 25,000개(영문 기준)이며, 기억력도 최대 64,000개(책 50페이지, 토큰 32,768개) 단어까지 기억할 수 있어 더욱 정교하게 사용자 질문에 대응할 수 있다.

이러한 장점에도 불구하고 GPT-4는 아직 완벽한 것은 아니다. 민감한 데이터 처리나 편향된 정보 학습 등의 문제를 가지고 있을 수 있기 때문이다.

● 버전별 챗GPT 모델 성능 비교표 ●

	GPT-3	GPT-4	GPT-5
파라미터 개수	1,750억 개	170조 개(예상)	?
디코더 블록 층수	96개	192개(예상)	?
입력 토큰 개수	1,024개	32,768 개(예상)	?

인간 두뇌는 매우 복잡한 구조로, 인지, 학습, 기억, 감각, 운동 및 감정과 같은 다양한 기능을 수행하며, AI(GPT)는 주로 특정 작업을 수행하는데 최적화된 알고리즘과 모델을 사용한다. 지금까지의 AI 기술은 많은 발전을 이루었지만 인간의 두뇌와 비교할 때 여전히 범용 지능, 학습 효율성, 감정 및 사회성, 상식 및 추론 등 몇 가지 중요한 차이점이 존재한다. 하지만 AI 연구는 급속도로 발전되고 있기 때문에 조만간 인간의 두뇌와 비슷한 능력을 가진 AI가 개발될 것이며, 머지않아 인간을 뛰어넘는 AI가 탄생할 것이라는 것은 확실하다. 물론 이런 기술의 비약은 동시에 미래의 사회, 경제, 윤리적 측면에 대한 영향을 고려해야 하는 중요한 책임도 포함되어야 한다.

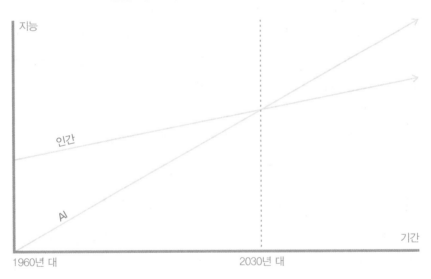

● 인간과 AI의 GPT 인지능력 발전 추이 ●

006. 구글로 검색하는 시대는 끝났다?

결론부터 말하자면 챗GPG 등장에도 구글과 같은 검색 엔진의 중요성이 감소했다고 말하기는 어렵다. GPT와 같은 대화형 AI가 많은 정보를 제공할 수 있지만, 여전히 웹 검색은 정보를 찾는 데 있어 중요한 도구이기 때문이다. 구글 검색과 같은 검색 엔진은 웹 상의 방대한 양의 정보에서 특정 정보를 빠르게 찾아주는 역할을 하는데, 이는 공식 웹사이트, 뉴스 기사, 학술 논문 등 다양한 소스에서 정보를 검색할 때 특히 유용하다.

반면에, 챗GPT와 같은 AI는 대화형 인터페이스를 통해 사용자의 질문에 대한 자세한 답변을 제공하고, 복잡한 문제를 해결하는데 도움을 줄 수 있다. 또한, 이러한 AI는 사용자의 요구에 맞춰 정보를 개인화하고, 상황에 따라 다른 답변을 제공할 수 있다. 따라서 이 두 가지 도구는 서로 보완적인 역할을 수행하며, 사용자의 필요에 따라 적절한 도구를 선택하여 사용할 수 있다. GPT 및 유사한 AI 기술이 발전하면서 우리는 더욱 다양한 방식으로 정보를 찾고, 문제를 해결할 수 있는 능력을 갖게 되었지만 이것으로 구글 검색 시대가 끝났다는 것이 아닌 정보를 찾고 이해하는데 있어 더 많은 선택지가 생겼다는 것으로 이해해야 할 것이다.

구글과 같은 검색 엔진 플랫폼의 진화는 어떨까?

검색 엔진 플랫폼들, 특히 구글은 꾸준히 진화하고 있다. 이들의 목표는 사용자가 원하는 정보를 더 빠르고 정확하게 찾을 수 있도록 도와주는 것이다. 몇 가지 주요 진화와 트렌드를 살펴보면 다음과 같다.

●●● 인공지능과 머신러닝 구글은 자체 인공지능 기술인 랭크브레인(RankBrain)을 검색 알고리즘에 통합하였다. 이는 검색 쿼리의 의미를 더 잘 이해하고, 사용자가 원하는 정보를 더 정확하게 제공하도록 돕는다. 머신러닝은 시간이 지남에 따라 검색 결과를 개선하는 데에도 사용된다.

●●● 음성 검색과 자연어 처리 스마트폰과 스마트 스피커의 보급률이 높아지면서 음성 검색의 중요성이 증가하고 있다. 이에 따라 구글은 자연어 처리 기술을 개선하여 사용자의 음성 쿼리를 더 잘 이해하고 처리할 수 있도록 하고 있다.

●●● 모바일 우선 인덱싱 사용자들이 주로 모바일 장치를 사용하여 검색을 수행하기 때문에 구글은 [모바일 우선 인덱싱]을 도입하였다. 이는 웹사이트의 모바일 버전을 기반으로 검색 결과를 생성하는 것을 의미한다.

●●● 개인화된 검색 결과 구글은 사용자의 검색 기록, 위치, 기기 유형 등을 고려하여 개인화된 검색 결과를 제공하고 있다. 이를 통해 각 사용자에게 가장 관련성 있는 정보를 제공한다.

●●● 시멘틱 검색 구글은 시멘틱 검색 기술을 통해 단어나 구문의 의미를 더 잘 이해하고, 사용자의 의도와 맥락에 따른 검색 결과를 제공한다. 이런 변화와 진화는 검색 엔진이 사용자의 의도와 요구를 더 잘 이해하고, 그에 따른 가장 관련성 있는 정보를 제공하도록 도와준다. 따라서 사용자는 자신이 필요한 정보를 더 빠르고 쉽게 찾을 수 있게 된다.

이처럼 구글은 지속적인 향상과 혁신을 통해 보다 우수한 검색 서비스를 제공하기 위해 노력하고 있다. 더욱 정교한 알고리즘 개발로 사용자의 검색 경험을 증대시키고, 그 과정에서 발생하는 새로운 기술적 도전을 극복하고자 다양한 전략을 채택하고 있다. 챗GPT 대항마로 출시된 바드(Bard)를 보더라도 구글이 얼마나 치밀한지 알 수 있는 대목이다. 물론 구글 바드는 아직 여러 가지 면에서 챗GPT에는 못미치지만 구글의 기술을 생각하면 몇 년 후에는 어떻게 바뀔지 아무도 모르는 일이다.

007. 챗GPT 무작정 시작하기

챗GPT가 무엇이고, AI가 무엇이며, 이 기술들이 어떤 것인지에 대한 설명을 계속 나열하는 것보다 챗GPT를 직접 사용하여 앞으로 어떻게 활용할 것인지에 대한 판단의 시간이 필요하다. 이제부터 챗GPT 웹사이트(오픈AI)에 들어가 계정을 만든 후 실제 사용하는 방법에 대해 알아보기로 한다.

≡ 챗GPT 사용을 위한 오픈AI에서 계정 만들기

구글이나 다음, 네이버 검색에서 ❶[Chat GPT]를 입력하여 검색한 후 ❷[ChatGPT]를 클릭하여 웹사이트로 들어간다. **챗GPT를 사용하기 위해서는 오픈AI의 계정이 있어야 하며, 사용 인터넷 브라우저는 크롬을 권장하며, 스마트폰을 사용할 때도 크롬 브라우저를 통해 들어가길 권장한다.**

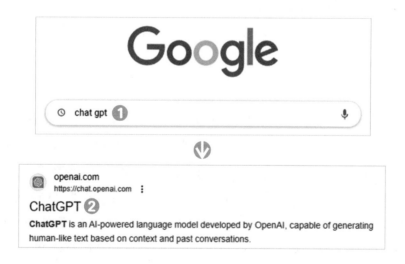

오픈AI 웹사이트가 열리면 상단 화면에서 [Sign up] 버튼을 클릭하여 오픈AI의 계정을 만들기 위한 창을 열어준다.

클릭

위 이미지는 버전에 따라 달라질 수 있음

☑ 맥 OSX에서는 다음과 같이 Sign up 창의 모습이 다르지만 계정을 만들고 사용하는 방법은 별 차이가 없다.

계정 만들기 창이 뜨면 자신의 계정에 맞게 선택하면 된다. 필자는 이메일로 별도의 계정을 만들기 위해 ❶[이메일]을 입력한 후❷ [Continue] 버튼을 클릭하였다.

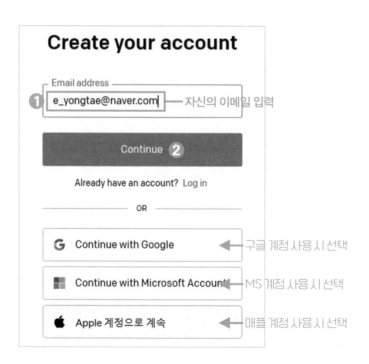

스마트폰에서 챗GPT로 들어갈 때 지문 인식 메시지가 뜬다면?

만약 스마트폰에서 챗GPT로 들어갈 때 지문 인식을 하라는 메시지가 뜬다면 절차에 맞게 지
문을 등록한 후 계정을 등록해야 한다.

☑ 구글 선택 시 구글 계정 선택 창이 열리면 자신이 사용하는 계정을 선택하면 간편하
게 오픈AI 계정을 만들 수 있다. 스마트폰을 사용한다면 구글 계정은 기본적으로 등
록되어 있지만 만약 구글 계정이 없으면 만들어 주어야 한다.

비밀번호(Password) 입력 창에서 원하는 ❶비밀번호를 입력한 후 ❷[Continue] 버튼
을 누른다. 비밀번호는 영문, 숫자, 특수문자 포함 8글자 이상이어야 한다.

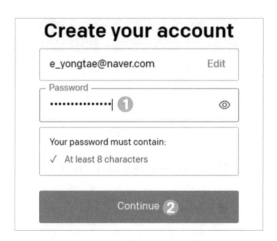

방금 작성한 이메일 주소로 작성한 이메일 검증을 위한 메일이 보내졌다면 해당 메일함에 들어가 **오픈AI에서 온 메일을 열어준다. 첫 번째 그림의** Verify your email이 뜨지 **않아도 해당 메일함에 들어가면 된다.**

이메일 인증을 위해 [Verify email address] 버튼을 클릭한다.

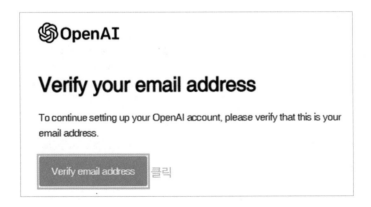

☑ 본 이메일 계정 만들기 과정은 오픈AI 정책에 의해 설명과 달라질 수 있다.

이름 입력 창에서 자신의 ❶이름(영문)을 입력한 후 ❷[Continue] 버튼을 클릭한다.

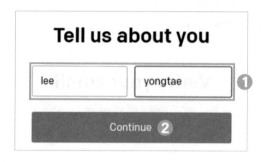

☑ 크롬 브라우저에의 빈 곳에서 [우측 마우스 버튼] – [한국어(으)로 번역]을 선택하
면 한글 화면으로 바뀌어 보다 친숙한 언어로 사용할 수 있다.

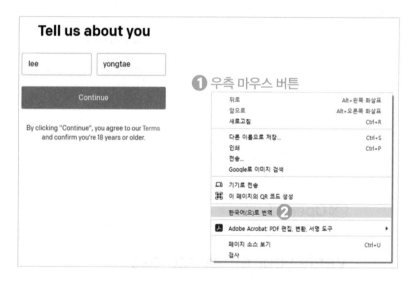

❶[계속하기] 버튼을 클릭한 후 전화번호 입력 창에서 ❷[자기 전화번호]를 입력한
다음 ❸[코드 보내기] 버튼을 누른다.

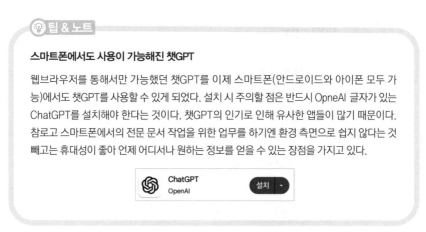

팁 & 노트

스마트폰에서도 사용이 가능해진 챗GPT

웹브라우저를 통해서만 가능했던 챗GPT를 이제 스마트폰(안드로이드와 아이폰 모두 가능)에서도 챗GPT를 사용할 수 있게 되었다. 설치 시 주의할 점은 반드시 OpneAI 글자가 있는 ChatGPT를 설치해야 한다는 것이다. 챗GPT의 인기로 인해 유사한 앱들이 많기 때문이다. 참로고 스마트폰에서의 전문 문서 작업을 위한 업무를 하기엔 환경 측면으로 쉽지 않다는 것 빼고는 휴대성이 좋아 언제 어디서나 원하는 정보를 얻을 수 있는 장점을 가지고 있다.

자신의 폰 메시지로 온 **[6자리 코드]**를 입력하여 전화번호를 인증한다. 이것으로 오픈AI 계정 등록이 모두 완료되었다.

챗GPT 미리보기

전화번호 인증이 끝나면 이제 챗GPT를 사용할 수 있는데, 먼저 챗GPT가 무엇인지에 대한 설명을 **미리보기**로 확인해야 한다. **[다음]** ➡ **[다 음]** ➡ **[다음]** ➡ **[완료]** 버튼을 눌러 이동 및 종료한다.

≡ 첫 채팅 시작하기

이제 첫 채팅을 할 차례이다. 챗GPT 채팅 창이 열리면 가운데에 채팅하는 방법과 기능 그리고 제한 사항을 볼 수 있다. 일단 한번 읽어보고 챗GPT에 대해 이해하도록 한다. 그다음 처음으로 채팅(물어볼)할 주제를 [프롬프트]에 입력한다. 필자는 살고 있는 횡성 맛집인 ❶[강원도 횡성에 대해 알려주세요]라고 입력한 후 ❷[보내기] 버튼 또는 [엔터] 키를 누른다. 보내기 버튼 모양은 챗GPT 업데이트에 따라 달라질 수 있으며, 여러분은 각자 자신이 원하는 주제로 입력하여 답변을 확인해 본다.

참으로 절망적인 첫 채팅의 결과

기대가 컸던가? 첫 질문에 대한 답변은 과히 충격이었다. 횡성에 제비, 낙지 등의 미식 관광이 유명하다고? 그리고 온천 관광, 레일바이크, 빙어 축제 등은 정말이지 상상을 초월하는 말도 안 되는 답변이다. 여러분은 만족스러운 답변을 얻었나?

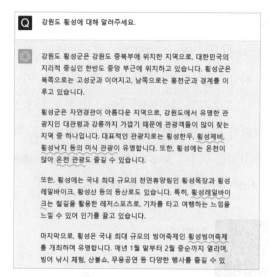

Q 강원도 횡성에 대해 알려주세요.

강원도 횡성군은 강원도 중북부에 위치한 지역으로, 대한민국의 지리적 중심인 한반도 중앙 부근에 위치하고 있습니다. 횡성군은 북쪽으로는 고성군과 이어지고, 남쪽으로는 홍천군과 경계를 이루고 있습니다.

횡성군은 자연경관이 아름다운 지역으로, 강원도에서 유명한 관광지인 대관령과 강릉까지 가깝기 때문에 관광객들이 많이 찾는 지역 중 하나입니다. 대표적인 관광지로는 횡성한우, 횡성제비, 횡성낙지 등의 미식 관광이 유명합니다. 또한, 횡성에는 온천이 많아 온천 관광도 즐길 수 있습니다.

또한, 횡성에는 국내 최대 규모의 천연휴양림인 횡성목장과 횡성 레일바이크, 황성산 등의 등산로도 있습니다. 특히, 횡성레일바이크는 철길을 활용한 레저스포츠로, 기차를 타고 여행하는 느낌을 느낄 수 있어 인기를 끌고 있습니다.

마지막으로, 횡성은 국내 최대 규모의 빙어축제인 횡성빙어축제를 개최하며 유명합니다. 매년 1월 말부터 2월 중순까지 열리며, 빙어 낚시 체험, 산불쇼, 무용공연 등 다양한 행사를 즐길 수 있

답변이 랜덤하게 작성되기 때문에 위와 다를 수 있음

☑ 할루시네이션(Hallucination) 챗GPT가 오류가 포함된 데이터 정보를 학습하여 틀린 답변을 마치 맞는 답변인 것처럼 출력하는 현상을 말한다. [이순신 장군이 훈민정음을 반대했던 이유]라는 질문을 던졌을 때 말도 안 되는 그럴싸한 답변을 한 것으로 유명하다. 이러한 문제는 인간의 피드백을 통해 학습하여 바로 잡는 RLHF(067페이지 참고)를 활용해야 한다.

챗GPT 제대로 사용하기 (답변 정확도 높이기) i

앞서 했던 첫 번째 채팅의 결과에 너무 충격을 받을 필요가 없다. 질문에 대한 구체적인 내용과 체계적인 구성이 되어있지 않은 상태로 질문(채팅)을 했기 때문이다. 다시 채팅하기 위해 좌측 상단의 [New chat: 새 채팅] 버튼을 누른다.

클릭

New chat

Today

횡성, 강원도 자연매력 ··· ◀ 채팅 정보 수정 및 지우기

새 채팅 창이 열리면 이번에는 그림처럼 좀 더 **구체적이고 체계적**으로 질문을 하였다. 답변의 결과는 첫 채팅 때보다 훨씬 만족스러운(정확한) 답변을 얻을 수 있었다.

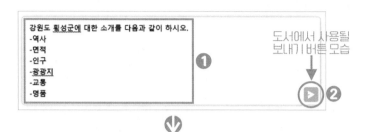

몇 가지 틀린 부분은 있지만 비교적 정확한 검색 결과

챗GPT 제대로 사용하기 (답변 정확도 높이기) ⅱ

더 높은 정확한 답변을 얻기 위해서는 질문에 대한 개선이 필요하다. 이번에는 질문의 정확성과 명확성을 높여 질문을 해본다. 필자는 다음과 같이 질문을 해보았다.

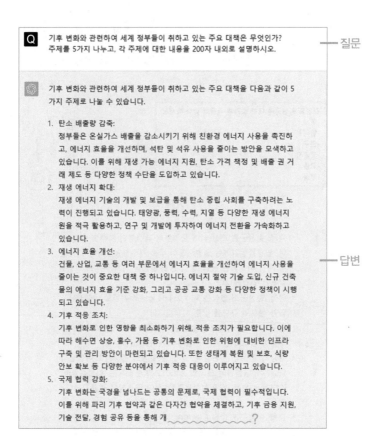

질문

답변

질문을 보다 명확하게 하였고, 각 주제에 대한 구분과 글자 수를 제시하였더니 챗GPT가 알맞은 정보를 찾아 정리하여 답변을 해준 것을 알 수 있다.

• **끊어진 답변 이어받기** 앞선 질문의 답변을 보면 길어진 답변에 마지막 내용이 제대로 표현되지 않았다. 채팅 입력 창에 ❶[계속]이란 글자를 입력하고 ❷[보내기] 또는 [엔터] 키를 누른다. 그러면 잘려진 내용이 이어지는 것을 알 수 있다.

개발도상국의 기후 대응 능력을 강화하는 데 도움을 주고 있습니다. 또한, 국제 기구와 비정부 조직, 민간 부문과의 협력을 통해 기후 변화 대응을 위한 다양한 프로젝트와 이니셔티브를 진행하고 있습니다.

이처럼 세계 정부들은 기후 변화와 관련하여 다양한 대책을 도입하고 실행하고 있습니다. 이러한 노력들이 지속적으로 이루어져야 기후 변화의 영향을 줄이고 지구의 지속 가능한 미래를 이룩할 수 있습니다.

☑ 답변의 길어져 문장이 끊기면 [계속], [이어서], [더], [그밖의], [그리고] 등의 글자를 입력하면 끊어진 문장을 이어서 제공 받을 수 있으며, 또는 새로 새긴 [Continue generating] 버튼을 사용할 수도 있다.

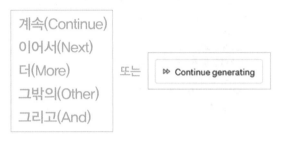

☑ 같은 질문에 대한 또 다른 답변을 원한다면 하단의 [응답 재생성(regenerate response)] 버튼을 누르면 되며, 이 버튼을 여러 번 눌러 원하는 답변이 나올 때까지 사용할 수 있다.

챗GPT 제대로 사용하기 (답변 정확도 높이기) iii

챗GPT는 IT와 관련된 전문적인 분야와 기술적인 부분에 더욱 효과를 발휘한다. 다음은 3D 제작 프로그램을 통해 표현할 수 있는 각 프로그램의 대한 질문에 대한 답변의 결과 앞선 질문들보다 훨씬 명확한 답변을 얻을 수 있었으며, 특히 의학 부분은 필자가 모르는 프로그램까지 설명된 것을 알 수 있었다.

Q 건축, 애니메이션, 메디컬, 캐릭터, 가상현실에 적합한 3D 제작
프로그램을 소개하고, 각 프로그램에 대한 소개를 100자 내외로
설명하시오.   ── 질문

1. 건축: SketchUp
   스케치업은 직관적인 인터페이스로 빠르게 건물 및 인테리어
   모델링을 할 수 있는 3D 설계 소프트웨어입니다.
2. 애니메이션: Blender
   블렌더는 오픈소스 3D 제작 툴로, 모델링부터 애니메이션, 렌
   더링, 게임 제작까지 다양한 기능을 제공합니다.
3. 메디컬: 3D Slicer
   3D 슬라이서는 의료 영상 데이터를 처리하고 시각화하기 위   ── 답변
   한 오픈소스 소프트웨어입니다.
4. 캐릭터: ZBrush
   ZBrush는 고해상도 3D 캐릭터 모델링 및 조각에 특화된 디지
   털 스케치 및 페인트 프로그램입니다.
5. 가상현실: Unity
   유니티는 2D/3D 게임 및 가상현실 콘텐츠 제작을 위한 강력
   한 게임 엔진 및 개발 환경입니다.

☰ 더 완벽한 답변을 얻기 위한 스킬들

챗GPT와 같은 인공지능에게 더 완벽한 답변을 얻을 수 있는 방법은 질문의 의도를
구체적으로 표현하기, 어려운 단어 사용하지 않기, 특정 정보를 찾는다면 그것에
대해 분명하게 질문하기, 원하는 정보의 세부 사항 제공하기, 질문과 관련된 배경
정보 제공하기, 요약 및 예시 그리고 단계별 설명 등을 질문에 포함하기, 필요한 경
우 여러 번 질문하기 등으로 질문에 대한 답변을 보다 명확하고 정확하게 얻을 수
있다. 다음은 GPT로 완벽한 답변을 얻기 위한 5가지 법칙이다.

01 명확한 질문하기

챗GPT는 명확한 질문에 대해 더 정확한 답변을 제공할 수 있다. 질문의 범위를 한
정하고, 구체적인 정보를 요청하는 것이 중요하다.

예시: 피자 반죽을 만드는 기본적인 재료와 비율은 무엇인가?

02 배경 정보 제공하기

질문에 필요한 배경 정보를 제공하면 GPT는 문맥을 이해하고 더 정확한 답변을 줄 수 있다.

예시: 초보자인데 파이썬으로 간단한 웹 스크래핑을 하려고 한다. 어떤 라이브러리를 사용해야 하나?

03 질문의 목적 및 의도 명시하기

질문의 목적과 의도를 명확히 표현하면 GPT는 그것에 맞추어 적절한 답변을 제공한다.

예시: 나는 중학생이고, 수학을 재미있게 공부할 수 있는 방법이 궁금하다. 어떻게 하면 좋을까?

04 정확한 정보 제공하기

챗GPT는 최신 정보에 대한 한계가 있으므로 시간이 지날수록 정확성이 떨어질 수 있다. 따라서 질문에 최신 정보를 명시해 주면 도움이 된다. 예시와 같이 특정 연도를 명시하면 보다 정확한 답변을 얻을 확률이 높아진다.

예시: 2021년 기준 가장 빠른 전기자동차는 무엇인가?

05 질문 범주 제한하기

너무 넓은 범주의 질문은 GPT로부터 구체적이고 완벽한 답변을 얻기 어려울 수 있다. 따라서 질문의 범주를 좁혀서 물어보면 더 좋은 답변을 얻을 수 있다. 예를 들어, **과학 분야에서 가장 중요한 발견은 무엇인가?보다는 생물학 분야에서 21세기의 가장 중요한 발견은 무엇인가?**와 같이 범주를 좁혀서 질문하는 것이 유리하다.

☑ 날짜(연도)에 민감한 GPT 챗GPT 3.5(무료 버전)는 2022년 1월, 4.0(유료 버전)은 2023년 4월까지의 학습 정보를 가지고 있기 때문에 이후의 정보는 제공하지 못한다. 이런 문제를 해결하기 위한 방법은 083페이지 [최신 정보를 반영하는 챗GPT 만들기] 편을 참고한다.

☰ 원하는 문체 유형으로 답변 얻기

상황과 목적에 따라 답변의 문장 유형을 문어체로 받거나 구어체 그리고 경어체와 평어체 등의 답변이 필요할 경우가 있다. 이러한 경우에도 챗GPT는 원하는 유형의 문체로 답변을 얻을 수 있다. 다음의 그림처럼 질문을 한 후 **[문어체로 설명해 주시오]**라고 요청하면 문어체 유형으로 답변을 얻을 수 있다.

20대 대상, <u>뷰티</u> 관련 소비자 패턴을 100자 내외의 **문어체로 설명하시오.**

 20대 소비자들은 독특한 개성을 추구하며, 온라인 평가를 참조하 👍 👎 여 구매 결정을 내린다. 친환경 제품과 동물 실험 비사용에 관심을 가지고, 경제성과 효과성을 우선시한다.

문어체의 답변이 필요한 경우는 공식적인 문맥이거나 정확한 정보 전달이 중요한 상황에서 사용된다. 예를 들어, 전문 서적, 학술 논문, 공식 보고서, 법률 문서, 신문 기사 등에서 문어체를 사용하며, 문어체는 정확한 문법, 어휘 및 구조를 따르며, 객관적이고 정확한 표현이 중요하다.

💡 팁 & 노트

답변에 대한 오류는 왜 생기나?

챗GPT를 사용하다 보면(스마트폰에서 많이 발생) 가끔 **[오류가 발생했습니다!]**라는 아주 기분 나쁜 메시지를 만나게 된다. 이 오류 메시지는 같은 시간에 많은 사람이 동시에 이용하여 서버에 무리가 생겼거나 질문 방식에 대한 문제 그리고 지나치게 많은 답변을 할 경우에 발생하기 때문에 이러한 문제가 발생되지 않도록 주의하는 것이 필요하다.

오류가 발생했습니다!

다시 시도하십시오

💡 팁 & 노트

생성형 인공지능에서 RLHF란?

RLHF는 Reinforcement learning from human feedback의 약자로 강화학습의 한 부분이며, 인간의 피드백을 통해 학습하는 것을 말한다. 일반적으로 강화학습은 보상 함수를 사람이 직접 정의해야 하기 때문에 문제가 복잡하고 미리 정의된 보상 함수를 만들기 어려운 경우가 있다. RLHF는 사람의 지도를 통해 보상 함수를 근사하거나 직접적으로 에이전트의 행동을 가이드하는 방식으로 학습을 진행한다. RLHF의 기본 아이디어는 사람이 제시하는 행동에 대한 평가나 피드백을 통해 에이전트를 학습시키는 것이다. 이를 통해 보다 안정적이고 효과적인 강화학습을 가능하게 하며, 인간의 지식과 경험을 효과적으로 활용하여 학습을 가속화할 수 있다. RLHF는 강화학습이 실제 환경에서 더 유용하게 적용되도록 도와줄 수 있는 중요한 연구 분야이다.

지금까지 챗GPT에서 한 질문은 한글이었다. 하지만 별 문제 없이 답변을 해주었다. 인터넷 환경이 쾌적하다면 불편함을 전혀 느끼지 못했을 것이다. 하지만 인터넷 환경이 열악하다면 한글로 입력하기보다는 영문으로 질문하여 보다 빠른 답변을 얻을 수 있다. 또한 처음부터 영문으로 질문했을 경우 한글 질문을 영문으로 번역하여 받고, 영문 답변을 다시 한국어로 번역하는 과정을 줄여줄 수 있기 때문에 보다 신속한 답변을 얻을 수 있으며, 문장 번역 시 오역률을 줄일 수 있어 더욱 정확한 답변을 얻을 수 있다.

☰ 챗GPT 3.5에서 4.0으로 갈아타기

지금까지 사용했던 챗GPT는 3.5 모델이었다. 3.5 모델은 2022년까지 수집된 데이터를 기준으로 답변을 하고, 파라미터와 디코더 블록, 토큰이 새로운 4.0에 비해 훨씬 떨어지기 때문에 보다 신속한 답변과 정확도를 높이기 위해서는 **2023년 3월에 출시된 챗GPT 4.0을 사용하길 권장한다.** 하지만 현재 4.0은 유료 서비스만 제공된다. **차후 시험 버전에서 릴리즈 버전이 되면 무료 서비스로 전환될 수도 있다.**

챗GPT 4.0을 사용하기 위해 채팅 창 좌측 하단의 [업그레이드 계획(Upgrade Plan)] 버튼 또는 채팅 창 상단의 ❶[채팅 버전] 선택 메뉴에서 ❷[GPT-4(플러스로 업그레이드)] 옵션을 선택한다. **만약 아직 유료 서비스인 챗GPT 4.0 모델을 사용하고 싶지 않다면 지금의 과정은 그냥 넘어가도 된다.**

챗GPT(오픈AI) 웹사이트 변경에 의해 다소 차이가 날 수 있음

챗GPT 플러스 USD $20/월에서 [플러스로 업그레이드] 버튼을 누른다. **무료 플랜과 플러스의 차이를 비교할 수 있으며, 팀(Team)은 여러 명이 사용할 수 있는 기업 서비스이다.**

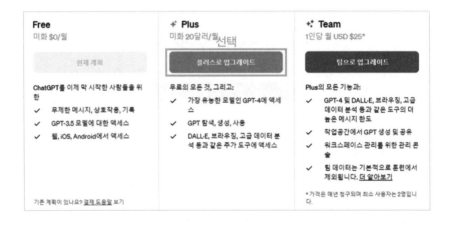

☑ 챗GPT +(플러스) 모델 기본 무료 모델에 비해 다양한 장점을 가지고 있다. 먼저, 향상된 응답 품질로 인해 더욱 정확하고 관련성 높은 답변을 제공되며, 높은 우선 순위로 처리되어 기본 모델보다 더 빠른 응답 시간을 체감할 수 있다.

결제 정보 창에서 자신의 ❶[결제 정보]를 입력한 후 ❷[구독하기] 버튼을 누른다. **월별 자동 결제를 사용하고자 한다면 하단의 [최소할 때까지 매달 위에 나열된 금액이 청구됩니 다...]을 체크하면 된다.**

💡 팁 & 노트

정기 구독(결제) 해지하는 방법

01 OpenAI 웹사이트(www.openai.com/) 접속(로그인)하기
02 우측 상단의 계정 아이콘을 클릭한 후 계정 설정(Settings)하기
03 구독 관리 설정 페이지에서 결제 정보(Billing) 탭으로 이동하기
04 구독 해지 페이지에서 구독 취소(Cancel Subscription) 버튼 누르기

챗GPT 플러그 모델이 결제되면 그림처럼 ChatGPT 4 모델로 전환되며, **상단 모델**
에서 원하는 모델 및 플러그인 등을 선택(설치)할 수 있다.

플러그인 사용 시

☑ 챗GPT-4 아키텍처를 기반으로 한 AI 모델이며, 2023년 4월까지의 데이터를 포함하고 있다. 그러므로 최신 정보는 반영하지 못할 수도 있다. 또한 아직 테스트 버전이기 때문에 GPT-3.5보다 답변 속도가 느려질 수 있다.

☑ 챗GPT-4 사용 시 속도가 채팅(답변)속도가 눈에 띄게 느려졌다면 지금까지 작업한 채팅 목록을 삭제하므로 초기 속도를 되찾을 수 있다.

009. 카카오톡 속 챗GPT는 신의 한 수

오픈AI가 아닌 카카오톡에도 챗GPT가 있다. 물론 카카오에서 자체 개발한 것은 아닌 오픈AI의 챗GPT를 연동하여 서비스를 제공하는 방식이다. 카카오톡에서는 **아숙업(AskUp)**이란 이름을 사용한다. 또한 OCR Optical Character Recognition : 광학 문자 인식 기술로 스캐닝된 문서의 문자를 판독할 수 있음 기술을 결합하여 문서의 사진을 찍어 전송하면 사진 속 문서 내용을 이해하고 답변(텍스트화)까지 가능하다.

☰ 아숙업(AskUp) 사용해 보기

카카오톡 아숙업을 사용해 보기 위해 카카오톡 채팅 창 상단에서 ❶[**아숙업**]이라고 입력한다. 아숙업 채널이 검색되면 ❷[**채널추가**] 버튼을 누른다.

AskUp 채널이 열리면 다시 한번 ❶[**채널 추가**] 버튼을 누른 후 최종적으로 ❷[**채널 추가**] 버튼을 눌러 아숙업 채널을 추가한다.

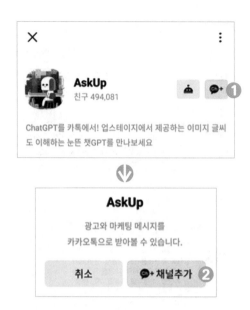

다시 채팅 창으로 돌아오면 AskUp에서 메시지가 전달된 것을 알 수 있다. 전달된 **[메시지를 클릭]**하여 채팅 창을 열어준다.

텍스트로 질문하기

먼저 일반적인 텍스트로 질문을 해본다. 앞서 오픈AI의 챗GPT에서 질문했던 것처럼 보다 체계적인 질문을 해보았다. 질문 후 잠시 동작하지 않다가 한 번에 답변을 내놓았다. 답변은 챗GPT와 거의 유사했다. 하지만 질문의 취지와는 상관없이 하나의 문장으로 답변을 내놓은 것을 알 수 있다. **카카오톡의 아숙업(AskUp)은 무료로 사용할 수 있어 부담은 없지만, 답변을 기획서나 보고서, 전문 기술 서적 등에 사용하기엔 부족한 것이 많다.**

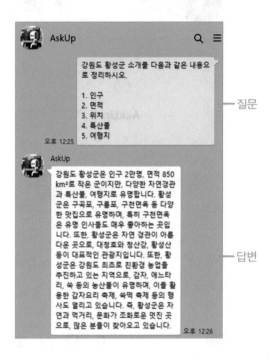

이미지에 포함된 텍스트 인식하기

아숙업은 OCR 기술이 탑재되어 이미지 속 글자를 인식할 수 있다. 필자는 컴퓨터 화면을 캡처해서 전달해 보았다. 잠시 후 전달된 이미지에서 254 글자를 읽었다고 답변이 왔다. **인식된 문자를 텍스트로 얻기 위해서는 별도의 명령이 필요하다.**

채팅 창에 ❶[한글로 써주세요]라고 입력한 후 ❷[전송] 버튼을 눌렀다. 잠시 후 앞서 이미지 속 텍스트를 한글로 작성해 주었다. 완벽한 인식률이었다.

번역하기

이미지 속 텍스트를 한글로 작성된 내용을 다른 나라 언어로도 번역이 가능하다. 채팅 창에서 [영문으로 번역해 주세요]라고 한 후 전송해 보면 한글 문장을 영문으로 완벽하게 번역해 준 것을 알 수 있다. **지금 이 순간 인공지능 시대라는 실감하는 순간이다.**

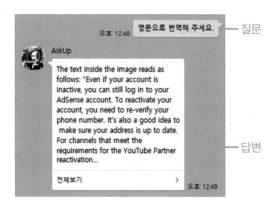

맞춤법 검사하기

아숙업도 맞춤법 능력이 있다. [아버지가방엣들어가신다.]의 맞춤법 검사해 주세요.라고 요청했더니 정확하게 맞춤법에 맞게 수정해 주었다.

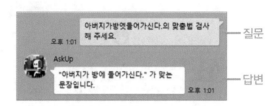

인물사진 보정하기

아숙업은 챗GPT도 하지 못하는 인물 사진을 가져와 보정하는 작업이 가능하다. 물론 이와 같은 작업은 수많은 사진 보정 앱으로도 가능하지만, 아숙업을 통해 간단하게 보정할 수 있다. 살펴보기 위해 채팅 창에서 ❶[파일 전송] 버튼을 눌러 학습자료에 있는 ❷[이미지]를 하나 가져온다.

📑 [학습자료] – [주미 06] 이미지 활용

방금 가져온 사진 속 인물을 인식했다면 다음과 같이 보정 스타일 버튼을 제공한다. 여기에서는 [젊게] 여성 아이콘 버튼을 누른다. 그러면 훨씬 젊고 예뻐진 사진으로 보정되는 것을 알 수 있다. 이렇듯 아숙업을 활용하면 챗GPT와 비슷한 듯 다른 스타일의 작업이 가능하다.

☑ 아숙업 사용 시 주의 사항

1 1,000자 이상의 이미지 인식 제한하여 넘어갈 경우 ChatGPT 모델 입력값의 한도로 인해 인식의 오류가 생기게 된다.

2 크레딧 제한 주어진 크레딧을 모두 소모하는 경우 더 이상 AskUp과 대화할 수 없다.

3 AskUp의 답변도 100% 정확한 정보라고 확신할 수 없기 때문에 중요한 정보일 경우에는 직접 찾아보는 것을 권장한다.

010. 마이크로소프트의 빙(Bing)에서 사용되는 챗GPT

오픈AI의 챗GPT는 마이크로소프트(MS)의 검색 엔진 빙(Bing)에서도 사용할 수 있다. 이것은 MS가 오픈AI를 인수하면서 가능하였다. 이 두 곳에서의 GPT는 AI 기술을 통해 자동으로 텍스트를 생성하고 내용을 요약해 주며, 필요에 따라 스스로 검색해 사용자들에게 정보를 제시해 주지만, 빙의 챗봇은 챗GPT에 비해 더 많은 플랫폼에서 사용 가능하다. 이것은 검색 엔진 빙이 지원되는 모든 장치, 즉 검색 엔진 빙에서 구동이 가능하며, 마이크로소프트의 화상 통화 플랫폼 스카이프(Skype)와 자사 웹 브라우저 엣지(Edge)에도 통합돼 구동되기 때문이다.

≡ 빙(Bing) 계정 생성 및 질문(채팅)하기

구글 검색에서 ❶[빙]을 입력하여 ❷[Bing]이 검색되면 클릭하여 마이크로소프트 빙 웹사이트를 열어준다.

빙 웹사이트가 열리면 좌측 상단 [채팅] 메뉴를 선택한다.

[Microsoft Edge 열기] ➜ [Microsoft Edge 열기] 버튼을 눌러 엣지 브라우저를 열어준다. 필자는 크롬 브라우저에서 검색했기 때문에 지금과 같은 엣지 브라우저 사용에 대한 창이 뜬 것이지만, 처음부터 엣지 브라우저를 사용하면 이 과정은 생략된다.

☑ 로그아웃 상태 또는 마이크로소프트 계정이 없을 때 화면 우측 상단에서 [로그인] 버튼을 눌러 로그인하거나 계정이 없을 때는 새로운 계정을 생성해야 한다.

채팅 창이 열리기 전에 채팅 모드에 대한 설명서가 나타나는데, 하단의 ❶[채팅 시작] 버튼을 누른다. 그다음 ❷[새 Bing에서 더 빠르게 액세스] 버튼을 누른 후 열린 창에서 ❸[지금 채팅] 버튼을 누른다. 상황에 따라 2~3 과정이 없을 수 있다. 빙의 채팅도 챗 GPT의 채팅과 특별한 차이는 없지만 궁금하다면 내용을 읽어보거나 [자세한 정보]를 통해 세부적인 설명을 볼 수 있다.

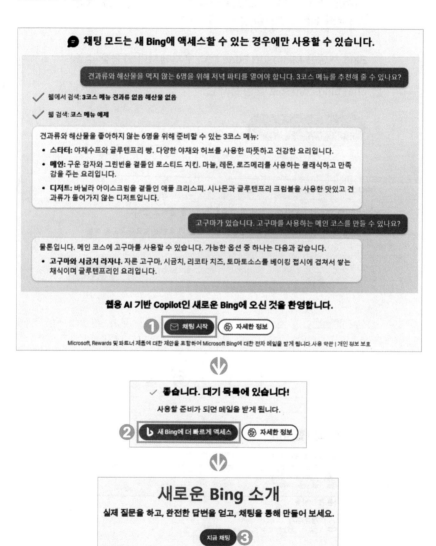

새 Bing 하단의 채팅 창에서 원하는 질문을 하면 된다. 상단에는 3개의 채팅 예시가 있으며, 중간에는 대화 스타일 3개 중 하나를 선택하여 질문을 할 수 있다.

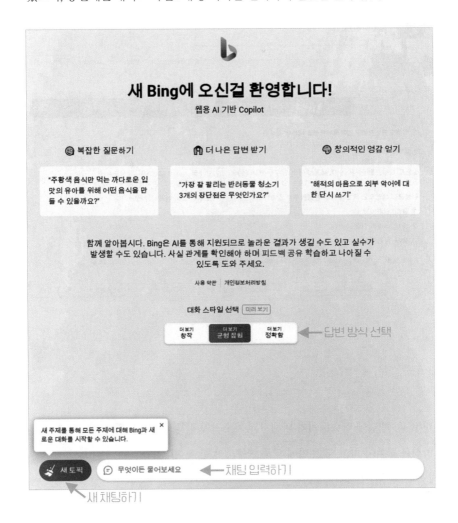

빙에서의 첫 질문(채팅)은 앞서 챗GPT에서 했던 질문을 그대로 해보았다. 질문에 대한 답은 챗GPT보다 만족스럽지는 않았지만, 출처에 대한 표기와 자세한 정보를 알려주는 것이 빙만의 장점이라고 볼 수 있다.

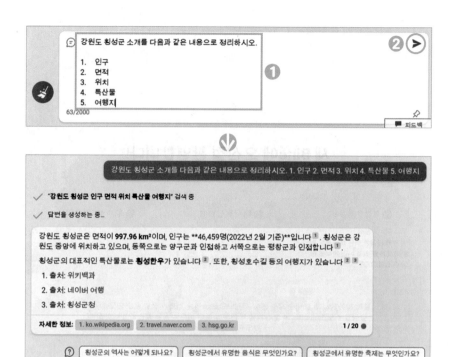

강원도 횡성군 소개를 다음과 같은 내용으로 정리하시오.

1. 인구
2. 면적
3. 위치
4. 특산물
5. 여행지

63/2000

❷ ➤

📌

💬 피드백

강원도 횡성군 소개를 다음과 같은 내용으로 정리하시오. 1. 인구 2. 면적 3. 위치 4. 특산물 5. 여행지

✓ "강원도 횡성군 인구 면적 위치 특산물 여행지" 검색 중

✓ 답변을 생성하는 중...

강원도 횡성군은 면적이 **997.96 km²**이며, 인구는 **46,459명(2022년 2월 기준)**입니다 [1]. 횡성군은 강원도 중앙에 위치하고 있으며, 동쪽으로는 양구군과 인접하고 서쪽으로는 평창군과 인접합니다 [1]. 횡성군의 대표적인 특산물로는 **횡성한우**가 있습니다 [2]. 또한, 횡성호수길 등의 여행지가 있습니다 [2] [3].

1. 출처: 위키백과
2. 출처: 네이버 여행
3. 출처: 횡성군청

자세한 정보: 1. ko.wikipedia.org 2. travel.naver.com 3. hsg.go.kr   1 / 20 ●

❓ 횡성군의 역사는 어떻게 되나요?   횡성군에서 유명한 음식은 무엇인가요?   횡성군에서 유명한 축제는 무엇인가요?

☑ 전체적으로 빙의 답변은 챗GPT보다 미흡한 것으로 파악되었지만 상대적으로 자료출처 및 최신 정보 기반 그리고 MS 모든 제품군에서 연동된다는 것이 빙만의 장점이라 할 수 있다.

빙(Bing) 채팅에 익숙해지기 위해서는 지속적인 질문과 답변을 통해 자신만의 질문 방식을 찾아야 하며, 활용법에 대해 연구해야 할 것이다.

챗GPT-4의 학습된 정보는 2021년 9월까지이다. 즉, 이 기간이 지난 정보는 답변할 수 있다는 의미이다. 우리가 챗GPT를 사용하는 데 있어 이 부분은 매우 중요한 부분이다. GPT가 아무리 유용하더라도 최신 정보를 실시간으로 제공할 수 없다는 것은 최대 단점이기 때문이다. 그렇다면 이러한 단점을 해결하는 방법은 없는 것일까? 지금으로써의 해결법은 확장 프로그램을 사용하는 것밖에는 없다.

☰ WebChatGPT 활용하기

GPT에 최신 정보를 제공하기 위해 WebChatGPT라는 확장 프로그램을 활용해 보기로 한다. 참고로 지금의 작업은 **크롬 브라우저에서 수행할 것이다.** 먼저 구글에서 **[WebChatGPT]**를 검색한 후 설치 페이지로 들어간다.

WebChatGPT 설치 페이지에서 ❶**[Chrome에 추가]** 버튼을 누른 후 열리는 창에서 ❷**[확장 프로그램 추가]** 버튼을 눌러 크롬 브라우저에서 사용되도록 등록한다.

WebChatGPT 확장 프로그램이 추가되면 챗GPT 프롬프트 하단에 그림처럼 새로운 기능이 나타난다. 3개의 기능은 다음과 같다.

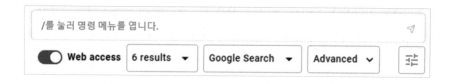

결과(results) 몇 개의 정보를 받을 것인지에 대한 선택으로 많을수록 정확한 정보를 얻을 수 있지만 검색 시간은 더 많이 소요된다.

검색엔진 검색에 사용할 검색엔진을 선택할 수 있다.

어드밴스(Advanced) 프롬프트 추가, 검색할 정보에 대한 기간, 검색할 지역(나라), 검색할 시간과 범위 등을 설정할 수 있다.

WebChatGPT 확장 프로그램 설치 유무를 비교하기 위해 [**2023년 한국 시리즈 우승팀은?**]이란 프롬프트를 작성하였다. 참고로 WebChatGPT 확장 프로그램을 통한 GPT 검색 시 프롬프트에 먼저 ❶[/] 키를 누른 후 어떤 곳에서 정보를 찾을지 선택해야 한다. 일반적으로 웹사이트 전체인 ❷/site: 방식을 사용한다.

아래의 답변 중 위쪽은 WebChatGPT 확장 프로그램이 설치되지 않았을 때이다. 역시 2023년에 대한 정보는 답변하지 못하였지만 아래쪽 답변은 WebChatGPT 확장 프로그램이 설치되었을 때의 답변으로 최신 정보도 정확하게 답변하고 있는 것을 알 수 있다. 이렇듯 최신 정보에 대한 답변을 원한다면 WebChatGPT 확장 프로그램은 매우 유용하게 사용될 것이다.

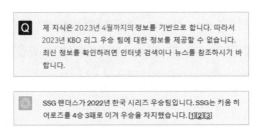

팁 & 노트

확장 프로그램 삭제 또는 잠그기

만약 WebChatGPT와 같은 확장 프로그램을 삭제하거나 잠시 해제(잠그기)하고자 한다면 크롬 브라우저 우측 상단의 **[확장 프로그램]** – **[확장 프로그램 관리]**를 선택한 후 해당 프로그램을 삭제 또는 잠금으로 설정할 수 있다.

WebChatGPT를 보다 신속하게 잠그기 위해서는 GPT 프롬프트 하단의 Web access 스위치를 클릭하여 꺼주는 것이다.

🤖 012. 한 단계 진화된 더 무서운 놈, Auto-GPT

오토-GPT는 창조적이고 세련된 사전 훈련된 생성 변환 인공지능(GPT)의 최신 버전인 GPT-4의 놀라운 능력을 활용하여 스스로 프롬프트를 생성하는 뛰어난 자율적 머신러닝 애플리케이션이다. 인간 작업자의 개입이 최소화하여 다양한 분야에서 여러 작업을 효율적으로 처리하는데 뛰어난 역량을 발휘한다.

여기에서는 파이썬 Python: 간결하고 사용하기 쉬운 프로그래밍 언어로, 다양한 분야에 활용됨 이나 깃 Git: 협업을 돕는 코드 관리 도구로 수정 내역 추적이 용이함 을 사용하지 않고 간편하게 사용할 수 있는 에이전트 GPT를 활용해 본다.

☰ Agent GPT를 활용한 오토-GPT

챗GPT는 작업 단계를 개별적으로 수행하고 오랫동안 처리해야 하는 작업에 한계가 있으므로 독립적인 작업을 완벽하게 수행하기 위해서는 반복적으로 작업을 자동으로 에이전트 처리 기능이 필요하다. Agent(에이전트) GPT는 OpenAI의 챗GPT의 API를 활용하여 독립적인 인공지능 에이전트를 생성하고 배포할 수 있다.

에이전트 GPT를 사용하기 위해 https://agentgpt.reworkd.ai/ko 또는 다음의 바로가기 파일을 실행하여 GPT 웹사이트로 들어간다.

📑 [학습자료] – [AgentGPT] 바로가기 실행

에이전트 GPT 웹사이트를 보면 챗 GPT와 유사한 프롬프트 입력 창이 나타나는 것을 알 수 있다. Name에서는 자신이 사용할 에이전트 이름(주제)을 입력한 후 아래쪽 Goal(목표)을 통해 프롬프트를 입력하여 배포하면 된다. 여기에서 먼저 간단하게 에이전트 GPT를 사용하기 위해 ①[Name]과 ②[Goal]에 자신이 원하는 주제와 프롬프트를 입력한 후 ③[에이전트 배포] 버튼을 클릭한다. **필자는 Name에 [인공지능과 예술], Goal에 [인공지능과 예술을 접목할 수 있는 직업 소개하기]라는 한글을 입력하였다.**

프롬프트 결과를 보면 한글로 작성된 프롬프트를 정확하게 인식하여 답변을 준 것을 알 수 있다. 하지만 답변은 영문으로 출력된다. 출력된 내용은 구글이나 파파고와 같은 번역기를 사용하거나 크롬 브라우저를 사용할 경우 웹브라우저에서 **[우측 마우스 버튼] – [한국어(으)로 번역]**을 통해 한글로 직접 번역할 수 있다.

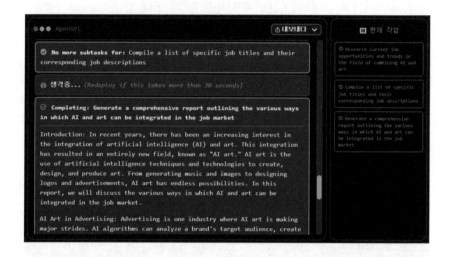

작성된 프롬프트 결과는 원하는 부분만 복사할 수 있으며, 우측 상단의 **[내보내기]** 메뉴를 통해 이미지, 복사(전체 내용), PDF 파일로 생성할 수 있다.

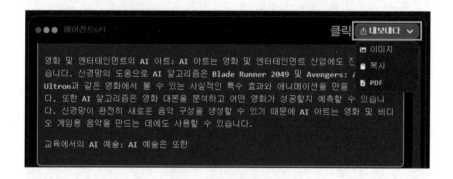

오픈 AI의 API 키 등록하기

현재 에이전트 GPT는 오픈 AI의 API를 활용하지 않고 있기 때문에 프롬프트의 결과를 보면 정보량이 부족하고 정확도도 다소 떨어지는 것을 알 수 있다. 그러므로 오픈 AI의 API를 활용해야 한다. 에이전트 GPT 화면 좌측 하단에서 [Settings] 버튼을 누른다.

오픈AI의 API란?

오픈AI의 API(Application Programming Interface)는 개발자가 오픈 AI의 기술, 특히 GPT와 같은 자연어 처리 모델을 이용하여 다양한 애플리케이션(프로그램)과 서비스를 구축할 수 있도록 공유가 가능한 개발 인터페이스이다.

설정 창이 열리면 먼저 오픈 AI의 API를 생성하여 에이전트 GPT로 가져오기 위해 https://platform.openai.com/account/api-keys 또는 학습자료 폴더의 바로가기 파일을 실행하여 API 키를 생성 페이지를 열어준다. **오픈 API를 생성하기 위해서는 먼저 오픈 AI 웹사이트에 로그인이 되어있어야 하며, 유료 요금제를 사용하는 사용자에게만 제공된다.**

📕 [학습자료] – [API keys – OpenAI API] 바로가기 실행

API 키 생성 창이 열리면 ❶[Create new secret key] 버튼을 클릭한다. 그다음 새로운

비밀 키의 ❷이름을 입력한 후 ❸[Create secret key] 버튼을 눌러 비밀 키를 생성한다. 비밀 키가 생성되면 ❹[Copy] 버튼을 눌러 복사한다. **생성된 비밀 API 키는 다른 사람과 공유해서는 안 되며, 한 번 생성된 키는 다시 표시되지 않기 때문에 메모장 등에 관리해야 한다. 물론 공개적으로 유출된 API 키를 자동으로 교체할 수도 있다.**

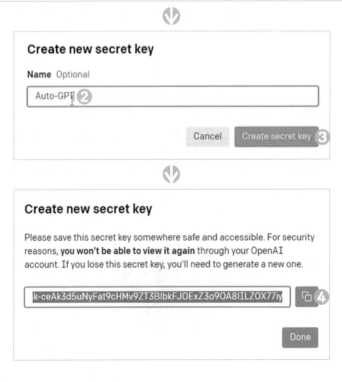

오픈 AI의 API 키가 복사됐다면 다시 에이전트 GPT 웹사이트로 이동한 후 설정 창의 ❶[Key에 붙여넣기(Ctrl+V)]한다. 그다음 ❷[고급 설정]을 열고, ❸[Tokens(토큰)]을 최댓값으로 설정한 후 ❹[Save] 버튼을 누른다.

☑ Model에서는 챗GPT 버전을 선택할 수 있는데, 기본적으로 GPT-3.5이며, GPT-4를 사용할 수도 있다. 하지만 GPT-4는 현재(2023년 5월 기준) API 키 대기자 신청을 한 후 기다려야(예측할 수 없음) GPT-4 모델의 API 키를 받을 수 있다.

설정 끝나면 **앞서와 똑같은 내용으로 프롬프트를 작성해 본다.** 그러면 방대한 결과물을 제공할 것이다. 다음의 결과물은 브라우저를 미리 한국어로 바꿔놓은 후의 결과이다. 분야별로 데이터를 수집 및 정리하여 구분해 놓은 것을 알 수 있다.

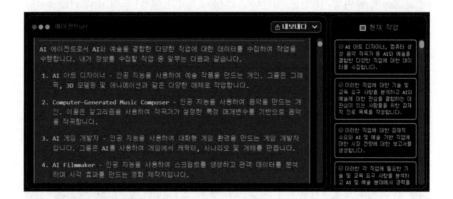

토큰(Token)이란?

토큰은 챗GPT나 에이전트 GPT 등의 인공지능 챗봇이 인식하는 언어의 핵심 구성 요소이다. 챗GPT 3.5는 무료 버전으로 최대 4,096개의 토큰(800~1,000단어 정도의 대화)을 저장할 수 있다. GPT는 지속적인 대화 환경을 제공하므로 끊임없는 대화를 할 수 있는 것처럼 느껴지지만, 사실 이전 대화 내용을 제거하며 새로운 대화를 이어나가기 때문에 질문을 섬세하게 구성하고, 적절한 답변을 얻으며, 대화 기록을 잘 관리해야 한다. 그러므로 토큰을 적절하게 활용하지 못하면 챗GPT로부터 이상적인 답변을 받기 어려울 수 있다. 참고로 챗GPT 4의 토큰은 32,768개로 이는 약 6만 4,000단어, 50페이지의 대화 분량을 기억할 수 있다. 참고로 토크나이저(Tokenizer)는 단어, 문자 형태를 분리하는 알고리즘 기술이다.

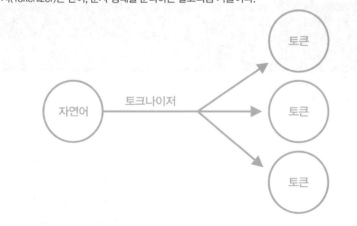

013. 챗GPT 자동 번역기로 영문 프롬프트 작성하기

최신 챗GPT는 한국어 사용에 특별한 문제가 없지만, 챗GPT 반응 속도를 최적화하고 오역률도 줄여주기 위해서는 한국어보다는 영문으로 프롬프트를 작성하는 것이 유리한 건 사실이다. 영어를 잘한다면 문제가 없지만 그렇지 않은 사람들은 영문 프롬프트 작성을 위해 번역기와 챗GPT 사이를 오가며 작업하는 것 또한 번거로운 일이다. 프롬프트 지니와 같은 자동 번역기를 사용하면 프롬프트 자체에서 자동으로 번역해 주기 때문에 이러한 불편한 과정을 한 번에 해결해 준다.

살펴보기 위해 [크롬 웹 스토어]에서 ❶[프롬프트 지니: ChatGPT 자동 번역기]를 검색한 후 ❷❸[Chrome에 추가] ➡ [확장 프로그램 추가] 버튼을 눌러 해당 프로그램을 추가한다.

프롬프트를 보면 방금 설치한 확장 프로그램(프롬프트 지니) 형식으로 바뀐 것을 알 수 있다.

먼저 프롬프트 좌측 하단의 [프롬프트 지니] 아이콘을 클릭하여 메뉴를 열어보면 번역할 언어 선택 메뉴들이 있다. 프롬프트 지니는 기본적으로 자동 번역 상태에서도 언어 인식을 잘하므로 [자동 번역] 상태로 사용해도 상관없다.

이제 프롬프트 지니를 사용하기 위해 [프롬프트]에 다음과 같은 내용을 입력한 후 [보내기] 버튼을 누른다.

『아마존에서 전자책 출판을 하려고 하는데, 아마존에서 가장 인기 있는 책 장르와 최신 트렌드 추이에 대해 소개해 줘』

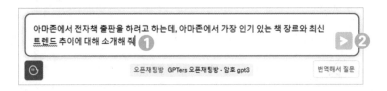

Q I am trying to publish an e-book on Amazon. Please introduce me to the most popular book genres and the latest trends on Amazon.

Certainly! Here's a summary of the most popular latest trends on Amazon to assist you with your e endeavor:

Popular Book Genres on Amazon

1. **Fiction**
   * **Romance:** Contemporary, historical, and para
   * **Thrillers/Mystery:** Crime, psychological thrill stories.
   * **Science Fiction/Fantasy:** Space operas, dyst
2. **Non-Fiction**
   * **Self-Help:** Personal development, motivation
   * **Biographies/Memoirs:** Life stories of famous
   * **Business/Finance:** Guides on personal finan entrepreneurship.
3. **Young Adult (YA):** Coming-of-age, fantasy, roma
4. **Children's Books:** Picture books, early readers,
5. **Health & Fitness:** Topics like dieting, exercise, m

Latest Trends on Amazon

1. **Diversity and Inclusion:** Focus on diverse chara (race, gender, sexual orientation).
2. **Climate and Environment:** Books related to envi and climate change.
3. **Mindfulness and Mental Health:** Emphasis on m mindfulness, stress reduction.
4. **Hybrid Genres:** Blending of genres like sci-fi wit with mystery.
5. **Series and Franchises:** Strong preference for se and ongoing series.
6. **Interactive and Multimedia E-books:** Growing tr interactive elements or additional content.
7. **Localized Content:** Focus on stories with a stro cultural identity.

As the market constantly evolves, it's a good idea emerging trends and updates within your specific Platforms like Amazon Kindle Direct Publishing (valuable insights into the market and can guide y content with what's currently in demand. If you're looking to cater to specific readers or want to innovate within a genre, understanding these trends will be key to your success.

 Q Please translate the above answer into Korean

물론이죠! 아래는 아마존에서 전자책 출판을 계획하고 있는 분을 위해 가장 인기 있는 책 장르와 최신 트렌드에 대한 한국어 번역입니다.

아마존에서 가장 인기 있는 책 장르

1. 소설
   * **로맨스:** 현대, 역사, 초자연 로맨스 등의 하위 장르.
   * **스릴러/미스터리:** 범죄, 심리 스릴러, 탐정 이야기.
   * **과학 소설/판타지:** 우주 오페라, 디스토피아, 대규모 판타지 등.
2. 논픽션
   * **자기계발:** 개인 발전, 동기 부여, 웰니스 관련 책들.
   * **전기/자서전:** 유명하거나 영감을 주는 인물들의 이야기.
   * **비즈니스/재무:** 개인 재무, 투자, 창업에 관한 안내서.
3. **영어덜트 (YA):** 청소년을 위한 성장기, 판타지, 로맨스 이야기.
4. **어린이 책:** 그림책, 초급 독자, 중등급 소설 등.
5. **건강 & 피트니스:** 다이어트, 운동, 정신 건강 등의 주제.

아마존에서의 최신 트렌드

1. **다양성과 포괄성:** 다양한 인물과 테마를 강조(인종, 성별, 성적 지향).
2. **기후와 환경:** 환경 문제와 기후 변화와 관련된 책.
3. **마음챙김과 정신 건강:** 정신 건강, 마음챙김, 스트레스 감소에 중점.
4. **혼합 장르:** 과학 소설과 로맨스 또는 판타지와 미스터리 같은 장르의 결합.
5. **시리즈와 프랜차이즈:** 연재물 스토리텔링과 지속적인 시리즈에 대한 강한 선호도.
6. **상호작용 및 멀티미디어 전자책:** 상호작용 요소나 추가 콘텐츠가 있는 전자책의 성장 추세.
7. **지역화된 콘텐츠:** 강한 장소 또는 문화 정체성을 가진 이야기에 대한 집중.

시장은 지속적으로 변화하므로, 특정 장르나 분야 내에서 새로운 트렌드와 업데이트를 지켜보는 것이 좋습니다. 아마존 Kindle Direct Publishing (KDP)와 같은 플랫폼은 시장에 대한 귀중한 통찰력을 제공하며 현재 수요와 일치하는 콘텐츠를 구성하는 데 도움이 될 수 있습니다. 특정 독자를 대상으로 하거나 장르 내에서 혁신하려는 경우, 이러한 추세를 이해하는 것이 성공의 열쇠가 될 것입니다.

한글 번역 ▶

살펴본 것처럼 프롬프트 지니는 챗GPT 프롬프트에서 자동으로 번역되기 때문에 매우 유용하다. 참고로 질문 뒤에 **[답변은 한국어]**를 추가 입력하여 질문하면 답변은 한국어로 해준다.

# 014. 챗GPT 고급 사용자가 쓰는 7가지 프롬프트 작성법

챗GPT 고급 사용자는 질문에 따른 다양한 답변을 제시하는 알고리즘의 특성을 잘 이해하고, 모델의 응답을 최적화하기 위해 특별한 프롬프트 작성법을 사용한다. 다음은 챗GPT를 효과적으로 활용하는데 도움이 될 수 있는 7가지 프롬프트 작성법이다.

01 단순하고 개별적인 문장 사용하기

• 일반적인 문장: 알려줘, 아메리카와 유럽에서 가장 인기 있는 여행지와 그곳의 주요 관광지는 무엇이며, 그곳의 음식은 어떻게 다르다고 생각해?

• 고급 문장: 아메리카에서 가장 인기 있는 여행지는 어디야?

02 역할 부여 하기

• 일반적인 문장: 독일의 역사에 대해 알려줘.

• 고급 문장: 만약 당신이 독일 역사에 대한 전문가라면, 어떻게 설명해 주실까요?

03 끊어서 지시하기

• 일반적인 문장: 창문을 닦는 방법을 알려줘.

• 고급 문장: 첫 번째로, 창문 닦는 준비로 어떤 물건들이 필요한지 알려줘.

04 질문에 대한 배경 정보 제공하기

• 일반적인 문장: 추천 책 있어?

• 고급 문장: 요즘 마음의 안정을 찾고 싶어서 도움이 될 만한 책을 찾고 있어. 추천 해줄 수 있을까?

05 질문에 대한 답변 형식 제공하기

• 일반적인 문장: 물이 끓는 이유가 뭐야?

- 고급 문장: 물이 끓는 과학적 원리를 3가지 주요 포인트로 요약해 줄 수 있을까?

06 단계별로 질문하기

- 일반적인 문장: 케이크를 어떻게 만들어?

- 고급 문장: 케이크를 만드는 첫 번째 단계는 무엇인가요?

07 단서 제공하기

- 일반적인 문장: 프랑스에 대해 알려줘.

- 고급 문장: 프랑스의 와인 문화에 대해서 특히 관심이 있어. 그 부분에 중점을 둬서 설명해 줄 수 있을까?

💡 팁 & 노트

Chat history & training을 통해 스스로 진화하는 챗GPT

챗GPT는 프롬프트에서 작성된 내용을 분석하여 질문자가 원하는 가장 근접한 답변을 제시한다. 이 과정에서 챗GPT는 질문자와 나눈 내용들을 통해 스스로 학습(Training)하여 한층 진화된 결과물을 생성한다. 세팅 창의 Data controls 항목에 있는 [Chat history & training]이 이러한 역할을 한다. 186페이지 [베타 피쳐스(Beta features)를 통해 챗GPT 플러그인 설치하기]를 참고한다.

PART

02

챗GPT 활용하기 (고급 편)

챗GPT의 고급 활용 방법에 중점을 둔 창의적 글쓰기, 블로그 작성, 웹소설 및 영화 시나리오 작성과 같은 복잡한 창작 활동부터 엑셀 활용법, PDF 작업, 음악 작곡, 영어 회화, 유튜브 및 미디어 관련 작업까지 다양한 분야에서 챗GPT를 활용하는 방법을 담고 있다. 또한 챗GPT를 사용한 독특한 플러그인의 활용과 직무 수행, 리포트 및 논문 작성, 자기소개서 쓰기 등의 실용적인 활용 방법도 포함되어 있어, 챗GPT를 비즈니스와 일상생활의 다양한 측면에서 효율적으로 사용하고자 하는 사용자에게 유용한 가이드가 될 것이다.

015. 창의적이고 세련된 글짓기를 위한 챗GPT

창의적인 글쓰기에 챗GPT를 활용한다면 아이디어 생성, 작문 초안 작성, 문법 및 문장 교정, 글의 확장 및 정제, 다양한 언어 지원, 일관된 글쓰기 및 스타일 유지, 콘텐츠 최적화 등에 도움을 받을 수 있다. 다음은 GPT에 적합한 글쓰기 장르에 대한 예시이다.

블로그 글 GPT는 블로그 글 작성을 도와주며, 다양한 주제에 대한 아이디어를 생성하고, 초안을 작성하고, 문법 오류를 수정할 수 있다.

소설 및 창작물 GPT는 창작 스토리나 소설 작성에 도움을 줄 수 있다. 캐릭터 개발, 플롯 아이디어, 대화 생성 등에 활용할 수 있다.

기사 및 뉴스 GPT는 기사 및 뉴스 작성에도 활용할 수 있다. 현재 이슈에 대한 배경 정보를 제공하고, 인용문을 생성하며, 주요 포인트를 강조하는데 도움이 된다.

학술 논문 및 리포트 GPT는 학술 논문이나 리포트 작성을 도와준다. 주제에 대한 연구를 도와주며, 초안 작성 및 교정에도 사용할 수 있다.

영화 및 드라마 대본 GPT는 영화나 드라마의 대본 작성을 도와준다. 대사, 시나리오, 캐릭터 개발 등에 활용할 수 있다.

이력서 및 자기소개서 GPT는 이력서 및 자기소개서 작성에 도움을 준다. 경력 및 학력 요약, 자기소개서의 내용 및 구조 개선 등에 활용할 수 있다.

그밖에 자기 계발 및 명상 그리고 교육 자료 작성, 출판 등 글쓰기와 관련된 다양한 곳에서 매우 유용하게 활용할 수 있다.

016. 챗GPT로 블로그 글 30초 만에 완성하기

챗GPT로 블로그 글을 빠르게 작성하는 방법은 주제 선택 후, 챗GPT에 입력하여 관련 내용을 생성하도록 요청한 후 생성된 초안을 검토하고, 수정 및 추가 작업을 진행하여 빠르게 글을 완성할 수 있다.

☰ 블로그 글 주제 선정하기

블로그 글 주제 선정 시, 독자들의 관심사, 업계 동향, 자신의 전문성 및 경험을 고려하여 독특하고 가치 있는 주제를 선택해야 한다. 먼저 블로그 글을 쓰기 위한 포괄적인 질문을 해본다. 필자는 [한국에서 가장 인기 있는 블로그 주제 10가지 추천하기]라고 질문하여 답변을 얻었다. 만약 자신이 원하는 주제가 나오지 않으면 [계속]이나 [그밖에]를 입력하여 재검색한다.

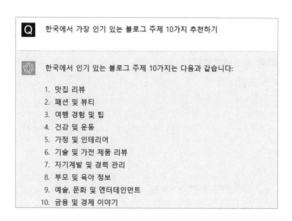

보다 구체화한 질문하기

위의 답변에서 주제를 찾았다면 해당 주제를 보다 구체화된 질문을 해본다. 필자는 여행 경험 및 팁을 주제로 선정하였고, 해당 주제에 대한 구체화된 질문으로 [4월에 반드시 가야할 벚꽃 축제 5곳 추천하기]로 검색하여 답변을 얻었다.

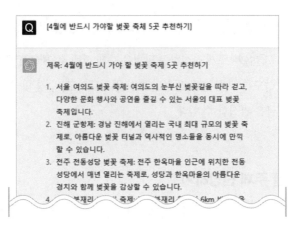

Q [4월에 반드시 가야할 벚꽃 축제 5곳 추천하기]

제목: 4월에 반드시 가야 할 벚꽃 축제 5곳 추천하기

1. 서울 여의도 벚꽃 축제: 여의도의 눈부신 벚꽃길을 따라 걷고, 다양한 문화 행사와 공연을 즐길 수 있는 서울의 대표 벚꽃 축제입니다.
2. 진해 군항제: 경남 진해에서 열리는 국내 최대 규모의 벚꽃 축제로, 아름다운 벚꽃 터널과 역사적인 명소들을 동시에 만끽할 수 있습니다.
3. 전주 전동성당 벚꽃 축제: 전주 한옥마을 인근에 위치한 전동성당에서 매년 열리는 축제로, 성당과 한옥마을의 아름다운 경치와 함께 벚꽃을 감상할 수 있습니다.
4. 부재리 벚꽃 축제: ...재리... 6km...을

세부적인 내용 질문하기

구체적인 여행지가 결정되었다면 이제 여행지로 가는 방법, 숙소, 맛집, 주변 볼거리 등에 대한 정보가 필요하다. 필자는 아직 한 번도 가보지 못한 진해 군항제에 대한 질문을 하여 다음과 같은 답변을 얻었다.

『진해 군항제에 대한 정보 설명하기
-교통편(KTX, 버스 포함)
-숙소
-맛집
-주변 볼거리 』

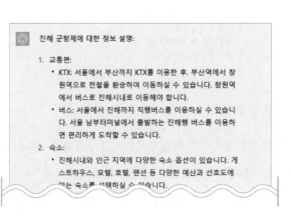

진해 군항제에 대한 정보 설명:

1. 교통편:
   • KTX: 서울에서 부산까지 KTX를 이용한 후, 부산역에서 창원역으로 전철을 환승하여 이동하실 수 있습니다. 창원역에서 버스로 진해시내로 이동해야 합니다.
   • 버스: 서울에서 진해까지 직행버스를 이용하실 수 있습니다. 서울 남부터미널에서 출발하는 진해행 버스를 이용하면 편리하게 도착할 수 있습니다.
2. 숙소:
   • 진해시내와 인근 지역에 다양한 숙소 옵션이 있습니다. 게스트하우스, 모텔, 호텔, 펜션 등 다양한 예산과 선호도에 맞는 숙소를 선택하실 수 있습니다.

팁 & 노트

표절 검사하기

블로그 글이라면 챗GPT에서 얻은 정보를 그대로 사용해도 문제가 없겠지만, 만약 찜찜하다면 표절 검사를 통해 검사를 받아본다. 다음은 즐겨 사용되는 표절 검사 웹사이트 3곳이다.

Grammarly 문법 교정뿐만 아니라 표절 검사 기능도 제공한다. 웹사이트, 브라우저 확장 프로그램, 프로그램으로 사용할 수 있다. www.grammarly.com

Turnitin 학술 및 전문 글쓰기에서 표절을 검출하는데 사용되는 웹사이트이다. 주로 학교, 대학 및 기업에서 사용되며, 정확한 표절 검사 결과를 제공한다. www.turnitin.com

Copyscape 무료 및 유료 표절 검사 서비스를 제공하는 웹사이트로 텍스트를 입력하거나 웹사이트 주소를 입력하여 표절 여부를 확인할 수 있다. www.copyscape.com

다양한 언어로 번역하기

블로그 글을 영문으로 답변을 얻었거나 반대로 한글을 영문 또는 다양한 언어로 번역해야 한다면 전문 번역기를 사용해야 한다. 다음은 즐겨 사용되는 번역기 3종에 대한 설명이다. 자신의 작업 상황에 맞게 적절하게 활용하면 될 것이다.

• **구글 번역기(Google Translate)** 구글 번역기는 전 세계에서 가장 많이 사용되는 번역기이다. 100여 개의 언어를 지원하며, 텍스트, 음성, 이미지 번역 등 다양한 기능을 무료로 제공한다.

• **파파고(Papago)** 파파고는 국내에서 가장 인기 있는 번역기이다. 한국어, 영어, 일본어, 중국어, 스페인어, 프랑스어, 독일어 등 13개 언어를 지원하며, 문장의 톤이나 감정 등을 고려하여 자연스러운 번역을 제공하는 것이 특징이다.

• **딥란(DeepL)** 유럽에서 인기 있는 번역기로 26개 언어를 지원하며, 딥러닝 기술을 적용하여 더욱 정확한 번역과 문장의 문맥을 파악하고, 번역할 때 가장 자연스러운 문장을 선택하여 제공하는 것이 특징이다. 무료 · 유료 버전을 제공한다.

☰ 블로그 글 유입을 위한 해시태그 및 키워드 선정하기

해시태그와 키워드는 **검색 엔진 최적화(SEO)**를 위해 필요하다. 콘텐츠를 쉽게 탐색할 수 있고, 브랜딩을 할 수 있으며, 소셜 미디어 마케팅에서 효과적으로 사용된다. 이것은 인터넷 사용자들은 검색 엔진을 이용하여 원하는 정보를 찾기 때문에 해당 콘텐츠가 검색 결과 상위에 노출될 수 있도록 관련된 키워드를 사용해야 한다. 그밖에 사용자들이 원하는 정보를 빠르게 찾을 수 있으며, 브랜드 인식률을 높일 수 있다. 이렇듯 적절한 해시태그와 키워드를 사용하면 콘텐츠와 관련된 사용자들에게 쉽게 노출될 수 있으며, 이를 통해 마케팅 효과를 극대화할 수 있다.

이제 각자 자신이 선정한 주제에 맞게 해시태그와 키워드에 대한 프롬프트를 작성한다. 필자는 앞서 선정한 주제(진해 벚꽃 축제)에 대한 프롬프트를 **[진해 벚꽃 축제 및 국내 벚꽃 축제에 대한 적당한 해시태그와 키워드 10개 추천하기]**로 작성하여 답변을 얻었다.

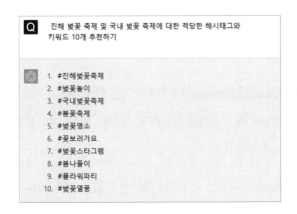

☰ 메타 디스크립션 작성하기

메타 디스크립션(Meta description)은 웹 페이지의 간략한 설명으로, HTML 코드 내에 위치한 메타 태그의 일종이다. 메타 디스크립션은 주로 검색 엔진 결과 페이지

SERP: Search engine results page 에서 해당 웹 페이지의 미리보기 요약 문구로 사용된다. 검색 엔진 최적화 SEO: search engine optimization 를 위해 메타 디스크립션을 잘 작성하는 것이 중요하다. 이를 통해 사용자들이 검색 결과에서 웹 페이지의 내용을 빠르게 이해할 수 있으며, 높은 클릭률(CTR)과 웹사이트 방문자 수를 늘릴 수 있다. 메타 디스크립션 작성 시 주의할 점은 다음과 같다.

- **간결하고 명확한 내용 작성** 대부분의 검색 엔진은 150~160자의 길이를 권장하는데, 구글은 160자, 네이버는 80자 미만이기 때문에 핵심 정보를 간결하게 전달할 수 있는 내용을 작성해야 한다.

- **키워드 포함** 웹 페이지와 관련된 주요 키워드를 메타 디스크립션에 포함해 검색 엔진이 페이지를 올바르게 인덱싱할 수 있도록 해야 한다. 그러나 키워드를 과도하게 채우는 키워드 스태핑(Keyword stuffing)은 오히려 SEO에 나쁜 영향을 미치므로 피해야 한다.

- **유일성** 각 웹 페이지마다 고유한 메타 디스크립션을 작성해야 한다. 중복된 메타 디스크립션은 검색 엔진에 혼동을 주고, 페이지의 SEO 효과를 감소시킬 수 있다.

- **유용한 정보 제공** 사용자가 웹 페이지에서 얻을 수 있는 가치를 명확하게 전달해야 한다. 메타 디스크립션에는 페이지의 주요 내용, 서비스, 혜택 등이 포함되어야 하며, 사용자의 관심을 끌 수 있는 정보를 제공해야 한다.

- **독창적이고 매력적인 문구 사용** 메타 디스크립션은 사용자의 클릭을 유도하는 마케팅 도구 역할도 하므로 독창적이고 매력적인 문구를 사용하여 경쟁 사이트와 차별화되는 메시지를 전달하는 것이 중요하다.

메타 디스크립션은 웹 페이지의 내용을 간략하게 요약하여 사용자와 검색 엔진에 제공하는 중요한 요소이기 때문에 위의 방법을 참고하여 메타 디스크립션을 작성함으로써 웹 페이지의 SEO 성능을 향상시키고 사용자의 관심을 끌 수 있다. 필자는 **[진해 벚꽃 축제를 홍보하기 위한 블로그 메타 스크립션을 150자 이내로 작성하기]**로 프롬프트를 작성하여 메타 디스크립션을 작성하였다.

☰ 관련 이미지 삽입하기

블로그 이미지는 독자의 관심을 끌고 글의 내용을 쉽게 이해하게 해준다. 또한 시각적 요소로 호소력을 높여 독자의 참여와 기억에 도움을 주며, 글의 전달력을 강화할 수 있는 이미지를 사용하는 것이 필요하다.

- **시각적인 미적 요소** 블로그에 시각적인 미적 요소를 추가하고 글의 디자인과 레이아웃을 개선하여 독자들에게 더욱 매력적인 경험을 제공한다.

- **내용 설명** 글의 내용을 보충하고 단어나 문장만으로는 전달하기 어려운 내용을 더욱 쉽게 이해할 수 있도록 도와준다.

- **브랜드 마케팅** 블로그의 브랜드를 강화하기 위한 노력의 일환으로 사용될 수 있으며, 브랜드 로고나 컬러, 이미지 디자인 등을 포함한 이미지는 블로그를 식별하고 브랜드 인식을 높일 수 있다.

- **소셜 미디어 공유** 블로그를 소셜 미디어에 공유할 때 유용하다. 사진이나 이미지는 블로그의 내용을 쉽게 이해할 수 있도록 도와주며, 공유된 게시물이 더욱 눈에

띄게 만들어준다.

- **검색 엔진 최적화(SEO)** 이미지는 블로그의 검색 엔진 최적화를 향상시키는 데에
  도 도움이 된다. 이미지에 대한 적절한 설명을 추가하여 검색 엔진에서 이미지 검
  색을 수행할 때 블로그가 노출될 가능성이 커지기 때문이다.

저작권 문제가 없는 무료 이미지 사용하기

블로그에 삽입되는 이미지는 저작권에 문제가 없는 것을 사용해야 하므로 무료 이
미지 제공 웹사이트에서 구하거나 유료 이미지 그리고 미드저니(MD)나 스테이블
디퓨전(SD)과 같은 생성형 AI 기술로 유니크한 이미지를 생성하여 사용할 수도 있
다. 다음은 저작권 문제가 없는 무료 이미지 제공 웹사이트이다. 이들 웹사이트에
서 블로그 글에 관련된 이미지를 검색하여 사용하면 된다.

- **언스플래시(Unsplash)** unsplash.com

- **펙셀스(Pexels)** www.pexels.com

- **픽사베이(Pixabay)** pixabay.com

- **프리피크(Fieepik)** www.freepik.com

AI로 생성된 유니크한 이미지 사용하기

저작권 문제가 없는 이미지는 AI 기술로 생성된 이미지를 생성하여 사용할 수도 있
다. 다음은 가장 많이 사용되는 AI 이미지 생성 웹사이트들이다. 참고로 AI 이미지
생성 방법은 본 도서의 3, 4부에서 다룰 미드저니와 스테이블 디퓨전 편에서 상세
히 다룰 것이다.

- **달-E(DALL-E)** OpenAI에서 개발한 AI 기반 이미지 생성 툴로 텍스트 설명을 기반으로 이미지를 생성한다. openai.com

- **런어웨이ML(RunwayML)** 인공지능 기반의 이미지 생성, 편집, 스타일 전송 등 다양한 기능을 제공하는 웹사이트이다. runwayml.com

- **아트브리더(Artbreeder)** AI 기반의 이미지 생성 플랫폼으로 다양한 카테고리의 이미지를 생성하고 조합할 수 있다. www.artbreeder.com

- **딥아트(DeepArt)** 인공지능 기반의 이미지 스타일 전송 웹사이트로 사용자가 선택한 스타일로 이미지를 변환해 준다. deepart.io

- **엔비디아 가우간(NVIDIA GauGAN)** 사용자가 그린 스케치를 기반으로 사실적인 이미지를 생성한다. www.nvidia.com/en-us/research/ai-playground

- **플레이그라운드 AI(Playground AI)** AI 기반 이미지 생성 툴로 텍스트 설명을 기반으로 이미지를 생성한다. playgroundai.com

- **미드저니(Midjourney)** 전 세계적으로 가장 관심을 끌고 있는 AI 기반 이미지 생성 툴로, 텍스트 설명을 기반으로 이미지를 생성한다. www.midjourney.com

- **젠-1(GEN-1)** Runway ML에서 개발한 AI 이미지 생성 모델로 그밖에 비디오 생성, 편집, 스타일 전송 등 다양한 기능을 제공한다. research.runwayml.com

- **스테이블 디퓨전(Stable Diffusion)** 미드저니와 더불어 가장 뜨거운 관심을 끌고 있으며, 오픈소스 라이선스로 배포한 text-to-image 인공지능 모델이다. 체크포인트 모델과 컨트롤넷이라는 플러그인으로 표현한다. git-scm.com

- **노벨 AI(NOVEL AI)** 소설을 쓰는데 유용한 인공지능 생성 툴이지만, 노벨 AI를 사용해 이미지 생성까지 가능하다. novelai.net

☰ 블로그 글 제목짓기

블로그 글 제목을 만들 때 중요한 것들은 다음과 같다. 첫 번째는 흥미를 끌 수 있는 표현을 사용해 독자의 관심을 끌어야 하며, 두 번째는 글의 주요 내용을 요약하여 제목이 내용을 정확하게 반영하도록 해야 한다. 그리고 세 번째는 키워드를 포함해 검색 엔진 최적화(SEO)에 도움이 되도록 만들어야 하며, 네 번째는 짧고 간결한 제목을 사용하여 독자가 한눈에 이해할 수 있도록 하고, 마지막으로 독창적인 제목을 사용하여 독자에게 신선함을 주어 기억에 남도록 하는 것이 필요하다. 필자는 앞서 선정한 주제에 맞는 제목을 프롬프트로 작성하였다. 특이한 점은 MZ 세대에게 어필하기 위해 **[진해 벚꽃 축제 관련 블로그 글 제목을 MZ 세대를 유혹하는 세련된 제목 짓기. 10개 추천]** MZ 세대를 삽입하였다.

> **Q** 진해 벚꽃 축제 관련 블로그 글 제목을 MZ 세대를 유혹하는 세련된 제목 짓기. 10개 추천
>
> MZ 세대를 대상으로 세련된 블로그 글 제목을 제안하겠습니다:
>
> 1. "🌸진해에서 봄의 순간을 잡다: 청춘의 벚꽃 여행기🌸"
> 2. "진해 벚꽃 축제: MZ 세대와 함께하는 봄의 뮤직 플레이리스트🎵"
> 3. "당신만 모르던 진해 벚꽃 명소: MZ 세대와 함께하는 히든 스팟 탐험🔍"
> 4. "진해의 봄은 다르다: MZ 세대를 위한 인스타그램 퍼펙트 스팟📸"
> 5. "#진해벚꽃축제: MZ 세대의 봄맞이 필수 셀프케어 가이드💆"
> 6. "진해에서 만나는 봄의 트렌드: MZ 세대와 함께하는 패션 & 라이프스타일 룩북👔"
> 7. "진해의 봄날, MZ 세대의 스토리: 벚꽃 아래서 나누는 우리들의 이야기📷"
> 8. "진해 벚꽃 축제의 모든 것: MZ 세대를 위한 48시간 진해 가이드📖"
> 9. "진해에서 만나는 벚꽃의 향기: MZ 세대와 함께하는 아트 & 문화 여행🎨"
> 10. "진해, MZ 세대와 함께 떠나는 봄의 로맨틱 여행: 벚꽃 피는 거리에서👟"
>
> 이러한 제목들은 MZ 세대의 관심을 끌고, 그들이 벚꽃 축제에 대해 더 알고 싶어하는 느낌을 줄 수 있습니다.

≡ 최종 포스팅하기

블로그에 포스팅될 글이 작성되었다면 문제가 없는지 점검을 한 후 포스팅해야 한다. 아무리 GPT와 같은 AI를 활용하여 글쓰기 도움을 받았다 하더라도 최종적으로 다음과 같은 부분에 신경을 쓰고 문제가 있다면 수정 후 포스팅해야 한다.

- **철저한 교정 및 편집** 오탈자, 문장 구조, 띄어쓰기 등 언어적 요소를 꼼꼼하게 점검해야 하며, 정확한 정보와 명확한 표현을 사용하여 독자에게 전문성을 보여준다.

- **논리적인 구조** 글의 흐름이 논리적이고 일관성 있어야 하며, 서론, 본론, 결론 등 각 부분이 자연스럽게 연결되도록 구성한다.

- **시각적 요소** 이미지, 동영상, 인포그래픽 등 시각적 요소를 적절하게 활용하여 독자의 이해를 돕고 관심을 끌어야 한다. 저작권을 준수하며 적절한 크기와 해상도의 이미지를 사용한다.

- **검색 엔진 최적화 (SEO)** 키워드를 적절하게 활용하여 검색 엔진에 노출될 가능성을 높인다. 제목, 서브 헤더, 본문 내용에 키워드를 자연스럽게 배치하며 과도한 키워드 사용을 피하는 것이 좋다.

- **사용자 경험(UX)** 글의 가독성을 높이기 위해 단락 구분, 서브헤딩, 목록 등의 요소를 사용하여 구조화한다. 글자 크기, 폰트, 배경색 등 디자인 요소도 독자에게 편안한 블로그 경험을 제공하도록 고려한다.

- **적절한 링크 활용** 관련된 다른 글이나 외부 자료를 참조하며, 정확한 출처를 표기한다. 이를 통해 독자에게 신뢰성을 높이고, 추가 정보를 제공할 수 있다.

- **모바일 최적화** 모바일 환경에서도 블로그 글이 제대로 표시되는지 확인한다. 스마트폰이나 태블릿 등 다양한 기기에서 글을 읽는 독자들이 편리하게 글을 볼 수 있도록 최적화를 고려한다.

🤖 017. 챗GPT를 활용하여 웹소설 작가로 등단하기

바야흐로 이야기 르네상스 시대이다. TV의 수많은 채널과 영화 그리고 넷플릭스, 왓챠, 웨이브, 아마존 프라임 비디오, 디즈니 +(플러스), 티빙 등 OTT **OTT: Over The Top의 줄임말로 인터넷을 통해 제공되는 비디오 콘텐츠 서비스** 플랫폼도 눈에 띄게 증가하고 있다. 그래도 우린 더 많은 이야기를 갈구하고 있다. 그렇다면 GPT를 활용하여 소설가에 도전해 보는 것은 어떨까?

다양한 이야기들이 필요한 지금, 웹소설 작가에 대한 관심이 늘어나고 있다. 웹툰 또한 유사한 분야지만 그림까지 그려야 하는 부담감이 없는 웹소설은 많은 사람에게 관심을 갖기에 충분하다. 소설가가 되고 싶은데 글 짓는 소질이 없다면 챗GPT는 최고의 조력자가 되어줄 것이다. 다음은 웹소설을 쓰기 위한 7가지 필수 요소이다. 이제 챗GPT를 통해 이 순서대로 작업을 해본다.

1 **아이디어(장르) 생성**
2 **플롯 구성**
3 **캐릭터 개발**
4 **글쓰기 스타일 제안**
5 **웹소설 작성**
6 **교정 및 수정**
7 **최종 검토 및 작품 게시하기**

☰ 아이디어 생성하기

먼저 자신이 쓰고 싶은 장르를 정한다. [**20~30대 여성들에게 선풍적인 인기를 끌 수 있는 웹소설 장르 추천하기**]란 프롬프트를 작성해 본다. 20~30대 여성이라는 것을 분명히 했기 때문에 이에 맞는 장르를 추천한 것을 알 수 있다.

Q 20~30대 여성들에게 선풍적인 인기를 끌 수 있는 웹소설 장르 추천하기

20~30대 여성 독자들에게 선풍적인 인기를 끌 수 있는 웹소설 장르를 몇 가지 추천해 드리겠습니다. 다양한 취향을 고려하여 인기있는 장르를 선정했습니다.

1. 로맨스 판타지: 마법, 용, 영웅 등 환상적인 요소와 감동적인 사랑 이야기가 결합된 이 장르는 여성 독자들 사이에서 인기가 많습니다.
2. 현대 로맨스: 현대 사회를 배경으로 한 로맨스 장르는 사랑,

   ~~사내 연애나 직장에서 발생하는 로맨스 등 이 장르는~~ 장인 여성 독자들에게 인기가 많습니다. 직장 생활에서 겪게 되는 업무와 인간관계, 그리고 사랑을 그린 이야기로 공감을 이끌어냅니다.
6. 역사 로맨스: 과거 시대를 배경으로 한 역사 로맨스 장르는 풍성한 배경과 역사적인 사건, 그리고 사랑 이야기가 결합되어 독자들의 관심을 끌어냅니다. 고증과 상상력을 섞어 낸 이야기가 매력 포인트입니다.

≡ 플롯 구성하기

장르가 결정됐다면 선정된 장르에 대한 플롯 **플롯(Plot)은 작품의 주요한 사건이나 일련의 충돌, 해결 과정 등을 순서대로 전개 즉, 작품 전반의 구성과 진행을 결정하는 중요한 요소** 필자는 **[20~30대 여성 대상의 로맨스 판타지 장르의 웹소설 플롯 구성하기]**란 프롬프트를 작성하여 다음과 같은 결과를 얻었다. **결과가 마음에 들지 않는다면 [계속]이나 [다르게 작성하기]하여 원하는 플롯이 나올 때까지 반복한다.**

20-30대 여성 대상의 로맨스 판타지 웹소설 플롯을 새롭게 구성해보겠습니다.

제목: "비밀의 정원: 사랑의 묘약"

시놉시스:
평범한 꽃집 주인인 소온은 어느 날, 희귀한 식물을 찾아 다니는 신비한 남자 레오와 마주한다. 레오는 사랑의 묘약을 완성하기 위한 마지막 재료를 찾고 있다. 그들이 함께 떠나는 모험 속에서, 소온과 레오는 차츰 서로에게 빠져들게 되지만, 사랑의 묘약 완성에는 큰 희생이 따르고 있다.

플롯:

1. ⬚⬚은 평범한 꽃집 주인으로, 어머니를 위해 꽃집을 ⬚⬚받아 운영하고 있다. 그녀는 식물에 대한 사랑과 열정을 가지고 있다.
2. 레오는 신비한 남자로, 사랑의 묘약을 완성하기 위한 마지막 재료를 찾고 있다. 그는 이 묘약을 완성하면 얻게 될 특별한 힘을 원한다.
3. 레오는 소온의 꽃집에서 마지막 재료로 여겨지는 희귀한 식물을 발견하게 된다. 그러나 그 식물은 소중한 추억과 연결되어 있어, 소온은 쉽게 내주지 않는다.
4. 레오는 소온과 거래를 제안하며, 레오와 소온은 함께 묘약 완성을 위한 여정을 떠난다. 이 여정에서 두 사람은 서로를 알아가며 서로에게 빠져들게 된다.
5. 그들이 사랑의 묘약을 완성하려면, 소중한 것을 희생해야 함을 알게 된다. 이를 위해 두 사람은 서로의 사랑을 포기해야 하는 큰 결정을 내리게 된다.
6. 레오는 사랑의 묘약을 완성하는 것을 포기하고, 소온과 함께 하는 삶을 선택한다. 소중한 것을 잃지 않고도 사랑을 이루어낼 수 있다는 것을 깨닫게 된다.
7. 결국, 두 사람은 비밀의 정원에서 함께 소중

≣ 캐릭터 개발하기

웹소설에서 캐릭터의 중요성은 매우 크다. 캐릭터는 이야기의 핵심 요소이자 독자들이 공감하고 몰입할 수 있는 수단으로 다음과 같은 이유로 인해 웹소설에서 캐릭터가 중요한 역할을 차지한다. 따라서 웹소설에서 캐릭터는 이야기를 더 흥미롭고 매력적으로 만드는 핵심 요소로 작용하며, 독자들에게 감동과 재미를 선사하기 때문에 작가는 독특하고 매력적인 캐릭터를 만들어 내는 것이 웹소설의 성공에 크게 기여를 한다는 것을 기억해야 한다.

• **공감과 몰입** 캐릭터들의 성격, 감정, 고민, 성장 등이 독자들의 공감과 몰입을 끌어낸다. 독자들은 캐릭터들을 통해 이야기에 빠져들며, 그들의 시각으로 세상을 바라볼 수 있다.

• **이야기의 발전** 캐릭터들 간의 관계, 갈등, 사건 해결 과정 등은 이야기의 구조와 흐름을 만들어 낸다. 캐릭터들의 개성과 행동은 이야기를 전개하고 발전시키는

데 결정적인 역할을 한다.

- **독자와의 연결** 캐릭터들은 독자들과 이야기 사이의 다리 역할을 한다. 독자들은 캐릭터들을 통해 이야기의 세계에 빠져들며, 자신의 경험과 감정을 캐릭터들과 연결할 수 있다.

- **기억에 남는 인상** 독특하고 매력적인 캐릭터들은 독자들의 기억에 오래 남는다. 그들은 이야기의 가치를 높이며, 독자들이 계속해서 이야기를 찾아오게 만든다.

- **소설의 분위기와 세계관 구축** 캐릭터들의 성격, 행동, 생각 등은 이야기의 분위기와 세계관을 구축하는데 기여한다. 각 캐릭터들이 가진 개성과 특징은 이야기의 풍성함과 깊이를 만들어낸다.

위 내용을 참고하면 독자들이 공감할 수 있는 캐릭터가 완성될 것이다. 필자는 다음과 같은 내용으로 제법 구체적으로 캐릭터에 대한 프롬프트를 작성하였다.

『"비밀의 정원: 사랑의 묘약"이란 제목의 20〜30대 여성 대상의 로맨스 판타지 장르의 웹소설 플롯에 대한 캐릭터 개발하기. 소설에 등장하는 인물 중 주인공 여성 2명, 남성 1명 그리고 주인공의 친구들 남녀 2명으로 하고, 비밀의 정원에 등장하는 신비스런 소녀와 그 밖에 인물들은 알아서 개발하기 』

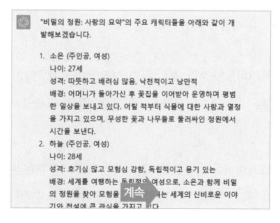

으로, 소은과는 오래된 친구 사이이다. 승호는 소은의 모험에 대해 걱정하지만, 그녀를 믿고 응원해준다.

6. 미나 (신비스러운 소녀, 여성)
   나이: 알 수 없음
   성격: 순수하고 신비로운 미소를 지닌 소녀, 소은과 하늘의 모험을 도와주는 역할
   배경: 비밀의 정원의 수호자로, 정원에 들어온 소은과 하늘에게 도움의 손길을 보낸다. 그녀는 정원에 숨겨진 비밀과 마법에 대해 알고 있다.

7. 마스터 루이 (레오의 스승, 남성)
   나이: 60대 후반
   성격: 엄격하지만 따뜻한 마음을 가진, 지혜로운 인물
   배경: 레오의 마법 스승으로, 그에게 여러 가지 마법과 지식을 가르쳤다. 레오가 사랑의 묘약을 찾아 떠나는 것을 걱정하지만, 그를 믿고 응원한다.

8. 리사 (비밀의 정원의 정령, 여성)
   나이: 알 수 없음
   성격: 호기심 많고 발랄한 정령, 정원의 자연을 사랑하며 보호한다.
   배경: 비밀의 정원에서 살고 있는 정령으로, 소은과 하늘에게 정원의 신비와 마법을 알려준다. 그녀는 두 주인공의 모험을 도와주며, 때로는 재미있는 상황을 만들기도 한다.

이 외에도 다양한 마법사들, 신비한 생명체들, 그리고 소은과 하늘의 모험 도중 만나게 되는 다양한 인물들이 이 소설에 등장하여 복잡한 상황과 갈등을 더해줍니다. 이를 통해 소설은 더 흥미진진하고 긴장감 넘치는 이야기를 만들어냅니다.

☑ 캐릭터 개발에 등장하는 인물의 이름과 나이 성격 등은 차후 자신(작가)이 원하는 이름으로 바꿔서 사용할 수 있으며, 챗GPT에게 이름을 추천받을 수도 있다.

☰ 글쓰기 스타일 제안하기

웹소설에서 글쓰기 스타일은 작품의 분위기와 독자들에게 전달되는 메시지를 결정짓는 중요한 요소이다. 웹소설의 글쓰기 스타일에 따라 독자들의 인식과 흥미도 달라질 수 있기 때문이다. 다음은 글쓰기 스타일의 중요성에 대한 것들이다.

• **독자들의 몰입** 글쓰기 스타일은 독자들이 이야기에 몰입하는데 큰 영향을 준다. 작가의 글쓰기 스타일이 독자들과 잘 맞고, 이야기의 분위기를 잘 전달한다면 독

자들은 소설에 더 깊게 몰입하게 된다.

- **작품의 분위기** 글쓰기 스타일은 작품의 전체 분위기를 결정짓는다. 작품의 장르와 주제에 맞는 글쓰기 스타일을 선택함으로써 작품의 분위기를 적절하게 전달할 수 있다.

- **캐릭터와 이야기의 전달** 글쓰기 스타일은 캐릭터와 이야기를 어떻게 전달할지를 결정짓는다. 캐릭터의 성격과 이야기의 발전 과정을 독자들에게 잘 전달하기 위해 작가의 글쓰기 스타일이 중요한 역할을 한다.

- **독자들의 취향** 웹소설 독자들은 다양한 취향을 가지고 있다. 그러므로 글쓰기 스타일은 독자들의 취향을 고려해야한다. 독자들의 취향에 맞는 스타일은 독자들이 더 오래 작품을 읽고, 더 많은 관심을 보이게 할 수 있다.

- **작가의 개성** 글쓰기 스타일은 작가의 개성을 표현하는데 중요한 역할을 한다. 작가의 독특한 글쓰기 스타일은 작품에 개성을 더해주며, 독자들로 하여금 작가를 기억하게 만든다.

위 내용을 참고하여 프롬프트에 다음과 같은 글쓰기 제안을 해보았더니 다음과 같은 글쓰기 스타일 답변을 해주었다.

『 "밀의 정원: 사랑의 묘약"이란 제목의 20~30대 여성 대상의 로맨스 판타지 장르의 웹소설 플롯에 대한 글쓰기 스타일 제안하기 』

"비밀의 정원: 사랑의 묘약"이라는 제목의 20~30대 여성 대상의
로맨스 판타지 장르 웹소설에 대한 글쓰기 스타일 제안은 다음과
같습니다:

1. 감성적인 서술: 로맨스 판타지 장르의 웹소설에서 중요한 것
   은 감정과 감성을 표현하는 것입니다. 서술을 통해 독자들이
   캐릭터들의 감정을 공감하고 몰입할 수 있도록 해야 합니다.
   따라서, 서술은 따뜻하고 섬세하게, 감정을 전달할 수 있는 표
   현을 사용하여 작성하세요.
2. 명확한 플롯 전개: 이야기의 흐름을 따라가기 쉽도록 명확한
   플롯 전개를 통해 소설을 구성하세요. 복잡한 설정이나 이야
   기의 전개로 인해 독자들이 혼란스러워하지 않도록 주의하며,
   긴장감과 반전을 적절하게 섞어 소설의 재미를 높여보세요.
3. 자연스러운 대화: 캐릭터들 간의 대화는 자연스럽고 실제 대
   화처럼 표현되어야 합니다. 독자들이 캐릭터들의 대화를 읽으
   면서 마치 현실에서 이루어지는 대화처럼 느낄 수 있도록 대
   화의 흐름과 표현을 고려하여 작성하세요.
4. 판타지 세계의 묘사: 판타지 장르의 소설에서는 독자들이 소
   설 속 세계에 몰입할 수 있도록 세계관과 배경을 자세하게 묘
   사하는 것이 중요합니다. 독자들이 비밀의 정원과 그곳에서
   벌어지는 이야기를 상상할 수 있도록 풍부한 상상력을 발휘
   하여 묘사하세요.
5. 캐릭터 간의 관계와 성장: 캐릭터들 간의 관계와 성장 과정을
   통해 이야기의 깊이와 복잡성을 높일 수 있습니다. 캐릭터들
   이 서로에게 영향을 주며 변화하고 성장하는 과정을 자연스
   럽게 표현하여 독자들의 공감을 이끌어내세요.

☰ 웹소설 쓰기

글쓰기 스타일까지 결정됐다면 본격적으로 웹소설(이야기)을 써야할 차례이다. 이
작업이야 말로 설레이고 흥분되는 시간이다. 필자는 앞서 작성한 프롬프트에 이어
다음과 같은 프롬프트를 작성하였다.

『"앞서 선정한 밀의 정원: 사랑의 묘약이란 제목의 웹소설에 대한 이야기를 50회 분량이
며, 1회당 200자 원고지 10장 분량으로 작성하기상의 로맨스 판타지 장르의 웹소설 플롯
에 대한 글쓰기 스타일 제안하기 』

프롬프트의 결과는 다음과 같이 앞서 작성했던 내용을 기억하여 웹소설의 에피소
드를 제시한다. 결과가 제법 그럴싸하게 완성됐다. **결과가 마음에 든다면 그대로 사용하**

면 되지만 좀 더 개연성 있고 세련된 에피소드가 완성되기 위한 작가의 손길이 필요하다.

> "밀의 정원: 사랑의 묘약"이라는 웹소설을 50회 분량으로 작성하려면, 각 회당 200자 원고지 10장 분량으로 구성해야 합니다. 이를 위해 전체 플롯을 50개의 에피소드로 나누어, 각 에피소드에 해당하는 내용을 작성해야 합니다. 아래에 이 웹소설에 대한 간략한 에피소드 구성안을 제시합니다.
>
> 1. 에피소드 1: 주인공 소개 및 정체성의 비밀
> 2. 에피소드 2: 비밀의 정원 발견
> 3. 에피소드 3: 정원에서의 첫 만남
> 4. 에피소드 4: 신비한 소녀 등장
> 5. 에피소드 5: 사랑의 묘약이 만들어지는 과정
> 6. 에피소드 6: 묘약 테스트 및 부작용 발견
> 7. 에피소드 7: 소녀의 정체 및 미션 파헤치기
> 8. 에피소드 8: 주인공의 친구들 소개
> 9. 에피소드 9: 정원의 역사와 전설
> 10. 에피소드 10: 묘약의 제한된 사용과 주의사항

☑ 챗GPT는 하나의 채팅 창에서 나눈 대화의 내용을 기억하였다가 다음 질문을 했을 때 질문의 의도를 파악하여 즉각적인 답변을 줄 수 있는 것은 챗GPT(4.0 기준)가 32,768개의 토큰(책 50페이지 분량)을 기억하므로 엄청난 정보를 가지고 있기 때문이다. 물론 가능한 최대 토큰 수가 넘어서면 앞쪽의 정보부터 소멸하여 아주 오래된 정보는 기억하지 못하게 된다.

첫 번째 에피소드 쓰기

앞서 작성된 에피소드에 대한 본문을 써야 할 차례이다. 사실 이 작업은 챗GPT가 수행하지 못할 거로 생각했다. 하지만 필자의 생각이 틀렸음을 비꼬기라도 하듯 GPT는 일필휘지로 내용을 써내려가는 것이 아닌가. 다음은 필자가 작성한 장문의 프롬프트 내용이다.

『아래와 같은 제목, 시놉시스, 플롯, 등장인물 등을 참고하여 "에피소드 1: 주인공 소개 및 정체성의 비밀"이란 내용으로 2,000자 내외의 20~30대 여성 대상의 로맨스 판타지 웹소설 쓰기(대화, 지문 포함)

제목: "비밀의 정원: 사랑의 묘약"

시놉시스: 평범한 꽃집 주인인 소은은 어느 날, 희귀한 식물을 찾아 다니는 신비한 남자 레오와 마주한다. 레오는 사랑의 묘약을 완성하기 위한 마지막 재료를 찾고 있다. 그들이 함께 떠나는 모험 속에서, 소은과 레오는 차츰 서로에게 빠져들게 되지만, 사랑의 묘약 완성에는 큰 희생이 따르고 있다.

플롯: 소은은 평범한 꽃집 주인으로, 어머니를 위해 꽃집을 이어받아 운영하고 있다. 그녀는 식물에 대한 사랑과 열정을 가지고 있다. 레오는 신비한 남자로, 사랑의 묘약을 완성하기 위한 마지막 재료를 찾고 있다. 그는 이 묘약을 완성하면 얻게 될 특별한 힘을 원한다. 레오는 소은의 꽃집에서 마지막 재료로 여겨지는 희귀한 식물을 발견하게 된다. 그러나 그 식물은 소중한 추억과 연결되어 있어 소은은 쉽게 내주지 않는다. 레오는 소은과 거래를 제안하며, 레오와 소은은 함께 묘약 완성을 위한 여정을 떠난다. 이 여정에서 두 사람은 서로를 알아가며 서로에게 빠져들게 된다. 그들이 사랑의 묘약을 완성하려면, 소중한 것을 희생해야 함을 알게 된다. 이를 위해 두 사람은 서로의 사랑을 포기해야 하는 큰 결정을 내리게 된다. 레오는 사랑의 묘약을 완성하는 것을 포기하고, 소은과 함께하는 삶을 선택한다. 소중한 것을 잃지 않고도 사랑을 이루어 낼 수 있다는 것을 깨닫게 된다. 결국, 두 사람은 비밀의 정원에서 함께 소중한 시간을 보낸다.

등장인물

1. 소은(주인공, 여성) 나이: 27세 / 성격: 따뜻하고 배려심 많음, 낙천적이고 낭만적 / 배경: 어머니가 돌아가신 후 꽃집을 이어받아 운영하며 평범한 일상을 보내고 있다. 어릴 적부터 식물에 대한 사랑과 열정을 가지고 있으며, 무성한 꽃과 나무들로 둘러싸인 정원에서 시간을 보낸다.

2. 하늘(주인공, 여성) 나이: 28세 / 성격: 호기심 많고 모험심 강함, 독립적이고 용기 있음 / 배경: 세계를 여행하는 독립적인 여성으로, 소은과 함께 비밀의 정원을 찾아 모험을 떠난다. 그녀는 세계의 신비로운 이야기와 전설에 큰 관심이 있다.

3. 레오(주인공, 남성) 나이: 30세 / 성격: 신비롭고 날카로운 매력을 가진 외모, 성실하고 목표를 향해 직진하는 성격 / 배경: 마법사의 후예로, 사랑의 묘약 완성을 통해 가족에게 일어난 비극을 바로잡고자 한다. 이를 위해 세계 곳곳을 돌아다니며 희귀한 식물과 마법의 재료를 찾아다닌다.

4. 지아(주인공의 친구, 여성) 나이: 26세 / 성격: 사교적이고 유쾌한 에너지, 친구들에게 믿음직한 의지의 대상 / 배경: 소은의 어릴 적부터 친구로, 현재 화가로 일하며 꿈을 키우고 있다. 그녀는 소은과 하늘의 모험에 관심을 갖고 둘을 응원하며, 때로는 조언도 해준다.

5. 승호(주인공의 친구, 남성) 나이: 29세 / 성격: 성실하고 착한 마음을 가진, 따뜻한 눈웃

음을 지닌 남성 / 배경: 소은의 꽃집 인근에 있는 작은 카페를 운영하는 사장으로, 소은과 오래된 친구 사이이다. 승호는 소은의 모험에 대해 걱정하지만, 그녀를 믿고 응원해 준다.

6. 미나(신비스러운 소녀, 여성) 나이: 알 수 없음 / 성격: 순수하고 신비로운 미소를 지닌 소녀, 소은과 하늘의 모험을 도와주는 역할 / 배경: 비밀의 정원의 수호자로, 정원에 들어온 소은과 하늘에게 도움의 손길을 보낸다. 그녀는 정원에 숨겨진 비밀과 마법에 대해 알고 있다.

7. 마스터 루이(레오의 스승, 남성) 나이: 60대 후반 / 성격: 엄격하지만, 따뜻한 마음을 가진 지혜로운 인물 / 배경: 레오의 마법 스승으로, 그에게 여러 가지 마법과 지식을 가르쳤다. 레오가 사랑의 묘약을 찾아 떠나는 것을 걱정하지만, 그를 믿고 응원한다.

8. 리사(비밀의 정원의 정령, 여성) 나이: 알 수 없음 / 성격: 호기심 많고 발랄한 정령, 정원의 자연을 사랑하며 보호한다. / 배경: 비밀의 정원에서 살고 있는 정령으로, 소은과 하늘에게 정원의 신비와 마법을 알려준다. 그녀는 두 주인공의 모험을 도와주며, 때로는 재미있는 상황을 만들기도 한다. 』

에피소드 1: 주인공 소개 및 정체성의 비밀

소은은 따뜻한 봄날, 꽃들이 활짝 핀 꽃집에서 손님을 기다리고 있다. 오늘은 평소보다 한산한 편이었지만, 그녀는 일하는 것을 즐긴다. 그때, 신비한 남자 레오가 소은의 꽃집에 들어온다.

레오: (들어가며) 안녕하세요. 희귀한 식물을 파는지 여쭤보려고 왔어요.

소은: (미소 지으며) 희귀한 식물이라면 이 꽃집에도 몇 가지 있어요. 어떤 걸 찾으세요?

레오는 자신이 찾는 식물의 사진을 보여주며, 소은의 반응을 살핀다. 소은은 눈이 휘둥그래진다.

소은: 이건... 우리 정원에 있는 꽃인데요! 어떻게 알고 계신 건가요?

레오: (애매하게 웃으며) 그냥, 관심 있는 식물이에요. 이 식물을 사고 싶다면 어떻게 해야 할까요?

소은: (망설이며) 이 꽃은 저에게 매우 소중해요. 어머니께서 두고 가신 거든요. 팔 수는 없지만, 꽃을 보러 정원에 와도 괜찮아요.

레오는 소은의 정원을 둘러보며, 그녀의 이야기에 귀 기울인다. 소은은 어머니의 추억을 떠올리며, 그리움에 가슴이 아파온다.

계속 ➡

그 식물이 저에게 정말 중요한데요. 그래서 거래를 제안하려고 해요. 저와 함께 이 식물의 힘을 찾아내는 여행에 떠나주시면, 대신 다른 것으로 보답해드릴게요.

소온은 망설이다가 레오의 제안을 받아들인다. 그렇게 두 사람은 레오가 찾는 사랑의 묘약의 비밀을 풀어내기 위해 모험을 시작한다. 이 여정에서 소온과 레오는 서로를 알아가며, 서로에게 빠져들게 된다.

소온: (여행 중 숲에서 쉬며) 레오 씨, 사실 저도 어릴 적부터 신비한 이야기와 전설에 관심이 많았어요. 이런 여행에 나올 수 있어서 정말 기뻐요.

레오: (미소 지으며) 그렇게 되어서 다행이에요. 소온 씨와 함께라서 저도 행복해요.

그들이 사랑의 묘약을 완성하려면, 소중한 것을 희생해야 함을 알게 된다. 이를 위해 두 사람은 서로의 사랑을 포기해야 하는 큰 결정을 내리게 된다. 그러나, 결국 두 사람은 사랑의 힘을 믿고 포기하지 않기로 결심한다.

소온: (울먹이며) 레오 씨, 저는 이 식물을 포기할 수 없어요. 어머니의 추억이 담긴 거든요. 하지만 저도 레오 씨와 함께하고 싶어요.

레오: (따뜻하게) 소온 씨, 저도 그렇게 생각해요. 저희는 서로를 사랑하는 것만으로도 충분할 거예요.

결국, 두 사람은 사랑의 묘약을 포기하고, 소중한 것을 잃지 않고도 사랑을 이루어낼 수 있다는 것을 깨닫게 된다. 비밀의 정원에서 함께 소중한 시간을 보내며, 그들의 사랑은 더욱 깊어진다. 이후로도, 소온과 레오는 신비한 여정을 계속하며, 차츰 더 많은 비밀과 마법을 발견하게 된다.

Q 이어서 완료하기

 룡한 일을 해냈어요! 이 정원을 보호하고 가꾸는 것이 저희의 새로운 책임이 되겠죠.

레오: 맞아요, 소온 씨. 저희가 이 정원을 지키기 위해 노력하며, 여기에서 얻은 지식과 마법을 선술적으로 활용하면 더 많은 사람들을 도울 수 있을 거예요.

그들은 비밀의 정원을 지키기로 결심하며, 지아와 승호와 함께 꽃집을 더욱 번창시키고 마법의 세계에서 얻은 지식을 발전시킨다. 또한, 리사와 미나와의 우정도 더욱 깊어진다. 이후로도 레오와 소온은 정원의 수호자로서 비밀의 정원을 보호하며, 사랑과 우정으로 가득한 삶을 이어간다.

원하는 분량의 에피소드가 되었다면 [끝내기] 프롬프트를 입력하여 이야기 전개를 끝내면 된다. 여기서 중요한 것은 대화 창에 이야기가 끊긴 상태라면 이후 이야기를 자연스럽게 이어놓고 끝내야 한다는 것이다. 이렇듯 **챗GPT는 보다 구체적인 프롬프트에 더욱 명확하고 상세한 결과를 창출해 낸다.** 위의 긴 프롬프트를 분석하여 답변(이야기)을 한다는 것은 GPT가 생각했던 것보다 얼마나 뛰어난지 알 수 있다.

이후의 에피소드 이어가기

첫 번째 에피소드가 끝났기 때문에 계속해서 두 번째, 세 번째... 에피소드를 계속 이어 나간다. 다음과 같은 프롬프트를 작성하면 챗GPT가 앞선 에피소드에 이어서 이야기를 전개해 준다. 위 내용에 이어서

『"에피소드 2: 비밀의 정원 발견" 작성하기(대화, 지문 포함)] / [위 내용에 이어서 "에피소드 3: 정원에서의 첫 만남" 작성하기(대화, 지문 포함)』

エピソード 2: 비밀의 정원 발견

레오와 소온은 이제 마법사의 세계 위 되었다. 그들은 평화로운 일상으로 돌ꞏꞏꞏ 꽃집에서 레오가 도와주며, 두 사람은ꞏꞏꞏ 나누고 있다.

어느 날, 소온이 어릴 적부터 좋아하던 입구를 발견한다. 호기심에 이끌려 그ꞏꞏꞏ 고, 마침내 숨겨진 비밀의 정원을 발견ꞏꞏꞏ 과 나무로 가득하며, 마법의 힘이 느껴ꞏꞏꞏ 온 것이 운명이라 믿고, 함께ꞏꞏꞏ

소온: 레오 씨, 이 정원 너무 아름답죠ꞏꞏꞏ 명히 무언가의 운명 같아요.

레오: 그러죠, 소온 씨. 이곳은 정말 미ꞏꞏꞏ 께 이곳을 더 알아가봅시다.

그들은 정원을 돌아다니며 놀라운 식ꞏꞏꞏ 사와 미나는 다시 한 번 그들의 가이ꞏꞏꞏ 겨진 전설과 이야기를 전해준다. 이 정ꞏꞏꞏ 사용한 특별한 공간이었으며, 여러 마법과 의례들이 이곳에서 이루어졌다고 한다.

에피소드 3: 정원에서의 첫 만남

어느 날, 소온과 레오는 정원에서 다양한 식물과 놀라운 마법을 연구하고 있다. 지아와 승호도 이번에는 정원에 참여해 함께 모험을 하기로 결정했다.

지아: 우와, 정말 놀라운 곳이네요! 이 정원에는 어떤 식물들이 있나요?

소온: 정원에는 이 세상에는 없는 신비한 식물들이 가득해. 하지만, 조심해야 해. 어떤 식물들은 위험할 수 있으니까.

승호: 그래도 이런 곳에서 식물을 연구할 수 있다는 건 정말 행운이네요. 나도 도움이 되고 싶어요.

레오: 감사합니다, 승호 씨. 함께 하시면 분명 도움이 될 거예요.

그들이 정원을 돌아다니며 식물을 연구하는 도중, 리사와 미나가 다가온다.

리사: 안녕하세요! 오늘은 누구와 함께 오셨나요?

소온: 지아와 승호야. 우리 친구들이야. 그들도 정원에 대해 알고

☰ 교정 및 수정하기

웹소설은 대부분 웹소설 관련 플랫폼이나 저작자의 개인 블로그, SNS, 작가의 웹사이트 혹은 온라인 커뮤니티 등에서 발행되는 형태이기 때문에 전문 출판 과정을 거치지 않는 경우가 많다. 따라서 출판사의 편집자나 교정자들이 직접 텍스트를 편집하는 것이 아니라 작가가 직접 작성하고 발행하는 경우가 대부분이다. 그러므로 웹소설에서 교정 및 수정은 작가 스스로 책임을 져야 하기 때문에 다음의 몇 가지에 대해 각별히 신경을 써야 한다.

- **맞춤법 및 문법 오류** 웹소설은 대부분 빠른 속도로 작성되기 때문에 맞춤법이나 문법 등의 언어적 오류가 발생할 가능성이 높다. 이러한 오류는 독자들의 이해를 방해하며, 작품의 신뢰성과 전문성을 떨어뜨린다.

- **내용의 일관성** 웹소설은 일반적으로 연재 형태로 작성되기 때문에 작가가 이전에 작성한 내용과 일관성 있는 내용을 유지하는 것이 중요하다. 가령, 등장인물의 이름이나 성격이 변화하는 등의 일관성 오류는 독자의 불만을 유발할 수 있다.

- **플롯 오류** 플롯은 웹소설의 핵심 요소 중 하나이다. 그러므로 플롯의 오류는 작품 전반에 영향을 미치며, 독자의 불만을 유발할 수 있다. 플롯 오류는 교정과 수정을 통해 해결될 수 있다.

- **불필요한 부분 제거** 웹소설은 연재 형태로 이루어지기 때문에 생각보다 글(내용)이 많아질 수 있다. 이런 경우 작가는 필요 없는 부분을 제거하고 텍스트를 간결하게 만드는 것이 좋다. 이는 독자들의 이해를 돕고 작품의 흐름을 개선하는데 도움이 된다.

챗GPT에서 교정 및 수정하기

교정 및 수정 작업은 GPT의 프롬프트를 통해서 할 수 있다. 방법은 교정 및 수정하고자 하는 웹소설의 내용을 GPT에 입력(복사 후 붙여넣기)한다. 입력 시 가능한 한 정확하게 내용을 전달하기 위해 전체 문맥과 함께 일부분만 입력하는 것이 좋다. 그리고 교정 및 수정을 어떤 방식으로 할 것인지에 대한 질문이나 요청사항을 함께 입력한다. 다음은 필자의 작성한 교정 및 수정에 관한 프롬프트와 결과이다.

『다음의 내용을 20~30대 여성의 감성으로 보다 세련된 문장으로 교정 및 수정하기』

결과가 마음에 들지 않는다면 여러 번 반복 요청하거나, 프롬프트를 색다르게 하면 전혀 다른 결과를 얻을 수 있다.

외부 교정 및 수정 웹사이트 활용하기

챗GPT가 아닌 외부 웹사이트를 이용하여 교정 및 수정을 하고자 한다면 다음의 웹사이트들을 참고한다. 영문 및 한글로 구분하여 소개하였다.

· 영문 교정 및 수정

그래머리(Grammarly) 영어 문장 교정 및 수정을 위한 인기 있는 온라인 도구이다. 맞춤법, 문법, 구두점 오류를 자동으로 찾아주며, 더 나은 단어 선택이나 문장 구조에 대해 제안을 해준다. 무료 기본 버전과 더 많은 기능을 제공하는 유료 프리미엄 버전이 있다. www.grammarly.com

프로라이팅에이드(ProWritingAid) 문장의 문법, 스타일, 맞춤법 오류를 찾아주고 수정할 수 있는 온라인 도구이다. 더 나은 문장 구조와 글쓰기 스타일에 대한 제안을 받을 수 있으며, 특정 장르에 맞게 작성된 문장을 분석할 수도 있다. 무료 버전과 더 많은 기능을 제공하는 유료 버전이 있다. prowritingaid.com

· 한글 교정 및 수정

맞춤법 검사기 부산대학교 인공지능 연구실에서 개발한 가장 정확하고, 많이 사용되는 맞춤법 검사기이다. 맞춤법, 띄어쓰기, 문법 오류를 찾아주며, 수정 제안을 해준다. 무료이며, 웹사이트에서 곧바로 이용할 수 있다. speller.cs.pusan.ac.kr

네이버 맞춤법 검사기 네이버에서 제공하는 맞춤법 검사기이다. 한글 문장의 맞춤법, 띄어쓰기, 문장부호 오류 등을 확인하고 수정할 수 있다. 무료이며, 네이버 검색창에 [맞춤법 검사기]를 검색하면 곧바로 이용할 수 있다.

☰ 최종 검토 및 작품 게시하기

최종 검토 및 수정 과정은 앞서 살펴보았던 교정 및 수정 과정을 좀 더 공고히 하는 과정이다. 따라서 완성된 웹소설의 퀄리티를 높이고 독자들에게 좋은 인상을 남기기 위해서는 맞춤법 및 띄어쓰기 오류 수정, 문장 구조 및 표현 개선, 일관성 유지, 논리적 결론 도출, 작품 완성도 향상 등의 꼼꼼한 검토와 수정 작업이 필요하다. **최종 검토 과정에서는 챗GPT에 의존하기보다는 작가가 직접 문장을 검토 및 수정하는 것이 중요하다.**

웹소설 작가로 등단(게시)하기

최종 검토 및 수정 작업까지 완료됐다면 이제 작품을 웹소설을 볼 수 있는 플랫폼에 게시해야 한다. 다음은 국내 웹소설 작가로 등단할 수 있는 웹사이트 중 가장 많은 독자를 만날 수 있는 5곳이다. 각 웹소설 플랫폼에서 작품을 게시하는 방법은 업체마다 차이가 있기 때문에 해당 웹사이트를 통해 알아보아야 한다.

- **카카오페이지** 웹소설, 웹툰 등 다양한 콘텐츠를 게시하는 플랫폼으로 카카오페이지에서 작가 등록을 하여 자기 작품을 게시할 수 있다.

- **네이버 웹소설** 네이버에서 제공하는 웹소설 플랫폼으로 웹소설 작가로 등록하여 다양한 장르의 작품을 게시하고 독자들과 소통할 수 있다.

- **미스터블루** 웹소설과 웹툰을 전문으로 하는 콘텐츠 플랫폼이다.

- **조아라** 웹소설, 웹툰 등 다양한 콘텐츠를 제공하며, 작가로 등록하고 작품을 게시하여 독자들과 소통하는 공간이 마련되어 있다.

- **RIDI** 전자책, 오디오북, 웹소설, 웹툰 등 다양한 콘텐츠를 제공하는 플랫폼이다.

018. 넷플릭스 영화 시나리오(극본) 작가 도전하기

TV, 영화, OTT(넷플릭스나 웨이브 등) 그리고 유튜브까지 있지만 우리에겐 더 많은 이야기가 필요하다. 이런 시대에 챗GPT를 활용하여 자신만의 유니크한 이야기를 시나리오로 만들어 보면 어떨까?

국내의 시나리오(극본) 작가는 미국, 일본 등 대중 미디어 콘텐츠 선진국에 비해 태부족하다. 그 이유는 유명 작가들의 독점(태부족 현상), 높은 경쟁률, 제작사와 방송사의 안전한 선택 선호, 낮은 진입장벽으로 인한 역량 부족, 창작 환경과 지원 부재 등에 있다. 이러한 이 문제를 해결하기 위해서는 창작자 지원 체계 구축과 신인 작가에게 기회를 제공하는 방안이 필요하다. 이때 **챗GPT는 누구나 수준 높은 시나리오 작가가 될 기회를 제공해 줄 것이다.**

☰ 시나리오를 쓰기 위한 7가지 필수 요소

앞서 웹소설을 쓰기 위한 과정을 살펴보았듯 시나리오도 기본적으로 소설처럼 이야기를 구성하고 전개하는 방식은 유사하다. 하지만 소설은 주로 문학 작품으로써 캐릭터와 이야기를 서술적으로 표현하는 반면 시나리오는 영화나 드라마의 대본으로 대화와 각 장면의 설명에 중점을 두며, 비주얼(배우의 연기) 표현을 위한 지침을 제공한다. 다음은 시나리오 작성에 필요한 7가지 필수 요소이다.

1 **프리미스(Premise)** 스토리의 핵심 아이디어로 전체 시나리오의 기반이 되며, 프리미스는 명확하고 간결한 한 문장으로 표현되어야 한다.

2 **캐릭터(Character)** 강력한 캐릭터는 스토리를 끌어나갈 중심적인 요소이다. 캐릭터의 독특한 성격, 동기, 목표, 갈등 등을 설정하여 독자 또는 관객에게 몰입감을 제공한다.

3 **플롯(Plot)** 스토리의 구조와 발전 과정을 구성하는 요소이다. 충돌, 절정, 해결 등의 주요 사건들이 순차적으로 연결되어야 한다.

4 **테마(Theme)** 작품의 중심적인 메시지나 철학이다. 작품의 깊이를 더해주고 독자 또는 관객에게 생각할 거리를 제공한다.

5 **설정(Setting)** 시나리오의 배경과 시대, 장소 등을 설정한다. 설정은 스토리의 분위기를 조성하고, 캐릭터와 사건들이 자연스럽게 펼쳐질 수 있는 공간을 제공한다.

6 **대화(Dialogue)** 대화는 캐릭터 간의 상호 작용을 표현하고, 감정과 정보를 전달하는 데 중요한 역할을 한다. 대화는 자연스럽고 신선하며, 캐릭터의 개성을 잘 드러내야 한다.

7 **구조(Structure)** 시나리오는 일반적으로 3막 구조(서막, 중막, 후막)를 따른다. 각 막은 서로 다른 목적과 흐름을 가지며, 전체적인 스토리 흐름을 원활하게 이어주는 역할을 한다.

이러한 7가지 필수 요소들을 충실히 고려하여 시나리오를 작성하면 관객에게 강한 몰입감과 감동을 선사하는 작품을 완성할 수 있다.

☰ 시나리오 개요 잡기

어떤 장르의 시나리오를 쓸 것인가에 대한 결정을 했다면 시나리오의 개요를 잡아야 한다. 이 과정을 챗GPT에게 도움을 받기로 한다. 필자는 다음과 같은 시놉시스 영화나 드라마의 전체 줄거리를 요약한 글 를 프롬프트로 작성하였다.

『소셜미디어를 통해 발생하는 성범죄와 협박 그리고 생명 위협에 대한 주제로 90분짜리 장편 상업영화 시나리오를 쓰려고 한다. 주인공은 40대 남성과 30대 여성이다. 둘은 소셜미디어를 통해 만나게 되는데, 미모의 프로필 사진 속 30대 여성이 먼저 40대 남성에게 친구 신청을 한다. 40대 남성은 미모의 프로필 속 여성을 친구로 받아들이고, 둘은 자연스럽게 대화를 나누게 된다. 대화가 무르익을 무렵 30대 여성은 40대 남성에게 은밀한 관계를 요구한 후 남성의 성적 수치심을 유발하여 돈을 갈취하는 과정과 협박을 당하는 40대 남성의 심리를 묘사하는 것이 주 내용이다. 이런 상황에 맞게 시나리오의 제목, 인물, 성격, 직업(남성은 사회적으로 존경 받는 직업), 배경 등을 개발하기』

위의 프롬프트에 대한 내용을 분석하여 얻은 결과물은 다음과 같다. 필자는 대략적인 시놉시스 정보를 주었지만 제법 다채로운 시나리오 개요를 얻을 수 있었다. 만약 더 세밀한 시나리오 개요를 얻고자 한다면 프롬프트의 내용을 좀 더 구체화하면 된다.

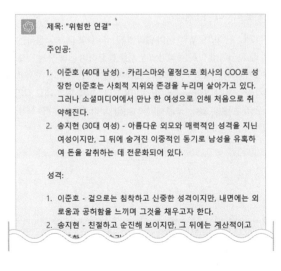

제목: "위험한 연결"

주인공:

1. 이준호 (40대 남성) - 카리스마와 열정으로 회사의 COO로 성장한 이준호는 사회적 지위와 존경을 누리며 살아가고 있다. 그러나 소셜미디어에서 만난 한 여성으로 인해 처음으로 취약해진다.
2. 송지현 (30대 여성) - 아름다운 외모와 매력적인 성격을 지닌 여성이지만, 그 뒤에 숨겨진 이중적인 동기로 남성을 유혹하여 돈을 갈취하는 데 전문화되어 있다.

성격:

1. 이준호 - 겉으로는 침착하고 신중한 성격이지만, 내면에는 외로움과 공허함을 느끼며 그것을 채우고자 한다.
2. 송지현 - 친절하고 순진해 보이지만, 그 뒤에는 계산적이고

2. 송지현 - 친절하고 순진해 보이지만, 그 뒤에는 계산적이고 악독한 성격을 숨기고 있다.

배경: 도시를 중심으로 한 현대 사회로, 온라인과 오프라인이 교차하는 곳에서 이야기가 전개된다. 이준호는 대기업에서 일하며, 송지현은 소셜미디어에서 남성들을 유혹하기 위해 다양한 인물로 위장한다.

시나리오 개요: 이준호는 소셜미디어를 통해 스트레스를 해소하게 된다. 송지현은 이준호를 노리기 시작하며, 은밀한 관계를 요구한 후 돈을 갈취한다. 처음에는 이를 인지하지 못한 이준호는 점차 그녀의 비밀을 발견하고, 자신의 존경받던 지위가 위태로워짐을 느낀다. 이후 이준호는 송지현의 동기를 밝혀내고, 자신의 명예와 생명을 지키기 위해 싸워나간다.

챗GPT가 제공한 시나리오 개요는 어디까지나 챗GPT에 의한 것이므로 완전한 결과물이 될 수 없기 때문에 인물, 배경 등은 작가가 직접 손을 보아야 한다. 그다음 본격적인 시나리오 작업에 들어갈 때는 앞서 웹소설에서 살펴보았던 것처럼 GPT를 활용하여 전체적인 이야기 전개에 대한 아이디어 및 대사 등을 활용하면 될 것이다.

💡 팁 & 노트

유명 작가의 문체로 작문이 가능하나?

만약 자신이 소설이나 시나리오를 쓴 적이 없다면 자신의 글에 대해 긍정적인 생각을 하는 게 쉽지 않다. 이럴 때 자신이 좋아하는 작가의 문체를 참고하여 글을 쓰는 것도 괜찮은 방법이다. 그렇다면 챗GPT가 이런 작업도 가능하게 해줄까? 답은 "Yes"이다. 하지만 해당 작가가 인터넷 공간에 작가의 작품이 많이 노출되어 있어야 한다. 가령, 일본 대표 작가이자 세계적이고, 국내에서도 인기 높은 [1Q84], [노르웨이의 숲]의 [무라카미 하루키] 작가 문체로 글을 써주길 원한다면 충분히 가능하는 얘기다.

· 추가: 별책부록_"생성형 Ai 빅3 외전"의 [진짜 작가로 먹고 사는 법] 참고

019. 10분이면 나도 낭만의 에세이스트

수필 에세이: essay 은 일상의 생활, 사람들, 경험, 감정 등을 주제로 한 문학 작품으로 작가의 독특한 관찰력과 감성을 표현하는 짧은 글이다. 수필은 시적 언어와 서술적 언어를 사용하여 독자와 소통하며, 작가의 개인적인 생각과 느낌을 성찰하는 글쓰기 형태의 매력적인 문학 장르이다.

만약 자신이 글재주가 없다고 느낀다면 챗GPT를 적극적으로 활용하길 권장한다. GPT는 자신의 글을 훨씬 세련되고 감각적으로 바꿔줄 것이다. 그렇다고 **GPT에 대한 열등감이나 수치심 같은 것을 갖지 말자. 수천 페이지가 넘는 사전 속단어를 전부 아는 작가는 단 한 명도 없으니까. 우린 그저 GPT가 전해주는 것을 통해 배우고 나의 것을 만들며, 나아가 진정한 작가로 진화하면 되는 것이다.** 다음은 필자가 대략 써 놓은 짤막한 수필이다. 이 수필을 그대로 챗GPT 프롬프트로 작성하였고, 수필의 사용처(라디오에 보낼 편지)와 적당한 제목까지 요청하였다.

『나는 아침에 눈을 뜨고 나서 기침한다. 예전에는 집안 어르신에게 아버님 혹은 어머님 기침하셨어요? 라고 문안 인사를 하였는데, 왜 문안 인사를 기침했냐고 했는지 나이를 조금 먹고 보니 알 것 같다. 이런 나와는 다르게 우리 마누라님(와이프)은 기침 대신 뿌웅~~ 하면 방귀를 끼는 것이 눈을 떴다는 신호다. 참으로 낯선 풍경이지 않은가? 이럴 땐 차라리 숙면에 들어있다면 모르겠지만 항상 이 소리에 잠이 깨거나 먼저 깨어있어 난처할 때가 많다. 처녀 땐 요조숙녀 같더니만... 아이 둘 낳고 키우다 보니 이젠 누구의 시선도 신경 쓰이지 않나 보다. 아침마다 방귀를 끼는 아내가 조금 창피하기도 하지만 아이 둘을 건강하게 키우고 있는 우리 마누라 방귀 소리는 출근하는 것보다 싫지만 영원히 향기롭게 맡아 줄 것이다. 』

『위 수필을 라디오 프로그램에 선정되도록 코믹하게 재구성해 주고, 적당한 제목 몇 개 추천해 주기』

> **Q** 위 수필을 라디오 프로그램에 선정되도록 코믹하게 재구성 해 주고, 적당한 제목 몇 개 추천해 주기
>
> 제목:
>
> 1. 아침의 듀엣
> 2. 아침 인사의 변주곡
> 3. 기침과 방귀의 하모니
>
> 재구성된 수필:
> 아침이면 눈을 뜨자마자 기침을 한다. 예전에는 가족들에게 "아버님, 어머님 기침하셨어요?" 라고 인사했었다. 이젠 왜 그런 인사를 했는지 이해가 가는 나이가 되었다. 그런데 우리 마누님(와이프)은 아침 인사 대신 뿌우~ 하며 방귀를 끼는 것이 눈을 떴다는 확실한 신호다. 참으로 낯선 아침 풍경이다.
>
> 아침 인사의 변주곡이 우리 가족의 작은 코미디가 되었다. 처녀 시절에는 요조숙녀처럼 섬세했던 아내가 이제 아이 둘을 키우며 남의 시선을 멀 고려하게 된 것 같다. 아침마다 방귀를 끼는 아내가 조금 부끄럽기도 하지만, 건강한 아이들을 키우고 있는 그녀의 이 소리는 출근하는 것보다 거북하긴 하지만, 영원히 웃음으로 받아들일 것이다.
>
> 라디오 청취자 여러분들, 이 아침 인사의 변주곡을 통해 가족들과 함께 웃음을 나누며 하루를 시작하는 것은 어떠세요? 아침에 들리는 웃음의 소리 여러분들이 코믹한 이야기를 기다립니다.

챗GPT가 재구성해 준 수필은 원본과 완전히 달라진 것을 알 수 있다. 솔직히 마음에 드는 부분도 있지만 그렇지 않은 부분도 있다. 특히 제목은 기대 이하이다. 필자가 생각한 제목은 [마누라 방귀 소리는 출근하는 것보다 싫지만 향기롭게 맡아야 해]였다. 다른 건 몰라도 제목(개인 취향)만큼은 정말 별로다. 하지만 수필 자체는 원본보다 더 다양한 어휘를 사용하여 풍족한 글이 되었음을 알 수 있다. 물론 지금이 완전한 결과물이 아니다. **여러 차례 가공을 더 한 후 만족스러운 내용만 발췌해서 사용하면 된다.**

💡팁 & 노트

문장을 늘려주는 가장 좋은 방법

글은 가장 짧은 시, 중간 정도의 수필 그리고 가장 긴 소설로 나눌 수 있다. 만약 소설과 같은 긴 글을 쓰고자 할 때 길게 문장을 늘리기 어렵다면 짧게 쓴 문장을 복사하여 프롬프트에 넣은 후 "이 내용을 더욱 긴 문장으로 만들어"달라고 하면 간단하게 해결된다.

020. 챗GPT를 만나면 누구나 아르튀르 랭보가 된다

챗GPT를 활용하면 시(詩)를 쓸 때도 다양한 주제와 스타일을 탐색할 수 있고, 독창적인 표현과 시적 이미지를 창출할 수 있으며, 또한 작가의 창작을 돕기 위한 아이디어와 영감을 제공하여 시의 완성도를 높일 수 있다. 살펴보기 위해 다음의 글(박얼서 님)을 [윗글을 6행 3연으로 나뉜 자유형식의 시로 구성하기] 프롬프트로 작성하여 요청하였다.

『겨우 낙엽 몇 잎 뒹구는 절 마당을 붙들고 어둠을 쓸고 계신 저 수도승 새벽부터 빗자루질 수행 중이시다. 어제 스친 너와 나의 발자국 세속의 흔적들을 지우고 있나 보다. 숱한 잡념들이 밟혔나 보다. 』

> 겨우 낙엽 몇 잎 뒹구는 절 마당을
> 붙들고 어둠을 쓸고 계신 저 수도승
> 새벽부터 빗자루질 수행 중이시다
>
> 어제 스친 너와 나의 발자국
> 세속의 흔적들을 지우고 있나 보다
> 숱한 잡념들이 밟혔나 보다

프롬프트대로 챗GPT가 정확하게 6행 3연의 구조로 재구성한 것을 알 수 있다. 계속해서 이번엔 [좀 더 유려한 서사시로 재구성하기]로 요청하였다. 그 결과는 다음과 같이 제법 그럴싸한 서사 형식으로 재구성해 주었다.

> 겨울 낙엽 몇 잎이 절 마당에 춤추며,
> 어둠 속에 빗자루 쓰는 수도승의 그림자,
> 새벽이 깨어 수행에 열중하시네.
>
> 어제의 발자국, 너와 나가 스쳐갔던,
> 세속 속에 묻은 흔적들은 사라지고,
> 잡념들도 무심히 밟혀 사라진다네.

이번에는 [위 시를 중간마다에 고풍스럽게 한자로 바꿔주기]라는 프롬프트를 작성하였다. 그 결과 모든 문장이 아닌 챗GPT가 알아서 적당한 구절만 한자로 바꿔 준 것을 알 수 있다.

마지막으로 [위 시를 고시로 바꾸기]라는 프롬프트를 작성하였다. 그 결과로 한자 위주의 고시(古詩)로 바꿔준 것을 알 수 있다.

살펴본 것처럼 시 또한 챗GPT를 활용하여 훨씬 완성도 높은 결과물을 얻을 수 있었다. 다시 한번 강조하지만, 챗GPT를 활용한 창작물에 대한 부정적인 생각보다는 **챗GPT를 통해 몇 수 배운다는 자세로 임한다면 긍정적으로 발전되는 계기가 될 것을 믿어 의심치 않는다.**

> **💡 팁 & 노트**
>
> **SNS 글도 답변도 챗GPT로 하면 "좋아요" 받는다?**
>
> 챗GPT는 텍스트 기반의 대화를 잘 처리할 수 있으므로, 페이스북이나 인스타그램과 같은 SNS 게시물이나 답변을 작성하는데 활용하면 유용할 수 있다. 하지만 "좋아요"와 같은 반응은 글의 품질뿐만 아니라 여러 다른 요인에 의해 영향을 받을 수 있다는 것을 명심하자.

021. 전문 서적 작가가 되기 위한 글쓰기 (전자책 출간)

이 책을 읽고 있는 독자 대부분은 전문직에 종사할 것이다. 앱 개발을 하든 디자인 관련 일을 하든 골프를 치든 노래를 하든 미용을 하든 도배를 하든 따지고 보면 모든 직업군이 전문적이지 않은 게 하나 없다. 만약 자신이 가지고 있는 전문기술을 많은 사람이 볼 수 있도록 책으로 출간하거나 관심이 있는 분야에 대해 공부를 해서 **책으로 출간을 하고 싶다면 챗GPT는 엄청난 기회를 만들어 줄 것이다.**

필자는 지금까지 70여 권의 책을 출간하였다. 그것도 온오프라인 유명 서점에 배치되는 책이다. 이 수많은 책을 집필할 수 있었던 것은 다양한 분야에 관심이 많았던 것도 있지만 책을 많이 쓰다 보니 남들보다 책 쓰는 것에 노하우가 생겼기 때문이다. **이제부터는 챗GPT를 활용하여 더 다양한 분야의 책을 훨씬 빠른 속도로 쓸 수 있다는 기대감에 설레고 있다.**

지금부터 단 한 번도 책을 쓰지 못했던 독자들을 위해 챗GPT를 활용하여 어떻게 책을 쓰고 출간을 할 수 있는지에 대한 방법을 하나씩 살펴보기로 한다.

☰ 기획 및 목차 만들기

전문 서적 출간 시 기획과 목차는 독자들에게 출간할 책의 구조와 내용을 명확하게 전달하는 핵심 요소이다. 따라서 기획은 책의 주제, 목적, 대상 독자를 결정하며, 독자들의 관심과 필요를 충족시키는 방향으로 작성되어야 하고, 목차는 책의 전체적인 흐름을 제시하고, 각 장의 주요 주제와 서브 주제를 구분하여 독자가 쉽게 이해하고 참조할 수 있도록 도와준다. 이를 통해 독자들은 기술 전문 서적을 효과적으로 활용하며, 저자는 책의 가치와 인지도를 높일 수 있다.

전문 서적 기획하기

한 번쯤 자신의 이야기를 책으로 엮어보고 싶은 생각을 했을 것이다. 만약 책을 쓰고 싶다면 소설이나 수필, 시 그리고 자서전 같은 책보다는 **자신이 가지고 있는 전문 지식을 독자들에게 전달할 수 있는 전문 도서(자기 계발)를 쓰는 것을 권장한다.** 전문 도서는 유려한 문장의 테크닉보다는 지식과 정보를 전달할 수 있는 정도의 문장력만 있으면 가능하며, 또한 필요에 의해서 구매되는 전문 도서는 기대하지 않았던 **대박(베스트셀러)**의 기회를 가져다줄 수도 있기 때문이다.

전문 서적의 기획은 독자의 관심사와 필요를 정확히 파악해 최적의 내용을 제공함으로써 독자들에게 실질적인 가치를 전달하고, 출판 시장에서 경쟁력을 확보하는데 큰 역할을 한다. 기획 과정을 통해 책의 구조, 주제, 스타일 등을 결정하여 효과적인 마케팅 전략을 세우고 차별화된 서적을 출간할 수 있다. 전문 서적 출간 시 기획하는데 필요한 아이디어들은 다음과 같다.

- **독자의 필요와 관심사 파악** 출간하려는 전문 서적의 대상 독자가 누구인지 파악하고, 그들의 필요와 관심사를 분석한다.

- **최신 동향 고려** 해당 분야의 최신 동향과 발전을 고려하여 독자들에게 새로운 정보와 지식을 제공할 수 있도록 기획한다.

- **경쟁 서적 분석** 유사한 주제의 경쟁 서적들을 분석하여 어떤 점이 부족하거나 더 개선될 수 있는지 파악한다.

- **차별화된 접근법** 독자들에게 새로운 시각을 제공할 수 있는 차별화된 접근법을 도입하여 서적을 더 흥미롭게 만든다.

- **구성 및 구조** 명확한 구성과 구조를 갖춘 서적을 기획하여 독자들이 쉽게 이해하고 따라갈 수 있도록 한다.

- **사례와 예제 활용** 실제 사례와 예제를 활용하여 이론을 실질적인 적용에 연결하여 독자들의 이해를 돕도록 기획한다.

- **독자 참여 유도** 독자들이 직접 참여하고 경험할 수 있는 요소를 포함하여, 서적이 더욱 적극적으로 활용되도록 기획한다.

- **전문가 의견 수렴** 해당 분야 전문가들의 의견을 수렴하여 서적의 내용을 보완하고 더 신뢰성 있는 정보를 제공하도록 기획한다.

- **디자인 및 시각화** 독자들이 쉽게 이해할 수 있는 시각화 및 디자인 요소를 활용하여 전문 서적의 가독성과 흥미를 높인다.

- **적절한 서평 및 마케팅 전략** 서평, 추천사, SNS 등을 활용하여 서적의 가치를 전달하고, 독자들에게 알리는 전략을 세운다.

목차 만들기 (목차 완성은 곧 책을 반은 쓴 것)

목차가 잘 구성되면 독자들이 책을 보다 쉽게 이해하고 필요한 정보를 쉽게 찾을 수 있으며, 해당 도서를 선택하도록 하는 중요한 역할을 한다. 중요한 것은 기성 작가들도 목차 짜는 것을 가장 어렵게 생각한다는 것이다. 하지만 이제 챗GPT를 활용하면 어렵지 않게 원하는 책의 목차를 완성할 수 있다. 가령 [집에서 아이들과 함께 할 수 있는 놀이]에 관한 책을 쓰기로 해보자. 놀이를 전문 서적에 포함하기엔 무리가 있을 수도 있겠지만, 노는 방법과 각 놀이의 효과 등을 설명하면 이 또한 전문 서적이 될 것이다. 필자는 다음의 프롬프트로 책의 목차를 요청했다.

『스마트폰에 집착하는 요즘 아이들에게 좋은 놀이 문화를 만들어 주기 위해 집에서 아이들과 함께 할 수 있는 놀이에 관한 책을 쓰려고 한다. 아이들의 몸(손과 발 그리고 머리)을 활용하면서 엄마랑 아빠 그리고 또래 아이들과 함께 집에서 할 수 있는 창의적인 책의 목차 개발하기 』

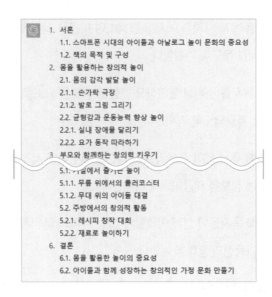

목차에 맞게 본문 작성하기

어느 정도 만족스러운 목차가 나왔다면 챗GPT가 작성한 목차를 자신이 생각했던 목차와 비교하여 뺄 건 빼고 보충할 건 보충하여 목차를 완성한다. 목차가 제대로 완성됐다면 이제 목차에 맞게 본문을 작성해 나간다. 다음은 필자의 목차 중 **[손가락 극장 놀이]**에 대한 본문을 작성하기 위해 프롬프트를 작성한 결과이다.

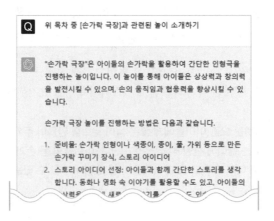

Q 위 목차 중 [손가락 극장]과 관련된 놀이 소개하기

"손가락 극장"은 아이들의 손가락을 활용하여 간단한 인형극을 진행하는 놀이입니다. 이 놀이를 통해 아이들은 상상력과 창의력을 발전시킬 수 있으며, 손의 움직임과 협응력을 향상시킬 수 있습니다.

손가락 극장 놀이를 진행하는 방법은 다음과 같습니다.

1. 준비물: 손가락 인형이나 색종이, 종이, 풀, 가위 등으로 만든 손가락 꾸미기 장식, 스토리 아이디어
2. 스토리 아이디어 선정: 아이들과 함께 간단한 스토리를 생각합니다. 동화나 영화 속 이야기를 활용할 수도 있고, 아이들의

4. 대본 작성 및 연습: 스토리에 따라 대본을 작성하고, 아이들과 함께 연습을 진행합니다. 아이들이 캐릭터의 목소리와 행동을 표현하도록 도와주세요.

5. 손가락 극장 공연: 준비가 완료되면 실제로 공연을 진행합니다. 부모님과 또래 친구들이 관객이 되어 아이들의 공연을 감상할 수 있습니다. 공연이 끝난 후에는 아이들의 노력을 칭찬해 주세요.

손가락 극장 놀이는 아이들이 스토리를 이해하고 표현하는 능력, 손의 움직임을 조절하는 능력, 그리고 창의력을 키울 수 있는 좋은 놀이입니다. 아이들과 함께 즐거운 시간을 보낼 수 있는 이 놀이를 시도해 보세요.

☑ 본문 작성 중 관련된 이미지(사진, 그림 등)가 필요하다면 직접 촬영하여 사용하거나 이전에 살펴본 무료 이미지 웹사이트 또는 차후에 살펴볼 미드저니와 스테이블 디퓨전을 활용한 이미지 생성에 대한 내용을 참고한다.

교정, 교열, 윤문 작업하기

본문 작업이 끝났다면 교정과 교열 그리고 윤문 작업이 필요하다. 이 세 가지 과정은 매우 중요한 작업이기 때문에 대부분의 출판사에서는 전문가에게 의뢰하는 작업이기도 하다. 하지만 전문 서적일 경우에는 챗GPT와 같은 인공지능을 활용하면 효과적으로 작업을 수행할 수 있다.

- **교정(Correction)** 교정은 맞춤법, 띄어쓰기, 문장 부호 등의 기본적인 언어적 요소들을 수정하는 과정으로 글의 내용이나 구조에 대한 수정보다는 표면적인 요소들을 개선하는데 초점을 맞춘다.

- **교열(Editing)** 교열은 글의 구조, 논리, 표현 방식 등의 측면에서 글을 개선하는 과정으로 교열 과정에서는 글의 내용이 일관되고 명확하게 전달되도록 하며, 필요한 경우 문장이나 단락을 재구성하거나 추가 및 삭제할 수 있다.

- **윤문(Polishing)** 윤문은 글의 언어와 문장을 더욱 매끄럽고 유려하게 다듬는 작업

으로 윤문 과정에서는 문장의 길이, 단어의 선택, 문장의 맥락 등을 고려하여 글이 자연스럽고 흐름이 좋게 읽히도록 수정한다.

전문 서적에서의 교정, 교열, 윤문 작업은 맞춤법 검사기나 네이버 맞춤법 검사기 그리고 Microsoft 편집기 등을 사용해 본다. 필자 개인적으로는 맞춤법 검사기와 챗GPT에서 가장 만족스러운 결과를 얻을 수 있었다.

☰ 돈 안 드는 전자출판으로 출간하기

전자출판(e-publishing)은 인터넷, 전자책, 모바일 앱 등 디지털 플랫폼을 통해 출판물을 볼 수 있는 방식이다. 전자출판물은 PDF, EPUB, MOBI 등의 형식으로 제공되며, 텍스트, 이미지, 오디오, 비디오 등의 다양한 콘텐츠를 통합할 수 있다. 다음은 전자출판에 대한 장단점에 관한 내용이다.

· 전자출판의 장점

생산 및 유통 비용 절감 전자출판은 인쇄, 배송, 창고 등의 비용이 발생하지 않아 전통적인 종이 출판물에 비해 훨씬 경제적이다.

환경친화적 종이 사용이 없기 때문에 나무 자원을 아낄 수 있으며, 인쇄와 배송 과정에서 발생하는 탄소 배출량을 줄일 수 있다.

콘텐츠 업데이트 용이 전자출판물은 필요에 따라 쉽게 업데이트할 수 있어, 최신 정보를 제공하는데 유리하다.

맞춤화된 독서 경험 전자출판물은 글꼴 크기, 배경색, 목차 등을 사용자가 직접 조절할 수 있어 독서 경험을 개인화할 수 있다.

검색 기능 전자출판물은 텍스트를 검색할 수 있어, 정보를 빠르게 찾을 수 있다.

· 전자출판의 단점

전자기기 필요 전자출판물을 이용하려면 컴퓨터나 태블릿 PC와 같은 전자기기가 필요하며, 사용자는 기기 구입 비용과 배터리 충전 등의 추가적인 노력이 필요하다.

디지털 피로 오랫동안 전자기기를 사용하는 것은 눈의 피로와 시력 저하를 가져올 수 있다.

저작권 침해 전자출판물은 무단 복제 및 배포가 쉬워 저작권 침해 문제가 발생할 수 있다.

소장 가치 부족 전자출판물은 종이책과 달리 물리적인 소장 가치가 없어, 특정한 출판물에 대한 애착이나 소장 욕구가 줄어들 수 있다.

기술 호환성 문제 전자출판물의 형식이 다양하기 때문에 모든 기기에서 동일한 경험을 제공하지 못할 수 있으며, 기술이 발전함에 따라 호환성 문제가 발생할 수 있다.

출판사 등록 없이 전자출판 하기

출판사 등록을 하지 않고 전자출판을 할 수 있는 플랫폼들이 있으며, 이러한 플랫폼을 통해 개인 작가들이 자기 작품을 출판하고 독자들과 직접 소통할 수 있다. 국내외 대표적인 전자출판 플랫폼(웹사이트)은 다음과 같다.

아마존(Amazon) 아마존의 전자출판 플랫폼으로, 전 세계적으로 널리 사용되는 플랫폼 중 하나이다. 아마존 KDP를 통해 전자책 및 종이책 출판이 가능하며, 광범위한 독자층에 작품을 알릴 수 있다.

애플북스(Apple Books) 애플의 전자출판 플랫폼으로, iOS 및 macOS X 사용자들을 대상으로 전자책을 출판할 수 있으며, 애플북스에서는 ePub 형식의 전자책을 출판할 수 있으며, 전 세계적으로 많은 독자에게 작품을 소개할 수 있다.

구글 플레이 북스(Google Play Books) 구글의 전자출판 플랫폼으로, 안드로이드 기기 사용자들을 대상으로 전자책을 출판할 수 있으며, 구글 플레이 북스를 통해 전 세계적으로 많은 독자에게 작품을 소개할 수 있다.

블라블(Blurb) 블라블은 전자책뿐만 아니라 사진집, 잡지 등 다양한 형태의 출판물을 제작할 수 있는 플랫폼이다. 블라블을 통해 작품을 직접 출판하고 판매할 수 있으며, 전 세계 독자들과 소통할 수 있는 기회를 얻을 수 있다.

크몽 프리랜서들이 제작한 다양한 콘텐츠를 제공하는 온라인 마켓으로 전자출판 관련 서비스를 이용해 작품을 완성하고, 다양한 전자출판 플랫폼에 게시할 수 있다.

와디즈 크라우드펀딩 플랫폼으로 전자출판 프로젝트를 기획하고, 후원자들의 지원을 받아 작품을 완성한 후 전자출판 플랫폼에 게시할 수 있다.

아라e북 전자출판 전문 플랫폼으로 개인 작가들이 소설, 시, 자기 계발, 전문 서적 등 다양한 장르의 전자책을 출간하고 판매할 수 있는 공간을 제공한다.

예스24 셀프퍼블리싱 개인 작가들이 소설, 시, 에세이 등 다양한 장르의 전자책을 직접 출간, 판매할 수 있는 독립적인 전자출판 플랫폼을 제공한다.

전자출판 시 작가들에게 가장 취약한 부분은 이미지 제작과 디자인 작업이다. 하지만 본 도서 후반부에 다룰 **미드저니, 달리(DALL-E), 스테이블 디퓨전** 등의 인공지능을 참고하면 디자인에 취약한 사용자도 최고의 결과물을 만들 수 있다.

마이크로소프트 편집기를 활용한 맞춤법 검사

마이크로소프트 편집기를 사용하면 인터넷상의 모든 텍스트에 대한 맞춤법 검사를 할 수 있다. 구글의 크롬 웹 스토어에서 [Microsoft 편집기]를 찾아 [Chrome에 추가] 버튼을 누르고, [확장 프로그램 추가]를 하면 챗GPT의 프롬프트 및 웹사이트에서 맞춤법 기능이 활성화된다.

· 추가: 별책부록_"생성형 Ai 빅3 외전"의 [연 매출 3억 1인 출판사 만들기] 참고

엑셀은 업무를 하는 대부분의 직장에서 사용하는 스프레드시트 **열과 행으로 이루어진 표 형태로 데이터를 입력, 관리, 분석하는 용도** 프로그램이다. 챗GPT는 자연어 처리와 인공지능 기술을 활용하여 텍스트 생성, 번역, 요약, 질문 답변 등 다양한 작업을 수행할 수 있는 대화형 인공지능 모델이므로 이러한 능력을 활용하면 엑셀을 잘 다루지 못하는 사용자들도 쉽게 엑셀에 접근할 수 있으며, 전부터 엑셀을 사용하고 있는 분들에게는 더욱 빠르고 효율적으로 활용할 수 있도록 다음과 같은 도움을 제공을 받을 수 있다.

• **데이터 분석 보조** 챗GPT는 데이터 분석에 필요한 다양한 기능을 수행할 수 있다. 예를 들어, 엑셀에서 데이터를 불러와서 GPT에 입력하면 GPT는 데이터의 패턴을 분석하고, 그래프를 생성하거나 분석 결과를 요약해 주는 등의 역할을 수행할 수 있다.

• **엑셀 함수 및 수식 자동 생성** 챗GPT는 엑셀에서 사용되는 다양한 함수 및 수식을 자동으로 생성해 줄 수 있다. 엑셀 사용자들은 GPT에게 함수 또는 수식의 기능을 설명하면 GPT가 해당 기능에 맞는 함수 또는 수식을 생성해 줄 수 있다.

• **사용자 정의 함수 개발** 엑셀 사용자들은 자신이 필요한 함수를 챗GPT에게 요청하여 개발할 수 있다. GPT는 엑셀 사용자가 요청한 함수를 개발하고, 엑셀에 적용할 수 있도록 제공할 수 있다.

• **사용자 맞춤형 데이터 시각화** 챗GPT는 엑셀에서 사용되는 데이터를 분석하고 사용자의 요구에 맞게 시각화하여 제공할 수 있다. 예를 들어, 사용자가 요청한 데이터를 바탕으로 그래프를 그리거나 차트를 제공할 수 있다.

• **엑셀 기능에 대한 설명 및 도움말 제공** 챗GPT는 엑셀의 다양한 기능에 대한 설

명 및 도움말을 제공할 수 있다. 사용자가 엑셀에서 사용하려는 기능을 입력하면 GPT는 해당 기능의 사용 방법이나 예시를 통해 사용자의 작업을 도와줄 수 있다.

☰ 학교 평균 점수표로 만들고 매개변수 만들기

챗GPT를 활용하면 학교에서 평균 점수를 계산할 때 유용한 다양한 기능을 받을 수 있다. 예를 들어, 엑셀을 이용한 평균 점수 계산, 머신러닝을 활용한 예측 모델 개발, 자동화된 시스템을 이용한 평균 점수 확인 등이 있다. 이를 통해 학생들의 학습 상황을 빠르게 파악하고, 개별적인 피드백 및 개선 방안을 제시할 수 있으며, 또한 학교 내에서 보다 정확하고 효율적인 평가를 위해 GPT를 활용하는 것도 가능한다. 살펴보기 위해 학교에서 가장 많이 사용되는 학생들의 각 과목의 평균점을 프롬프트로 작성하였다.

『 김영수 국어 48, 영어 78, 수학 74, 과학 94, 음악 88점
이미영 국어 88, 영어 96, 수학 68, 과학 64, 음악 68점
빅시은 국어 74, 영어 92, 수학 68, 과학 88, 음악 78점
위 세 학생에 대한 평균 점수에 대한 엑셀 표와 엑셀에서 사용할 수 있는 공식 자세히 알려주기 』

위 세 학생의 국어, 영어, 수학, 과학, 음악 점수를 기록하고 평균 점수를 계산하는 엑셀 표는 다음과 같이 만들 수 있습니다.

이름	국어	영어	수학	과학	음악	평균
김영수	48	78	74	94	88	76.4
이미영	88	96	68	64	68	76.8
빅시은	74	92	68	88	78	80.0

위 표에서 평균은 각 과목 점수를 모두 더한 후, 과목 수로 나누어 계산한 결과입니다. 각 학생의 평균은 "AVERAGE" 함수를 이용하여 계산할 수 있습니다. 예를 들어, 김영수의 평균을 계산하려면, F2셀에 "=AVERAGE(B2:E2)"를 입력하면 됩니다. 이렇게 입력하면 B2셀부터 E2셀까지의 점수를 모두 더하고, 과목 수로 나누어 평균을 계산한 결과가 F2셀에 표시됩니다. 나머지 학생들의 평균도 같은 방식으로 계산할 수 있습니다.

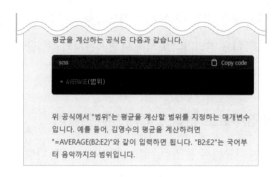

평균을 계산하는 공식은 다음과 같습니다.

```scss
= AVERAGE(범위)
```

위 공식에서 "범위"는 평균을 계산할 범위를 지정하는 매개변수입니다. 예를 들어, 김영수의 평균을 계산하려면 "=AVERAGE(B2:E2)"와 같이 입력하면 됩니다. "B2:E2"는 국어부터 음악까지의 범위입니다.

프롬프트에 대한 결과를 보면 어떻게 엑셀에서 사용할 수 있는지 그리고 예시 표까지 자세하게 설명하고 있는 것을 알 수 있다.

☰ 쇼핑몰에서 고객 구매 명세서 작성하기

쇼핑몰에서 고객 구매 내역서(명세서)를 작성하기 위해 챗GPT를 사용하면 구매 내역에 대한 자동화된 템플릿 생성 및 정보 추출이 가능하다. 예를 들어, 고객의 주문번호, 상품 정보, 수량, 가격, 결제 정보, 배송 정보 등을 자동으로 추출할 수 있다. 이번 학습은 [엑셀 예제 파일]을 가져와 사용하기로 한다.

🔖 [학습자료] – [엑셀 예제 파일] 활용

	A	B	C	D	E	F	G	H	I	J	K	L	M
1					구매 내역								
2													
3	결제일	주문번호	결제수단	결제기관	결제상태	구매자명	결제액	수수료	정산액		정산액 합계		
4	2023-06-04	R0051470	가상계좌	K-뱅크	완료	양연순	33,000	500					
5	2023-06-09	R0051461	신용카드	국민카드	완료	이도원	33,000	1,197					
6	2023-06-15	R0051476	신용카드	신한카드	완료	김민주	33,000	1,233			카드 정산액	0	
7	2023-06-15	R0051454	가상계좌	K-뱅크	완료	김미경	33,000	500			계좌 정산액	0	
8	2023-06-21	R0051464	신용카드	카카오뱅크	완료	최민경	33,000	1,197					
9	2023-06-25	R0051473	신용카드	신한카드	완료	한택규	33,000	1,233					
10	2023-06-30	R0051500	신용카드	카카오뱅크	완료	조영조	33,000	1,197					
11	2023-07-04	R0051499	신용카드	국민카드	완료	신채원	33,000	1,197					
12	2023-07-09	R0051527	가상계좌	K-뱅크	완료	김서윤	33,000	500					
13	2023-07-147	R0051983	신용카드	국민카드	완료	박주연	33,000	1,197					
14													
15													
16		결제기관명		카드 기관 수	3		영연순의 결제 수단	#N/A					
17		K-뱅크											
18		국민카드											
19		신한카드											
20		카카오뱅크											

전체 정산액 산출하기

엑셀 예제 파일을 보면 구매 내역(명세)에 대한 내용이다. 먼저 여기에서 총 정산액을 계산하는 식을 만들어 본다. GPT 프롬프트에 다음과 같이 작성한다.

『 엑셀에서 G열에서 H열의 값을 빼는 수식 작성하기. G열과 H열은 각각 4부터 13열까지 있다. 그리고 이것을 i4열부터 i13열에 입력하고자 한다. 왕초보자를 위한 작성법 상세 소개하기 』

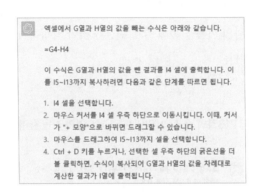

프롬프트에 대한 결과를 보면 엑셀 왕초보자도 이해할 수 있을 정도로 매우 상세하게 설명된 것을 알 수 있다. 이제 챗GPT가 알려준 대로 대입해 본다. 먼저 ❶[i4] 셀을 선택한 후 상단 함수 입력 필드에 ❷[=G4-H4]를 입력(복사 후 붙여넣기)한다.

I4		× ✓ fx	=G4-H4 ❷					
	A	B	C	D	E	F	G	H	I	J
1				**구매 내역**					
2									
3	결제일	주문번호	결제수단	결제기관	결제상태	구매자명	결제액	수수료	정사액
4	2023-06-04	R0051470	가상계좌	K-뱅크	완료	양연순	33,000	500	
5	2023-06-09	R0051461	신용카드	국민카드	완료	이도원	33,000	1,197	
6	2023-06-15	R0051476	신용카드	신한카드	완료	김민주	33,000	1,233	❶
7	2023-06-15	R0051454	가상계좌	K-뱅크	완료	김미경	33,000	500	
8	2023-06-21	R0051464	신용카드	카카오뱅크	완료	최민경	33,000	1,197	
9	2023-06-25	R0051473	신용카드	신한카드	완료	한택규	33,000	1,233	
10	2023-06-30	R0051500	신용카드	카카오뱅크	완료	조영조	33,000	1,197	
11	2023-07-04	R0051499	카드	카드	완료	원	00	7	

그러면 그림처럼 결제액에서 수수료가 빠진 수식이 정확하게 완성된 것을 알 수 있다. 같은 방법으로 나머지 [i5~13] 셀에도 같은 함수(G~H 셀 번호는 바꿔줌)를 적용해 본다.

결제일	주문번호	결제수단	결제기관	결제상태	구매자명	결제액	수수료	정산액
2023-06-04	R0051470	가상계좌	K-뱅크	완료	양연순	33,000	500	32,500
2023-06-09	R0051461	신용카드	국민카드	완료	이도원	33,000	1,107	

특정 구매자의 결제 수단 확인하기

이번엔 특정 사용자의 이름을 통해 결제 수단을 찾아 작성하기 위해 다음과 같은 프롬프트를 작성한다.

📑 해당 프롬프트는 [학습자료] – [책 속 프롬프트 목록] 파일 참고

『 엑셀에서 F4열부터 F13열의 중 값이 "양연순"일 때 D열의 값을 출력하는 수식 만들기 』

 다음과 같은 수식을 사용하면 F4부터 F13까지의 값이 "양연순"인 행의 D열 값을 출력할 수 있습니다.

=IFERROR(INDEX($D$4:$D$13, MATCH("양연순", $F$4:$F$13, 0)), "")

이 수식은 'MATCH' 함수를 사용하여 F4부터 F13까지의 값 중에서 "양연순"이 있는 행 번호를 찾습니다. 그리고 'INDEX' 함수를 사용하여 해당 행의 D열 값을 출력합니다. 만약 해당 조건에 맞는 행이 없을 경우에는 빈 칸을 출력합니다.

이 수식을 F4에 입력하고, 엔터 키를 누르면 해당 행의 D열 값이 출력됩니다. 이 수식을 F5~F13까지 복사하면, F4부터 F13까지의 값이 "양연순"인 행의 D열 값을 차례대로 출력합니다.

위와 같은 답변이 나오면 해당 고객의 이름 우측의 ❶[빈 셀]을 선택한 후 상단 함수 입력 필드에 ❷[=IFERROR(INDEX($D$4:$D$13,SMALL(IF($F$4:$F$13="양연순",ROW($F$4:$F$13)-ROW($F$4)+1),ROW()-3)),"")]를 입력(복사 후 붙여넣기)한다.

| I16 | ▼ | : | × | ✓ ❷ | =IFERROR(INDEX($D$4:$D$13,SMALL(IF($F$4:$F$13="양연순",ROW($F$4:$F$13)-ROW($F$4)+1),RC |

| | 구매 내역 | | | | | | | | | | |

	A	B	C	D	E	F	G	H	I	J	K	L
1				**구매 내역**								
2												
3	결제일	주문번호	결제수단	결제기관	결제상태	구매자명	결제액	수수료	정산액		정산액 합계	320,049
4	2023-06-04	R0051470	가상계좌	K-뱅크	완료	양연순	33,000	500	32,500			
5	2023-06-09	R0051461	신용카드	국민카드	완료	이도원	33,000	1,197	31,803		카드 정산액	222549
6	2023-06-15	R0051476	신용카드	신한카드	완료	김민주	33,000	1,233	31,767		계좌 정산액	97500
7	2023-06-15	R0051454	가상계좌	K-뱅크	완료	김미경	33,000	500	32,500			
8	2023-06-21	R0051464	신용카드	카카오뱅크	완료	최민경	33,000	1,197	31,803			
9	2023-06-25	R0051473	신용카드	신한카드	완료	한택규	33,000	1,233	31,767			
10	2023-06-30	R0051500	신용카드	카카오뱅크	완료	조영조	33,000	1,197	31,803			
11	2023-07-04	R0051499	신용카드	국민카드	완료	신채원	33,000	1,197	31,803			
12	2023-07-09	R0051527	가상계좌	K-뱅크	완료	김서윤	33,000	500	32,500			
13	2023-07-147	R0051983	신용카드	국민카드	완료	박주연	33,000	1,197	31,803			
14												
15												
16		결제기관명		카드 기관 수			영연순의 결제 수단			❶		
17		K-뱅크										
18		국민카드										
19		신한카드										
20		카카오뱅크										

챗GPT에서 알려준 대로 함수를 작성한 결과 해당 셀에 정확하게 결제한 내역이 출력되는 것을 알 수 있다.

결제기관명		카드 기관 수			영연순의 결제 수단	K-뱅크
K-뱅크						
국민카드						
신한카드						
카카오뱅크						

이처럼 챗GPT를 통해 별도의 학습을 하지 않아도 엑셀의 수식을 쉽고 간편하게 활용할 수 있다. 이제부터 학습한 것처럼 GPT를 통해 더욱 다채로운 프롬프트를 작성하여 보다 복잡한 스프레드시트를 작성하여 업무 시간을 단축해 본다.

023. 수학자도 풀기 어려운 수학 문제도 3초면 뚝딱

챗GPT는 기본적인 수학적 연산이나 개념 설명, 수학적 아이디어 제안 등을 쉽게 처리할 수 있다. 그러나 특정 기호들을 입력해야 할 경우 몇 가지 과정을 거쳐야 한다. 먼저 몸풀기로 간단한 문제를 입력해 본다.

『총 150GB 데이터를 가지고 있던 영수는 인터넷 동영상으로 555MB, 다운로드로 200MB, 동생 영미에게 500MB를 전송해 주었다. 이제 영수에게 남은 데이터는 얼마인가?』

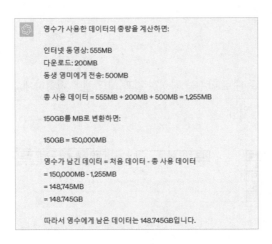

위 수학 문제를 몸풀기라고 했는데, 1MB를 1,024BT로 계산해야 하므로 생각보다 고차원적인 계산이었다. 순간, 살짝 미안한 생각이 들었지만, 챗GPT는 너무도 쉽게 답을 주었다. 챗GPT를 과소평가했다는 판단에 이번엔 그림과 같은 수식을 풀어 달라고 부탁해 볼 것이다. 하지만 챗GPT는 아직 기호를 입력하고, 이미지에 포함된 텍스트(기호, 숫자 등)를 인식할 수 없기 때문에 다른 방법을 사용해야 한다.

$$(\frac{4}{2\sqrt{2}})^{2+\sqrt{2}}$$

이번에는 앞서 살펴본 OCR 기술이 탑제된 아숙업(AskUp)을 활용해 보기로 한다. 학습자료에 있는 수학 문제 이미지 파일을 아숙업 채팅 창에 전송한다. 그러면 텍스트로 된 숫자와 기호를 보내줄 것이다. 이제 이 텍스트와 기호를 복사(드래그하여 복사)한다.

📕 [학습자료] – [수학 문제] 이미지 활용

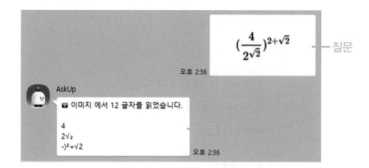

여기에서 혹시나 하여 아숙업에 이 문제를 풀어줄 것을 요청하였다. 그랬더니 잠시후 다음과 같은 답변을 해주었다. 필자는 수포자였기 때문에 답이 맞는지조차 어렵지만 챗GPT도 같은 답변을 주면 이게 맞는 답이 아닐까?

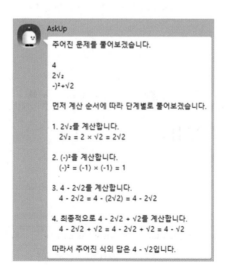

이제 앞서 복사한 수식을 챗GPT의 프롬프트에 붙여넣기(Ctrl+V) 한 후 [엔터] 키를 누르면 다음과 같은 답을 확인할 수 있다. 앞서 아숙업과 비교했을 때와 답이 다르다. 이미지 속의 수식과 텍스트로 된 수식이 다른 형태로 되어있기 때문이다.

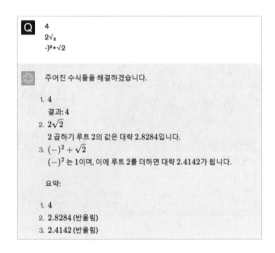

그렇다면 이런 복잡한 수식을 정확하게 입력하는 방법은 없을까? [Online LaTeX Equation Editor]를 활용하면 모든 수학 기호를 수식으로 표현할 수 있다. **이 부분은 아쉽게도 필자의 영역이 아니라 여기에서 더 깊게 설명할 수 없지만 수학을 사랑하는 분이라면 쉽게 활용할 수 있을 것이다.**

📗 [학습자료] — [Online LaTeX Equation Editor] 바로가기 실행

Online LaTeX Equation Editor 인터페이스

024. 한 번에 통과하는 프레젠테이션(PPT) 만들기

비즈니스 업무 중 프레젠테이션은 제품 및 서비스 소개 그리고 아이디어 공유, 프로젝트 결과를 발표할 때 사용된다. 프레젠테이션은 자료를 시각적으로 표현하여 대상자들이 더욱 쉽게 이해하고, 정보를 전달하고자 하는 목적을 달성하기 위한 효과적인 수단이기 때문에 프레젠테이션을 준비하는 것은 중요한 스킬이며, 비즈니스 성과에 큰 영향을 준다. 일반적으로 성공적인 프레젠테이션을 작성하기 위한 순서는 다음과 같다.

1 목적과 대상을 정의한다.

2 내용을 구성하고, 시각적인 디자인을 계획한다.

3 자료를 수집하고, 필요한 내용을 구성한다.

4 슬라이드를 만들고, 필요한 그래픽, 차트, 이미지, 비디오 등을 추가한다.

5 디자인과 레이아웃을 완성하고, 자료를 검수한다.

6 프레젠테이션을 연습하고, 발표 시간을 조정한다.

7 발표 준비가 모두 끝나면, 대상에게 적절한 방식으로 전달한다.

≡ 챗GPT를 활용한 프레젠테이션 작성하기

성공적인 프레젠테이션을 위해 챗GPT는 자료 수집, 자동 요약, 키워드 추출, 문장 생성, 번역 등에 대한 정보를 제공한다. 여기에서는 프레젠테이션 주제 선정이 끝났다고 가정하여 선정된 주제에 맞게 프레젠테이션을 만들어 본다. 필자는 [메타버스 쇼핑몰 제작]을 위한 프롬프트를 작성하였으며, 챗GPT의 답변처럼 제작 목적, 시장 조사, 디자인 컨셉트, 상품 라인업, 기술적인 측면, 비용 및 일정, 마케팅 전략에 대한 내용을 완성해 보기로 한다.

> **Q** 메타버스 쇼핑몰 제작을 위한 프레젠테이션
>
> 메타버스 쇼핑몰 제작을 위한 프레젠테이션은 다음과 같은 내용을 담고 있어야 합니다.
>
> 1. 제작 목적: 메타버스 쇼핑몰 제작의 목적과 목표를 구체적으로 설명합니다.
> 2. 시장 조사: 유사한 메타버스 쇼핑몰이 어떤 것들이 있는지, 해당 시장의 동향과 성장 가능성을 조사합니다.
> 3. 디자인 컨셉: 메타버스 쇼핑몰의 디자인 컨셉을 제시합니다. 적절한 색상, 이미지, 레이아웃 등을 사용하여 상품을 강조하고, 고객들의 눈길을 끌어야 합니다.
> 4. 상품 라인업: 쇼핑몰에서 판매할 상품 라인업을 선정하고, 해당 상품들을 어떻게 소개할 것인지 설명합니다.
> 5. 기술적인 측면: 메타버스 쇼핑몰 제작에 필요한 기술적인 측면을 설명합니다. 가상현실(VR) 기술, 인터랙티브한 UI/UX, 결제 및 배송 시스템 등을 다루어야 합니다.
> 6. 비용 및 일정: 메타버스 쇼핑몰 제작에 필요한 예산과 일정을 제시합니다.
> 7. 마케팅 전략: 제작된 메타버스 쇼핑몰을 어떻게 홍보할 것인지에 대한 전략을 수립합니다.

챗GPT 결과가 만족스럽다면 그대로 활용해도 되지만 수정사항이나 보충할 내용이 있다면 추가해서 더 완성도 높은 프레젠테이션이 되도록 한다.

1 **제작 목적**

2 **시장 조사**

3 **디자인 컨셉트**

4 **상품 라인업**

5 **기술**

6 **비용 및 일정**

7 **마케팅 전략**

1 제작 목적 작성하기

선정한 메타버스 쇼핑몰에 대한 사업 목적을 작성할 때 앞선 챗GPT의 답변과 함께

아래쪽에 [위 내용에서 1. 제작 목적에 대한 프레젠테이션을 구체적으로 개발하기]를 프롬프트로 추가하여 제작 목적을 요청하였다. 부가적으로 재요청하거나 프롬프트 내용을 조금 다르게 하여 더 상세한 결과를 얻을 수 있다.

Q 메타버스 쇼핑몰 제작을 위한 프레젠테이션은 다음과 같은 내용을 담고 있어야 합니다.

제작 목적: 메타버스 쇼핑몰 제작의 목적과 목... 설명합니다.

시장 조사: 유사한 메타버스 쇼핑몰이 어떤 것... 시장의 동향과 성장 가능성을 조사합니다.

디자인 컨셉: 메타버스 쇼핑몰의 디자인 컨셉을... 절한 색상, 이미지, 레이아웃 등을 사용하여 상... 객들의 눈길을 끌어야 합니다.

상품 라인업: 쇼핑몰에서 판매할 상품 리... 상품들을 어떻게 소개할 것인지 설명합니...

기술적인 측면: 메타버스 쇼핑몰 제작에 필요한... 설명합니다. 가상현실(VR) 기술, 인터랙티브한... 송 시스템 등을 다루어야 합니다.

비용 및 일정: 메타버스 쇼핑몰 제작에 필요한... 시합니다.

마케팅 전략: 제작된 메타버스 쇼핑몰을 어떻게... 대한 전략을 수립합니다.

위 내용에서 1. 제작 목적에 대한 프레젠테이션을 구체적으로 개발하기

결과

메타버스 쇼핑몰 제작 목적은 다음과 같습니다.

1. 새로운 유통 채널 확보: 기존 오프라인 매장과 온라인 쇼핑몰 외에도, 메타버스를 활용한 가상 매장을 개설하여 새로운 유통 채널을 확보하고자 합니다.
2. 고객 만족도 증대: 가상 매장을 통해 고객들은 실제로 상품을 확인하고 구매하기 전에 가상으로 상품을 경험해 볼 수 있습니다. 이를 통해 고객들의 만족도를 높이고, 더 나은 쇼핑 경험을 제공하고자 합니다.
3. 브랜드 이미지 강화: 메타버스 쇼핑몰은 다른 온라인 쇼핑몰과는 차별화된 브랜드 이미지를 제공할 수 있습니다. 이를 통해 브랜드의 이미지를 강화하고, 경쟁 업체와의 차별화를 추구하고자 합니다.
4. 시장 점유율 확대: 메타버스 쇼핑몰은 아직 상대적으로 새로운 시장입니다. 이에 따라 시장 점유율 확대를 통해 새로운 시장에서 경쟁 우위를 점하고자 합니다.
5. 새로운 비즈니스 모델 탐색: 메타버스 쇼핑몰 제작을 통해 새로운 비즈니스 모델을 탐색하고, 기존 비즈니스 모델에는 없는 새로운 가치를 창출하고자 합니다.

2 시장 조사하기

프레젠테이션에서 시장 조사는 가장 시간이 걸리고 때론 발품까지 팔아야 하는 과정이다. 하지만 이제부터는 챗GPT를 활용하면 이 같은 체력 소모는 하지 않아도 될 듯하다. 해당 프롬프트를 다음과 같이 구체적으로 작성하였다. 챗GPT는 채팅 중 앞선 내용을 그대로 인지하고 있기 때문에 이전 내용에 대한 설명은 하지 않아도 된다.

『"2. 시장 조사"에 대한 내용 작성하기(다양한 사례와 분석 그리고 10대, 20대, 30대, 40대, 50대, 60대 연령층의 관심도를 통계로 작성하고, 남녀 성별에 대한 분석도 통계로 작성하기) 』

메타버스 쇼핑몰 제작을 위한 시장 조사를 통해 연령층과 성별에 따른 관심도를 파악해보겠습니다.

먼저, 다양한 사례를 조사한 결과, 메타버스 쇼핑몰의 경우 가상 공간에서 제품을 체험하고, 다양한 상품을 한눈에 볼 수 있는 이점이 있어, 온라인 쇼핑몰보다 색다른 경험을 제공해 인기를 얻고 있습니다.

10대부터 60대까지의 연령층별 관심도를 파악하기 위해 설문 조사를 실시했습니다. 결과는 다음과 같습니다.

- 10대: 35%
- 20대: 40%
- 30대: 15%
- 40대: 5%
- 50대: 3%
- 60대: 2%

연령이 낮을수록 메타버스 쇼핑몰에 대한 관심도가 높은 것으로 나타났습니다.

또한, 남성과 여성 간의 성별에 따른 관심도를 파악하기 위해 설문 조사를 실시했습니다. 결과는 다음과 같습니다.

- 남성: 45%
- 여성: 55%

계속해서 다음의 내용을 프롬프트로 작성하여 각 연령층의 관심 목적과 성별 관심도에 대해 알아보았다.

『10대~60대의 관심 목적을 통계(연령별로 구분된 통계)로 설명하고, 남성과 여성이 이 쇼핑몰에 관심을 갖는 이유도 통계로 설명하기 』

메타버스 쇼핑몰의 시장 조사에서 분석한 결과, 연령별로 관심 목적에 차이가 있습니다.

10대의 경우, 옷, 악세사리, 가방 등 패션 아이템에 대한 관심이 높았습니다. 20대의 경우, 화장품, 악세사리, 가방, 스니커즈 등 패션 아이템과 더불어 가전제품, 게임, 음악 등 다양한 아이템에 대한 관심이 높았습니다. 30대는 화장품, 가전제품, 가구 등 생활 용품에 대한 관심이 높았으며, 40대 이상은 가구, 조명 등의 라이프 스타일 상품에 대한 관심이 높았습니다.

남성과 여성의 관심도는 유사하지만 세부적으로 살펴보면 차이가 있습니다. 여성은 패션 아이템, 화장품, 가방, 악세사리 등의 아이템에 대한 관심이 높았으며, 남성은 가전제품, 게임, 스포츠 용품, 자동차 등의 아이템에 대한 관심이 높았습니다.

3 디자인 컨셉트 잡기

지금 작성하고자 하는 프레젠테이션에 대한 디자인 컨셉트는 다음과 같이 프롬프트로 작성하였다. **챗GPT 결과 이미지 생략**

『3. 디자인 컨셉트 설계하기.
제목에 사용되는 글꼴과 색상, 크기
본문에 사용되는 글꼴과 색상, 크기
배경에 사용되는 색상 또는 이미지』

4 예상 상품 라인업 소개하기

메타버스 쇼핑몰에서 가능한 상품 라인업에 대해 다음과 같이 간단한 프롬프트로도 답변을 얻을 수 있다.

『예상 상품 라인업[상품 코너에 맞게 구분(10가지 정도)한 후 해당 코너에 맞는 상품을 10가지 이상으로 다양하게 소개]』

 메타버스 쇼핑몰의 예상 상품 라인업을 코너별로 구분하여 소개합니다.

1. 의류 코너: 다양한 스타일과 디자인의 티셔츠, 맨투맨, 후드티, 자켓, 청바지 등
2. 신발 코너: 운동화, 슬립온, 부츠, 샌들 등 다양한 디자인과 색상의 신발
3. 악세서리 코너: 목걸이, 귀걸이, 반지, 팔찌 등 유니크하고 다양한 디자인의 악세서리
4. 뷰티 코너: 스킨케어, 메이크업, 헤어 제품 등 다양한 뷰티 제품
5. 가전제품 코너: 스마트폰, 노트북, 태블릿, 스피커 등 다양한 가전 제품
6. 가구 코너: 소파, 침대, 책상, 책장 등 다양한 가구 제품
7. 문구 코너: 노트북, 필기구, 다이어리, 스티커 등 다양한 문구 제품
8. 스포츠용품 코너: 요가 매트, 스키 용품, 헬스기구, 골프 용품 등 스포츠와 관련된 다양한 용품
9. 식품 코너: 다양한 간편식, 건강식품, 캔디, 초콜릿 등 다양한 종류의 식품 제품
10. 홈데코 코너: 인테리어 장식품, 조명 제품, 양식 도자기 등 홈데코용품

답변 결과 순간, 몇몇 상품에 대해서는 메타버스 쇼핑몰과 적합하지 않다고 느꼈지만, 메타버스 오프라인 쇼핑 공간이라면 가능하다 싶어 그대로 사용하기로 하였다. **불필요하다고 느끼는 것이 있다면 작성자가 직접 제거하고, 추가 상품이 있다면 추가한다.**

5 기술 소개하기

이번에는 메타버스 쇼핑몰 구축에 대한 기술 소개이다. 챗GPT가 지금의 채팅 내용을 정확하게 파악하고 있기 때문에 이번에는 간단하게 **[기술 소개]**라는 프롬프트를 작성하였다. **기술에 대한 좀 더 구체적인 내용이 필요하다면 답변에서 원하는 부분에 대한 별도의 질문을 통해 얻을 수 있다.**

> 메타버스 쇼핑몰을 구현하기 위해서는 다양한 기술이 필요합니다. 이에 따라 기술 소개 섹션에서는 다음과 같은 내용을 다룰 수 있습니다.
>
> 1. 가상현실(VR) 기술: 메타버스 쇼핑몰에서는 고객이 제품을 더욱 생생하게 확인할 수 있는 가상현실 기술이 필요합니다. 이를 위해서는 VR 헤드셋과 VR 콘텐츠 제작 기술 등이 필요합니다.
> 2. 인터랙티브한 UI/UX: 메타버스 쇼핑몰에서는 고객들이 쉽게 제품을 탐색하고 구매할 수 있는 인터랙티브한 UI/UX가 필요합니다. 이를 위해서는 3D 모델링 기술과 UX/UI 디자인 기술이 필요합니다.
> 3. 결제 및 배송 시스템: 메타버스 쇼핑몰에서는 고객이 제품을 구매한 후 적절한 결제 및 배송 시스템이 필요합니다. 이를 위해서는 안정적인 결제 시스템과 우수한 배송 시스템이 필요합니다.
> 4. 클라우드 서버: 메타버스 쇼핑몰에서는 대량의 데이터 처리와 안정적인 서버 운영이 필요합니다. 이를 위해서는 클라우드 서버 기술이 필요합니다.
> 5. 보안 기술: 메타버스 쇼핑몰에서는 개인정보 보호와 사이버 보안이 매우 중요합니다. 이를 위해서는 보안 기술과 암호화 기술이 필요합니다.

6 비용 및 일정 산출하기

자체 제작보다는 메타버스 쇼핑몰 제작 에이전시 **다른 기업이나 개인을 대신하여 광고, 마케팅, 디자인 등 다양한 분야의 서비스를 제공하는 전문적인 업체** 를 찾아 정확인 비용과 일정을 산출하는 것이 좋다. 이 부분만큼은 챗GPT를 활용하는 것보다는 직접 업체를 찾아 견적을 내보는 것을 권장한다. 지금의 과정은 [크몽]이나 [숨고] 같은 비즈니스 업체(개인)를 연결해 주는 플랫폼을 이용하여 다양한 에이전시가 참여하도록 유도하는 것이 유리하다.

7 마케팅 전략 세우기

마지막으로 마케팅 전략은 챗GPT를 활용해 본다. 필자는 **[마케팅 전략(온오프라인 및 언론 활용 방법 등)]**으로 프롬프트를 작성하였다.

> 마케팅 전략은 쇼핑몰을 성공적으로 운영하기 위해 중요한 요소 중 하나입니다. 메타버스 쇼핑몰의 경우 다음과 같은 마케팅 전략을 고려할 수 있습니다.
>
> 1. 온라인 마케팅
>
> • 소셜미디어 마케팅: 페이스북, 인스타그램, 트위터 등의 소셜미디어를 활용하여 상품 홍보 및 광고를 진행합니다.
> • 구글 광고: 구글 검색광고, 디스플레이 광고, 유튜브 광고 등을 통해 더 많은 유저들에게 광고를 노출시킵니다.
> • 이메일 마케팅: 고객의 이메일을 수집하여 할인쿠폰 발송, 신상품 출시 소식 알림 등을 진행합니다.
>
> 2. 오프라인 마케팅
>
> • 이벤트: 팝업스토어, 기획전 등의 이벤트를 통해 고객들과의 교류를 확대합니다.
> • 지면 광고: 온라인과 더불어 신문, 잡지, 지면광고를 활용하여 브랜드 인지도를 높입니다.
> • 참여형 마케팅: 유저들의 참여를 유도하는 이벤트, 콘텐츠 등을 진행합니다.
>
> 3. 언론 활용
>
> • 기사화: 쇼핑몰이나 상품에 대한 기사화를 유도하여 브랜드 인지도를 높입니다.
> • SNS Influencer 마케팅: 유명 SNS 인플루언서들을 활용하여 제품 또는 쇼핑몰을 홍보합니다.

· 추가: 별책부록_"생성형 Ai 빅3 외전"의 [PPT 활용 월 300 벌기] 참고

☰ 슬라이드 쇼 제작을 위한 구글 슬라이드 활용하기

프레젠테이션 제작을 위한 프로그램으로는 가장 많이 사용되는 파워포인트가 있으며, 웹용 프레지(Prezi)와 구글 슬라이드 등이 있다. 여기에서는 무료로 사용할 수 있는 구글 슬라이드를 활용하여 프레젠테이션 슬라이드 쇼를 표현해 본다.

크롬 브라우저에서 구글에 로그인한 상태에서부터 시작하기로 한다. 구글 슬라이드를 사용하기 위해 우측 상단 ❶[옵션 메뉴]에서 ❷[Slides]를 선택하여 프레젠테이션을 열어준 후 새로운 프레젠테이션을 시작하기 위해 ❸[내용 없음]을 선택한다. 필요에 따라 샘플 프레젠테이션을 선택하여 사용할 수도 있다.

첫 번째 빈 페이지에서 프레젠테이션 ❶[제목]과 ❷[부제목]을 입력한다. **본 프레젠테이션 자료는 [학습자료] – [프레젠테이션_메타버스 쇼핑몰 제작] 파일에 있는 내용을 사용(복사 후 붙여넣기)하면 된다.**

📑 [학습자료] – [프레젠테이션_메타버스 쇼핑몰 제작] 파일 활용

두 번째 페이지를 만들기 위해 좌측 상단의 ❶[새 슬라이드]를 선택한다. 새 페이지가 열리면 ❷❸[**적당한 내용을 입력**]한다. 이와 같은 방법으로 새로운 슬라이드를 추가하면서 내용을 채워나가면 된다.

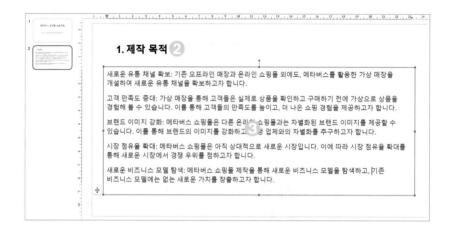

모든 슬라이드 작업이 끝나면 우측 상단의 **[슬라이드쇼]** 버튼을 눌러 작업한 내용을 슬라이드쇼로 확인할 수 있으며, [공유]를 통해 다른 사용자에게 전달할 수도 있다. 이렇듯 구글 슬라이드를 사용하면 파워포인트 못지않은 프레젠테이션 작업을 수행할 수 있다.

☑ 구글 슬라이드는 무료이며, 웹에서 실행되는 클라우드 형식이므로 작업 파일을 별도로 저장(클라우드 공간에 자동 저장됨)하지 않아도 인터넷이 가능한 곳이라면 언제 어디에서나 사용할 수 있다.

챗GPT를 활용하면 계약서 양식도 순식간에 만들어 준다. 어떤 형식이든 문제없으며, 계약서 내용에 필요한 특이 사항을 요청하면 해당 내용까지 포함된 양식을 제작해 준다. 필자는 단순하게 **[콘텐츠 제작에 관한 계약서 양식 만들기]**라는 프롬프트를 작성하여 계약서 양식을 요청하였다. 결과는 그림과 같다. **보다 상세한 계약서를 원한다면 원하는 세부 사항까지 포함하여 프롬프트를 작성하면 된다.**

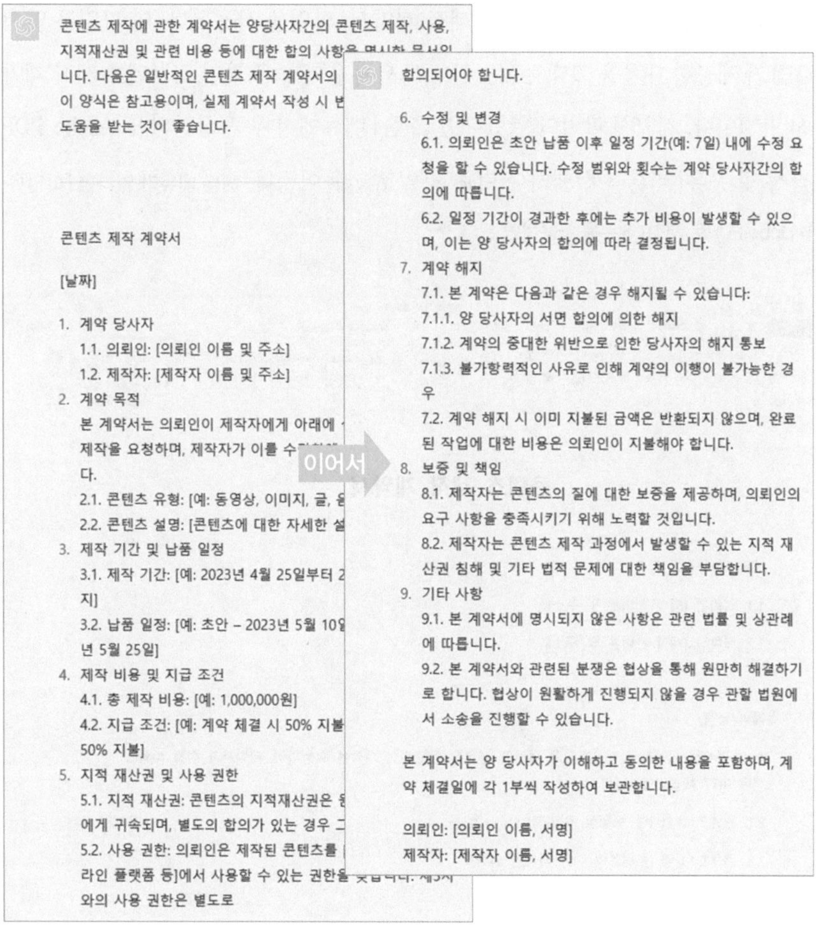

콘텐츠 제작에 관한 계약서는 양당사자간의 콘텐츠 제작, 사용, 지적재산권 및 관련 비용 등에 대한 합의 사항을 명시한 문서입니다. 다음은 일반적인 콘텐츠 제작 계약서의 이 양식은 참고용이며, 실제 계약서 작성 시 변 도움을 받는 것이 좋습니다.

콘텐츠 제작 계약서

[날짜]

1. 계약 당사자
   1.1. 의뢰인: [의뢰인 이름 및 주소]
   1.2. 제작자: [제작자 이름 및 주소]
2. 계약 목적
   본 계약서는 의뢰인이 제작자에게 아래에
   제작을 요청하며, 제작자가 이를
   다.
   2.1. 콘텐츠 유형: [예: 동영상, 이미지, 글, 음
   2.2. 콘텐츠 설명: [콘텐츠에 대한 자세한 설
3. 제작 기간 및 납품 일정
   3.1. 제작 기간: [예: 2023년 4월 25일부터 2
   지]
   3.2. 납품 일정: [예: 초안 – 2023년 5월 10일
   년 5월 25일]
4. 제작 비용 및 지급 조건
   4.1. 총 제작 비용: [예: 1,000,000원]
   4.2. 지급 조건: [예: 계약 체결 시 50% 지불
   50% 지불]
5. 지적 재산권 및 사용 권한
   5.1. 지적 재산권: 콘텐츠의 지적재산권은
   에게 귀속되며, 별도의 합의가 있는 경우 그
   5.2. 사용 권한: 의뢰인은 제작된 콘텐츠를
   라인 플랫폼 등]에서 사용할 수 있는 권한을
   와의 사용 권한은 별도로

이어서

합의되어야 합니다.

6. 수정 및 변경
   6.1. 의뢰인은 초안 납품 이후 일정 기간(예: 7일) 내에 수정 요청을 할 수 있습니다. 수정 범위와 횟수는 계약 당사자간의 합의에 따릅니다.
   6.2. 일정 기간이 경과한 후에는 추가 비용이 발생할 수 있으며, 이는 양 당사자의 합의에 따라 결정됩니다.
7. 계약 해지
   7.1. 본 계약은 다음과 같은 경우 해지될 수 있습니다:
   7.1.1. 양 당사자의 서면 합의에 의한 해지
   7.1.2. 계약의 중대한 위반으로 인한 당사자의 해지 통보
   7.1.3. 불가항력적인 사유로 인해 계약의 이행이 불가능한 경우
   7.2. 계약 해지 시 이미 지불된 금액은 반환되지 않으며, 완료된 작업에 대한 비용은 의뢰인이 지불해야 합니다.
8. 보증 및 책임
   8.1. 제작자는 콘텐츠의 질에 대한 보증을 제공하며, 의뢰인의 요구 사항을 충족시키기 위해 노력할 것입니다.
   8.2. 제작자는 콘텐츠 제작 과정에서 발생할 수 있는 지적 재산권 침해 및 기타 법적 문제에 대한 책임을 부담합니다.
9. 기타 사항
   9.1. 본 계약서에 명시되지 않은 사항은 관련 법률 및 상관례에 따릅니다.
   9.2. 본 계약서와 관련된 분쟁은 협상을 통해 원만히 해결하기로 합니다. 협상이 원활하게 진행되지 않을 경우 관할 법원에서 소송을 진행할 수 있습니다.

본 계약서는 양 당사자가 이해하고 동의한 내용을 포함하며, 계약 체결일에 각 1부씩 작성하여 보관합니다.

의뢰인: [의뢰인 이름, 서명]
제작자: [제작자 이름, 서명]

≡ PDF 파일로 전환한 후 전자서명 받기

전자계약서는 시간과 비용을 절약할 수 있기 때문에 사용 빈도가 늘어나는 추세이다. 전자계약서 작성 시 계약자의 서명을 받기 위해서는 계약서 형식을 PDF 파일로 만들어 주어야 한다.

PDF 파일로 전환하기

여기에서는 [학습자료] – [콘텐츠 제작 계약서] 파일을 사용한다. 이 파일은 앞서 GPT가 제공한 내용을 그대로 MS 워드 문서에 옮겨 놓은 파일로 콘텐츠 제작 계약서 파일이다. 계약서 파일이 열렸다면 ❶[홈] 메뉴에서 우측 상단의 ❷[Adobe PDF 작성 및 공유] 버튼을 선택하여 PDF 파일로 만들어준다. 해당 메뉴가 없다면 [파일] – [Adobe PDF로 저장] 메뉴를 사용하면 된다.

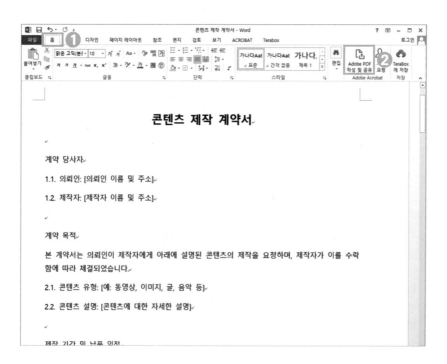

전자서명 받기

PDF 형식의 계약서에 전자서명을 받기 위해서는 어도비 웹사이트로 들어가야 한다. 구글이나 네이버 혹은 직접 ❶[어도비 웹사이트]로 들어가서 ❷[PDF 및 전자서명] 메뉴를 선택한다. 정상적으로 사용하기 위해서는 [유료 결제]를 해야 한다.

이번 학습에서는 아래 [QR코드]를 스마트폰 카메라 렌즈(네이버 렌즈 등의 앱으로도 가능)로 스캔하여 해당 페이지로 들어가거나 혹은 [학습자료] 폴더의 [Adobe ID] 바로가기 파일을 실행한다.

📌 [학습자료] – [Adobe ID] 바로가기 실행

PDF 작성 및 서명 창이 열리면 ❶[파일 선택] 버튼을 눌러 앞서 PDF 파일로 변환한 ❷[계약서 파일]을 가져온다.

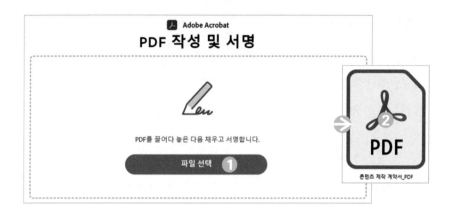

☑ 만약 로그인 창이 뜨거나 결제 창이 뜬다면 무료 서명 서비스가 종료된 것이므로 유료 결제를 해야한다.

계약서 전자서명을 어떤 메일로 전달할 것인가에 대한 단계이다. 구글 계정 메일이 있다면 선택하고, 없다면 어도비 계정 혹은 무료 계정 만들기를 통해 새로 만들어서 사용할 수 있다.

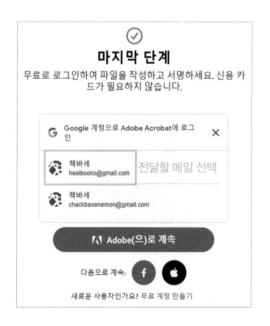

전자서명을 위한 페이지가 열리면 ❶[Add signature] 버튼을 눌러 전자서명 대상(계약자)을 추가한다. 전자서명 창이 열리면 이름(Type)을 입력하거나, 직접 사인(Draw)을 하거나 이미지(Image)를 가져와 적용할 수 있다. 필자는 ❷[사인 이미지]를 가져와 사용하였다. 작성 후 ❸[Save] 버튼을 누른다.

방금 만든 사인을 ❶선택한 후 계약서의 의뢰인 영역에 ❷클릭하여 붙여준다.

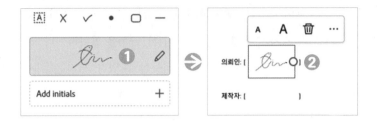

☑ 만약 이니셜도 포함하고자 한다면 같은 방법으로 [Add initials] 버튼을 선택하여 이니셜을 만든 후 적당한 곳에 붙여주면 된다.

전자서명을 위한 작업이 끝나면 상단의 [Request e-signatures] 버튼을 눌러 전자서명을 해야 하는 계약자 이메일 정보를 입력한 후 보내면 된다.

☑ 전자계약서 작성 시 반드시 어도비 웹사이트를 이용해야 하나? PDF 파일을 활용한 전자계약서는 어도비 웹사이트를 거치지 않고, 아크로벳에서 서명한 후 계약 관계에 있는 거래처에 직접 전달하여 체결해도 된다.

026. 악보 없이 프롬프트 하나로 작곡하기

챗GPT는 음악을 직접 작곡하거나 오디오 파일을 만드는 능력은 없지만, 가사 작성이나 코드 진행 제안, 노래 구조와 편곡에 대한 조언 등을 받을 수 있다. 또한 특정 음악 콘셉트에 대한 지침을 요청하거나, 멜로디나 하모니에 대한 아이디어를 브레인스토밍하는 것도 가능하기 때문에 작곡을 위해서도 유용하다. 먼저 간단하게 살펴보기 위해 다음과 같은 요청을 해본다.

 해당 프롬프트는 [학습자료] – [책 속 프롬프트 목록] 파일 참고

『E플랫 단조의 재즈곡을 작곡 중인데, 30대 여성들이 좋아할 만한 감각적이고, 세련된 코드 진행을 제안해 줘 』

재즈는 그 자체로 감각적이고 세련된 음악 장르이며, 특정 연령대나 성별이 좋아하는 코드 진행을 정의하기는 어렵습니다. 그러나, 일반적으로 많은 사람들이 좋아하는 부드럽고 멜로디칼한 코드 진행을 아래에 제안드릴 수 있습니다. 이는 E 플랫 단조의 키에서 잘 작동합니다.

1. i - iv - ♭VII - ♭III - VI - ii° - V - i
2. i - iv - V - i
3. i - VI - ii° - V - i
4. i - ♭III - iv - V

위의 코드 진행들은 재즈에서 자주 쓰이는 진행이며, 각자가 서로 다른 감정적인 효과를 가져올 수 있습니다. 이를 바탕으로 각 섹션의 감정적인 톤을 결정하고, 곡 전체를 통해 이야기를 만들어나갈 수 있습니다.

또한, 코드의 복잡성과 다양성을 더하고 싶다면, 확장 코드(9ths, 11ths, 13ths), 대체 도미넌트, 전조 등을 고려해 보십시오. 이러한 기법들은 재즈에서 흔히 볼 수 있으며, 흥미로운 색채와 텐션을 곡에 더해줍니다.

음악 작곡은 개인적인 과정이므로 이 코드 진행이나 아이디어들을 자유롭게 조정하고 실험해보는 것이 중요합니다. 여러분의 창의성이 곡의 분위기와 느낌을 결정하게 될 것입니다.

요청한 곡의 코드 진행에 대한 챗GPT의 답변을 보면 완벽하다고 할 수는 없지만, 원하는 곡의 깊이를 향상시키기 위해 코드 확장, 대체, 변형을 시도해 보는 것을 권장한다. 이러한 접근을 통해 곡에 독특한 풍미를 추가하고, 음악적 표현을 다양화할 수 있다.

☰ 챗GPT로 영감 얻고, 뮤버트로 작곡하기

인공지능의 발전은 작곡 공부를 하지 않고, 악보를 보지도 그리지도 못하는 사람들도 작곡을 할 수 있게 되었다. 그중 허밍으로 작곡을 하는 형식과 텍스트 프롬프트에 입력하여 작곡을 해주는 두 방법이 대표적이다.

허밍으로 작곡하는 앱들

허밍(Humming)은 입을 닫고 음악의 멜로디를 흥얼거리며 따라 부르는 것을 말한다. 이러한 허밍이나 음성 기반으로 음악을 작곡해 주는 앱은 다음과 같이 여러 가지가 있다.

- **HumOn** 이 앱은 사용자가 허밍한 멜로디를 인식하여 실시간으로 악보로 변환해 주며, 이를 기반으로 다양한 스타일의 트랙을 추가할 수 있다.

- **Songify** 사용자의 음성을 자동으로 튠을 맞춰주며 리듬에 맞게 변환해 준다.

- **Imitone** 이 소프트웨어는 사용자의 목소리를 MIDI 신호로 변환하여 디지털 음악 제작에 활용할 수 있게 해준다.

- **Voice Band** 이 앱은 사용자의 목소리를 다양한 악기 소리로 바꿔준다.

- **Moises** 이 앱은 어떤 노래든지 각각의 악기 트랙으로 분리하거나, 보컬 트랙을 추출해 주는 기능을 제공한다.

위에서 설명한 허밍으로 작곡을 하는 앱은 여기에서는 다루지 않지만, 작곡에 도움이 될 수 있기 때문에 기회가 된다면 한 번쯤 살펴보기 바란다.

뮤버트(Mubert)를 활용한 작곡

뮤버트는 인공지능 기반의 온라인 음악 스트리밍 앱이다. 사용자의 활동, 시간, 위치 및 개인 취향을 분석하여 그에 맞는 음악을 생성하고 플레이하며, 다양한 음악 스타일과 장르로 구성된 거대한 사운드 라이브러리를 통해 사운드 조각들을 AI가 실시간으로 조합하여 끊임없이 변화하는 유니크한 음악 스트림을 생성한다. 살펴보기 위해 [www.mubert.com] 또는 학습자료 폴더에서 [Mubert] 바로가기 파일을 실행한다.

📑 [학습자료] - [Mubert] 바로가기 실행

뮤버트 웹사이트가 열리면 곧바로 작곡을 해보기 위해 [Generate a track now] 버튼을 누른다. **정상적인 사용을 위해 [Sing Up]을 통해 계정을 만들어 주길 권장한다.**

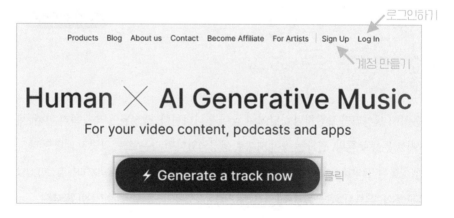

Search by reference 창이 열리면 ❶[Enter prompt]에 원하는 곡의 설명을 입력(영

문)하고, ❷[Set duration]에서 생성될 곡의 길이를 입력한 후 ❸[Generate track] 버튼을 누른다. 작성된 프롬프트는 가을 밤에 듣기 좋은 째즈 곡(A good jazz song to listen to on an autumn night)이다.

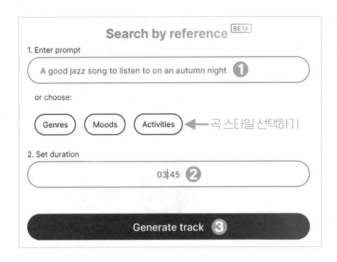

☑ 뮤버트 화면(기능) 구조는 웹 브라우저의 크기에 따라 달라지기 때문에 설명된 구조와 다를 수 있다.

음악이 생성되면 그림처럼 하단에 재생 바가 나타난다. 생성된 음악을 듣기 위해 [재생] 버튼을 누른다. 원하는 곡이 제대로 생성되었다면 다운로드, 그렇지 않다면 다시 생성한다. 음악을 들어보면 현재는 테스트(무료) 버전이기 때문에 중간에 "뮤버트"라는 음성이 삽입되어 정상적으로 사용할 수 없기 때문에 음원을 사용하기 위해서는 유료 사용자 계정이 필요하다.

1 **Generate similar** 프롬프트 기준으로 곡을 다시 생성한다.

2 **Add to my downloads** 생성된 곡을 다운로드한다. 유료 사용자만 사용이 가능하다.

3 **Delete** 마음에 들지 않은 곡을 삭제한다.

챗GPT로 작곡할 음악에 대한 프롬프트 작성하기

앞서 생성한 음악이 원하는 것이었는가? 결국 **뮤버트 또한 프롬프트를 어떻게 설명하느냐에 따라 곡의 완성도가 달라지는 것이다.** 그렇다면 작곡을 위해 챗GPT를 어떻게 활용할 것인가 고민해 보아야 할 것이다. 다시 챗GPT로 와서 다음과 같은 프롬프트를 작성해 본다. 유튜브에 사용할 음악에 대한 프롬프트이다.

▌해당 프롬프트는 [학습자료] − [책 속 프롬프트 목록] 파일 참고

『다음 사항을 고려하여 텍스트 프롬프트를 제공해 줘. 이 텍스트 프롬프트는 사운드 트랙 생성에 사용될 것이다.
1. 사운드트랙은 YouTube 비디오에서 사용될 것이다.
2. YouTube 비디오는 최첨단 기술과 전자기기에 관한 내용이다.
3. 텍스트 프롬프트 형식은 "스타일 1, 스타일 2, 톤 1, 톤 2, 분위기 1, 분위기 2, 기술 1, 기술 2"이다.
4. 속성은 명사, 형용사 또는 동사가 될 수 있다.
5. 기술 1과 기술 2는 음악가의 관점에서 각 사운드 트랙을 전문적으로 연주하는데 필요한 기술이다. 이들은 위에서 정의한 스타일과 톤이 일관된 사운드트랙을 생성할 수 있도록 해야 한다.
6. 사운드 트랙을 독특하고 창의적으로 만들기 위해 어떤 용어나 표현을 선택할 수 있다.
설명한 YouTube 비디오의 내용을 고려하여 '스타일 1', '스타일 2', '톤 1', '톤 2', '분위기 1', '분위기 2', '기술 1' 및 '기술 2'를 선택하여 다섯 개의 텍스트 프롬프트를 작성하기 』

작성한 프롬프트 결과는 다음과 같이 총 다섯 가지의 예시를 생성해 주었다. 여기

에서 하나만 테스트해 본다. 원하는 예시를 ❶[복사(Ctrl+C)]한 후 뮤버트의 프롬프트에 ❷[붙여넣기(Ctrl+V)]한 후 음악을 [❸생성]한다. 필자는 앰비언트 하우스, 인더스트리얼, 따뜻한 톤, 거친 톤, 세련된 분위기, 기계적인 분위기, 루핑 스타일의 3번 예시를 사용하였다.

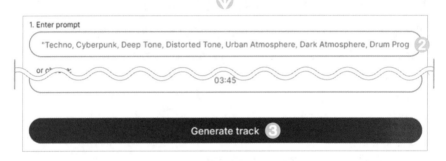

생성한 음악을 들어보면 이전보다 더 프롬프트에 근접한 음악이 생성된 것을 알 수 있다. 이처럼 챗GPT는 곡을 생성하는 데에도 유용하다.

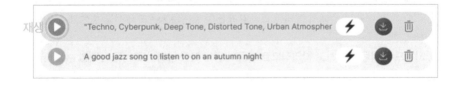

· 추가: 별책부록_"생성형 Ai 빅3 외전"의 [음원 저작권으로 수익화 하는 법] 참고

🤖 027. 챗GPT 영어 회화, 3일이면 영어가 들린다

챗GPT는 영어 회화 연습에 매우 유용한 도구이다. 기본적으로 챗GPT에게 영어로 질문하거나 대화를 시작하면, 챗GPT는 영어로 대답하며, 문장 또한 완벽하게 번역한다. 나아가 확장 프로그램을 사용하면 마이크를 사용하여 소리를 들으면서 영어 회화를 할 수도 있다. 이와 같은 방법은 실제 상황에서 사용할 수 있는 문장 구조, 단어 선택, 문법 그리고 다양한 주제에 관해 이야기할 수 있다.

≡ Talk-to-ChatGPT를 활용한 영어 회화

챗GPT는 기본적으로 번역 기능이 탁월하다. 하지만 음성을 통해 영어 회화 공부를 하기 위해서는 몇몇 확장 프로그램을 활용하면 매우 유용하다. 먼저 텍스트와 음성 인식으로 의사소통을 할 수 있게 해주는 톡 투 챗GPT(Talk-to-ChatGPT)에 대해 알아본다. [크롬 웹 스토어]에서 ①[Talk-to-ChatGPT]를 검색하여 ②③[Chrome에 추가] ▶ [확장 프로그램 추가] 버튼을 눌러 추가한다. [F5] 키를 눌러 새로고침 해야 한다.

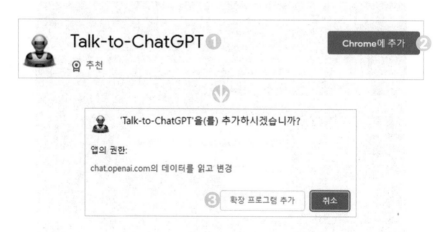

조그만 톡 투 챗GPT 창이 나타나면 ①[START] 버튼을 누른다. 그러면 영어로 말하고 듣기가 가능하다. **톡 투 챗GPT 하단에 빨간색 바가 나타나 정상적으로 마이크와 스피커가 작**

동되는 것 살펴보기 위해 먼저 ❷[설정] 버튼을 누른다.

■ **Voice** 자신의 음성을 전달하는 마이크 ON/OFF 스위치

❷ **Speech** 상대방의 음성을 듣는 스피커 ON/OFF 스위치

❸ **Skip** 현재 스피치 건너띄기

설정 창이 열리면 맨 위쪽의 Language and speech settings에서 Speech recognition language와 AI vice and language를 모두 ❶[English – en – US]로 설정한 후 ❷[Save] 버튼을 누른다. 이것으로 대화를 모두 영어로 할 수 있게 되었다.

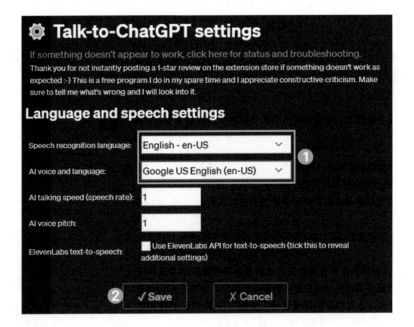

이제 마이크를 통해 영어를 해본다. 필자는 간단하게 [Hello nice to meet you]를 말해 보았다. 답변은 음성과 텍스트로 동시에 이루어졌다. 이처럼 톡 투 챗GPT를 활용하면 텍스트와 음성을 동시에 활용할 수 있는 영어 공부를 할 수 있다.

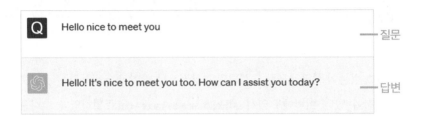

≡ Voice control for ChatGPT를 활용한 영어 회화

또 하나의 확장 프로그램 보이스 컨트롤 포 챗GPT(Voice control for ChatGPT)는 컨트롤을 자유롭게 할 수 있어 편리하다. 설치를 하기 위해 [크롬 웹 스토어]에서 [Voice control for ChatGPT]를 검색하여 ❶❷[Chrome에 추가] ➡ [확장 프로그램 추가] 버튼을 눌러 추가한다.

설치가 끝난 후 챗GPT를 보면 프롬프트 하단에 다음의 그림처럼 마이크, 스킵, 스

피커, 설정 기능이 있는 Voice control for ChatGPT 바가 생성된 것을 알 수 있다. 이제 영어 회화를 하기 위해 마이크 모양의 [Voice] 버튼을 누른다.

보이스 버튼이 빨간색으로 표시되면 정상적으로 마이크가 작동하는 것이므로 대화를 할 수 있다. 이번에도 역시 ❶[Hello nice to meet you]로 말하였다. 그다음 말한 영어에 대한 영문이 입력되면 확인 후 다시 ❷[버튼]을 누른다. 그러면 음성과 함께 텍스트로 답변을 해준다. **보이스 컨트롤 포 챗GPT의 답변은 앞서 살펴본 톡 투 챗GPT와 약간의 차이만 있을 뿐 거의 동일하였다.**

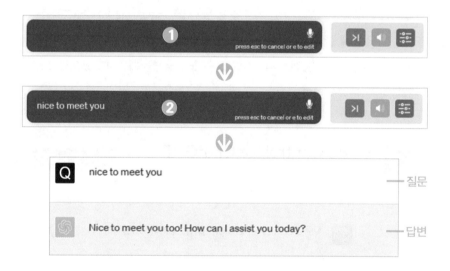

살펴본 두 프로그램 이외도 챗GPT를 활용한 영어 회화 확장 프로그램들은 다양하다. 여기서 가장 중요한 것은 확장 프로그램의 선택보다는 계획과 목표를 세워 꾸준하게 공부하는 것이 가장 좋은 학습법이다.

🤖 028. 유튜브를 위한 챗GPT 미친 활용법

챗GPT를 활용하면 유튜브 채널 개설을 위한 다양한 정보과 실제 콘텐츠 제작을 위한 대본 및 자막 등의 작업에도 매우 유용하다. 이와 같은 방법은 앞서 학습한 내용들을 참고하면 쉽게 원하는 정보를 얻을 수 있을 것이다. 그래서 여기에서는 외부 프로그램(확장 프로그램 포함)을 활용한 유튜브 콘텐츠 활용법에 대해 살펴보기로 한다.

☰ 챗GPT와 픽토리를 활용한 3분 만에 동영상 만들기

일반적으로 유튜브와 같은 동영상을 만들기 위해서는 촬영 후 편집 과정을 거쳐야 한다. 하지만 챗GPT와 픽토리(Pictory)를 활용하면 간단하게 유튜브 자료를 위한 동영상을 제작할 수 있다. 살펴보기 위해 먼저 챗GPT 프롬프트에 다음과 같은 동영상 제작 컨셉트를 요청한다.

🔖 해당 프롬프트는 [학습자료] – [책 속 프롬프트 목록] 파일 참고

『다음은 틈새시장을 위한 유튜브 아이디어이다. 내용을 참고하여 유튜브 자료 동영상 제작을 위한 60초 분량의 영문 스크립트로 작성하기
1. 정원 가꾸기와 조경: 정원 가꾸기, 식물 관리 및 조경 디자인에 대한 팁, 노하우 및 튜토리얼을 공유한다.
2. 미니멀리즘과 간소한 삶: 덜 소유하고 간소한 삶의 이점에 대해 이야기하며, 삶을 단순화하는 팁을 공유한다.
3. 피트니스와 건강: 건강한 라이프스타일을 위한 운동 루틴, 건강한 식사 계획 및 영양 팁을 공유한다.
4. DIY(집 스스로 고치기): 가구 개조, 방 장식, 집 정리 등 DIY 집 개선 프로젝트에 대한 튜토리얼과 아이디어를 공유한다.』

프롬프트 결과를 보면 다음과 같이, 요청한 4가지에 대한 유튜브 동영상 제작에 대한 스크립트를 영문으로 작성해 준 것을 알 수 있다. 이제 여기에서 한 가지를 유튜

브용 동영상으로 제작해 보기로 한다. 필자는 [피트니스와 건강에 대한 3번째 스크립트]를 [복사(Ctrl+C)]하였다.

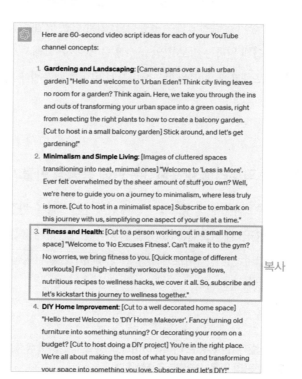

픽토리(PICTORY를 활용한 동영상 제작하기

이제 앞서 챗GPT에서 작성한 스크립트를 유튜브 동영상 제작에 사용하기 위해 픽토리(pictory.ai) 웹사이트를 열어준다. 웹사이트가 열리면 [Get Started For Free] 버튼을 클릭한다.

📕 [학습자료] – [Pictory.ai] 바로가기 실행

로그인 및 계정 생성에 대한 창이 열리면 사용자 정보를 입력하여 새로운 계정을 만들어 주어야 한다. 필자는 구글 계정으로 간편하게 로그인하기 위해 ❷[Continue Google] 버튼을 누른 후 사용 중인 ❶[구글 계정]을 선택하였다.

다음과 같은 3개의 설문창 첫 번째: 비디오 사용 목적, 두 번째: 직원(사용자 수) 수, 세 번째: 사용자 직업 이 열리면 각 해당되는 곳을 [체크한] 후 [Next] [Next] [Submit] 버튼을 눌러 설문을 종료한다. 해당 설문창이 열리지 않을 때는 그냥 넘어가도 된다.

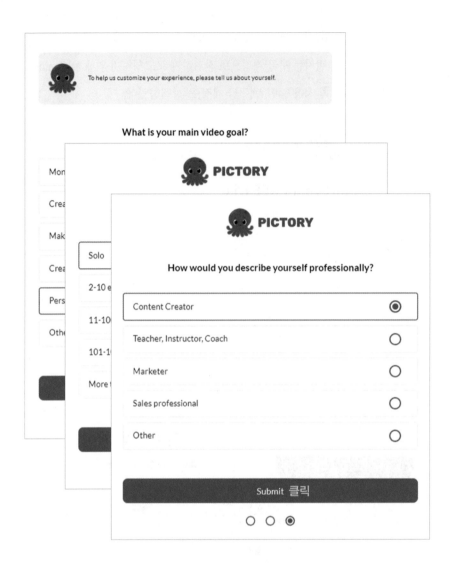

설문이 끝나면 다음과 같이 작업 방식에 대한 선택 창이 뜨는데, 챗GPT에서 복사한 스크립트를 동영상으로 만들기 위해 ①②[Script to video] ➡ [Script] 버튼을 누른후 ③[Got it, thanks] 버튼까지 눌러주면 동영상 제작 방식을 선택할 수 있는 버튼이활성화된다. **지금 설명한 창들이 뜨지 않는다면 곧바로 동영상 제작 버튼을 사용할 수 있다.**

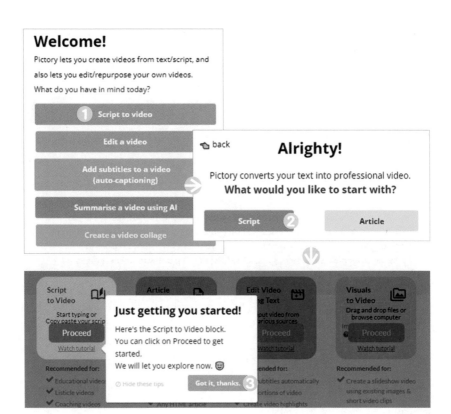

여기에서는 스크립트를 통해 동영상을 생성하기 위해 [Script to Video] 버튼을 누른다.

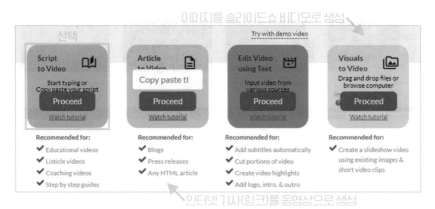

스크립트 에디터(Script editor)에서 주제와 내용을 각각 ❶❷[위/아래 프롬프트]에 입력(붙여넣기)한다. 그다음 ❸[Proceed] 버튼을 눌러 작업을 진행한다.

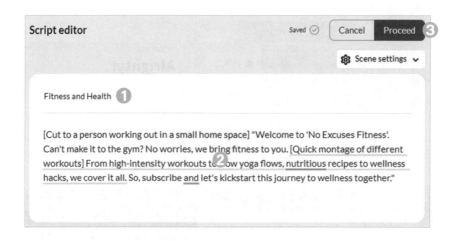

화면과 자막 스타일 선택 템플릿 라이브러리 창이 열리면 원하는 스타일을 선택한다. 이때 화면 비율까지 선택할 수 있다. 필자는 세 번째 스타일의 [16:9] 비율을 선택하였다.

선택한 스타일의 동영상이 생성되면 좌측 도구들을 사용하여 이미지, 엘리먼트(요소), 오디오, 텍스트, 스타일 등을 추가 및 선택할 수 있으며, 자막도 한국어로 입력할 수 있다. 여기에서는 그냥 기본 결과물을 그대로 사용하기 위해 [Got it] 버튼을 눌

러 워터마크가 삽입된 화면을 사용하기로 한다. **워터마크(해당 제품 로고가 화면에 나타남) 없는 깨끗한 화면을 원한다면 유료 사용자로 전환해야 한다.** 생성된 동영상은 최종적으로 동영상 파일로 사용하기 위해 우측 상단의 ❶❷[Download] - [Video] 버튼을 누른다.

아래 이미지는 방금 생성된 동영상이 재생된 모습이다. 살펴본 것처럼 픽토리를 사용하면 챗GPT에서 작성된 프롬프트에 맞는 동영상을 간단하게 만들 수 있다. **유튜브 및 광고 제작을 위한 다양한 동영상이 필요한 사용자라면 유료 결제를 통해 제한 없는 동영상을 만들어 보기 바란다.**

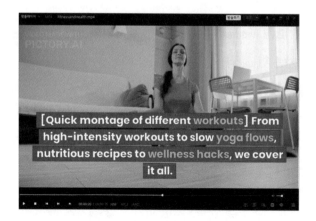

≡ 챗GPT 플러그인으로 1분 만에 유튜브 동영상 번역(요약)하기

챗GPT의 활용도가 다양한 플러그인 적용으로 인해 향상되었다. 기존에는 유튜브 영상을 요약하는데 한계가 있었지만, 새로운 플러그인인 비디오 인사이트(Video Insights)를 통해 챗GPT가 유튜브 영상의 내용을 불러와 번역하고 요약할 수 있게 되었다.

베타 피쳐스(Beta features)를 통해 챗GPT 플러그인 설치하기

챗GPT에서 개발한 플러그인들을 사용하기 위해서는 기본적으로 **유료 플러스 요금제를 사용해야 한다**는 것을 참고하면서, 좌측 하단 자신의 ①[계정(이메일 주소)]을 클릭한 후 나타나는 메뉴에서 ②[Settings & Beta] 메뉴를 선택한다.

세팅 창에서 ①[Bata features] 항목을 선택한 후 챗GPT 플러그인을 사용하기 위해 ②[Plugins]를 켜준 후 ③[창]을 닫는다. 그다음 좌측 상단의 ④[New chat] 버튼을 눌러 새로운 채팅 창을 열어준다. 새로운 채팅 창 상단을 보면 GPT-3.5와 GPT-4 두 가지 버전이 있는데, 플러그인을 사용하기 위해서는 ⑤[GPT-4]를 선택해야 한다. 현재는 플러그인이 설치되지 않았기 때문에 먼저 ⑥[Plugins]을 체크한 후 ⑦⑧[No Plugins installed] - [Plugin store] 버튼을 누른다.

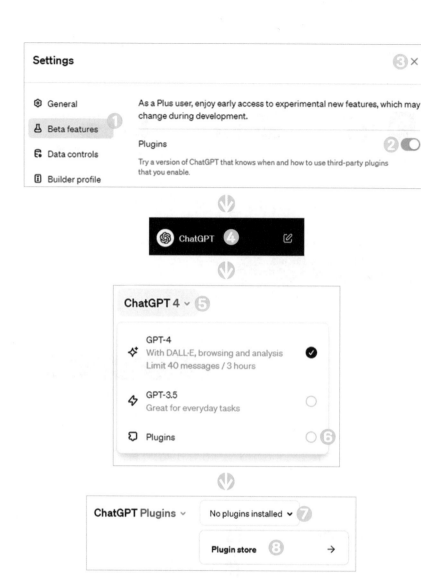

플러그인 스토어 창의 검색기에서 ①[Video Insights]를 찾은 후 ②[Install] 버튼을 눌러 설치한다. **설치한 플러그인은 기존 Video Insights의 업데이트 버전인 [Video Insights.io]이다.** 설치가 끝나면 ③[창]을 닫는다. 계속해서 해당 버전을 설치할 때 ④[구글 계정]을 통해 로그인하거나 별도의 계정을 만들어 로그인해야 한다.

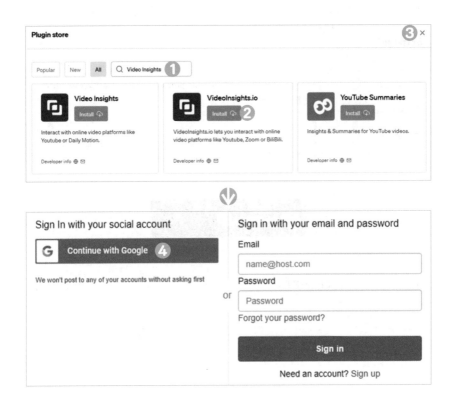

ChatGPT Plugins 메뉴를 열어보면 방금 설치된 플러그인이 활성화(체크)된 것을 알 수 있다.

이제 프롬프트에 정보를 얻고자 하는 유튜브 동영상을 찾아 주소를 복사 후 ❶[붙여넣기] 한다. 그다음 ❷[보내기] 버튼을 누른다.

https://www.youtube.com/watch?v=CeSAjK2CBEA

☑️ 아래 영상 이미지는 본 주소의 유튜브 동영상 화면을 캡처한 것이며, 인터넷 주소 링크가 가능한 동영상이면 해당 플러그인을 활용할 수 있다.

링크된 유튜브 영상의 정보가 출력되었다. 만약 한글로 번역하고자 한다면 프롬프트에 **[한글 번역]**을 요청하면 된다.

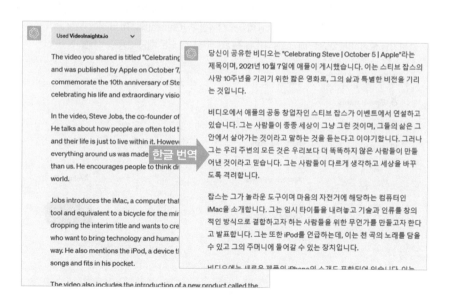

링크된 영상은 음성을 자막(대본)으로 요청할 수 있고, 시간 표시도 가능하다. 살펴 본 것처럼 해당 플러그인을 활용하면 동영상의 요약된 내용을 바탕으로 PPT를 생 성하거나, 블로그 콘텐츠 생성, 쇼츠 등 다양한 곳에 활용할 수 있다.

Here is the timestamped transcript of the video in English note that this is not translated into Korean:	다음은 비디오의 영어 대본을 한글로 번역한 내용입니다:
0.7s: ♪ Gentle piano music playing ♪	0.7초: ♪ 부드러운 피아노 음악이 흐르고 있습니다 ♪
5.337s: Steve Jobs: When you grow up, you tend to get tol	5.337초: 스티브 잡스: 자라면서 우리는 세상이 그런 것이라고 말을 듣게 됩니다.
8.107s: that the world is the way it is,	8.107초: 세상은 그런 것이고,
10.276s: and your life is just to live your life inside	당신의 삶은 그 세상 안에서 살아가는 것이다;
14.78s: try not to bash into the walls too much.	14.78초: 가능한 벽에 부딪히지 않도록 노력하라.
17.616s: But life can be much broader	17.616초: 하지만 인생은 훨씬 넓은 범위가 될 수 있습니다.
20.352s: once you discover one simple fact	20.352초: 당신이 한 가지 간단한 사실을 발견하면
22.922s: and that is, everything around you that you call li	22.922초: 그리고 그것은, 당신이 삶이라고 부르는 모든 것 주변에
25.991s: was made up by people that were no smarter tha	25.991초: 당신보다 더 똑똑하지 않은 사람들이 만들어 냈습니다.
30.096s: And you can change it. You can influence it.	30.096초: 그리고 당신은 그것을 바꿀 수 있습니다. 당신은 그것에 영향

한글 번역

💡 팁 & 노트

챗GPT UI 밝기 설정과 채팅 목록 지우기

일반적으로 프로그램 사용자 인터페이스(UI)는 밝기 조정 등이 가능하다. 챗GPT가 좀 더 진화 되면서 이런 기능들이 생겨나고 있다. 앞선 학습에서 살펴본 것처럼 좌측 하단 자신의 [계정 (이메일 주소)]에서 [Settings & Beta] 메뉴를 선택한 후 [General]의 [Theme]에서 챗GPT UI 밝기를 설정하며, Delete all chats의 [Delete all] 버튼으로 모든 채팅 내용을 삭제할 수 있다.

· 추가: 별책부록_"생성형 Ai 빅3 외전"의 [상위 10% 유튜버 천재 되기] 참고

☰ 텍스트를 멋진 성우 음성으로 변환하기 (유튜브 내레이션)

유튜브 동영상과 자막 그리고 대본까지 완성되었다면 내레이션이 필요하다. 이 또한 스피치키(Speechki)라는 챗GPT 플러그인을 활용하면 간단하게 해결할 수 있다. 이제 챗GPT를 통해 작성한 대본을 멋지고, 예쁜 성우가 내레이션하는 음성 파일로 만들어 본다. 살펴보기 플러그인 스토어로 들어가 ①[Speechki] 플러그인을 찾아서 ②[Install]한다.

이번엔 스피치키 웹사이트 계정을 만들기 위해 [학습자료] 폴더에서 [Speechki ChatGPT Plugin] 바로가기 파일을 실행한다. 스피치키 웹사이트가 열리면 메인 페이지에서 [Try for FREE] 버튼을 누른다.

📑 [학습자료] – [Speechki ChatGPT Plugin] 바로가기 실행

계정 만들기 창이 뜨면 새로운 계정을 만들거나 구글 계정으로 로그인한다. 필자는

[구글 계정]으로 로그인하였다.

먼저 스피치키에서 직접 내레이션을 생성하는 방법에 대해 알아본다. 좌측 ❶[My Projects] 항목에서 ❷[Create a Project] 버튼을 누른다.

텍스트 입력 프롬프트에 원하는 내레이션 **대본: 안녕하세요. 유튜브 내레이션을 위한 인공지능 성우 [제시]입니다.** 을 ❶[입력]한 후 아래쪽 ❷[Select Speaker] 버튼을 누른다.

안녕하세요. <u>유튜브</u> 내레이션을 위한 인공지능 성우 [제시]입니다. ①

계속해서 원하는 성우 타입을 ①[선택(ID 복사)]한다. 그다음 ②[Generate audio] 버튼을 누르면 텍스트 내용이 선택된 성우 목소리로 만들어진다. **오디오 파일로 사용하기 위해서는 우측 [다운로드] 버튼을 누르면 된다.**

챗GPT에서 스피치키 사용하기

이번엔 챗GPT에서 스피치키를 사용해 본다. 챗GPT 프롬프트에 앞서 복사(선택)한 보이스 ID를 ❶[붙여넣기]한 후 ❷[보내기]한다. 다음과 같이 음성 ID가 정상적으로 작동되니 원하는 글자를 입력하라는 답변이 왔다. 이제 원하는 글자(내레이션으로 사용할 대본)를 입력하면 된다.

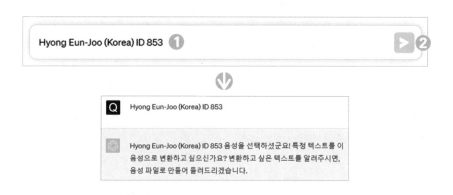

프롬프트에 원하는 ❶[텍스트]를 입력한다. 그러면 [Used Speechki]에서 보낸 답변에서 ❷[여기를 클릭하여 듣기] 버튼을 누른다. 다시 스피치키 웹사이트가 열리면 소리 듣기 및 오디오 파일로 [다운로드]하면 된다. 참고로 정기 사용자는 유료 요금제가 필요하다.

029. 상위 1% 챗GPT 플러그인의 활용 (베타 피처스)

플러그인(Plugin)은 소프트웨어의 기능을 확장하거나 추가하는 프로그램이다. 챗 GPT에 플러그인을 사용하면, 특정 작업을 수행하거나 특정 정보를 가져오는데 필 요한 추가 기능을 활용할 수 있다. 예를 들어, 앞서 살펴본 video_insights.io 플러그 인처럼 유튜브, 비메오(Vimeo), 빌리빌리(BiliBili) 등의 동영상 링크를 통해 대본(자 막), 메타데이터 및 기타 정보를 가져오는 기능을 제공한다. 이러한 플러그인은 챗 봇(GPT)이 사용자의 요청에 더욱 효과적으로 응답하도록 돕고, 이를 통해 챗봇은 단순히 사전 학습된 지식을 사용하는 것 이상의 작업을 수행할 수 있다. 챗GPT는 사용자 편의를 위해 확장 프로그램에 의존하지 않는 자체 플러그인들을 지속적으 로 개발하여 공개하고 있다.

☰ 커스텀 인스트럭션과 코드 인터프리터의 활용

챗GPT-4 초기 버전이나 그 이전의 GPT 모델들은 기본적으로 커스텀 인스트럭션 과 코드 인터프리터를 직접적으로 제공하지 않았다. 하지만 최신 GPT-4에서는 챗 GPT에게 특정 분야의 전문가로서 임무를 부여하여 더욱 전문적인 답을 얻을 수 있 는 커스텀 인스트럭션(Custom instructions)과 사용자가 입력한 정보를 파이썬으로 분석해서 답변을 제공하는 코드 인터프리터(Code interpreter)을 기본 세팅에서 제공 한다.

커스텀 인스트럭션(Custom instructions) 활용하기_역할 부여

챗GPT에 역할을 부여할 수 있다. 예를 들어, 챗GPT를 초등학교 과학 선생님으로 임무를 부여하여 과학에 관련된 질문에 대한 답변을 얻을 수 있다는 것이다. 이 방 법을 활용하면 더욱 정확하고, 전문적인 정보(답변)를 얻을 수 있다. 이제 커스텀 인스트럭션에 대해 살펴보기 위해 자신의 ❶[계정 정보]를 클릭하여 ❷[Custom

instructions] 메뉴를 선택한다. 커스텀 인스트럭션 설명 창이 뜨면 ❸[OK]한다. 챗
GPT가 응답할 때 고려할 내용의 공유 가능과 새 대화에 추가된 내용은 언제든지 수정 및 삭제할 수
있다는 설명이다. 참고로 이 기능은 GPT-3.5(무료 계정)에서도 사용할 수 있다.

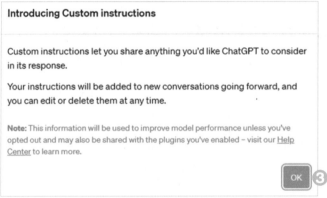

처음 실행할 때만 뜨며, 내용은 업데이트에 따라 달라짐

커스텀 인스트럭션 입력 창이 뜨면 이미지처럼 위쪽에 임무(입장, 시각)를 부여할
내용을 입력하고, 아래쪽에는 어떠한 형태(형식)의 답변을 원하는지 입력하면 된
다. 우측 페이지에서 설명된 입력 창에 대한 속성 설명을 참고한다.

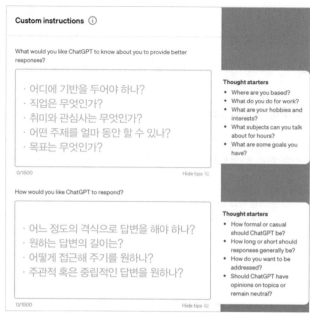

<blockquote>
Custom instructions ⓘ

What would you like ChatGPT to know about you to provide better responses?

· 어디에 기반을 두어야 하나?
· 직업은 무엇인가?
· 취미와 관심사는 무엇인가?
· 어떤 주제를 얼마 동안 할 수 있나?
· 목표는 무엇인가?

0/1500   Hide tips ⊗

Thought starters
* Where are you based?
* What do you do for work?
* What are your hobbies and interests?
* What subjects can you talk about for hours?
* What are some goals you have?

How would you like ChatGPT to respond?

· 어느 정도의 격식으로 답변을 해야 하나?
· 원하는 답변의 길이는?
· 어떻게 접근해 주기를 원하나?
· 주관적 혹은 중립적인 답변을 원하나?

0/1500   Hide tips ⊗

Thought starters
* How formal or casual should ChatGPT be?
* How long or short should responses generally be?
* How do you want to be addressed?
* Should ChatGPT have opinions on topics or remain neutral?
</blockquote>

각 입력 필드에 대한 설명 참고

<blockquote>
Custom instructions ⓘ

What would you like ChatGPT to know about you to provide better responses?

←입장 입력

0/1500

How would you like ChatGPT to respond?

←형식 입력

0/1500

새 채팅에서 온/오프

Enable for new chats ◯   Cancel   Save
</blockquote>

커스텀 인스트럭션에 알맞은 내용을 입력해 본다. 필자는 앞서 언급했던 것처럼 지금의 **챗GPT가 초등학교 과학 선생님**이라는 직업을 상기시키는 다음과 같은 내용을 ❶❷[입력]한 후 ❸[Save] 버튼을 눌렀다. **각자 자신이 원하는 형식으로 입력하면 된다.**

이제 챗GPT 프롬프트에 초등학교 5학년 선생님이 답변하는 것으로 생각하고 질문을 해본다. 필자는 다음과 같은 질문을 하였다.

『코로나 바이러스에 대한 수업을 할 때 중요한 것에 대한 소개와 수업 진행표를 주제, 내용, 시간을 표 형태로 작성하기』

질문에 대한 답변은 다음과 같다. 커스텀 인스트럭션에 입력된 정보를 의식화한 답변은 이 기능을 사용하지 않을 때보다 훨씬 전문적이고 명확하게 작성된 것을 알 수 있다. 만약 챗GPT를 통해 교사, 개발자, 디자이너, 의사, 변호사 등 특정 직업과 입장, 시선을 고려한 더 전문적이고 명확한 답변을 원한다면 커스텀 인스트럭션은 최적의 답변을 해줄 것이다.

☑ 채팅 창 우측 상단의 [Share Chat] 버튼을 클릭하면 현재의 답변을 외부로 공유할 수 있는 [Share link to Chat] 창이 열리며, [Copy Link] 버튼을 눌러 자유롭게 공유할 수 있다.

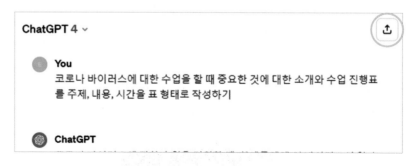

코드 인터프리터(Code interpreter) 활용하기_코드 해석

코드 인터프리터를 한마디로 정의 하자면, 파이썬으로 분석된 정보를 챗GPT가 코드를 실행하는 기능이라고 보면 될 것이다. 이 기능이 있기 전에는 챗GPT에서 알려주는 코드는 단지 질문에 대한 것을 매뉴얼대로 설명해 줄 뿐이었다면, 코드 인터프리터를 활용하면, 파일 업로드 된 파일에 대한 데이터 분석, 차트 생성, 파일 편집, 수학 문제 풀이, 프로그래밍을 통한 게임 개발 등 다양한 작업을 수행할 수 있다.

과거 코드 인터프리터를 사용하기 위해서는 [세팅] 창으로 들어간 후 ❶[Bata features] 항목에서 ❷[Code interpreter]를 켜준 후 사용했다면 최신 버전에서는 이 옵션이 사라지고 기본 기능으로 작동된다. **아래 그림은 과거 버전이므로 참고만 한다.**

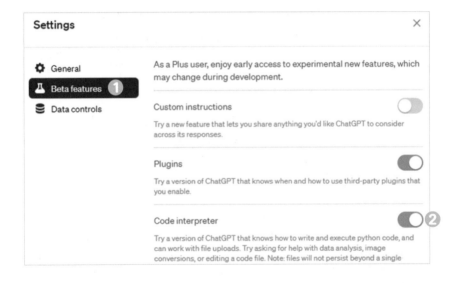

이제 코드 인터프리터 기능을 활용하기 위해 **[새 채팅]**을 클릭하여 새로운 채팅 창을 생성한다.

●●● 수학 문제 풀기 일단 먼저 프롬프트에서 문제를 하나 입력해 본다. 필자는 다음과 같은 문제를 내보았다.

『어떤 도서관에는 성인 도서와 어린이 도서가 있다. 성인 도서는 어린이 도서의 3배이다. 성인 도서의 수를 x라 할 때, 도서관에 있는 도서의 총수가 4,000권이라면, 성인 도서는 몇 권인가?』

위에서 제시한 문제의 답은 다음과 같다. 파이썬을 통해 정답을 정확하게 맞힌 것을 알 수 있다. 여기에서 파이썬 코드를 확인하기 위해 [분석 보기] 버튼을 클릭한다. 그러면 그림과 같은 파이썬 코드를 확인할 수 있다.

☑ 참고로 이 기능은 GPT-3.5에서는 사용할 수 없다. 앞서 사용한 프롬프트를 GPT-3.5에서 사용하게 되면 다음과 같이 기본 텍스트 형태의 답변만 제공한다.

> 도서관에 있는 도서의 총수를 나타내는 변수를 T로 하고, 성인 도서의 수를 나타내는 변수를 x로 할 때, 주어진 조건에 따라 수식을 세울 수 있습니다.
>
> 성인 도서의 수는 어린이 도서의 3배이므로, 어린이 도서의 수는 x/3입니다.
>
> 따라서 성인 도서의 수와 어린이 도서의 수를 합하면 전체 도서의 수가 됩니다.
>
> $x + \frac{x}{3} = T$
>
> 주어진 총 도서의 수가 4,000권이므로,
>
> $x + \frac{x}{3} = 4000$
>
> 방정식을 풀어 성인 도서의 수를 구할 수 있습니다.
>
> 먼저 공통 분모로 두 수를 합하면,
>
> $\frac{3x+x}{3} = 4000$
>
> $\frac{4x}{3} = 4000$
>
> $4x = 12000$
>
> $x = 3000$
>
> 따라서 성인 도서의 수는 x이므로, 성인 도서는 3,000권입니다.

●●● **수학 문제 내기** 이번에는 수학 문제를 만들어 본다. 필자는 다음과 같은 요청을 해보았다. 결과를 확인해 보면 대학 수학 전공자 수준의 창의적인 수학 문제가 만들어진 것을 알 수 있다. 이처럼 코드 인터프리터는 교사와 학생들을 위한 수학 공부에 활용할 수 있다.

『대학 수학 전공자 수준의 복잡하고 난이도 있는 조건문이 있는 방정식 문제 2개 만들기』

> 네, 대학 수학 전공자를 대상으로 한 복잡한 방정식 문제를 몇 개 만들어 보겠습니다.
>
> 1. **문제:** 행렬 $A = \begin{bmatrix} 1 & 2 \\ 3 & x \end{bmatrix}$ 가 역행렬을 가지려면, x는 어떤 값을 가져야 하는가?
>   **방정식:** $1 \cdot x - 2 \cdot 3 \neq 0$
> 2. **문제:** 복소수 $z = x + yi$ (여기서 i는 허수 단위)에 대해, 만약 $|z + 1| = |z - 1|$이면, y의 값을 구하시오.
>   **방정식:** $|(x + 1) + yi| = |(x - 1) + yi|$

☑ 수학 문제 풀이 시 이미지 파일로 된 수학 문제를 가져왔을 때 이미지 속에 있는 텍스트 및 기호를 인식하는 능력이 아직 부족하여 문제를 풀 수 없었다는 것이 아쉬운 점이다.

●●● 게임 만들기_PC 자동 종료 먼저 필자는 수포자에 프로그래밍과는 거리가 먼 사람임을 기억하며, 이번 학습을 시작하기로 한다. 챗GPT를 통해 우리가 할 수 있는 것 중에는 게임 개발 분야도 있다. 지금 살펴보고 있는 코드 인터프리터는 필자와 같은 문과(예술)생도 몇 분 만에 간단한 게임을 만들 수 있도록 도와준다. 살펴보기 위해 프롬프트에 다음과 같이 입력한다.

『PC 자동 종료 프로그램 만들기
1. 날짜, 시간 설정 기능
2. 강제종료 버튼 기능 』

입력한 명령에서 알 수 있듯 자동으로 PC를 종료하는 게임, 엄밀히 말하면 프로그램 개발을 위한 파이썬 스크립트(코드)가 작성되었다. 여하튼 게임이나 프로그램은 같은 맥락이기에 필자가 필요로 하는 것을 만들어 보고자 한다. 이제 우측 상단 [Copy code]를 클릭하여 파이썬 스크립트를 복사한다.

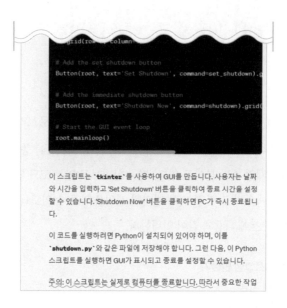

```
        grid(row... column=
        # Add the set shutdown button
        Button(root, text='Set Shutdown', command=set_shutdown).g

        # Add the immediate shutdown button
        Button(root, text='Shutdown Now', command=shutdown).grid(

        # Start the GUI event loop
        root.mainloop()
```

이 스크립트는 `tkinter`를 사용하여 GUI를 만듭니다. 사용자는 날짜와 시간을 입력하고 'Set Shutdown' 버튼을 클릭하여 종료 시간을 설정할 수 있습니다. 'Shutdown Now' 버튼을 클릭하면 PC가 즉시 종료됩니다.

이 코드를 실행하려면 Python이 설치되어 있어야 하며, 이를 `shutdown.py`와 같은 파일에 저장해야 합니다. 그런 다음, 이 Python 스크립트를 실행하면 GUI가 표시되고 종료를 설정할 수 있습니다.

주의: 이 스크립트는 실제로 컴퓨터를 종료합니다. 따라서 중요한 작업

그리고 강제 종료 버튼까지 정확하게 표현된 것을 알 수 있다. 이처럼 챗GPT의 코드 인터프리터는 게임(프로그램) 개발을 위한 스크립트도 완벽하게 생성해 준다. 물론 전문적인 개발자가 되기 위해서는 컴파일 **프로그래밍 언어(스크립트)를 실행 가능한 EXE 파일로 만들어 주는 과정** 하는 방법을 비롯 기본적으로 갖춰야 할 지식들이 많이 필요하다.

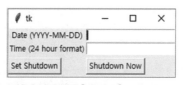

파이썬을 통해 실행된 [PC 종료] 프로그램의 모습

☑ 컴파일 방법은 챗GPT의 프롬프트를 통해 자세한 방법을 요청하면 왕초보도 할 수 있을 정도로 쉽게 설명해 준다. 참고로 이 과정은 본 도서의 별책부록으로 제공되는 [생성형 Ai 빅3 외전]에서 살펴보기로 한다.

●●● 엑셀 데이터 분석 및 그래프 만들기 코드 인터프리터는 외부에서 파일(엑셀, 이미지, 동영상 등)을 가져와 파일 내용을 분석한 정보 및 새로운 콘텐츠를 생성할 수 있도록 도와준다. 살펴보기 위해 프롬프트 좌측 ❶[Upload file] 버튼을 눌러 [학습자료] 폴더에서 ❷[통계청 행정구역 시군구별 성별 인구수] 엑셀 파일을 가져온 후 다음과 같은 ❸[프롬프트]를 입력한 후❹ [보내기] 한다.

『2023. 05월 강원특별자치도 인구수 알려줘』

☑ 가져온 엑셀 파일 속 데이터를 분석하여 프롬프트에 요청한 내용과 일치되는 정보를 보여주며, [분석 보기]를 통해 파이썬 코드(스크립트) 확인 및 다양한 용도로 활용할 수 있다.

2023년 5월 강원특별자치도의 인구수는 총 1,533,081명으로 나타났습니다. [>-]

파이썬 코드(스크립트) 열기

계속해서 이번엔 엑셀 파일에 있는 데이터를 차트(그래프)로 만들어 보기 위해 다음과 같은 프롬프트를 입력하여 [보내기] 한다.

『 월별 강원특별자치도 인구수를 파이 차트로 만들어 줘 』

그러면 다음과 같이 엑셀 파일의 강원특별자치도 월별 인구수를 분석하여 파이 형태의 차트를 생성하였다. 살펴본 것처럼 엑셀 파일은 챗GPT에서 다양한 형태로 활용할 수 있는 것을 알 수 있다.

행정구역(시군구)별	2023.05 총인구수 (명)	남자인구수 (명)	여자인구수 (명)	2023.06 총인구수 (명)	남자인구수 (명)	여자인구수 (명)	2023.07 총인구수 (명)	남자인구수 (명)	여자인구수 (명)
전국	51,400,521	25,612,361	25,788,160	51,392,745	25,607,244	25,785,501	51,387,133	25,603,147	25,783,986
서울특별시	9,418,885	4,560,702	4,858,183	9,414,093	4,557,609	4,856,484	9,411,260	4,555,784	4,855,476
2) 부산광역시	3,309,261	1,614,226	1,695,035	3,306,993	1,613,071	1,693,922	3,305,052	1,611,959	1,693,093
대구광역시	2,357,032	1,158,397	1,198,635	2,356,416	1,157,923	1,198,493	2,379,086	1,169,503	1,209,583
인천광역시	2,978,089	1,490,065	1,488,024	2,978,749	1,490,345	1,488,404	2,981,553	1,491,638	1,489,915
광주광역시	1,425,739	704,489	721,250	1,424,818	703,887	720,931	1,424,305	703,548	720,757
대전광역시	1,445,221	720,874	724,347	1,445,126	720,783	724,343	1,444,898	720,637	724,261
울산광역시	1,106,446	568,518	537,928	1,106,015	568,302	537,713	1,105,326	567,947	537,379
3) 세종특별자치시	386,050	192,393	193,657	386,126	192,435	193,691	386,192	192,449	193,743
경기도	13,612,597	6,850,133	6,762,464	13,618,969	6,852,980	6,765,989	13,623,055	6,854,747	6,768,308
강원특별자치도	1,533,081	771,322	761,759	1,532,617	771,147	761,470	1,532,050	770,730	761,320
충청북도	1,594,007	810,783	783,224	1,593,931	810,748	783,183	1,594,240	810,943	783,297
충청남도	2,125,833	1,088,548	1,037,285	2,126,374	1,088,924	1,037,450	2,126,640	1,089,245	1,037,395
전라북도	1,763,004	877,382	885,622	1,762,021	876,978	885,043	1,761,169	876,459	884,710
전라남도	1,812,475	913,215	899,260	1,811,554	912,823	898,731	1,810,071	912,075	897,996
경상북도	2,590,726	1,308,195	1,282,531	2,588,860	1,307,284	1,281,576	2,564,065	1,294,579	1,269,486
경상남도	3,264,124	1,620,894		3,263,251	1,643,148	1,620,103	3,261,361	1,642,061	1,619,300
제주특별자치도	677,057	338,995	338,062	676,832	338,857	337,975	676,810	338,843	337,967

사용된 엑셀 파일의 내용

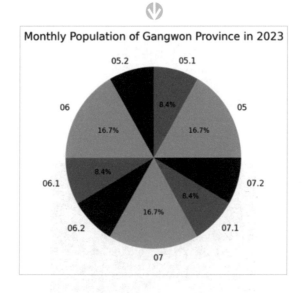

●●● PDF 파일 내용 분석하기 PDF 파일에 대한 분석도 가능하다. 이것은 장문의 PDF 파일을 일일이 살펴보지 않아도 어떤 내용이 담긴 문서인지 쉽게 파악할 수 있게 해준다. 살펴보기 위해 ❶[업로드 파일] 버튼을 눌러 [학습자료] 폴더에 있는 ❷ [Diffusion Models] PDF 파일을 가져온다. 그다음 다음과 같은 ❸[프롬프트]를 입력한 후 ❹[보내기] 한다.

📑 [학습자료] – [Diffusion Models] 이미지 활용

『 이 파일이 어떤 내용이 담겨 있는지 상세하게 알려줘 』

그러면 가져온 PDF 파일 속 내용을 분석하여 프롬프트에 요청한 내용과 일치되는 정보를 보여준다. 코딩 인터프리터에서는 아직 PDF 파일에 대한 번역 및 텍스트화 작업을 할 수 없다. 이와 같은 작업을 하기 위해서는 AskYourPDF(211페이지) 등의 플러그인을 활용해야 한다.

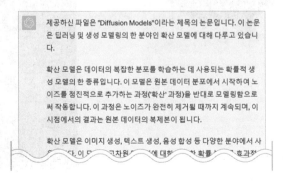

●●● **이미지를 아스키 아트로 변환하기** 코드 인터프리터는 별별 작업을 다 수행한다. 이번에는 문자 그림이라고 하는 아스키 아트(ASCII art) 작업을 해본다. 앞선 작업과 같은 방법으로 [학습자료] 폴더에서 ❶[카카오 로고] 파일을 가져온 후 프롬프트에 다음과 같이 ❷[입력]한 후 ❸[보내기] 한다.

『이 이미지를 너비 50픽셀 크기의 ASCII ART로 만들어 줘』

그러면 다음과 같이 1:2.2 표준 **비율**의 아스키 아트가 생성된 것을 알 수 있다. **챗 GPT는 변환 과정 하나하나를 설명할 경우가 있으니, 고생한다 생각하고 토닥거리며 기다려 준다.**

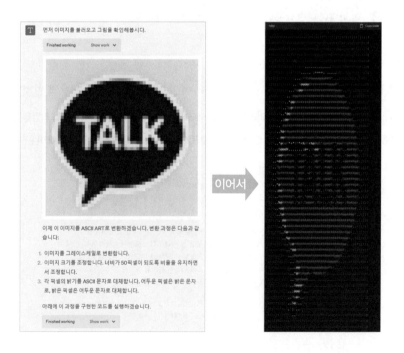

가로와 세로 비율이 너무 차이가 나기 때문에 세로 비율을 줄여서 다시 생성해 본다.
❶[파이썬 스크립트]를 열어준 후 ❷[Copy code]를 클릭하여 스크립트를 복사한다.

복사된 코드를 프롬프트에 ❶[붙여넣기] 한 후 스크립트 위쪽의 [* new_width]를 ❷
[* 0.4]으로 수정한 다음 ❸[보내기] 버튼을 누른다. 그러면 가로를 1로 했을 때 세로
의 길이가 0.4로 줄어들게 된다. **가로(1) X 세로(0.4)는 0.4와 같다.**

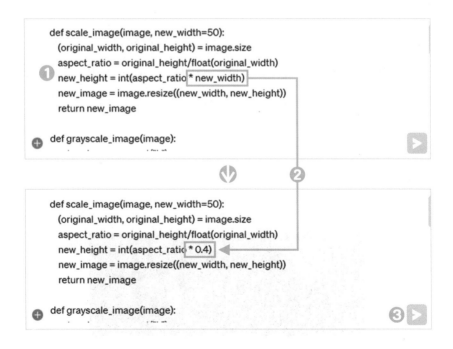

결과는 다음과 같이 가로와 세로 비율이 원본 이미지와 거의 동일한 아스키 아트가 생성된 것을 알 수 있다.

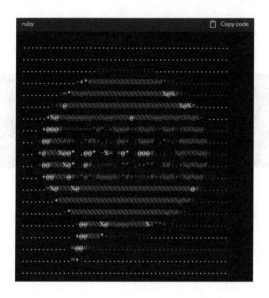

계속해서 이번에는 프롬프트에 직접 글자를 입력하여 아스키 아트를 생성해 본다. 다음과 같이 ❶[LOVE를 ASCII ART로 변환해 줘]라고 입력한 후 ❷[보내기] 버튼을 누르면 다음과 같은 아스키 아트를 생성할 수 있다. 아스키 아트의 결괏값은 랜덤하기 때문에 할 때마다 달라질 수 있다.

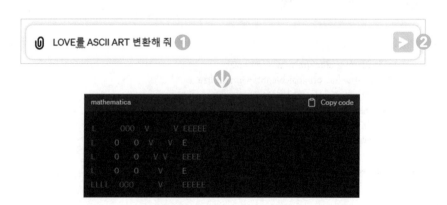

팁 & 노트

파일 형식 변환하기 (만능 재주꾼 코드 인터프리터)

코드 인터프리터는 그밖에 다양한 기능을 가지고 있다. 예를 들어, 이미지 파일을 가져와 크기를 조정해 달라던지, 동영상 포맷을 변환해 달라던지, 파일 속성을 알려달라던지 등등... 이제 이 놀라운 기능의 잠재력이 어디까지인지 여러분이 직접 연구를 해보기를 바란다.

이미지 크기 조정 요청에 변환한 모습

≡ 벌거벗겨진 PDF 파일 (AskYourPDF 활용하기)

주제가 다소 자극적이다. "벌거벗을 세계사"라는 TV 콘텐츠처럼 PDF 파일을 열지 않고도 어떤 내용이 있는지 알 수 있고, 내용을 번역할 수 있는 엄청난 플러그인에 대해 살펴보기 위한 제목이다. 애스크 유어 PDF(AskYourPDF)라는 플러그인을 활용하면 PDF 파일을 분석하여 요약 및 번역을 할 수 있다. 살펴보기 위해 ❶[플러그인 스토어]로 이동한 후 검색기에 ❷[AskYourPDF]를 입력하여 해당 플러그인을 ❸ [Install]한다. AskYourPDF Pro는 더욱 강력해진 AskYourPDF의 상위 버전이다. 프로 버전에서는 기존 버전에 없었던 링크된 PDF 주소로도 작업이 가능하다는 것이다. 필자는 설치 시 문제가 생겨 기존 버전을 설치하였다.

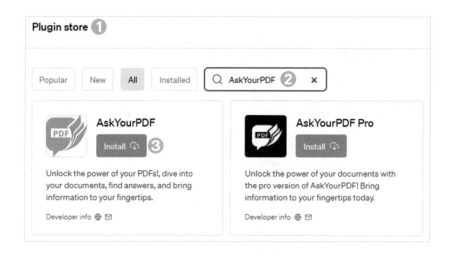

ChatGPT Plugins에서 방금 설치된 [AskYourPDF]가 활성화된 것을 확인한다. 플러그인들 간의 충돌 방지를 위해 이전에 설치된 다른 플러그인은 [해제]한다.

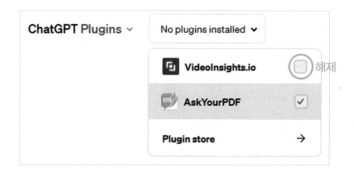

이제 애스크 유어 PDF를 사용하기 위해 프롬프트에 ❶[PDF 파일을 어떻게 업로드하는 거야?]라는 질문을 던진다. 그러면 PDF 파일을 업로드하고 그밖에 사용법을 알려준다. 여기에서 ❷[링크] 주소를 클릭하여 AskYourPDF 웹사이트를 열어준다.

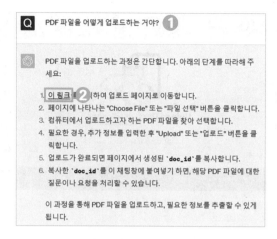

Q PDF 파일을 어떻게 업로드하는 거야? **①**

PDF 파일을 업로드하는 과정은 간단합니다. 아래의 단계를 따라해 주세요:

1. 이 링크를 클릭하여 업로드 페이지로 이동합니다. **②**
2. 페이지에 나타나는 "Choose File" 또는 "파일 선택" 버튼을 클릭합니다.
3. 컴퓨터에서 업로드하고자 하는 PDF 파일을 찾아 선택합니다.
4. 필요한 경우, 추가 정보를 입력한 후 "Upload" 또는 "업로드" 버튼을 클릭합니다.
5. 업로드가 완료되면 페이지에서 생성된 `doc_id`를 복사합니다.
6. 복사한 `doc_id`를 이 채팅창에 붙여넣기 하면, 해당 PDF 파일에 대한 질문이나 요청을 처리할 수 있습니다.

이 과정을 통해 PDF 파일을 업로드하고, 필요한 정보를 추출할 수 있게 됩니다.

로그인 창이 뜨면 새로운 계정을 만들거나 구글 계정으로 로그인한다. 필자는 [Sing In With Google] 버튼을 눌러 개인 계정으로 로그인하였다.

[Upload Document Here] 공간을 클릭하여 PDF 파일을 가져오거나, PDF 파일 직접 끌어와 적용한다.

📑 [학습자료] – [AttentionIsAllYouNeed] PDF 파일 활용

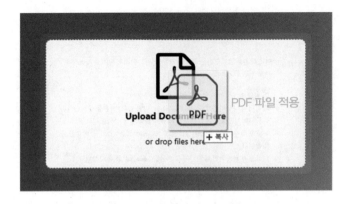

도큐먼트 아이디(doc_id) 코드가 생성되면 ❶[복사] 버튼을 눌러 아이디를 복사한다. 그다음 프롬프트에 ❷[붙여넣기]한 후 ❸[보내기]한다. 그러면 보내준 도큐먼트 아이디에 대한 정보가 챗GPT에 전달된다.

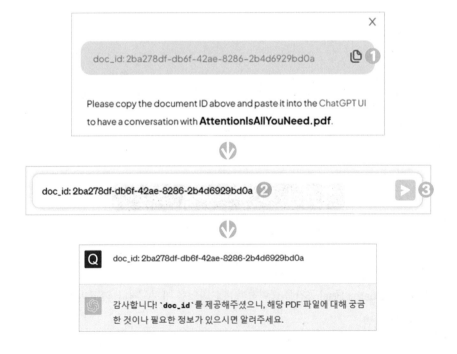

이제부터 프롬프트에 PDF에 대한 내용을 질문하면 된다. 필자는 다음과 같이 ❶[주요 내용을 한국어로 요약해 줘], ❷[특정 페이지 내용을 한국어로 요약해 줘] 그리고 PDF 내용에 대한 ❸[창의적인 목차]를 작성해 달라고 하였다. 그 결과는 아주 만족스러웠다. 살펴본 것처럼 AskYourPDF를 활용하면 PDF 문서를 다양하게 활용할 수 있다는 것을 알 수 있다. **최종 내용은 다시 PDF나 MS Word 등의 문서 파일로 만들 수 있다.**

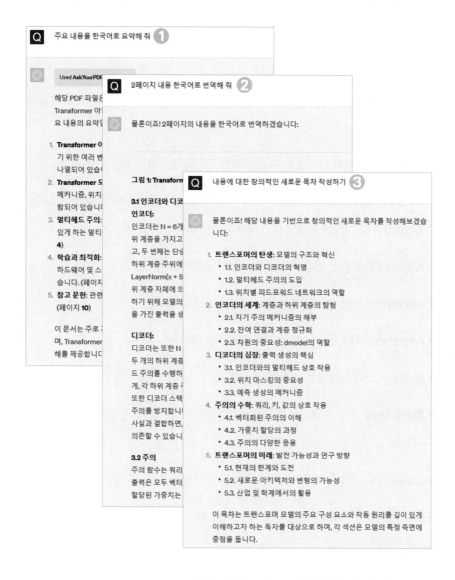

☰ 그밖에 85가지 챗GPT 플러그인 살펴보기

연 단위로 개발되어 오던 프로그램(플러그인 포함)들이 월 단위로 빠르게 변화되고 있다. 챗GPT가 출시된 후 이미 수없이 많은 챗GPT 관련 확장 프로그램과 플러그인이 탄생된 것이 이를 방증한다. 챗GPT를 보다 효율적이고 편리하게 사용할 수 있는 기술이야 말로 현실 사용자들에게 가장 필요한 것이다. 본 도서에서 모든 챗GPT 관련 확장 프로그램이나 플러그인을 자세하게 소개할 수 없기에 여기에서는 간략한 정보만 전달할 것이다. 이 정보를 통해 자신에게 필요한 것들을 찾아 활용해 보길 바란다.

- **ABC Music Notation** ABC 음악 표기법을 wav, midi 및 포스트스크립트 파일로 변환한다.

- **ABCmouse** 2-8세 아이들을 위한 재미있고 교육적인 학습 활동을 제공한다.

- **Access Link** 링크된 웹페이지, PDF 문서, PowerPoint 프레젠테이션, 이미지, Word 파일 등 다양한 유형의 링크에서 정보를 이해하고 요약한다.

- **AITickerChat** SEC 제출서에서 미국 주식 통찰력을 검색한다.

- **Algorithma** 가상 생활을 형성하는 라이프 시뮬레이터다.

- **Ambition** 근처에 있는 수백만 개의 일자리를 검색한다.

- **BizToc** 비즈니스와 금융 뉴스를 제공한다.

- **BlockAtlas** 미국 인구조사를 검색한다. 데이터 세트를 찾고, 질문을 하고, 시각화한다.

- **Bohita** AI로 생성된 이미지를 의류로 만들고 구매한다.

- **Bramework** 키워드와 SEO 정보 및 분석을 한다.

- **BuyWisely** 최신 정보와 함께 가격을 비교한다.

- **C3 Glide** 조종사를 위한 실시간 항공 데이터를 얻는다.

- **Change** 커뮤니티와 그 이상을 지원하기 위해 비영리 단체를 찾아 준다.

- **ChatwithPDF** PDF에 포함된 내용에 대한 질문을 한다.

- **Chess** 챗GPT에서 체스를 둔다.

- **Cloudflare Radar** 다음 집이나 투자를 위한 주택 시장 연구를 한다.

- **Comic Finder** 최고의 만화를 찾아 준다.

- **Coupert** 모든 온라인 상점에서 최고의 쿠폰을 찾아 준다.

- **Craftly Clues** 단어 맞추기 게임이다.

- **CreatiCode** 스크래치 프로그램을 이미지로 표시하고, Creaticode 확장을 사용하여 2D/3D 프로그램을 작성한다.

- **Crypto Prices** 최신 암호화폐 가격과 정보를 알려준다.

- **Dev Community** DEV 커뮤니티의 사용자들로부터 기사를 추천한다.

- **EdX** 모든 대학의 교육 정보를 찾아 준다.

- **Expedia** 여행에 관한 계획 및 일정을 관리해 준다.

- **FigGPT** Figma를 사용하여 디자인 프로세스를 향상시킬 수 있다.

- **FiscalNote** 법률 및 정치 정보에 대한 실시간 데이터를 제공한다.

- **GetyourGuide** 투어 및 기타 여행 활동을 찾아 준다.

- **Giftwrap** 선물 아이디어를 묻고, 포장하고, 배달한다.

- **Glowing** 일일 SMS를 스케줄하고 보낸다.

- **Golden Golden** 지식 그래프에서 회사에 대한 현재 사실 데이터를 얻는다.

- **Hauling Buddies** 신뢰할 수 있는 동물 운송업체를 찾아 준다.

- **ImageSearch** 원하는 이미지를 검색해 준다.

- **Instacart** 레시피에 관해 물어보고 배달받을 수 있다.

- **KalendarAI** 잠재 고객과 함께 수익을 창출하는 영업 대행을 해준다.

- **KAYAK** 예산 내에서 여행을 위한 항공편, 숙박 및 렌터카를 검색한다.

- **KeyMate** 사용자 정의 검색 엔진을 사용하여 웹을 검색한다.

- **Keyplays Live Soccer** 최신 실시간 순위, 플레이 및 결과를 제공한다.

- **Klara Shopping** 온라인 상점에서 가격을 검색하고 비교한다.

- **Kraftful** 제품 개발에 도움을 주는 코칭을 한다.

- **Lexi Shopper** 근처의 아마존 상점에서 제품 추천을 받는다.

- **Likewise** TV, 영화, 그리고 팟캐스트 추천을 받는다.

- **Link Reader** 모든 링크의 내용을 읽어 준다.

- **Lowes** 집 시설 개선에 필요한 모든 도구를 찾아 준다.

- **Metaphor** 인터넷의 최고 품질의 콘텐츠를 찾아 준다.

- **MixerBox OnePlayer** 음악, 팟캐스트, 그리고 비디오를 즐길 수 있다.

- **Ndricks Sports** 프로 팀(NHL, NBA, MLB)에 대한 정보를 얻을 수 있다.

- **Noteable** 파이썬, SQL에서 노트북을 만든다. 데이터 탐색과 시각화에 용이하다.

- **Open Table** 어디서든 언제든지 레스토랑(음식점)을 찾아 예약할 수 있다.

- **Open Trivia** 다양한 카테고리의 퀴즈를 받는다.

- **Options Pro** 모든 종류의 시장에 대한 개인 옵션 트레이더.

- **OwlJourney** 숙박 및 활동 제안을 제공한다.

- **Playlist AI** 어떤 프롬프트에 대해서도 Spotify 재생 목록을 만든다.

- **Polarr** 사용자가 생성한 필터를 검색하여 사진과 비디오를 완벽하게 만든다.

- **Polygon** 주식, 암호화폐 등에 대한 모든 시장 데이터를 제공한다.

- **Portfolio Pilot** AI 투자 가이드로 포트폴리오 평가와 답변을 제공한다.

- **Pricerunner** 선호도 및 요구사항에 맞게 완벽한 쇼핑 제안을 얻을 수 있다.

- **Prompt Perfect** 'perfect'를 입력하면 완벽한 프롬프트를 만들 수 있다.

- **Public** 자산 가격 및 뉴스와 같은 실시간 및 과거의 시장 데이터를 얻는다.

- **Redfin** 주택 시장에 대한 질문이 있나요? 답변을 찾아본다.

- **Rentable Apartments** 저렴하고 최고의 아파트를 모두 찾는다.

- **Savvy Trader AI** 실시간 주식, 암호화폐 및 투자 데이터를 제공한다.

- **Shimmer** 식사를 추적하고, 건강한 생활방식을 위한 통찰력을 얻는다.

- **Shop** 유명 브랜드에서 수백만 개의 제품을 검색한다.

- **Show Me** 채팅에서 다이어그램을 만들고 편집한다.

- **Slack** 챗GPT가 Slack 쿼리를 처리할 수 있도록 하여 팀과 원활하게 소통하면서 다른 작업을 수행할 수 있다.

- **Speak** AI 기반 언어 어학 튜터로 모든 언어로 말하는 방법을 배울 수 있다.

- **Speechki** 텍스트를 성우 음성 파일로 변환한다.

- **Tablelog** 일본에서 식당 예약을 찾는다.

- **Tasty Recipes** 레시피 아이디어, 식단 계획, 그리고 요리 팁을 탐색한다.

- **There's an AI for that** 모든 사용 사례에 적합한 AI 도구를 찾아 준다.

- **Trip.com** 간편하게 항공편과 호텔 예약을 해준다.

- **Turo** 여행에 필요한 Turo 차량을 찾아 준다.

- **Tutory** 저렴한 온디맨드 튜터링을 이용할 수 있다.

- **Upskillr** 모든 주제의 커리큘럼을 만들어 준다.

- **VoxScript Youtube** 유튜브 자막과 Google을 검색할 수 있게 해준다.

- **Vogue** 보그 기사를 검토하여 손끝에서 맞춤형 패션 업데이트를 제공한다.

- **Weather Report** 전 세계 모든 도시의 현재 날씨 데이터를 제공한다.

- **WebPilot** 웹페이지를 탐색하고 Q&A해 준다.

- **Wishbucket** 모든 한국 플랫폼과 브랜드를 통합하여 제품 검색을 한다.

- **Wolfram** 수백만 명의 학생 및 전문가가 Wolfram 언어를 통해 계산, 수학, 선별된 지식 및 실시간 데이터에 액세스한다.

- **Word Sneak** 대화에 3개의 단어를 숨기고 그것을 추측하여 맞추는 게임이다.

- **World News** 뉴스 헤드라인을 요약해 준다.

- **Yabble** AI 기술로 설문조사, 대상 그룹을 만들고 데이터를 수집한다.

- **Yay! Forms** AI 기반의 양식, 설문조사 퀴즈 또는 설문지를 만든다.

- **Zapier** Google 시트, Salesforce 등 5,000개 이상의 앱과 상호 작용한다.

💡 팁 & 노트

문장 정렬 그리고 수정 작업에 대하여

번호나 기호가 붙은 문장 및 찾아보기와 같은 단어를 열거했을 때 가나다 혹은 ABC 순으로 정렬하는 작업은 MS 워드나 한글 워드와 같은 워드프로세서에서 한다. 하지만 이러한 작업도 챗GPT에서 간편하게 수행할 수 있다. 다음의 두 그림은 [그밖에 챗GPT 플러그인]에 대한 초기 입력 상태(번호가 붙고, 무작위 정렬, 경어체)를 문장 앞의 번호를 삭제하고, 평어체로 마무리하며, 각 문장을 오름차순으로 정렬한 모습이다. 문장 정렬은 그렇다 치더라도 원본 내용을 훼손하지 않고, 특정 숫자나 기호 그리고 문체를 한 번에 삭제 및 교정할 수 있다는 것은 관련 업무 시 매우 유용한 기능이라고 할 수 있다.

> 84. Show Me: 웹 형태의 다이어그램을 만들고 편집합니다.
> 85. ImageSearch: 이미지를 검색해 줍니다
> 86. Access Link: 링크된 웹페이지, PDF 문서, PowerPoint 프레젠테이션, 이미지, Word 파일 등 다양한 유형의 링크에서 정보를 이해하고 요약
>
> 위 내용을 다음과 같이 수정해 줘
> - 앞에 사용한 1. 2. 3. 식의 번호 삭제할 것
> - OO이다. OO하다. OO한다 식의 평어체로 수정할 것
> - 텍스트를 오름차순으로 정렬하기

> - ABC Music Notation: ABC 음악 표기법을 wav, midi 및 포스트스크립트 파일로 변환한다.
> - ABCmouse: 2-8세 아이들을 위한 재미있고 교육적인 학습 활동을 제공한다.
> - Access Link: 링크된 웹페이지, PDF 문서, PowerPoint 프레젠테이션, 이미지, Word 파일 등 다양한 유형의 링크에서 정보를 이해하고 요약한다.
> - Algorithma: 가상 생활을 형성하는 라이프 시뮬레이터다.
> - Ambition: 근처에 있는 수백만 개의 일자리를 검색한다.

030. 기획서와 보고서? 이건 식은 죽 먹기 아니겠니?

회사 업무에서 기획서와 보고서 작성은 끝없이 반복되는 작업이다. 이때 챗GPT를 활용하면 업무 시간을 10배 이상 단축할 수 있다. 특히 GPT는 문서 작성 관련 업무 분야의 다음과 같은 뛰어난 성능을 발휘한다.

- **시간 절약** 글쓰기 과정을 가속화하여 작성 시간을 크게 줄일 수 있으며, 초안 작성과 수정 과정에서 효율적으로 활용할 수 있다.

- **일관된 톤과 스타일** 훈련된 학습 데이터를 바탕으로 일관된 스타일로 글을 작성할 수 있어 이를 통해 전문적인 느낌을 주는 글을 쉽게 작성할 수 있다.

- **개선된 문장 구조** 문장 구조와 문법을 개선하여 더욱 완성도 높은 글을 작성할 수 있게 도와준다.

- **아이디어 생성** 관련 정보와 아이디어를 제안할 수 있어 창의적인 기획서와 보고서 작성에 도움이 된다.

- **효과적인 요약** 긴 문서나 자료를 요약하여 핵심 내용을 간결하게 전달할 수 있게 도와준다.

- **다양한 언어 지원** 다양한 언어를 지원하여 여러 언어로 구성된 기획서와 보고서 작성에 도움이 된다.

챗GPT는 기획서와 보고서 작성에 탁월한 성능을 발휘하지만 완벽하지 않으므로 작성된 내용은 반드시 검토하고 수정해야 하며, GPT를 과도하게 의존하면 독창성과 창의력이 저해될 수 있으므로, 보조 도구로 적절히 활용하는 것을 권장한다. 위 내용을 참고하여 창의적인 기획서(보고서)를 작성해 보도록 한다.

031. 챗GPT 활용 직무수행 계획서 10분 만에 끝내기

직무 수행 계획서는 새로운 직무에 대한 이해와 역할을 명확하게 하는 문서로, 개인의 역량 향상과 조직의 목표 달성에 기여한다. 직무 수행 계획서는 주로 다음과 같은 내용을 포함한다. 내용을 참고하여 참신한 아이디어를 도출해 본다.

- **목표 설정** 단기와 장기 목표를 설정하고, 그에 따른 성과 기준을 명시한다.

- **직무 이해** 역할과 책임, 관련 업무, 기대 결과 등을 기술한다.

- **스킬 개발 계획** 필요한 기술, 지식, 자격증 등을 파악하고, 습득 계획을 세운다.

- **시간 관리 계획** 주요 업무와 프로젝트를 관리하고, 일정을 계획한다.

- **협력 및 커뮤니케이션** 팀원, 상사, 관계자와의 원활한 협력 및 커뮤니케이션 방안을 기술한다.

- **문제 해결 전략** 직무 수행 중 예상되는 문제와 그 해결 방안을 제시한다.

- **자기 평가 및 피드백** 주기적으로 자기 평가를 하고, 피드백을 수렴하여 개선한다.

직무 수행 계획서를 통해 개인의 성장과 팀의 성과 향상에 도움이 되며, 조직의 목표를 달성하는데 중요한 역할을 한다.

032. 팀장님도 모르는 장대리의 업무보고서 작성법

하루 업무의 마침표를 찍는 업무보고서는 은근히 신경 쓰인다. 다음은 챗GPT를 활용한 업무보고서 작성에 시간과 노력을 크게 절약할 수 있는 세련된 비법들이다.

- **목적 및 주제 설정** 보고서의 목적과 주제를 명확히 정하고, 챗GPT에게 이를 이해시키는 것이 중요하다.

- **대략적인 구조 설계** 보고서의 대략적인 구조를 미리 설계하고, 챗GPT에게 각 섹션의 내용을 작성하도록 지시한다.

- **초안 작성** 챗GPT를 활용하여 각 섹션의 초안을 작성한다. 이때, 특정 키워드나 문장 구조를 지정해 주면 더욱 정확한 내용을 얻을 수 있다.

- **데이터 및 통계 활용** 필요한 데이터나 통계를 챗GPT에게 제공하면, 이를 분석하고 시각화하여 보고서에 적절히 삽입한다.

- **스타일 및 톤 조정** 읽기 쉽고 일관성 있는 스타일과 톤을 조정할 수 있다.

- **검토 및 수정** 챗GPT로 작성된 초안은 반드시 작성자가 검토하고, 필요한 수정을 해야 한다. 이 과정에서 문맥 이해와 논리적 일관성을 확인한다.

- **시각적 요소 추가** 그래프, 차트, 이미지 등의 시각적 요소를 추가하여 보고서를 더욱 풍부하고 직관적으로 만든다.

- **최종 검토** 전체 보고서를 통일된 스타일과 양식으로 마무리하고, 최종 검토를 통해 작은 실수나 누락된 부분을 수정한다.

챗GPT를 활용한 업무보고서 작성은 효율적이지만, 인간의 검토와 수정이 필수적이다. 이를 통해 전문적인 품질 높은 보고서를 작성할 수 있다.

033. 결코 흔하지 않은 리포트 & 논문 작성법

리포트와 논문 작성은 많은 학생들에게 중요한 과제이다. 다음은 절대 흔하지 않은 대학교 리포트와 논문 작성 비법들이다.

- **주제 선정** 관심 있는 주제를 찾아 명확한 목표와 가설을 세운다. 이것이 기본이다.

- **자료 조사** 도서관, 인터넷, 학술 논문 등에서 필요한 자료를 찾아 분석한다.

- **계획 세우기** 어떻게 쓸지 미리 생각하고, 서론, 본론, 결론 등의 구조를 계획한다.

- **초안 작성** 일단 쓰고 보자. 처음 쓸 때는 완벽하게 쓰려고 하지 말고, 중요한 내용을 먼저 적는다.

- **인용과 참고문헌 정리** 인용은 실수 없이 정확하게 하고, 참고문헌은 규칙에 맞게 정리한다.

- **수정 및 개선** 수정이 답이다. 여러 번 읽고 문장을 고치고, 논리를 더 좋게 만든다.

- **양식과 맞춤법 확인** 학교에서 요구하는 양식에 맞게 고치고, 맞춤법과 문법도 확인한다.

- **그림이나 표 활용** 그래프나 표를 쓰면 내용을 더 잘 이해할 수 있다. 시각적으로 표현한다.

- **최종 확인 및 제출** 전체 내용을 다시 보고, 제출 기한을 지켜 제출한다. 마지막 확인은 필수다.

대학교 리포트와 논문 작성 시 표절을 피하고 제출 기한을 지키며, 양식을 준수해야 하고, 주관적 의견을 지나치게 표현하지 않아야 한다. 또한 자료의 신뢰성을 확인하고, 다른 사람의 피드백을 받으며, 너무 많은 인용을 피해야 한다.

034. 아주 특별한 자소서(자기소개서) 쓰기

쉽지만 결코 쉽지 않은 것이 자소서다. 자신보다 더 자신을 아는 사람이 없기에, 자소서 쓰기는 결국 자신만이 할 수 있는 작업이다. 챗GPT와 다음의 규칙들을 활용하면 회사나 학교에 아주 특별한 인상을 주는 자소서를 작성할 수 있다.

- **자신만의 이야기 찾기** 자신만의 독특한 경험과 성장 과정을 찾아 그것을 중심으로 이야기를 구성한다. 흔한 이야기가 아닌, 당신만의 이야기가 중요하다.

- **목적과 구조 확립** 지원하는 회사나 학교, 포지션의 요구사항을 분석하고, 자소서의 목적을 명확히 한다. 그리고 논리적인 구조를 계획한다.

- **진실성 강조** 과장 없이 솔직하고 진실한 내용을 담는다. 거짓이나 과장은 결국 드러나므로, 진실성을 중심으로 한다.

- **감정과 상황 묘사** 단순한 사실 나열이 아닌, 감정과 상황을 묘사하여 독자가 공감할 수 있는 내용을 만든다.

- **자신의 강점과 약점 분석** 자신의 강점을 강조하고, 약점도 솔직하게 언급하되, 그것을 어떻게 극복하려고 노력하는지를 보여준다.

- **맞춤법과 문장 검토** 맞춤법이나 문장 구조의 오류는 프로페셔널리즘을 해칠 수 있으므로 꼼꼼히 검토한다.

- **다른 사람의 피드백 받기** 가능하다면 지인이나 전문가에게 읽어보게 하고 피드백을 받는다. 다른 시각은 매우 유용하다.

- **독창성 유지** 템플릿이나 샘플보다는 자신만의 독창적인 내용과 표현을 유지한다.

- **결론 강화** 마지막으로 왜 당신이 그 포지션에 적합한지, 어떤 가치와 열정을 가지고 있는지를 강조한다.

지금까지 챗GPT의 다양한 활용 방법과 그 효과에 대해 살펴보았다. 챗GPT가 할 수 있는 능력은 살펴본 것보다 수백 수천수만 가지 이상이다. 이제부터는 여러분 스스로가 찾아야 할 부분이며, 이를 통해 자기 주도 학습 능력이 더욱 풍부하게 될 것이다.

챗GPT는 단순한 대화 도구를 넘어 다양한 분야에서 유용하게 활용될 수 있는 강력한 도구이다. 특히 자기 주도 학습의 파트너로서 그 역할은 더욱 중요하며, 끊임없이 성장하고 변화하는 현대 사회에서 필요한 능력을 키우는 데 큰 도움이 될 것이다.

💡 팁 & 노트

AI에서 생성된 콘텐츠 저작권에 대하여

- 챗GPT, 미드저니, 스테이블 디퓨전으로 생성된 콘텐츠에는 저작권이 없다. 하지만 타인이 생성한 콘텐츠에 대해서는 필요한 권한을 확인해야 한다.

- 챗GPT, 미드저니, 스테이블 디퓨전에서 생성한 콘텐츠의 저작권은 여러 요소에 따라 달라질 수 있지만, 일반적으로 사용자가 저작권 소유자로 간주한다.

- 챗GPT, 미드저니, 스테이블 디퓨전은 GDPR(데이터 보호 및 개인정보 보호법)을 준수할 수 있으며, 이를 위한 적절한 조치를 취하고 있다. 그러나 최종 책임은 사용자에게 있다.

035. 챗GPT를 활용한 돈 벌 기회 만들기

챗GPT로 할 수 있는 것 중 사용자가 가장 원하는 것은 아마도 돈 버는 방법을 물어보고, 그에 관한 명확한 답을 얻는 것일 것이다. 그렇다면 챗GPT로 돈 버는 방법을 찾을 수 있을까? 답은 "그렇다"이다. 챗GPT로도 돈을 벌 수 있지만 이미지를 생성해 주는 미드저니와 스테이블 디퓨전을 함께 활용하면 더욱 부가가치가 높은 생산적 활동이 가능하다.

≡ 암호화폐, 메타버스, 인공지능 이후 투자할 곳 찾기

모든 것이 빠르게 바뀌는 시대, 경제 분야에도 예외는 아니다. 얼마큼 빠르게 최신 정보를 습득하여 투자하느냐에 따라 성과가 달라지기 때문이다. 챗GPT를 활용하면 다양한 정보를 얻을 수 있기 때문에 투자에 대한 도움을 받을 수 있다. 다음은 **[암호화폐, 메타버스, 인공지능 이후 투자할 곳 10개 소개하기]**라고 프롬프트를 작성하여 새로운 투자가치가 있는 것에 대한 정보를 요청하였다.

1. **생명과학 및 바이오테크놀로지**: 유전체 편집, 질병 치료 및 예방 등과 관련한 기술의 발전으로 투자 기회가 늘고 있습니다.
2. **재생 에너지**: 태양, 풍력, 수력 등 재생 에너지 관련 기술 및 사업이 성장하면서 이 분야에 대한 투자가 증가하고 있습니다.
3. **로보틱스**: 자동화와 효율성을 높이기 위해 로봇 기술이 적용되는 분야가 확장되고 있어 투자 가능성이 큽니다.
4. **5G 및 6G 통신**: 빠른 네트워크 속도와 저지연으로 다양한 산업에 혁신을 가져올 것으로 기대됩니다.
5. **전기차 및 배터리 기술**: 전기차 시장의 성장과 함께 배터리 기술의 발전이 이어질 것으로 전망되어 투자가 늘어나고 있습니다.
6. **사물인터넷 (IoT)**: 다양한 기기와 연결되어 빅데이터 분석 및 자동화를 가능하게 하는 IoT 기술은 계속 성장할 것으로 보입니다.
7. **블록체인 기술**: 암호화폐 외에도 금융, 공급망, 의료 등 다양한 분야에서 활용될 수 있는 블록체인 기술은 투자 가치가 있습니다.
8. **원격 의료**: 텔레메딕신, 원격 진료 및 모니터링 기술은 특히 팬데믹 이후 크게 성장하고 있습니다.
9. **지속가능한 농업**: 기후 변화와 식량 문제를 해결하기 위한 지속가능한 농업 기술 및 제품은 중요한 투자 영역이 될 것으로 보입니다.
10. **사이버 보안**: 디지털화가 진전됨에 따라 사이버 공격의 위협이 커지고 있어, 사이버 보안 관련 기업과 기술은 계속해서 중요한 투자 대상이 될 것으로 예상됩니다.

답변은 대부분 필자가 알고 있는 것이지만, 생경한 것도 있었다. 물론 질문을 더욱 구체화했다면 이보다 훨씬 명확한 답변을 해주었을 것이다. 현재 답변 중 만약 [지속 가능한 농업]에 대한 보다 구체적인 정보를 원한다면 다음과 같은 질문을 해본다.

답변에서 볼 수 있듯, 구체화한 질문에서 원하는 답에 가까워진다는 것을 알 수 있다. 이렇듯 챗GPT를 활용하면 투자에 대한 정보도 쉽게 얻을 수 있어 자산을 구축하는 데에도 많은 도움이 된다.

≡ 워렌 버핏의 생각 지도

[투자]하면 생각나는 인물이 있다. 바로 워렌 버핏(Warren Buffett)이다. 워렌 버핏은 1930년 출생하여 여전히 완성한 활동을 하고 있는 세계에서 가장 성공한 투자자 중 한 명이다. 버핏은 "가치 투자"의 대표적인 사례로 꼽히며, 자기 자신이 충분히 이해하고 분석할 수 있는 기업에 장기적으로 투자하는 전략을 선호하며, 그의 투자 철학은 장기적인 관점, 본질적 가치에 집중, 그리고 분석적 접근 방식을 중심으로 하고 있다. 챗GPT를 활용하여 워렌 버핏의 생각을 읽기 위해 다음과 같은 프롬프트를 작성하였다.

『워렌 버핏이 추구하고 이상적으로 생각하는 투가 개념에 대해 다음과 같은 내용을 참고하여 소개하기
–최근 10년간 워렌 버핏이 투자한 기업
–워렌 버핏이 절대로 투자하지 않는 기업
–1년 후 워렌 버핏이 투자할 기업
–워렌 버핏이 투자한 한국 기업 』

간단한 질문에도 챗GPT는 다음과 같이 워렌 버핏에 대한 정보를 정리해 주었다.

> 워렌 버핏은 세계적으로 유명한 투자자로, 그의 투자 철학과 전략은 많은 사람들에게 영향을 미치고 있습니다. 그의 투자에 대한 일반적인 관점과 관련 내용을 다음과 같이 소개합니다.
>
> **최근 10년간 워렌 버핏이 투자한 기업**
>
> 워렌 버핏은 주로 안정적이고 가치가 있는 기업에 투자합니다. 이러한 기업들은 종종 강력한 브랜드, 경쟁 우위, 그리고 장기적인 성장 전망을 가지고 있습니다.
>
> * **Apple**: 기술 분야에서 큰 지분을 보유하고 있습니다.
> * **Bank of America**: 금융 분야에 대한 지속적인 투자를 하고 있습니다.
> * **Coca-Cola**: 안정된 소비재 기업으로 오랫동안 투자하고 있습니다.
>
> **워렌 버핏이 절대로 투자하지 않는 기업**
>
> 워렌 버핏은 자신이 이해하지 못하는 기업이나 분야, 그리고 가치를 제대로 평가하기 어려운 기업에는 투자하지 않는다고 알려져 있습니다.
>
> * 복잡한 금융 파생상품: 그가 이해하지 못하는 복잡한 구조를 가진 상품

> • ~~금융~~ ~~음~~: 그가 ~~까지 못~~ ~~잡한 구~~ ~~진 상~~
> 입니다.
> • **불안정한 성장 기업**: 지나치게 높은 위험율을 가진 성장 기업에 대한 투자
> 는 피합니다.
>
> **1년 후 워렌 버핏이 투자할 기업**
>
> 워렌 버핏의 투자 전략을 정확하게 예측하는 것은 어려워, 미래의 특정
> 투자에 대해 확실한 것을 말할 수 없습니다. 그러나 그의 지난 투자 패턴
> 과 철학을 분석한다면, 안정적인 수익률과 성장 가능성을 가진 기업에
> 주목할 것이라고 예상할 수 있습니다.
>
> **워렌 버핏이 투자한 한국 기업**
>
> 워렌 버핏이 직접 한국 기업에 크게 투자한 사례는 공개된 정보로는 잘
> 알려져 있지 않습니다. 그러나 그의 투자 회사인 버크셔 해서웨이는 전
> 세계 다양한 시장에서 투자를 진행하고 있으며, 한국 시장 역시 주시하
> 고 있을 가능성이 있습니다.

물론 위 내용으로 무작정 투자하라는 것은 아니다. 보다 구체적인 질문과 답변이 필요하고, 워렌 버핏외에 다른 투자자들을 분석하고, 이들이 투자한 기업에 대한 정보도 분석해야 할 것이다. 이렇듯 챗GPT를 자신이 투자하고자 하는 정보를 얻기 위한 수단으로 사용하길 권장한다.

☰ 성공하는 스타트업 네이밍과 로고 만들기

챗GPT를 활용하여 돈 안 들고 창업할 수 있는 여러 방법이 생겨나고 있다. 챗GPT를 통해 스타트업 네이밍과 로고를 만들 수 있는 프롬프트 아이디어를 제공 받을 수 있다. 이 부분은 여러분 스스로 활용해 보기 바라며, 기업 로고 생성에 대해서는 **365페이지 [기업 로고 만들기]**를 참고한다.

　이번 장을 통해 챗GPT의 다양한 가능성을 엿보았기를 바라며, 앞으로도 챗GPT를 적극 활용하여 지식과 능력을 더욱 향상시키길 기대한다.

PART 03

프롬프트형 AI 미드저니(MJ)

프롬프트 기반 인공지능 미드저니(MidJourney)를 이해하고 활용하는 방법, 다양한 파라미터와 명령어, 표현의 한계를 넘어선 창조적인 사용법, 그리고 이미지 작업과 디자인 소스로 만드는 방법 등에 대한 가이드를 제공한다. 또한 여러 가지 팁과 함께 미드저니의 특별한 기능을 활용하는 방법까지 상세히 설명하여 미드저니를 활용한 창의적인 작업을 하고자 하는 사람들에게 도움이 될 것이다.

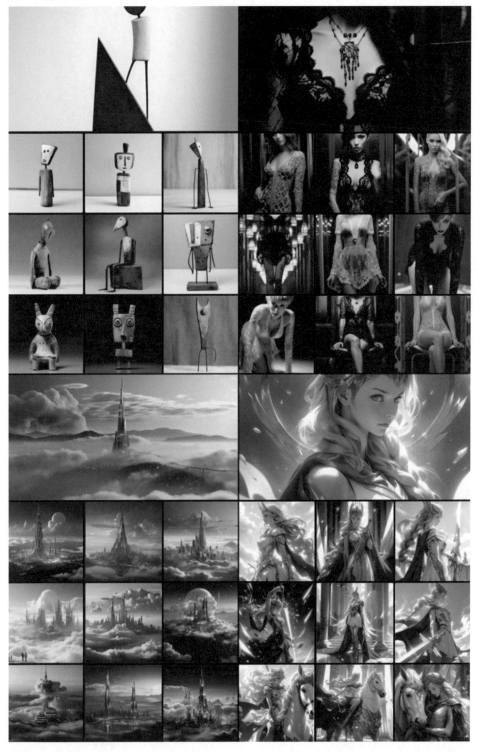

036. AI 미켈란젤로, 미드저니에 빠져들다

앞쪽 페이지의 놀라운 그림들은 모두 인공지능 화가, 미드저니가 만든 작품들이다. 미드저니(Midjourney) 챗GPT처럼 프롬프트 방식의 인공지능으로 그림을 그려주는 웹사이트 기반의 프로그램이다. 현재는 공식 디스코드 서버의 디스코드 챗봇을 통해서만 액세스가 가능하며, 챗봇에게 메시지를 보내거나 타사 서버에 초대해야 한다. 일반적인 프로그램과 달리 채팅으로 이미지 생성을 요청해야 하므로 처음 사용할 때 불편할 수 있지만 곧 익숙해 질 것이다.

☰ 미드저니에서 표현할 수 있는 것들

미드저니에서는 다양한 스타일을 제공하여 사용자가 요청하는 대부분의 표현을 결과물로 얻을 수 있다. 미드저니를 통해 얻은 결과물은 상상 그 이상의 고품질에 놀라게 될 것이다.

감정(Emotion) 감정에 관련된 용어를 입력하여 캐릭터에 특징을 표현한다.

Prompt example: /imagine prompt **emotion** cat

시대별 스타일 시대별(연도별) 스타일을 적용하면 뚜렷한 차이를 확인할 수 있다.

Prompt example: /imagine prompt **decade** cat illustration

다양한 매체와 재료의 표현 페인트, 스크래치보드, 인쇄, 반짝이, 잉크, 색종이 등 고품질의 이미지를 생성할 수 있다.

Prompt example: /imagine prompt **any art style** style cat

색상 팔레트(메인 색상 지정) 컬러를 지정하여 다양한 분위기를 연출할 수 있다.

Prompt example : /imagine prompt **color word** colored cat

풍부한 배경 표현 피사체의 배경과 환경을 다채롭게 설정하여 특별한 이미지 표현

이 가능하다.

Prompt example : /imagine prompt **location** cat

☰ 미드저니 사용하기

미드저니를 사용하기 위해 먼저 구글이나 네이버, 다음 등에서 [미드저니]를 검색하여 웹사이트로 들어간다.

회원 가입(계정)하기

미드저니 웹사이트로 들어가면 복잡한 코드 배경 장면으로 시작된다. 미드저니를 처음 시작하기 위해 하단의 [Join the Beta] 버튼을 누른다. 이미 계정이 있다면 [Sign In] 버튼을 누르면 된다.

이후의 회원 가입 과정은 PDF 별책부록으로 제공되는 [생성형 Ai 빅3 외전]의 [미드저니 계정 만들기]를 참고한다. 본 도서의 지면을 줄이기 위해 일부 내용은 PDF(전자책)로 제공된다.

> · 추가: 별책부록_"생성형 Ai 빅3 외전"의 [미드저니 계정 만들기] 참고

미드저니에서 첫 이미지 생성하기

미드저니에서 그림을 생성하기 위해 돛단배 모양의 ❶[미드저니(Midjourney)] 아이콘을 클릭한다. 이 버튼은 미드저니 서버로 이동하는 버튼이다. 미드저니 서버의 채팅방 목록이 뜨면 다음의 그림처럼 ❷[NEWCOMER ROOMS]의 아무 방이나 클릭해 본다. **채팅방은 그림을 생성하기 위한 그룹 공간이며, 자신의 그림과 다른 사람들의 그림을 보면서 작업을 할 수 있다.**

접속한 채팅방에서 많은 사용자가 미드저니를 통해 각종 다양한 그림을 만들고 있는 것을 확인할 수 있다. 이제 자신의 그림을 생성하기 위해 채팅방 하단의 프롬프

트에서 ❶[/]를 입력한 후 메뉴가 나타나면 ❷[/imagine prompt]를 선택한다. 그러면 프롬프트에 해당 명령어가 적용된다. 미드저니의 **프롬프트는 영문만 사용할 수 있으며, 대소 문자 모두 사용할 수 있다.**

Prompt가 적용되면 뒤쪽에 자신이 원하는 그림의 특징을 프롬프트로 입력한다. 필 자는 [**햇살 아래 카페에서 메모를 하고 있는 아름다운 일본 여성 --ar 16:9**]라는 문 장을 챗GPT를 통해 번역을 하여 사용하였다. **번역은 구글이나 네이버 파파고와 같은 번역 기를 사용해도 된다.** 영문으로 번역한 ❶[**문장**]을 입력한 후 ❷[**엔터**] 키를 누른다.

📑 해당 프롬프트는 [학습자료] – [책 속 프롬프트 목록] 파일 참고

『 /imagine prompt: beautiful japanese woman taking a note at a cafe under sunshine --ar 16:9 』

그러면 Waiting to start 과정을 거쳐 프롬프트 명령에 맞는 이미지가 생성된다. 첫 이미지가 생성되었다. 마음에 드는가? 미드저니와 같은 프롬프트 명령에 의해 생성되는 AI는 명령어에 따라 완전히 다른 퀄리티로 표현되며, 기본적으로 **시드(Seed) 값이 랜덤하기 때문에 동일한 명령어라도 다른 결과물이 생성된다. 이 부분은 차후 상세히 살펴볼 것이다.**

미드저니 첫 작품

계속해서 다른 이미지를 생성해 본다. 같은 방법으로 [/]를 입력한 후 [/imagine] 프롬프트를 선택한 후 다음과 같은 ❶[문장(명령어)]을 입력한 후 ❷[엔터] 키를 누른다. [검은 고양이를 안고 웃고 있는 7세 금발 소녀]라는 문장을 챗GPT를 통해 번역을 하였다.

『/imagine prompt: a smiling 7-year-old blonde girl holding a black cat 』

그러면 작성했던 명령어 문장에 맞게 그림이 생성되는데, 완성된 그림은 명령어와 매칭되는 저해상도 그림 4장을 제공한다. 이 중 원하는 것을 선택하여 사용하면 된다. 완성된 4개의 그림 하단 U1, 2, 3, 4와 V1, 2, 3, 4에서 U는 클릭 회수에 따라 해당 그림을 고품질로 업스케일링할 때 사용되며, V는 해당 그림을 다른 버전의 그림으로 전환할 때 사용된다.

때론 다른 사용자들이 생성한 그림들에 밀려 스크롤해서 찾아야 하는 경우도 생김

프롬프트 결과물

클릭

스타일 변환 버튼들

☑ **프롬프트 팁** 간단하고 짧은 문장을 사용하여 원하는 내용을 설명하는 것이 미드저니 챗봇을 가장 잘 작동시키는 방법이다. 요청 목록을 길게 작성하는 대신 다음과 같이 작성한다.

"색연필로 그려진 선명한 오렌지색 캘리포니아 꽃밭 사진 보여주세요."

"Bright orange California poppies drawn with colored pencils"

아래 그림은 앞서 U1 버튼을 눌러 업스케일링된 이미지다. 기본 **업스케일러는 이미**
지를 크게 하는 것과 동시에 기존의 그림을 더 정교하고 세밀하게 생성해 준다. 따
라서, 업스케일링된 그림은 초기에 생성된 것과 비교하여 일부 요소들이 변경될 수
있다. 업스케일링된 그림 하단에는 그림의 변화를 주는 다양한 옵션들이 있다.

• **Upscale (Subtle)** 해당 이미지를 고해상도(업스케일) 이미지로 생성해 준다.

• **Upscale (Creative)** 해당 이미지를 참조하여 새로운 스타일의 고해상도(업스케
  일) 이미지를 생성해 준다.

• **Vary (Strong)** 해당 이미지를 다른 느낌의 이미지로 새롭게 생성할 때 많은 변화
  (Variations)를 주는 기능이다.

• **Vary (Subtle)** 해당 이미지를 다른 느낌의 이미지로 새롭게 생성할 때 적은 변화
  (Variations)를 주는 기능이다.

- **Vary (Region)** 해당 이미지의 특정 영역에 있는 사물을 지우거나 추가할 수 있다. 369페이지 팁 & 노트를 참고한다.

- **Zoom Out 2x** 해당 이미지의 크기를 2배로 확대(업스케일)한다.

- **Zoom Out 1.5x** 해당 이미지의 크기를 1.5배로 확대(업스케일)한다.

- **Custom Zoom** 해당 이미지의 크기를 직접 설정해서 조정한다.

- **Pan** ⬅➡⬆⬇ 이미지의 모습을 화살표 방향대로 이동하고, 515픽셀 만큼 확대(업스케일)한다.

- **Make Square** 1:1(515 x 512) 비율의 이미지에서는 사용할 수 없으며, 정사각형 이미지가 아닐 때 정사각형 이미지로 만들어 준다.

- **Web** 해당 이미지를 미드저니 웹사이트에서 확인 및 다운로드할 수 있다.

살펴보기 위해 다음과 같은 프롬프트로 이미지를 생성한 후 [U1] 버튼을 누른다.

🔖 해당 프롬프트는 [학습자료] – [책 속 프롬프트 목록] 파일 참고

『/imagine prompt: by Hyundai, an autonomous mobility with sci-fi exterior, all vehicle surfaces are glass, wandering on the surface of mars --ar 16:9 』

클릭 U1 U2 U3 U4 🔄 ⬅새 이미지 생성하기

1번 이미지가 업스케일링되었다. 이제 팬(Pan) 기능에 대해 알아보기 위해 [**우측 팬 (Pan)**] 버튼을 눌러본다.

Pan Left 창이 나타나면 프롬프트 수정 없이 [**전송**] 버튼을 누른다. 그러면 그림처럼 이미지의 우측 영역이 확장된 새로운 이미지들이 생성된 것을 알 수 있다.

계속해서 이번엔 위쪽에 있는 이미지의 페어런트(원천) 이미지에서 [Make Square] 버튼을 눌러본다.

☑️ 생성된 이미지가 만족스럽다면 [하트] 모양의 버튼을 클릭하여 최고의 평가를 적용할 수 있으며, 하트를 받은 이미지는 미드저니 웹사이트에서 확인할 수 있다.

그러면 그림처럼 정사각형의 새로운 이미지가 생성되는 것을 알 수 있다. 이와 같은 방법으로 각 스타일 변경 옵션들을 활용할 수 있다.

마지막으로 본격적인 학습에 들어가기 전에 한 번만 더 이미지를 생성해 본다. 다음과 같은 프롬프트를 작성해 본다.

📕 해당 프롬프트는 [학습자료] – [책 속 프롬프트 목록] 파일 참고

「/imagine prompt: Cute stick figure, chibi anime, emoji pack, a individual ui design app icon UI interface emoticons, multiple poses and expressions, Exaggerated expressions and body movements, hand drawn line style, white background --s 250 --niji 5 」

그러면 그림처럼 귀여운 이모지(이모티콘)가 생성된 것을 알 수 있다. 지금의 프롬프트를 잘 활용하면 **카카오톡 이모티콘 작가로 도전해 볼 수도 있다**. 살펴본 것처럼 미드저니는 프롬프트 명령어로 다양한 표현이 가능하다는 것을 알 수 있다. 다음 과정은 미드저니의 다양한 기능을 통해 보다 구체적인 사용법에 대해 살펴볼 것이다.

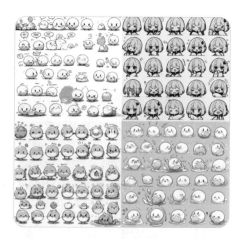

☑ 미드저니 6.0 버전 본 도서에서 사용되는 미드저니 버전은 최신 6.0 버전이지만, 이보다 상위 버전에서도 학습하는 것은 문제가 없기 때문에 걱정할 필요는 없으며, 업데이트된 내용은 별책부록으로 제공되는 [생성형 Ai 빅3 외전]을 참고한다.

☰ 프롬프트 이해하기

프롬프트(Prompt)는 미드저니 봇(Midjourney Bot)이 이미지를 생성하기 위해 해석하는 짧은 텍스트 구문이다. 미드저니 봇은 프롬프트의 단어와 구를 토큰이라는 더 작은 조각으로 분해하여 학습 데이터와 비교한 다음 이미지를 생성하는데 사용할 수 있다. 잘 짜여진 프롬프트는 독특하고 흥미로운 이미지를 만드는데 도움이 될 수 있다.

기본 프롬프트 구조

기본 프롬프트는 한 단어, 문구 또는 이모티콘처럼 간단할 수 있다.

고급 프롬프트 구조

고급 프롬프트에는 하나 이상의 이미지 URL, 여러 텍스트 구문 및 하나 이상의 매개변수가 포함될 수 있다.

- **이미지 프롬프트** 완료된 결과의 스타일과 콘텐츠에 영향을 주기 위해 이미지 URL을 프롬프트에 추가할 수 있다. 이미지 URL은 항상 프롬프트 앞에 사용한다.

- **글자 프롬프트** 이미지를 생성하기 위한 텍스트(단어와 문장) 명령어이다. 잘 작성된 프롬프트는 생각 이상의 이미지를 생성하는데 도움이 된다. 프롬프트 정보 및 팁은 다음을 참조한다.

- **파라미터** 매개변수는 이미지 생성 방법을 변경한다. 매개변수는 종횡비, 모델, 업스케일러 등을 변경할 수 있다. 매개변수는 프롬프트 끝에 사용(입력)한다.

프롬프트 길이

프롬프트는 매우 간단하게 작성할 수도 있다. **단일 단어 또는 이모티콘**으로 이미지를 생성할 수 있지만, 매우 짧은 프롬프트는 미드저니의 기본 스타일에 의존하므로 구체적인 설명의 프롬프트가 훨씬 정확한 이미지를 생성된다. 하지만 지나치게 긴 프롬프트가 항상 좋은 것만은 아니므로 생성하고자 하는 주요 개념에 집중해야 한다. 다음은 nervousSweat 이모티콘으로만 생성한 이미지이다.

프롬프트 문법

미드저니는 챗GPT와는 다르게 문법, 문장 구조 또는 자연어를 완벽하게 이해하지 못하므로 보다 구체적인 동의어를 권장한다. 예를 들어, 크다(Big)는 것 대신 거대하다(Gigantic), 엄청나다(Immense) 등의 단어를 사용하는 것이 좋다. 그리고 가급적 적은 단어를 사용해야 더 강력한 결과물을 얻을 수 있으며, 쉼표(,)나 대괄호([]), 하이픈(-)으로 구분하면 안정적으로 해석하지 못한다. 또한 미드저니는 대문자에 특별한 의미를 두지 않으며, 4.0 이상이 전통적인 문장 구조를 해석하는데 유리하다. 일반적으로 [만들고 싶은 그림 주어] – [그림 설명 혹은 요소]– [그림에 적용할 형태/스타일]– [색상 혹은 분위기] – [그림의 크기/비율] – [미드저니 버전] 등으로 작성한다.

원하는 이미지와 관련된 단어에 포커스 맞추기

원하지 않는 것보다 원하는 것을 설명하는 것이 유리하다. 예를 들어, [케이크가 없는 파티]를 요청하면 케이크가 포함될 것이다. 그러므로 개체가 이미지에 포함되지 않게 하려면 [--no] 매개변수를 사용하여 프롬프트를 작성해야 한다.

Prompt example: /imagine prompt **birthday party --no** cake

케익이 없는 생일 축하 이미지들

어떠한 것이 중요한지 파악하기

어떤 세부 사항이 중요한지 고려할 때, 중요한 문맥(Context)이나 세부 사항에 대해 명확하게 표현하는 것이 좋다. 만약 분명하지 않은 문맥을 사용할 경우 결과는 모호하게 생성되며, 생략하는 항목은 무작위로 지정된다. 물론 모호함은 다양성을 얻을 수 있는 좋은 방법일 수 있지만, 원하는 결과에 대한 구체적인 세부 결과물을 얻지 못할 수 있다. 보다 구체적인 결과물을 얻기 위해서는 다음 사항을 고려한다.

• **주제** 사람(person), 동물(animal), 캐릭터(character), 위치(location), 사물(object) 등

• **매체** 사진(photo), 회화(painting), 일러스트레이션(illustration), 조각(sculpture), 낙서(doodle), 태피스트리(tapestry) 등

• **환경** 실내(indoors), 실외(outdoors), 달(on the moon), 나니아(in Narnia), 수중(underwater), 에메랄드 시티(the Emerald City) 등

• **조명** 소프트(soft), 주변환경(ambient), 흐린(overcast), 네온(neon), 스튜디오 조명(studio lights) 등

• **색상** 생생한(vibrant), 음소거(muted), 밝음(bright), 단색(monochromatic), 다채로운(colorful), 흑백(black and white), 파스텔(pastel) 등

• **분위기** 침착함(sedate), 차분함(calm), 소란스러움(raucous), 활력(energetic) 등

• **구성** 인물 사진(portrait), 얼굴 사진(headshot), 클로즈업(closeup), 조감도(birds-eye view) 등

그밖에 집합 명사(무리, 떼, 군락) 사용할 때는 많은 것을 우연(무작위: 랜덤)에 맡겨

야 한다. 만약 정확한 개수를 원한다면 원하는 숫자를 입력하는 것이 좋다. 예를 들어, 집합 명사인 [Birds] 대신에 [Flock of birds]가 더 만족스러운 결과를 얻을 수 있다.

☰ 프롬프트 살펴보기

한 단어 프롬프트도 기본 스타일의 아름다운 이미지를 생성하지만, 예술적 매체, 역사적 시기, 위치 등의 개념을 결합하면 더 흥미로운 결과를 생성할 수 있다.

매체 선택하기

페인트, 크레용, 스크래치보드, 인쇄, 잉크 및 색종이 등을 구분하므로 보다 세련된 이미지를 생성하는 가장 좋은 방법 중 하나는 예술적 매체를 지정하는 것이다.

Prompt example: /imagine prompt prompt **any art style** style cat

구체적인 표현

정확한 단어와 문구는 원하는 모양과 느낌으로 결과물을 만드는데 도움이 된다.

Prompt example: /imagine prompt **style** sketch of a cat

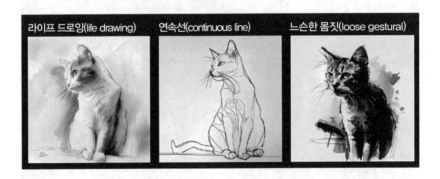

시대별 표현

서로 다른 시대별 뚜렷한 시각적 스타일을 사용할 수 있다.

Prompt example: /imagine prompt **decade** cat illustration

개성(이모티콘) 있는 표정 표현

감정과 관련된 단어를 사용하면 캐릭터에 개성있는 표정을 표현할 수 있다.

Prompt example: /imagine prompt **emotion** cat

화난(angry)   수줍은(shy)   당황(embarassed)

다채로운 표현

가능한 모든 색상 스펙트럼을 통해 다채로운 표현이 가능하다.

Prompt example: /imagine prompt **color** cat

밀레니얼 핑크(millennial pink)   애시드 그린(acid green)   불포화(desaturated)

카나리아 엘로우(canary yellow)   복숭아(peach)   투톤(two toned)

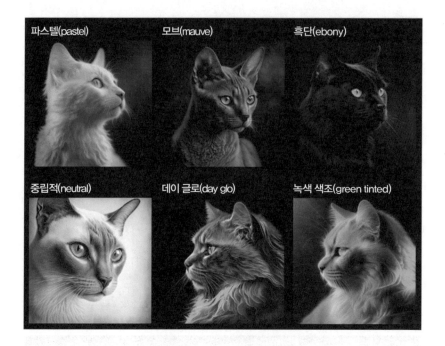

파스텔(pastel)   모브(mauve)   흑단(ebony)

중립적(neutral)   데이 글로(day glo)   녹색 색조(green tinted)

환경(배경) 표현

환경에 관한 단어를 통해 다양한 배경을 표현할 수 있다.

Prompt example : /imagine prompt **location** cat

툰드라(tundra)   솔트 플랫(salt flat)   밀림(jungle)

사막(desert)　　　　산(mountain)　　　　클라우드 포레스트
(cloud forest)

💡 팁 & 노트

그룹이 아닌 챗봇과 1:1 작업 (나만의 공간에서 작업하기)

다른 사람들이 생성한 이미지 때문에 자신의 이미지가 뒤로 밀려있거나 궁금한 것 그리고 문제 해결하기 위해 미드저니 봇에게 메시지를 보내거나 미드저니 봇과 다이렉트로 작업이 필요할 때가 있다. 이럴 땐 디스코드가 미드저니 구독자를 위해 제공하는 다이렉트 메시지(DM)를 활용할 수 있다.

① 좌측 상단 다이렉트 메시지 버튼을 클릭한다.

② 하단의 프롬프트에서 질문이나 원하는 이미지 생성 작업을 할 수 있다.

≡ 미드저니 파라미터(매개변수) 살펴보기

프롬프트 명령어 뒤쪽에 파라미터를 삽입하여 변화를 줄 수 있다. 다음은 미드저니 공식적으로 제공하는 주요 파라미터 리스트이다. 만약 모든 파라미터 리스트를 확인하고자 한다면 [학습자료] - [미드저니 퀵 가이드]를 통해 웹사이트를 열어준 후 매개변수(Parameters) 항목에서 확인해 본다. **매개변수는 소문자 사용 원칙으로 한다.**

--aspect 그림의 종횡비(기본 비율은 1:1)를 설정할 수 있다. 예시: --aspect 2:3 또는 --ar 2:3

--change 결과에 얼마나 의외성을 줄 것인지 결정한다. 예시: 숫자 0과 100 사이의 값을 사용하며, 수치가 높을수록 의외의 결과율이 높아진다.

--chaos 그림을 얼마나 독특하게 그릴지 설정(1~100)한다. 예시: --chaos 30

--image weight 텍스트 가중치를 기준으로 이미지 프롬프트 가중치(중요도)를 설정한다. 기본값은 1이며 이미지 가중치가 높아질수록 이미지에 대한 중요도가 높아진다. 예시: --iw ⟨0~2⟩

--niji 만화(웹툰) 스타일로 그려준다. 예시: --niji

--no 그림 뒤에 특정 내용들이 포함되지 않게 해준다. 예시: --no plants (식물을 제거해 줌)

--repeat 단일 프롬프트에서 여러 작업을 만든다. --repeat 작업을 여러 번 빠르게 재실행하는데 유용하다. 예시: --repeat ⟨1~40⟩, 또는 --r ⟨1~40⟩

--quality 그림의 품질을 설정할 수 있다. 예시: --quality 90

--seed 처음 이미지를 생성할 때 시드 번호(0부터)를 무작위로 생성한다. 같은 시드 번호와 프롬프트를 사용하면 기존 이미지의 특징과 시각적 요소가 비슷한

이미지가 생성할 수 있다. 예시: --seed 2564789

--stop 이미지 생성 중 작업을 완료하여 더 흐릿하고 덜 상세한 결과가 생성할 수 있다. 예시: --stop 〈integer between 10~100〉 --stop

--style 미드저니 모델 버전으로 전환한다. --style 〈raw〉는 항상 최신 버전으로 자동 전환되며, --style 〈4a, 4b, or 4c〉는 4점대 버전으로 전환, --style 〈cute, expressive, original, or scenic〉은 Nigi 모델로 전환한다.

--stylize 예술적인 색 구성 및 형태를 선호하는 이미지를 생성할 수 있다. 수치가 낮을수록 프롬프트와 유사한 이미지를 생성하며, 높을수록 예술적이지만 프롬프트와 연관성이 적은 이미지가 생성된다. 예시: --stylize 50 또는 --s 값 50

--tile 매개변수는 매끄러운 패턴을 만들기 위해 반복 타일로 사용할 수 있는 이미지를 생성한다. 예시: --tile

--video 이미지를 생성하는 과정을 동영상으로 저장한다. 1, 2, 3 버전이나 Test, tesp 모드에서만 사용이 가능하다.

기본값 (모델 버전 5)

2:1보다 큰 종횡비는 실험적이며, 예측할 수 없는 결과를 생성할 수 있다.

	종횡비	혼돈	품질	씨앗	멈추다	스타일화
기본값	1:1	0	1	무작위의	100	100
범위	어느	0–100	.25 .5 또는 1	정수 0~4294967295	10–100	0–1000

기본값 (모델 버전 4)

	종횡비	혼돈	품질	씨앗	멈추다	스타일	스타일화
기본값	1:1	0	1	무작위의	100	4c	100
범위	1:2-2:1	0-100	.25 .5 또는 1	정수 0~4294967295	10-100	4a, 4b 또는 4c	0-1000

파라미터 버전 호환성

다음은 미드저니의 파라미터가 무엇인지 잘 정리되어 있는 버전별 표이다.

	초기 세대에 영향을 미침	변형 + 리믹스에 영향을 미침	버전 5	버전 4	니지 5
최대 종횡비	✓	✓	어느	1:2 또는 2:1	어느
혼돈	✓		✓	✓	✓
이미지 가중치	✓		.5-2 기본값=1		.5-2 기본값=1
아니요	✓	✓	✓	✓	✓
품질	✓		.25, .5 또는 1	.25, .5 또는 1	.25, .5 또는 1
반복하다	✓		✓	✓	✓
씨앗	✓		✓	✓	✓
멈추다	✓	✓	✓	✓	✓
스타일			날것의	4a 및 4b	귀엽고 표현력이 풍부하며 독창적이고 경치가 좋습니다.
스타일화	✓		0-1000 기본값=100	0-1000 기본값=100	0-1000 기본값=100)
타일	✓	✓	✓		✓

☰ 종횡비 살펴보기

--aspect 또는 --ar 매개변수는 생성된 이미지의 종횡비(Aspect ratio)를 변경한다. 종횡비는 이미지의 가로와 세로의 비율을 나타내는 것으로, 일반적으로 콜론(:)으로 구분된 두 숫자로 표현된다. 예를 들어 7:4 또는 4:3과 같은 형식으로 사용된다. 정사각형 이미지는 가로와 세로가 동일한 너비를 갖고, 1:1 종횡비로 표현되며, 이미지는 1000px × 1000px이나 1500px × 1500px과 같이 크기가 다를 수 있지만, 종횡비는 여전히 1:1이다. 컴퓨터 화면은 16:10의 비율을 가질 수 있으며, 너비는 높이의 1.6배이다. 따라서 이미지는 1600px × 1000px, 4000px × 2000px, 320px × 200px 등으로 설정할 수 있다.

미드저니는 각기 다른 최대 종횡비(Maximum aspect ratio)를 가지고 있다. 버전에 따른 최대 종횡비는 다음과 같다.

- **버전 5, 6** 모든 종횡비가 가능하다.
- **버전 4** 1:2 또는 2:1만 가능하다.
- **니지 5, 6** 모든 종횡비가 가능하다.

--ar 매개변수는 각 모델의 최대 종횡비까지 1:1(정사각형)부터 허용한다. 그러나 최종 출력물은 이미지 생성 또는 확대(업스케일) 과정에서 약간 수정될 수 있다. 예를 들어, --ar 16:9(1.78)를 사용한 프롬프트는 7:4(1.75) 종횡비를 가진 이미지를 생성한다. 참고로 2:1 이상의 종횡비는 실험적이며, 예측할 수 없는 결과를 낼 수 있다.

『/imagine prompt: vibrant california poppies —ar 4:5 』
『/imagine prompt: vibrant california poppies —ar 2:3 』
『/imagine prompt: vibrant california poppies —ar 4:7 』
『/imagine prompt: vibrant california poppies —ar 1:1 』
『/imagine prompt: vibrant california poppies —ar 5:4 』
『/imagine prompt: vibrant california poppies —ar 3:2 』

『/imagine prompt: vibrant california poppies ──ar 7:4 』

미드저니에서 자주 사용되는 일반적인 종횡비는 다음과 같다. 하지만 각 모델마다 최대 종횡비가 다르므로 사용 전에 해당 모델의 제한을 확인하는 것이 좋다.

　--aspect 1:1 정사각형으로 대부분의 이미지에 사용되는 기본 비율이다.

　--aspect 5:4 일반적으로 사진 프레임 및 프린트에 사용되는 종횡비이다.

　--aspect 3:2 인쇄 사진 촬영에서 일반적으로 사용되는 종횡비이다.

　--aspect 7:4 이 종횡비는 넓은 스크린 비율을 가지며, TV, 모니터 및 스마트폰과 같은 디지털 장치에서 일반적으로 사용된다. 하지만 보다 정확한 HD TV 및 스마트폰 종횡비를 원한다면 16:9 종횡비를 사용한다.

종횡비를 변경하는 방법

종횡비를 변경하는 방법은 종횡비 매개변수를 프롬프트 마지막 부분에 --aspect

⟨value⟩:⟨value⟩를 추가하면 된다. 예시: --ar ⟨value⟩:⟨value⟩

☰ 혼돈(Chaos) 살펴보기

매개변수 --chaos는 --c로도 사용할 수 있으며, 초기 이미지 그리드의 변화 정도에 영향을 준다. 높은 --chaos 값은 더 비정상적이고 예상치 못한 결과와 구성을 생성한다. 반면 값이 낮을수록 --chaos는 더 안정적이고 반복 가능한 결과를 얻을 수 있다. --chaos 매개변수는 0부터 100까지의 값을 허용하며, 기본값은 0이다.

카오스 값이 생성되는 이미지에 미치는 영향

카오스(Chaos) 값에 따라 생성되는 이미지의 특성이 변화한다. 높은 카오스 값은 예측 불가능하고 랜덤한 이미지를 생성할 가능성이 높다. 이는 다양한 시각적 요소, 색상, 패턴 등의 무작위에 의한 조합을 통해 예상치 못한 결과를 얻을 수 있다. 높은 카오스 값은 창의적이고 독특한 이미지를 생성할 수 있는 잠재력을 가지고 있다. 반면에 낮은 카오스 값은 상대적으로 안정적이며, 예측 가능한 이미지를 생성한다. 이는 더 일관된 구성과 반복 가능한 특징을 갖추어, 일관성 있는 시각적 결과를 얻을 수 있다. 이렇듯 카오스 값은 이미지 생성 과정에서 다양성과 안정성 사이의 균형을 조절하는데 유용하다.

--chaos 없음 --chaos 값이 낮거나 값을 지정하지 않는 경우, Job을 실행할 때마다 유사한 초기 이미지 그리드(4칸의 그림)가 생성된다. 이는 더 안정적이고 일관된 결과를 얻을 수 있도록 한다. 따라서 --chaos 값을 낮게 설정하거나 값을

지정하지 않는 것은 반복 가능한 결과를 얻고자 할 때 유용하다. 참고로 작업 (Job)이란 미드저니 봇을 사용하는 모든 작업을 의미하는 것으로 /imagine 프롬프트를 사용하여 초기 이미지 그리드를 생성하거나 이미지를 업스케일하거나 이미지의 변형을 만드는 것 등이 작업에 포함된다.

Prompt example : /imagine prompt **watermelon owl hybrid --c 0**

- **낮은 --chaos** 낮은 --chaos 값 또는 값을 지정하지 않는 경우, Job을 실행할 때마다 약간 다른 초기 이미지 그리드가 생성된다. 이는 더 다양성을 가진 결과를 얻

을 수 있도록 한다. 낮은 --chaos 값은 초기 이미지 그리드의 변화를 제한하여 일관성을 유지하면서도 약간의 다양성을 추가할 수 있다. 이를 통해 매번 조금씩 다른 결과를 얻을 수 있다.

Prompt example: /imagine prompt **watermelon owl hybrid --c 10**

• **중간 --chaos** 중간 정도의 --chaos 값 사용 또는 값을 지정하지 않으면 Job을 실행할 때마다 약간씩 다른 초기 이미지 그리드가 생성된다. 이는 다소의 다양성을 추가하면서도 상대적으로 일관된 결과를 얻을 수 있도록 한다. 중간 정도의 --

chaos 값은 초기 이미지 그리드의 변화를 제한하면서도 다소의 랜덤 성질을 포함시킬 수 있어 다양한 시도에서 다른 변화를 관찰할 수 있다.

Prompt example: /imagine prompt **watermelon owl hybrid --c 25**

- **높은 --chaos** 높은 --chaos 값은 작업 실행 시 훨씬 다양하고 예측하기 어려운 초기 이미지 그리드를 생성하는 효과가 있다. 작업의 결과를 크게 다르게 하여 결과가 어떻게 변화하는지 관찰하는데 특히 유용하다. 그러나 결과의 일관성을 감소시킬 수 있으므로 이 점을 고려할 필요가 있다. 따라서 높은 --chaos 값을 사용하면 예상치 못한 실험적인 접근법을 선호하는 사용자에게 유용하다.

- **매우 높은 --chaos** 매우 높은 --chaos 값은 실행할 때마다 극도로 다양하고 예측하기 매우 어려운 초기 이미지 그리드를 생성한다. 작업의 결과를 매우 무작위로 만들며, 예상치 못한 패턴이나 독특한 결과를 발견하는데 사용할 수 있다. 그러나 매우 높은 값은 일관된 결과를 얻기 어렵기 때문에 동일한 매개변수로 작업을 다시 실행하더라도 결과가 크게 달라질 수 있음을 생각하고 사용해야 한다.

Prompt example: /imagine prompt **watermelon owl hybrid --c 80**

☰ 품질(Quality) 살펴보기

매개변수 --quality는 --q로도 사용하며, 이미지 생성에 필요한 시간과 관련이 있다. 고품질 설정(--q)을 선택하면 이미지의 세부 사항 처리와 동시에 생성 시간이 증가한다. 즉, 값이 높을수록 작업에 더 많은 GPU(그래픽 연산 처리) 시간이 소비됨을 의미한다. 그러나 이미지의 해상도에는 영향을 미치지 않는다. 기본 설정값은 --quality는 1이며, 현재는 .25, .5 그리고 1의 값만 허용되고, 초기 이미지 생성에만 영향을 준다. 사용할 수 있는 버전은 4와 5 그리고 niji 5이다.

퀄리티 값이 생성되는 이미지에 미치는 영향

더 높은 --quality 설정이 항상 더 좋은 것은 아니다. 생성하고자 하는 이미지에 따라서는 낮은 --quality 설정이 더 만족스러운 결과를 낼 수 있다. 추상적이고 동작적인 느낌을 주는 이미지를 만들기 위해서는 낮은 --quality 설정이 최적일 수 있다는 것이다. 반면에 세부 사항이 많이 필요한 건축 이미지 등을 보완하기 위해 더 높은 --quality 값이 이미지의 외관을 개선하는데 도움이 될 수 있다. 생성하고자 하는 이미지의 종류에 맞는 설정이 필요하다. 버전별 품질 호환성은 다음과 같다.

Model Version	Quality .25	Quality .5	Quality 1
Version 5	✓	✓	✓
Version 4	✓	✓	✓
niji 5	✓	✓	✓

버전 5에서의 품질을 설정해 보면 다양한 변화가 생긴다는 것을 알 수 있다.

Prompt example: /imagine prompt **detailed peony illustration --q .25**

가장 빠르고, 단순한 결과를 얻는다. 평균 GPU 사용 시간의 1/40이며, 속도가 4배 빠르다.

--q .5 1을 기준으로 중간 정도의 결 과를 얻는다.

--q 1 기본 설정값으로 평균이 되는 결과이다.

☰ 반복(Repeat) 살펴보기

매개변수 --repeat는 프롬프트 작업을 한꺼번에 여러 번 실행하며, --r로도 사용한다. 시각적 탐색을 높이기 위해 --chaos와 같이 결합할 수 있다. --repeat는 스탠다드 구독자는 2~10, 프로 구독자는 2~40의 값을 제공한다. --repeat은 Fast GPU 모드에서만 사용할 수 있으며, 작업의 결과에서 🔄 다시하기(Redo) 버튼을 사용하면 프롬프트는 한 번만 재실행된다. 반복 매개변수 사용 시 입력된 프롬프트 회수를 사용할 것인지 묻는 대화상자가 나타나며, [Yes] 버튼을 눌러 실행할 수 있다.

Prompt example: /imagine prompt **black cat --r 4**

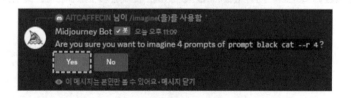

4개의 프롬프트 명령이 동시에 실행된 모습

☰ 시드(Seed) 살펴보기

미드저니와 같은 이미지 생성 프로그램은 초기 이미지 그리드를 생성하기 위한 시작점으로 시각적 필드를 만들기 위해 시드 번호를 사용한다. 시드 번호는 이미지마다 무작위로 생성되지만 --seed 또는 --sameseed 매개변수를 통해 지정할 수 있다. 시드 번호를 사용하는 이유는 같은 시드 번호를 사용하게 되면 유사한 최종 이미지를 생성할 수 있기 때문이다. --seed는 0-4294967295 범위의 정수를 받으며, --seed 값은 초기 이미지 그리드(생성된 4개의 이미지)에만 영향을 미친다. 동일한 --seed

값은 버전 1, 2, 3, 테스트 그리고 testp를 사용할 때 유사한 구성, 색상, 세부 사항을 가진 이미지를 생성한다. 또한 버전 4, 5, 그리고 niji를 사용할 때 거의 동일한 이미지를 생성할 수 있다. 시드 번호는 고정적이지 않으며 세션 간에 의존해서는 안 된다.

시드 값이 생성되는 이미지에 미치는 영향

시드 번호가 지정되지 않으면 미드저니는 무작위로 생성된 시드 번호를 사용하여 프롬프트가 사용될 때마다 다양한 결과물을 생성한다.

Prompt example : /imagine prompt **white penguin (시드 값 없음: 무작위)**

하지만 다음과 같이 시드 번호를 사용할 경우에는 반복되는 프롬프트에서 항상 같은 결과물을 생성한다. 그렇기 때문에 유사한 결과물들을 반복해서 생성해야 할 경우라면 시드 번호를 사용해야 한다.

Prompt example : /imagine prompt **white penguin --seed 123**

생성된 이미지의 시드 번호 찾기

무작위로 생성된 이미지 중에 반복해서 사용할 이미지가 있을 경우 시드 번호를 알아야 한다. 이럴 경우에는 생성된 해당 이미지의 우측 상단의 [반응 추가하기] 버튼을 누른다.

반응 탭이 열리면 검색 필드에 ❶[envelope]를 입력한다. 편집봉투 아이콘이 나타나면 ❷[첫 번째 아이콘]을 클릭하여 해당 이미지의 시드 번호와 ID를 요청한다.

그러면 해당 이미지에 대한 Job ID와 seed를 받을 수 있다. 이제 ID와 시드 번호를 통해 원하는 같은 이미지 생성 작업을 할 수 있다.

ID로 지난 이미지 찾기

시드 번호의 활용법은 앞서 살펴보았기 때문에 이번에는 ID로 이전에 생성된 이미지를 찾아보기로 한다. 프롬프트 좌측의 ①[+] 아이콘을 클릭한 후 ②[앱 사용]을 선택하여 모든 앱을 사용할 수 있도록 한다.

그다음 프롬프트에서 ①[/]를 입력하여 ②[/show] 명령어를 선택한 후 앞서 찾아놓은 ③[ID를 복사(Ctrl+C), 붙여넣기(Ctrl+V)]한다. 그리고 [엔터] 키를 눌러 실행하면 해당 ID의 이미지를 찾아준다.

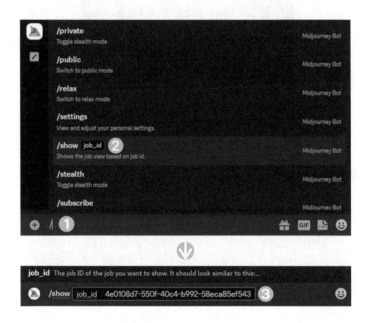

4개의 그리드 이미지 중 특정 이미지의 시드 번호 및 ID 찾기

하나의 특정 이미지에 대한 ID와 시드 번호를 찾는 방법은 앞서 학습한 [생성된 이미지의 시드
번호를 찾는 방법]과 동일하다. 다만 생성된 4개의 이미지 중 원하는 이미지에 대한 업스케일링
버튼을 누른 후 새롭게 생성된 하나의 이미지에서 ✉ [envelope]를 하면 된다.

☰ 정지(Stop) 살펴보기

매개변수 --stop은 이미지 생성 중 작업을 중단(완료)할 때 사용된다. 이 과정에서
완성되지 않은 더 흐릿하고 세부 사항이 적은 거칠고 투박한 결과물을 생성할 수
있다. --stop은 10~100의 값을 사용할 수 있으며, --stop 값의 기본은 100이다. 참고
로 --stop은 업스케일링 중에는 작동하지 않는다.

Prompt example: /imagine prompt **yellow rose --stop 60**

≡ 스타일화(Stylize) 살펴보기

미드저니는 예술적인 색상, 구성, 형태를 중시하는 이미지를 생성하도록 학습 훈련
이 되었다. 여기에서 --stylize 또는 --s 매개변수는 이 훈련이 얼마나 강력하게 적
용되는지에 경험할 수 있다. 낮은 스타일화 값은 프롬프트에 가까운 이미지를 생성
하지만 예술적이지는 않다. 높은 스타일화 값은 매우 예술적인 이미지를 생성하지
만, 프롬프트와의 연관성은 떨어지게 된다. --stylize의 기본값은 100이며, 버전 4를
사용할 경우에는 0~1000까지의 값을 사용할 수 있다.

	Version 5	Version 4	Version 3	Test / Testp	niji
Stylize default	100	100	2500	2500	NA
Stylize Range	0–1000	0–1000	625–60000	1250–5000	NA

버전 4에서의 스타일화

미드저니 버전 4에서의 스타일화는 기본적으로 100을 사용하며, 최대 1,000까지의 범위를 설정할 수 있다.

Prompt example : /imagine prompt illustrated figs --s 100

--s 50 낮은 스타일 값

--s 100 기본 스타일 값

--s 250 높은 스타일 값

--s 750 매우 높은 스타일 값

버전 5와 6에서의 스타일화

미드저니 버전 5와 6에서의 스타일화는 기본적으로 100을 사용하며, 최대 100까지의 범위를 설정할 수 있다.

Prompt example: /imagine prompt **colorful risograph of a fig --s 100**

--s 0 스타일 값이 없을 때 (V5)

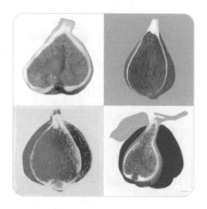

--s 50 중간 스타일 값 (V5)

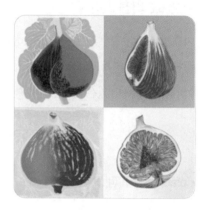

--s 100 기본 스타일 값 (V5)

--s 100 기본 스타일 값 (V6)

≡ 스타일(Style) 살펴보기

매개변수 --style은 객체의 미적인 부분을 미세 조정하여 더 사실적인 이미지, 영화 같은 느낌, 더 깜찍하고 귀여운 캐릭터를 만드는데 도움을 준다. 현재 기본 버전인 5.2은 --style raw를 받아들일 수 있으며, Niji 5 버전에서는 --style cute, --style scenic, --style original 또는 --style expressive의 매개변수를 사용할 수 있다.

기본 6.0 버전 스타일

미드저니 기본 모델 버전은 자동 업데이트되며, 현재는 기본 버전은 6.0 은 하나의 스타일, 즉 --style raw를 가지고 있다. --style raw 매개변수는 미적 요소의 영향을 줄이며, 이미지에 대해 더 많은 제어권을 주어 더 실사 느낌의 이미지를 생성할 수 있다.

Prompt example : /imagine prompt **pastel fields of oxalis**

default 옥살리 파스텔 들판   **--style raw** 옥살리 파스텔 들판

Prompt example : /imagine prompt **guinea pig wearing a flower crown**

default 꽃관을 쓴 기니피그　　　　--style raw 꽃관을 쓴 기니피그

Niji 5, 6 버전 스타일

니지(Niji)는 카툰(만화, 수채화) 느낌의 이미지를 생성하는 모델이며, 니지 5와 6 버전에서도 --style 매개변수를 미세 조정하여 서로 다른 독특한 스타일을 표현할 수 있다. --style cute, --style scenic, --style original, 또는 --style expressive으로도 사용할 수 있다.

--style cute 귀엽고 사랑스러운 캐릭터, 소품 그리고 설정을 만든다.

--style expressive 더 풍부하고 세련된 느낌의 그림체를 만든다.

--style original 2024년 2월에 새롭게 출시된 니지 6이 아닌 니지 5 버전을 사용하여 이미지를 생성한다.

--style scenic 환상적인 주변 환경 속에서 아름다운 배경과 영화 같은 캐릭터의 순간을 만든다.

--niji 6 나뭇가지에 앉은 새

--niji 5 ——style original

--niji 5 ——style cute

--niji 5 ——style expressive

--niji 5 --style scenic

미드저니 6.0 vs 니지 6.0 버전 스타일 비교하기

같은 프롬프트를 미드저니와 니지 매개변수를 적용하면 완전히 다른 느낌의 결과
물을 얻을 수 있다. 다음은 [birds sitting on a twig]이란 프롬프트를 미드저니와 니지
에 적용한 그림이다.

--v 6

--niji 6

미드저니 6.0 버전에서 Raw 모드 세팅하기

설정 명령어를 사용하면 미드저니와 니지의 기본 설정을 할 수 있다. 여기에서는 미드저니 6 버전에서 기본적으로 가공되지 않은 느낌의 로우(Raw) 모드를 설정하는 방법에 대해 알아본다. 프롬프트에서 ❶[/]를 입력한 후 ❷[/settings] 명령어를 선택한다. 그다음 ❸[엔터] 키를 누른다.

세팅 창이 열리면 미드저니 6이 선택된 것을 확인한 후 [RAW Mode]를 선택(초록색으로 변함)한다. 이것으로 미드저니 6 버전에서는 기본적으로 Raw 스타일이 적용된다. 6.0 버전보다 상위 버전에서도 학습을 하는 데에는 문제가 없다.

☑ 세팅 창에서는 미드저니와 니지 기본 사용 버전에 대한 설정(선택)과 스타일, 믹스, 패스트에 대한 설정을 할 수 있다. 참고로 리셋 세팅(Reset Settings)을 하면 모든 설정이 초기 상태로 전환된다.

☰ 타일(Tile) 살펴보기

매개변수 --tile은 패브릭, 벽지, 텍스처 등의 무빙 패턴을 만들기 위해 반복 타일로 사용할 수 있는 이미지를 생성한다. --tile은 버전 1, 2, 3, test, testp, 5점대 버전에서 사용되며, 단일 타일만 생성할 수 있다. 만약 반복되는 타일 이미지를 제작하고자 한다면 Seamless Pattern Checker와 같은 패턴 제작 툴을 사용한다.

Prompt example: /imagine prompt **swift scribbles of clams on rocks --tile**

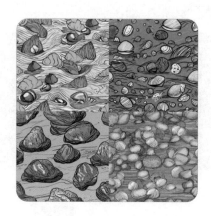

반복되는 패턴 만들기

미저저니에서 생성한 단일 패턴을 반복되는 패턴 이미지로 만들기 위해 사용할 패턴을 하나 생성한 후 [www.pycheung.com/checker] 웹사이트를 열어준다. [학습자료] 폴더의 [Seamless texture check – pycheung.com] 바로가기 파일로 열어줄 수도 있다.

📗 [학습자료] – [Seamless texture check – pycheung.com] 바로가기 실행

더블클릭

Seamless Pattern Checker 웹사이트가 열리면 그림처럼 패턴을 제작할 수 있는 화면이 열리는데, 여기에서 ❶[File] 버튼을 클릭한 후 미리 만들어 놓은 ❷❸[패턴 이미지]를 가져온다. 단일 패턴 이미지는 학습자료 폴더에서 가져올 수 있으며, 복사된 패턴 이미지를 Paste 버튼을 통해 적용할 수도 있다.

▌[학습자료] – [패턴 01] 이미지 활용

적용된 단일 패턴 이미지는 그림처럼 자동으로 연속되는 패턴 무늬로 전환되면 [다운로드] 버튼을 눌러 별도의 이미지 파일로 만들면 된다.

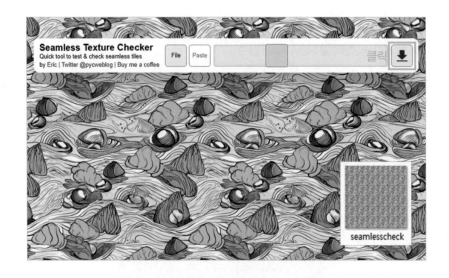

seamlesscheck

🔆 팁 & 노트

이미지(패턴) 판매하여 수익을 낼 수 있는 방법

미드저니와 같은 AI 이미지 생성 툴을 사용하여 제작한 이미지들은 이미지 판매 플랫폼(웹사이트)에서 유료 판매를 할 수 있다. 대표적으로 파이버(Fiverr)라는 곳인데, 국내뿐만 아니라 세계적으로 많은 사용자들이 이용하는 이미지 셰어(공유) 플랫폼이기 때문에 잘 만들어진 이미지는 상상 이상의 수익을 창출할 수 있다. 파이버는 [www.fiverr.com]이나 [학습자료] 폴더에 있는 [바로가기] 파일을 실행하여 열어 줄 수 있다.

Fiverr - Freelance
Services
Marketplace

☰ 버전(Version) 살펴보기

미드저니는 효율성, 일관성, 품질을 향상시키기 위해 정기적으로 새로운 모델 버전을 출시한다. 최신 모델(버전)이 기본값이지만 --version 또는 --v 매개변수를 추가하거나 /settings 명령어를 사용하여 원하는 버전을 선택함으로써 다른 버전들을 통해 서로 다른 유형의 이미지를 만들 수 있다.

버전 6.0 + 스타일 Raw 매개변수

미드저니 버전 6.0 정기적으로 업데이트 됨 는 --style raw 매개변수를 이용해 가공되지 않은 미적 요소를 미드저니의 기본 스타일로 사용할 수 있다.

Prompt example : /imagine prompt **poppy --style raw**

Prompt example : /imagine prompt **character design, female character, fantasy, superhero, super suit, blue, light blue, white, full body, spider suit, accessories, ribbon, skirt, bow, spiderman, white background, detail --style raw**

버전 6과 5

미드저니 6 버전은 5점대보다 프롬프트와 일치되는 사진 같은 결과물을 만들어 내지만 원하는 미적 요소를 표현하기 위해 긴 프롬프트가 필요할 수 있다. 다음은 앞서 살펴본 버전 6의 스타일 로우와 동일한 프롬프트로 생성된 버전 5의 결과물이다.

Prompt example: /imagine prompt **vibrant Korean poppy --v 5**

Prompt example: /imagine prompt **character design, female character, fantasy, superhero, super suit, blue, light blue, white, full body, spider suit, accessories, ribbon, skirt, bow, spiderman, white background, detail** --**v 5**

버전 4

미드저니 버전 4는 2022년 11월부터 2023년 5월까지 기본 모델이다. 이 모델은 미드 저니가 설계하고 새로운 미드저니 AI 슈퍼클러스터에서 학습한 완전히 새로운 코 드 베이스와 브랜드 그리고 새로운 AI 아키텍처를 특징으로 하고 있으며, 이전 모 델들에 비해 생물, 장소, 객체에 대한 표현이 더욱 향상되었다. 또한 버전 4는 매우 높은 일관성과 이미지 프롬프트에 탁월하게 작동한다.

Prompt example: /imagine prompt **high contrast surreal collage** --**v 4**

Prompt example: /imagine prompt **high contrast surreal pop art --v 4**

그밖에 버전 3은 높은 창의성을 특징으로 강력한 예술적인 미학과 독특한 스타일의 이미지를 생성한다. 특히 예술적인 탐색과 실험에 적합하며, 종종 예상치 못한 놀라운 결과를 가져온다. 버전 2는 예술적인 능력과 창의력을 향상시키기 위해 도입되었으며, 버전 1에 비해 이미지의 세부 사항과 텍스처, 색상 사용에 더욱 뛰어나고, 복잡한 프롬프트에 대한 이해도가 높다. 마지막으로 초기 버전인 모델 1은 기초적인 시각적 창의력을 제공하며, 단순한 프롬프트로부터 효과적으로 이미지를 생성한다. 하지만 복잡한 프롬프트에 대한 처리는 다른 모델 버전들에 비해 제한적이다. 결과적으로 각 버전의 특징을 잘 활용한다면 다양한 이미지를 생성할 수 있다. 다음의 그림들은 동일한 프롬프트를 통해 생성된 버전 별 결과물이다.

--v 3

--v 2

--v 1

--v 3 --v 4

☰ 미드저니 사용 스타일과 명령어 프롬프트 리스트

미드저니의 스타일 프롬프트는 생성하고자 하는 이미지의 느낌을 좀 더 구체적으로 지시할 수 있는 일종의 명령어와 같은 것이며, 사용할 수 있는 스타일 프롬프트는 거의 무한하다. 각 스타일 프롬프트의 구분은 쉼표(,) 또는 공란(Space)으로 해야 한다.

『/Imagine Prompt **[생성할 이미지 설명]**, high detail, 8K, photograph, by canon eos ──ar 3:2 』

위의 프롬프트는 대괄호 안에 [원하는 이미지에 대한 구체적인 설명]을 입력한 후 다음으로 디테일을 높여주고(high detail), 화질과 해상도를 8K(8K)급, 실사 사진 느낌(photograph), 사진의 캐논 EOS 카메라의 느낌과 색감(by canon eos) 마지막으로 사진 크기를 3:2(--ar 3:2) 비율로 하라는 파라미터이다.

미드저니 프롬프트를 적을 때 이상적인 구조는 다음과 같다. 물론 그림 설명 외에 나머지 요소는 제외해도 그림은 생성된다. 보다 원하는 그림을 그리기 위한 요소일 뿐입니다. 아래 순서는 바뀌어도 되지만 가능한 한 그림을 생성할 때 가장 중요한 요소를 맨 앞쪽에 배치하는 것이 유리하다. 즉, 만들고 싶은 그림의 스타일을 맨 앞에 위치해 스타일부터 잡고 가는 것도 좋다는 것이다.

[만들고 싶은 그림 주어] – [그림 설명 혹은 요소] – [그림에 적용할 형태/스타일] – [색상 혹은 분위기] – [그림의 크기/비율] – [파라미터]

여성, 금발, 해변을 걷고 있다, 실사사진 스타일로, 디테일은 최대치로, 사진비율 16:9

Prompt example: /imagine prompt **woman, blond hair, walking on the beach, photograph, ultra-detailed ──ar 16:9**

이번 예시는 스타일을 우선하는 경우이다. 그림책에 들어갈 삽화를 만든다면 그림체가 가장 중요한 요소이기 때문에 스타일을 맨 앞쪽에 배치하는 것이 좋다.

애니메이션 스타일, 그림책 스타일, 작은 소녀, 빨간 망토, 그림은 귀엽고, 단순한 색상

Prompt example: /imagine prompt **anime style, story book style, little girl, red riding hood, cute, simple color**

살펴본 것처럼 작업 상황에 따라 스타일을 가장 앞에 배치하는 것이 훨씬 좋은 결과가 나올 수 있다는 것을 알 수 있다. 또한 애니메이션과 그림책 스타일을 동시에 사용해도 두 가지 스타일이 적당히 혼합되어 생성되기 때문에 상상하는 그림을 생성하기 위해 다양한 스타일을 함께 적용해도 좋다. 단, 너무 상반되는 스타일이나 지나치게 많은 스타일을 적용하면 일부는 반영되지 않으니 주의해야 한다.

일반적인 스타일을 표현하기 위한 프롬프트

미드저니에서 원하는 그림체나 스타일을 지정하는 **프롬프트(버전 5.2 기준)** 사용법을 실제 예시를 통해 살펴보기로 한다. 단, 예시로 사용한 프롬프트를 똑같이 사용해도 매번 다른 이미지가 생성되기 때문에 프롬프트를 여러 번 반복하는 과정이 필요하다.

● **2d style** 2D 스타일 외에도 [cute], [simple]과 같은 프롬프트를 추가하면 귀여운 느낌이나 단순화된 그림체 등의 일반적인 그림 스타일을 만들어 낼 수 있다.

Prompt example: /imagine prompt **2d style**, little red riding hood and the wolf, cute, simple

● **8bit style, 16bit style, retro** 8비트, 16비트 혹은 레트로 스타일, 옛날 게임 스타일(게임보이, 드림 캐스트, 닌텐도)을 키워드로 입력해도 된다.

Prompt example: /imagine prompt **8bit style, retro,** the rainy streets of new york, simple

● **isometric style** 아이소메트릭 스타일로 쿼터뷰 시점을 제공한다.

Prompt example: /imagine prompt **isometric,** train station where trains come in

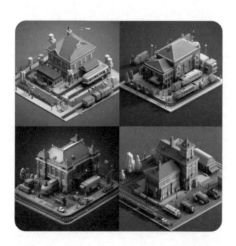

● **runway, catwalk** 패션쇼 런웨이 스타일 프롬프트이다. 좋아하는 패션 브랜드 이름을 추가할 수 있으며, 브랜드 뒤에 catwalk를 입력하면 모델 워킹하는 스타일이 연출된다.

Prompt example : /imagine prompt **runway,** female model on the balenciaga catwalk, high quality, 8k

● **cyberpunk** 사이버펑크 스타일이며, 예시에는 사이버펑크 2045의 미래도시로 프롬프트하였다.

Prompt example : /imagine prompt **cyberpunk,** cyberpunk 2045 a rainy night in a futuristic city

● **layered paper craft, paper art, diorama** 페이퍼 아트 프롬프트이다. 3개의 프롬프트로 구성했지만 하나씩 이용해도 좋다. 단, 하나씩 이용할 경우 스타일이 조금씩 변경된다. 가장 이상적인 페이퍼 아트 스타일은 위 3가지 프롬프트를 함께 사용하는 것이다. 예시는 작업실 의자에 앉아있는 피노키오이다.

Prompt example：/imagine prompt **layered paper craft, paper art, diorama,** workshop, pinocchio in the chair

● **anime style, manga style** 애니와 망가 스타일이다.

Prompt example：/imagine prompt **anime, manga,** movie john wick

● **photograph, photo realistic, polaroid** 사진 같은 느낌을 연출하는데 이상적
이다. 촬영 연도나 필름 이름까지 포함시키면 해당 시대의 분위기와 필름 효과
가 반영된다. 예시는 1990년대 분위기를 반영하여 제임스 딘을 모티브로 한 경
우로 프롬프트에 시대를 반영하는 것도 좋은 방법이 될 수 있다.

Prompt example: /imagine prompt **photo realistic**, vintage, young man in jeans and
white short-sleeved t-shirt leaning against an old red mustang car, james dean style,
fujifilm, 1990

● **close-up, fullbody(full-body)** 인물 이미지를 생성할 때 [근접 실사 이미
지]나 [전신 이미지]를 만드는데 활용된다. [close-up]은 근접 촬영법으로 상반
신(특히 어깨 이상) 이미지 생성을 위해 사용되며, [fullbody]는 전신 이미지를
생성하는데 사용된다. 이때 [full-body]는 전신 이미지를 충분히 그릴 수 있도록
비율을 9:16이나 2:4 등으로 설정해야 전신 이미지를 제대로 표현할 수 있다.

　다음의 프롬프트는 미드저니 버전 5.2에 적용된 예시이다. 그러나 미드저니
버전 5에서는 [16k], [photo-reality], [ultra-detailed]와 같은 프롬프트를 사용
하지 않는 것이 더 사실적인 이미지 생성에 도움이 된다. 또한 [hanbok(한
복)]과 같이 특정 의상을 사용하면 이미지의 분위기가 확 달라질 수 있다. 참고
로 [한복]을 프롬프트로 사용하면 중국이나 일본의 기모노와 같은 형태의 의상
이 자주 생성되기 때문에 한국식 한복 이미지를 생성하려면 [korea hanbok]과

같은 프롬프트를 사용하여 한국식 한복 이미지에 대한 학습 요청을 증가시킬 필요가 있다.

Prompt example: /imagine prompt **close-up**, beautiful **korean woman in korea hanbok**, 16k, photo-reality, ultra-detailed

💡팁 & 노트

모델처럼 아름다운 여성을 표현할 때의 프롬프트

미드저니를 통해 아름다운 여성의 실제 이미지를 생성하기 위한 프롬프트 중에는 [beautiful woman] 혹은 [beautiful korean woman] 등이 가장 일반적으로 사용되는 프롬프트이며, 중간에 [korean]과 같이 국적을 명시하면 해당 국가 여성으로 표현된다. 또한 [a model-like woman] 혹은 [a model-like man]과 같은 느낌의 여성 혹은 남성을 표현하기도 한다.

● **light** 조명 프롬프트를 사용하면 인물이나 제품 이미지 생성에 효과적이다. 조명은 이미지 설명 프롬프트 뒤 혹은 앞에 사용하면 된다.

Prompt example: /imagine prompt **a sunlit studio,** korean model-like woman with layered hair in a black tee, expressionless, black background. --ar 4:3

위의 예시처럼 [a sunlit]와 [studio]를 섞어서도 이용할 수 있으며, 그밖에 사용하면 좋은 조명 관련 프롬프트는 다음을 참고한다.

direct sunlight 직사광선

studio-light: 스튜디오 조명

candlelight 촛불 조명

moonlight 달빛 조명

natural lighting 자연광

sunlight 혹은 a sunlit 햇빛 표현

neon lamp 네온 램프 조명

nightclub lighting 나이트클럽 조명

다음은 사진과 같은 이미지의 퀄리티에 관련된 프롬프트이다. 좀 더 디테일한 사진의 느낌이나 특정 카메라의 색감이나 아웃포커싱의 느낌을 만들고 싶으면 다음의 프롬프트를 참고한다.

8k, 16K 8K 혹은 16K 해상도를 적용하기 위한 명령어

photo realistic 사진과 같은 리얼함을 요구하는 명령어, 실사 사진에 가장 많이 이용되는 프롬프트이다.

high detailed / ultra detailed / hyper detailed 디테일을 최대한 적용하기 위한 명령어, 실사 사진에 가장 많이 이용되는 프롬프트이다.

dhr HD, DHR급 퀄리티를 표현하기 위한 명령어

8k, high detailed, dhr 위의 명령을 모두 적용하기 위한 명령어

high contrast 콘트라스트를 높여주기 위한 명령어

by Canon EOS 캐논 EOS의 스타일과 색감을 위한 명령어

by Sony Alpha α 7 소니 알파 7의 스타일과 색감을 위한 명령어

SIGMA art lens 35mm F1.4, ISO 200 shutter speed 2,000 감도 및 셔터스 피드 같은 옵션을 주는 명령어, 변형이 가능하다.

full length portrait 전신 초상을 위한 명령어

600mm lens 특정 렌즈의 느낌을 위한 명령어

cinematic lighting 영화 조명 느낌을 위한 명령어

● **still from film** 영화 스틸컷 스타일의 이미지를 생성할 때 유용하다. 실제 영화 제목과 주인공의 이름을 프롬프트로 사용하면 더욱 효과적이다. 실제 사진 같은 효과를 위해서는 [16K], [high detail], [photo realistic] 같은 프롬프트를 사용할 수도 있다.

Prompt example : /imagine prompt **still from film,** jon snow on the iron throne, game of thrones, 16k, high detail, photo realistic

● interior design 인테리어 디자인에 흔히 이용되는 프롬프트이다.

Prompt example : /imagine prompt **interior design,** simple living room with sunlight

● dvd screengrab from studio ghibli movie 애니메이션 제작 스튜디오 지브리

의 스타일을 표현하는데 사용된다. 일반적인 실사 이미지는 [dvd screengrab] 프롬프트만으로도 충분히 효과를 볼 수 있다. 예시는 스튜디오 지브리의 스타일로 아름다운 시골 하늘 아래의 성을 표현하기 위한 것으로, 이렇게 특정 애니메이션 스타일을 적용하고 싶을 때는 해당 스타일이나 스튜디오 이름을 프롬프트에 포함하는 것이 효과적이다.

Prompt example: /imagine prompt **dvd screengrab from studio ghibli movie,** beautiful country with castle floating in the air, retro animaion --no mountain

아티스트 스타일을 표현하기 위한 프롬프트

미드저니는 특정 아티스트의 스타일을 반영한 작업도 가능하다. 고전 미술 작가부터 현대 화가, 애니메이터, 일러스트레이터 등 다양한 아티스트의 스타일을 적용할 수 있다. 프롬프트에 원하는 아티스트의 이름을 입력하면 미드저니는 해당 아티스트의 스타일을 모방하여 이미지를 생성한다. 물론 이 과정에서 원하는 결과물을 얻기 위해서는 여러 번의 시도를 해야 할 것이다. 다음은 [하늘에 달린 자몽은 달콤하다]라는 제목의 책 표지를 위한 [신카이 마코토의 애니메이션 스타일]을 프롬프트로 작성한 결과이다.

Prompt example: /imagine prompt **grapefruit hanging in the sky is sweet, by makoto shinkai, anime style**

💡 **팁 & 노트**

아티스트 이름 앞에 by를 넣어야 하는 이유
특정 아티스트 스타일을 원할 때 아티스트 이름 앞에 [by]의 포함 유무는 아주 중요하다. 간혹 아티스트 앞에 by가 포함되지 않을 때 해당 아티스트의 얼굴과 외모를 닮은 이미지를 생성하기 때문이다.

미드저니에서 가장 많이 애용되는 아티스트들은 빈센트 반 고흐(vincent van gogh), 피카소(pablo picasso), 모네(claude monet), 달리(salvador dali), 알폰소 무하(alphonse mucha), 신카와 요지(yoji shinkawa), 미야자키 하야오(hayao miyazaki), 토리야마 아키라(akira toriyama), 앤디 워홀(andy warhol), 고야(francisco de goya), 에드가 드가(edgar degas), 프리다 칼로(frida kahlo) 등이 있으며, 그밖에 인지도가 있는 아티스트라면 미드저니에서 충분히 구현할 수 있다.

최대한 상세하게 키워드로 설명하자

가장 만족스러운 한 장의 이미지를 얻기까지... 최대한 상세하게 이미지의 설명과 키워드를 입력하면 훨씬 좋은 결과물을 얻을 수 있다. 단순하게 단어의 나열도 상관없다. '코가 오른쪽 볼에 치우친 모습, 하늘을 날으는 꼬마 기관 열차에서 뿜어 나오는 연기, 볼빨간 사춘기의 노래를 듣는 사과 등 자신이 상상하는 이미지를 최대한 상세하게 설명하는 것이 바로 자신이 원하는 최적의 이미지를 얻는 것이다. 다음의 프롬프트를 보면 포효하는 레슬러의 모습을 상세하게 표현된 결과물이다.

[A hyper-realistic, extremely sharp high resolution photo, shot with a Leica M9 on Kodak Portra 400 film, of a deranged insane Gucci WWE Wrestlemania pro wrestler covered in tattoos looking menacing in the ring, there are fireworks, fire, sparks and a roaring crowd in the background, with cinematic high-contrast moody lighting, directed by Christopher Nolan —ar 3:2 —chaos 25]

037. 표현의 한계를 뛰어넘는 특별한 미드저니 사용법

미드저니의 기본 매개변수와 더불어 스타일과 같은 고급 프롬프트를 사용하면 이미지를 프롬프트의 일부로 인식한 결과물을 생성할 수 있으며, 생성된 결과물에 대한 재구성을 할 수 있는 리믹스 그리고 여러 개의 이미지를 분석한 합성, 여러 개의 프롬프트를 한꺼번에 사용하는 다중 프롬프트, 특정 객체에 대한 순열 프롬프트 등을 활용할 수 있다.

☰ 미드저니 명령어를 쉽게 만들어 주는 무료 프롬프터

미드저니 명령어 프롬프트는 원하는 이미지 생성에 큰 영향을 미친다. 그러나 미드저니의 모든 명령어를 외우고 이용하는 것은 쉽지 않다. 이번에는 미드저니 명령어를 편리하게 사용할 수 있도록 해주는 웹사이트를 소개할 것이다. 이 웹사이트에서는 사진 첨부부터 자신이 원하는 이미지에 대한 설명과 스타일 프롬프트, 조명, 카메라, 아티스트 등 다양한 명령어를 간단하게 적용할 수 있다.

미드저니 프롬프트 툴(MJ Prompt Tool) 사용하기

엠제이 프롬프트 툴은 미드저니의 이미지 생성 결과를 더욱 쉽고 효과적으로 제어할 수 있게 도와주는 도구이다. 사용하기 위해 [https://prompt.noonshot.com] 또는 [학습자료] 폴더에 있는 [MidJourney Prompt Tool] 바로가기를 실행한다.

🔖 [학습자료] – [MidJourney Prompt Tool] 바로가기 실행

더블클릭

미드저니 프롬프트 툴 웹사이트가 열리면 상황에 따라 한글과 영문으로 전환하면서 사용한다.

영문 화면

한글 화면

미드저니 프롬프트 툴의 사용법은 어렵지 않다. 다음은 미드저니 프롬프트 툴에 대한 기본 사용법(순서)이다.

1 Start typing your main idea에 본인이 만들고 싶은 이미지 설명을 입력한다.

2 하단의 필요한 스타일 옵션 버튼을 누른다. 필요한 만큼 누른다.

3 명령어 프롬프트 생성 창에 프롬프트가 생성되면 Copy Prompt 버튼을 눌러 미드저니 명령어를 복사한다.

4 복사된 프롬프트를 미드저니의 프롬프트에 붙여 넣고 실행한다. 이때 복사된 내용에 /imagine prompt가 포함되어 있기 때문에 미드저니에서 별도로 이미지 프롬프트를 선택하지 않아도 된다.

미드저니 프롬프트 툴을 사용해 보기 위해 [Start typing your main idea]에 상상하는 이미지에 대한 설명을 입력한다. **한글은 인식하지 못하기 때문에 구글이나 네이버 파파고 등의 번역기를 활용한다.**

『/imagine prompt: **woman wearing white silhouette dress holding umbrella** 』

위 프롬프트는 [**우산을 든 흰색 실루엣 드레스를 입은 여인**]이다. 이제 스타일과 그밖에 설정을 해본다. 먼저 스타일을 설정하기 위해 [Styles] 버튼을 클릭한다.

스타일 창이 열리면 원하는 스타일을 ❶[**선택**]한 후 ❷[Continue] 버튼을 누른다. **필자는 다빈치(Da Vinci) 스타일을 선택하였다.**

적용된 스타일은 명령어 프롬프트 생성 창에 나타나는 것을 알 수 있다. **스타일과 같은 명령어는 중복 적용이 가능** 계속해서 이번에는 색상에 대한 설정을 위해 [Color] 버튼을 누른다.

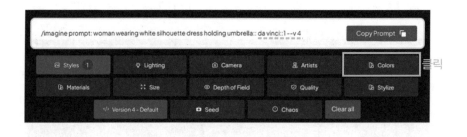

컬러 창이 열리면 원하는 ❶[색상]을 선택한 후 ❷[Continue] 버튼을 누른다. 컬러 또한 여러 가지를 다중 선택할 수 있다.

그밖에 조명, 카메라 기법, 아티스트, 재질, 크기, 피사체 심도, 퀄리티, 스타일화, 시드, 카오스 등의 명령어를 프롬프트에 사용할 수 있지만 여기에는 마지막으로 사용 버전을 선택하기 위해 [Version 4 - Default]를 클릭한다. 그러면 니지(Niji)부터 버전 1까지 제공되는 것을 알 수 있다. **특별히 사용할 버전이 있다면 선택하면 되지만, 본 도서에서 사용하는 5.2 버전을 사용할 것이라면 아무 버전을 선택해도 상관없다.**

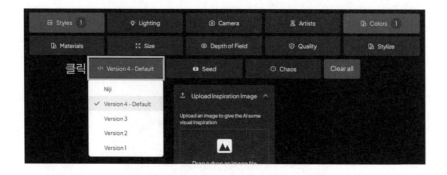

☑ 미드저니가 지속적인 업데이트를 하듯, 미드저니 프롬프트 툴 또한 지속적인 업데이트를 하므로 머지않아 버전 5에 대응하는 업데이트가 있을 것이다.

프롬프트가 완성됐다면 ❶[Copy Prompt] 버튼을 눌러 복사한 후 미드저니로 이동하여 복사된 프롬프트를 프롬프트 입력 필드에 ❷[붙여넣기(Ctrl+V)]한다. **이때 미드저니에서 [/imagine prompt]를 별도로 만들지 않아도 됨** 그다음 붙여넣기 된 프롬프트 중 마지막에 있는 버전 [4]를 ❸[5.2] 버전으로 수정한 후 ❹[엔터] 키를 눌러 이미지를 생성한다. 생성된 이미지를 보면 은은한 핑크빛의 우산을 든 여인이 제대로 표현된 것을 알 수 있다.

서버 그룹 채팅방에서 내 결과물 찾기

서버 채팅방에서 미드저니를 사용하면 다른 사용자들의 다양한 작품들을 보고 영감을 얻거나 사용된 프롬프트를 활용할 수 있다. 하지만 다른 사람들의 결과물에 밀려 자신이 생성한 결과물이 보이지 않게 되기도 한다. 이럴 땐 우측 상단의 [받은 편지함] – [멘션]을 선택하여 자신의 결과물을 쉽게 찾을 수 있다.

이미지 변형하기 (단일 이미지 파일 사용하기)

미드저니에서도 가능하지만 **차후 학습할 예정** 미드저니 프롬프트 툴도 외부에서 이미지 파일을 가져와 변화를 줄 수 있다. 살펴보기 위해 먼저 ①[Clear all] 버튼을 눌러 이전 프롬프트를 모두 삭제한 후 ②[Upload Inspiration Image] 버튼을 눌러 열어놓고 ③[Drag n drop an image file...]을 클릭하여 사용할 이미지 파일을 가져온다.

📑 [학습자료] – [주미 06] 이미지 활용

가져온 이미지는 자동으로 구글 스토리지에 등록되어 미드저니에서 사용할 수 있다. 이제 이미지에 변화를 주기 위해 ❶[Artists] 버튼을 누른 후 원하는 아티스트(모네)를 ❷[선택]하여 ❸[적용]한다.

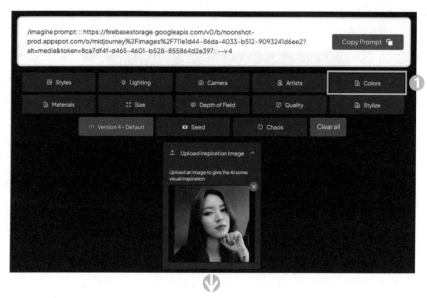

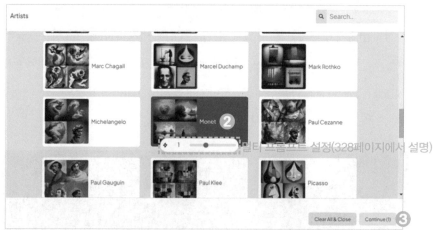

☑ 링크된 이미지는 반드시 스타일을 적용해야만 정상적인 결과물을 얻을 수 있다.

이제 이미지를 미드저니에서 사용하기 위해 ❶[Copy Prompt] 버튼을 눌러 프롬프트를 복사한다. 그다음 미드저니로 이동한 후 복사된 프롬프트를 ❷[붙여넣기] 한다. 붙여넣기 된 프롬프트 중 처음과 링크 주소 뒤쪽에 있는 멀티 콜론❸[::]을 모두 지운 후 링크 주소 뒤에 ❹[쉼표(,)]를 입력한다. 버전은 최신 버전인 ❺[5.2]로 사용한다. 생성된 이미지를 보면 앞서 선택한 모네 스타일로 만들어진 것을 알 수 있다.

이번엔 잘 못 생성된 우산을 제거해 본다. 다시 미드저니 프롬프트 툴로 이동한 후 하단의 ❶[특정 용어 제외하기] 입력 필드에 ❷[umbrella, hat]을 입력한다. 그다음 같은 방법으로 미드저니에서 이미지를 생성해 본다. 그러면 그림처럼 우산과 혹시 생성될지도 모르는 모자가 생성되지 않은 것을 알 수 있다.

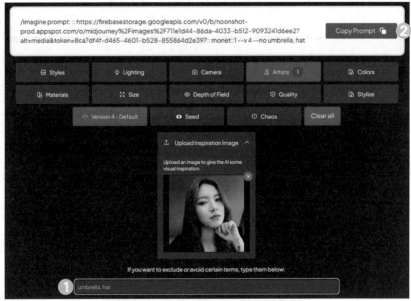

미드저니 프롬프트 툴의 명령어 살펴보기

미드저니 프롬프트 툴의 명령어는 다양한 키워드를 통해 매우 폭넓게 적용할 수 있는 기능을 제공한다. 이 툴에서는 약 200~250개 가량의 다양한 스타일이 제공된다. 다음에 소개하는 명령어들을 활용하여 자신이 원하는 다양한 결과물을 표현하기를 바란다.

- **스타일(Styles)** 16비트 스타일부터 애니메이션, 다빈치, 주름 스타일까지 140개 정도의 스타일 명령어 프롬프트를 제공한다.

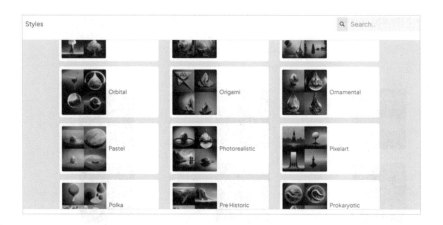

☑ 명령어 이름을 기억한다면 명령어 창 우측 상단의 [검색] 기능을 통해 원하는 파라미터를 찾아줄 수 있다.

- **조명(Lighting)** 좀 더 현실감 넘치고, 분위기 있는 이미지 생성을 위한 촛불부터 먼지 효과, 직접 조명, 백라이트 조명까지 30개 정도의 조명 명령어 프롬프트를 제공한다.

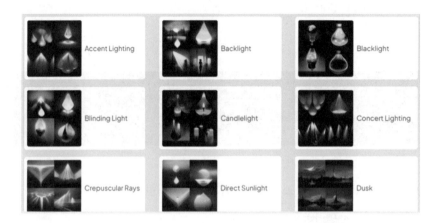

- **카메라(Camera)** DSLR 스타일, 와이드 앵글, 파노라마, 매크로 렌즈 등 각 카메라 효과까지 15개 정도의 카메라 명령어 프롬프트를 제공한다.

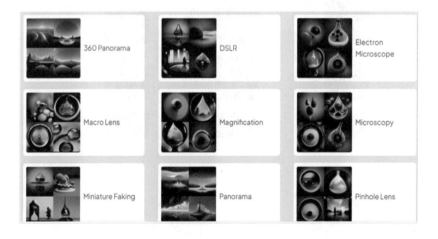

- **아티스트(Artists)** 앤디 워홀, 피카소, 모네, 미켈란젤로, 고흐, 피카소까지 50개 정도의 아티스트 명령어 프롬프트를 제공한다.

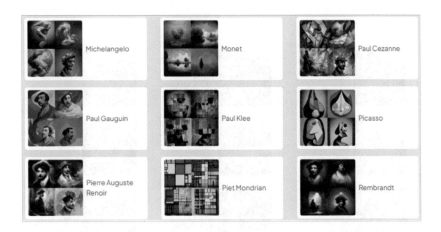

- **색상(Color)** 전제적인 색상 톤을 설정하기 위한 40여 개의 컬러 명령어 프롬프트를 제공한다. 기본으로 생성한 이미지의 배경 톤이 아쉽다면 색상 톤만 잘 설정해도 세련된 느낌의 결과물을 얻을 수 있다.

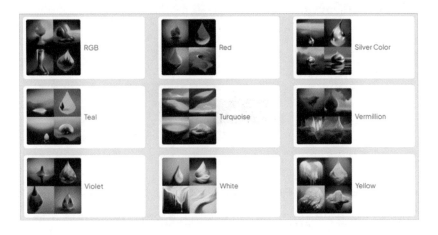

- **재질(Materials)** 알루미늄, 벽돌, 카드보드, 유리, 금속, 종이, 플라스틱 등 개체 (캐릭터)에 색다른 재질을 적용할 수 있는 30여 개의 재질 명령어 프롬프트를 제 공한다.

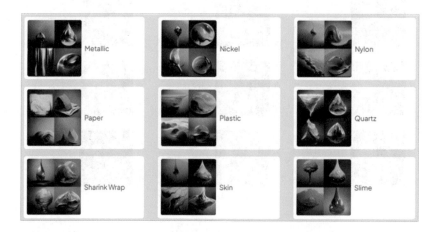

- **사이즈(Size)** 이미지의 종횡비(비율)를 설정하는 명령어를 만들어 준다. 기본 (Default)과 1:1, 1:2, 2:1 3가지 옵션을 제공하며, 그밖의 종횡비는 미드저니에서 별도로 작성해야 한다.

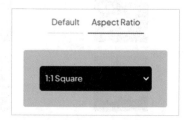

- **피사계 심도(Depth of Field)** 카메라를 통해 촬영할 때 배경을 흐리게 하는 아웃 포커싱(깊은 포커스, 얇은 포커스)이나 포커스 없음에 대한 명령어를 선택할 수 있다.

- **이미지 품질(Quality)** 이미지 품질을 설정하는 명령어이다. 수치가 높을수록 고품질 결과물을 얻을 수 있다. 하지만 이 명령어는 미드저니의 구독 요건(요금제)에 따라 사용 시간이 달라질 수 있다. 즉, 패스트(Fast) 모드에서 고품질 이미지를 생성할수록 시간이 많이 소요되기 때문에 사용 시간이 줄어든다.

팁 & 노트

미드저니 사용 시간 절약하는 방법

미드저니의 요금제는 이미지의 수량이 아닌, 패스트 모드를 이용하여 이미지를 생성하는데 필요한 시간(GPU 사용 시간)으로 제한을 두고 있다. 요금제별로 제공되는 월간 패스트 모드 시간은 베이직: 200분, 스탠더드: 900분, 프로:1,800분이다. 물론 패스트 모드의 사용량이 모두 소진되었다 하더라도 스탠더드 요금제 이상의 사용자는 릴랙스(Relax) 모드라는 저속 모드를 이용해 무제한으로 이미지를 생성할 수 있다.

만약 이미지 품질과 상관없이 미드저니 사용 시간을 절약하고자 한다면 이미지의 퀄리티를 낮춰 이미지를 빨리 만들면 된다. 퀄리티를 낮춘다고 이미지 품질이 현저히 떨어지는 것은 아니기 때문에 신속하게 결과물을 확인하고, 마음에 들지 않으면 다시 만들고, 마음에 드는 이미지가 생성되면 업스케일로 퀄리티를 높이는 방법을 권장한다. 다음의 4가지 프롬프트로 퀄리티를 조절할 수 있다.

--q .25 퀄리티를 25% 낮춤. 속도가 4배 빨라짐 (사용 시간 1/4 절약)

--q .5 퀄리티를 50% 낮춤. 속도가 2배 빨라짐 (사용 시간 1/2 절약)

--q 1 기본 상태

--q 2 퀄리티를 2배 높이고, 속도는 2배 낮아짐 (사용 시간 2배 더 소모)

- **스타일화(Stylize)** 스타일 명령 및 아티스트 명령을 적용했을 때 해당 명령에 대한 스타일이나 화법(화풍), 분위기를 얼마나 반영할 것인지 설정할 수 있다. 옵션에 따라 약하게 적용하는 [Lowest – Less artist]와 기본인 [Default] 그리고 가장 많이 반영되도록 하는 [Higher]를 선택할 수 있다.

- **버전(Version)** 미드저니 버전을 선택할 수 있다. 현재 미드저니 기본 버전은 5.2이다. 여기에서는 Niji와 버전 4까지만 제공된다. 물론 향후 현재의 버전도 추가될 것이다.

- **시드(Seed)** 초기 이미지 생성을 할 때 시각적 필드를 만들기 위해 사용되는 시드 번호를 만들 수 있다. 자세한 내용은 273 페이지를 참고한다.

- **카오스(Chaos)** 비정상적이고 예상치 못한 결과와 구성을 생성한다. 높은 카오스 값은 예측 불가능하고 랜덤한 이미지를 생성할 가능성이 높다. 자세한 내용은 265 페이지를 참고한다.

- **명령어 초기화(Clear all)** 작성된 모든 명령어를 초기화한다.

팁 & 노트

릴랙스 모드 선택과 릴랙스 모드 무제한 사용하기에 대하여

미드저니는 기본적으로 빠른 이미지 생성을 위한 패스트 모드를 사용한다. 이러한 패스트 모드는 요금제(구독 형식)에 따라 시간을 제한하고 있기 때문에 무제한으로 사용하기 위해서는 패스트 모드가 아닌 릴랙스 (Relax: 스탠더드 요금제부터 사용 가능) 모드를 사용해야 한다. 릴랙스 모드를 전환하기 위해서는 [/relax] 프롬프트를 선택하면 되며, 세팅(/settings) 프롬프트를 통해 기본적인 릴랙스 모드로 활성화할 수 있다.

☰ 쇼튼(Shorten) 명령을 활용한 이미지 생성하기

쇼튼(Shorten)은 프롬프트를 분석하여 사용된 단어(키워드)들에 대한 중요도를 정리하여 우선순위를 선택할 수 있도록 하는 5.2 버전에서 새로 추가된 기능이다. 이를 통해 불필요한 단어와 핵심 단어를 선별할 수 있다. 쇼튼은 다중 프롬프트에서는 작동하지 않는다. 살펴보기 위해 프롬프트에 ❶[/]를 입력한 후 ❷[/shorten]을 선택한다.

쇼튼 명령 프롬프트가 적용되면 다음과 같은 프롬프트를 입력한다. **하얀 드레스를 입은 아름다운 여인이 들판에 있는 장면에 뜬금없이 후라이드 치킨 광고 문구가 포함되어 있다.**

📑 해당 프롬프트는 [학습자료] – [책 속 프롬프트 목록] 파일 참고

『/shorten prompt: field with beautiful flowers, beautiful korean woman in white dress, fried chicken advertisement, blue sky and clouds 』

Important tokens 창이 열리면 다음과 같이 5개의 단축 키워드가 제공된다. 이것은 앞서 입력한 프롬프트의 문장을 분석하여 최종 사용할 프롬프트를 선택하게끔 하는 것이다. 살펴보면 1, 2번은 치킨에 대한 키워드가 있기 때문에 3번이 가장 적절한 프롬프트라는 것을 알 수 있다. [3] 버튼을 누른다.

프롬프트 추가 입력하기 창이 열리면 추가할 키워드를 입력한다. 필자는 마지막 [white] 옆에 ❶[dress]를 입력한 후 ❷[전송]하였다. 불필요한 키워드는 삭제할 수도 있다.

최종 결과를 보면 처음 입력했던 불필요한 단어가 제거된 이미지가 생성된 것을 알 수 있다. 살펴본 것처럼 쇼튼은 프롬프트를 작성할 때 더욱 정확한 표현을 위한 매우 유용한 기능인 것을 알 수 있다.

☑ Show Details 쇼튼 프롬프트 결과를 보다 세부적으로 확인할 수 있는 창을 제공한다. 여기에서는 각 키워드들의 중요도를 그래프로 파악할 수 있도록 해준다.

💡 팁 & 노트

남들이 만든 그림 응용하기

만약 남들이 생성한 이미지 중 마음에 들어, 응용하고 싶다면 해당 이미지의 프롬프트를 복사하여 자신의 프롬프트에 사용하면 된다. 자신이 원하는 프롬프트로 가져간 후 원하는 문장(키워드)으로 수정하면 간편하게 결과물을 얻을 수 있다. 다음의 이미지 중 위쪽은 다른 사람의 이미지이며, 아래쪽은 색상(yellow)만 바꿔서 얻은 결과물이다.

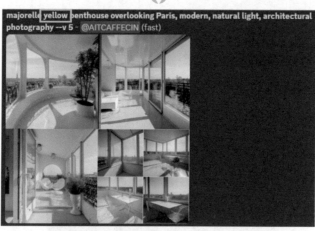

≡ 디스크라이브(Describe) 명령을 활용한 이미지 생성하기

디스크라이브(describe) 명령은 외부에서 이미지를 가져와 완전히 색다른 이미지를 생성할 때 사용한다. 이것은 외부의 이미지에 대한 주 속성(객체)을 반영하여 원본의 본질은 유지한 새로운 결과물이다. 사용하기 위해 프롬프트에 ①[/]를 입력하여 ②[/describe] 명령어를 선택한다.

이미지 가져오기 창이 열리면 사용할 이미지를 끌어다 놓거나 ①[가져오기] 버튼을 클릭하여 ②③[사용할 이미지 파일]을 가져온다. 이미지가 적용되면 ④[엔터] 키를 누른다.

📑 [학습자료] – [원숭이] 이미지 활용

이미지가 적용되면 미드저니는 기본적으로 4개의 프롬프트를 추천한다. 일단 여기에서는 ❶[1]번을 선택해 본다. 프롬프트 속성 창이 뜨면 프롬프트를 그대로 사용하거나 수정할 수 있다. 여기에서는 미드저니가 제시한 기본 프롬프트를 그대로 ❷ [전송(적용)]한다.

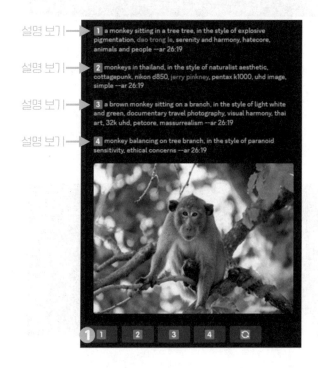

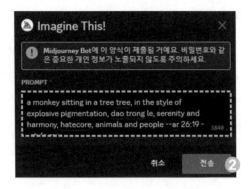

적용된 결과물은 다음과 같다. **프롬프트 내용: 폭발적인 색소 침착 스타일의 나무에 앉아 있는 원숭이, 평온과 조화, 증오심, 동물과 사람 --ar 26:19**

💡 팁 & 노트

미니드저 사용 기간(갱신일) 확인하기

미드저니의 사용 기간은 미드저니의 유료 요금제(구독) 선택할 때 사용한 [/subscribe]을 실행하여 청구 및 결제(Billing & Payment)의 갱신일(Renewal date)에서 확인할 수 있다.

☰ 여러 개의 이미지를 하나의 이미지로 결합하기

이미지를 프롬프트의 일부로 사용하여 작업의 구성, 다양한 스타일, 색상에 영향을 주어 흥미로운 결과를 얻을 수 있다. 이미지 프롬프트는 이미지 단독 또는 프롬프트 언어를 병행할 수 있다. 이미지를 프롬프트에 추가하려면 이미지가 온라인(인터넷)에 저장된 위치의 웹 주소가 필요하다. 이때 주소는 PNG, GIF, .PG 등의 확장자로 끝나야 한다.

이미지 프롬프트를 활용한 다중 이미지 결합하기

여러 개의 이미지를 하나의 이미지로 결합하는 방법은 두 가지 방법이 있다. 먼저 이미지 프롬프트를 활용하는 방법에 대해 알아본다. 프롬프트 좌측 하단의 ❶[+] 버튼을 클릭하여 ❷[파일 업로드] 버튼을 눌러 결합하고자 하는 이미지(들)를 가져오면 된다. 하지만 이 방법은 미드저니 환경에 따라 시간이 많이 소요될 수 있으므로 보다 간편한 방법을 사용해 보기로 한다.

보다 간편한 방법을 사용하기 위해 결합할 이미지가 있는 [폴더]를 열어놓은 후 적용할 이미지를 ❶[선택(Ctrl 키)]한다. 그다음 ❷[드래그(끌어서)]하여 미드저니 프롬프트가 있는 곳에 갖다 놓는다. 이때 ❸[Shift] 키를 누르면 이미지가 곧바로 업로드된다.

📕 [학습자료] - [툰드라, 판다] 이미지 활용

업로드가 끝나면 그림처럼 프롬프트 상단에 적용된다. 미드저니 온라인(인터넷) 서버에 등록되었다는 의미이다.

계속해서 ❶[/imagine] 명령어를 적용한 후 이미지 프롬프트 뒤쪽에 앞서 등록한 ❷ [이미지(들)]를 차례대로 **순서와 상관없음** 끌어다 적용한다.

이때 이미지의 주소가 프롬프트에 적용되면 그림처럼 두 이미지 사이에 ❶[스페이스바]를 눌러 **띄어쓰기(줄 바꿈)**를 해야 정상적으로 작동된다. 줄 바꿈 후 ❷[엔터] 키를 눌러 적용한다.

적용된 후의 모습을 보면 매우 자연스럽게 두 이미지가 결합(합성)된 것을 알 수 있다. 참고로 생성된 이미지 상단(파란색 글자)에는 해당 이미지의 주소가 있기 때문에 다른 작업에서도 사용할 수 있다.

☑ 이미지 프롬프트 사용 시 프롬프트 뒤쪽에 [명령어] 또는 [파라미터]를 사용하면 다양한 스타일의 결과물을 만들 수 있다.

하나의 이미지를 변형하고자 할 때

하나의 이미지도 이미지 프롬프트로 사용할 수 있다. 다만 버전은 3.0 이하에서만 사용이 가능하다. 다음은 앞서 온라인에 등록된 판다 이미지를 프롬프트로 사용한 결과물이다.

블렌드 명령어를 활용한 다중 이미지 결합하기

블렌드(Blend) 명령어를 사용하면 2~5개의 이미지를 빠르게 업로드한 후 각 이미지의 개념과 속성을 분석하여 새로운 이미지로 결합할 수 있다. 이것은 앞서 살펴본 이미지 프롬프트와 같지만, 블렌드는 모바일 기기에서도 쉽게 사용할 수 있도록 최적화된 인터페이스를 제공한다. 하지만 블렌드는 프롬프트에 문자를 사용할 수 없다. 살펴보기 위해 프롬프트에 ❶[/]를 입력한 후 ❷[/blend] 명령을 선택한다.

블렌드가 적용되면 그림처럼 기본적으로 2개의 이미지를 가져올 수 있는 업로드 버튼이 나타난다. 여기에서 각각의 ❶❷[업로드 버튼]을 눌러 이미지를 적용한다.

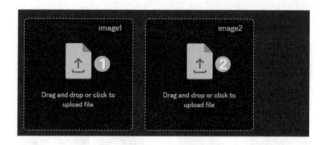

이미지가 적용되면 두 번째 이미지에서 [엔터] 키를 눌러 두 이미지를 결합한다. 합성 결과는 앞서 살펴본 이미지 프롬프트와 유사하다는 것을 알 수 있다.

☑ 블렌드는 최대 5개의 이미지까지 결합이 가능하다. 사용하기 위해서는 두 번째 이미지 우측의 [+4 더 보기]를 클릭한다.

그러면 옵션 메뉴가 뜨며, image3, 4, 5 중 원하는 것을 선택한 후 이미지를 가져와 적용하면 된다.

🔵 팁 & 노트

블렌드 명령어 사용 시 결과물에 대한 비율 설정하기

블렌드 명령어 사용 시 사용되는 결과물에 대한 비율을 설정하기 위해서는 앞서 살펴본 것처럼 [+4 더 보기] 버튼을 클릭한 후 옵션 메뉴에서 [dimensions] – [비율] 선택하면 된다.

☰ 리믹스(Remix) 모드를 활용한 이미지 생성하기

리믹스 모드를 사용하면 프롬프트, 파라미터, 버전 그리고 변형 사이의 종횡비를 변경할 수 있다. 리믹스는 초기 이미지의 구성을 변경하고, 주제를 발전시켜 새로운 작업의 일부로 사용할 수 있다.

리믹스 사용법 1 (버전별 리믹스 사용)

리믹스는 [/prefer remix] 명령어를 사용하거나 [/settings] 명령어를 통해 열린 설정 창에서 [Remix Mode] 버튼을 눌러(토글: ON/OFF) 리믹스 모드를 제어할 수 있다. 리믹스가 활성화된 상태에서는 생성된 이미지 그리드 아래쪽의 V1, V2, V3, V4 버튼을 눌러 변형 중에 프롬프트를 편집할 수 있으며, 업스케일된 이미지는 [Make Variations] 버튼을 통해 리믹스할 수 있다.

• **명령어로 리믹스 켜기(끄기)** 프롬프트에 [/prefer remix]를 입력하거나 메뉴로 선택하여 리믹스를 켜거나 끌 수 있다.

• **설정 창에서 리믹스 켜기(끄기)** 프롬프트에 [/settings] 명령어를 입력하거나 메뉴로 선택하여 설정 창을 열어준 후 [Remix Mode]를 켜거나 끌 수 있다. 리믹스가 활성화되면 초록색으로 바뀐다.

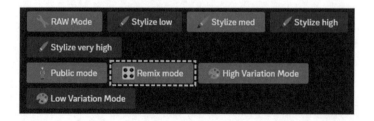

먼저 다음과 같은 프롬프트를 작성하여 이미지를 생성한다. 생성된 이미지 그리드에서 리믹스할 버전을 선택한다. 여기에서는 [V2] 버튼을 선택해 본다. **필자는 5.1 버전으로 이미지를 생성하였다.**

『/imagine prompt: **yellow signs and owls --v 5.1** 』

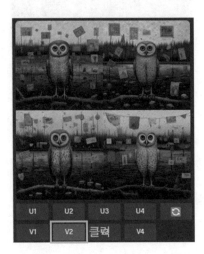

리믹스 프롬프트 창이 뜨면 프롬프트를 수정할 수 있다. 여기에서는 [yellow]를 ❶ [blue]로 수정한 후 ❷[전송]해 본다.

새로운 프롬프트에 의해 표지판이 파란색으로 바뀐 것을 알 수 있다. 이렇듯 생성된 이미지는 버전별 프롬프트로 새로운 이미지를 생성할 수 있다.

리믹스 사용법 2 (업스케일링 이미지 리믹스 사용)

이번에는 업스케일을 통해 생성된 이미지를 리믹스해 본다. 앞서 생성한 이미지 그리드에서 [U3] 버튼을 누른다.

업스케일된 3번 이미지에 대한 새로운 이미지가 생성되면 ❶[Make Variations] 버튼을 누른다. 리믹스 프롬프트 창이 열리면 적당한 프롬프트로 ❷[수정]한 후 ❸[전송]한다. 필자는 부엉이(owls)를 다람쥐(squirrel)로 변경하였다.

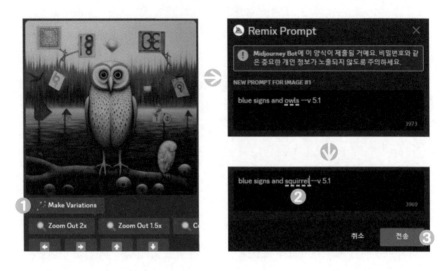

리믹스된 결과물을 보면 부엉이가 다람쥐로 변형된 것을 알 수 있다. 하지만 의도했던 것과는 다르게 우스꽝스러운 모습이다. 이런 문제를 해결하기 위해서는 더욱 구체적이고, 정확한 프롬프트가 필요하다.

살펴본 것처럼 리믹스는 생성된 이미지에 대한 변형을 간편하게 수행할 수 있다. 리믹스 작업이 끝났다면 리믹스 모드는 비활성화(끄기)하여 다음 작업에 영향을 받지 않도록 한다.

팁 & 노트

리믹스 모드에서 사용할 수 없는 파라미터

리믹스 모드에서도 파라미터를 사용할 수 있지만 일부 파라미터는 특정 버전과 충돌이 날 수 있으므로 삼가야 한다. 이러한 문제를 피하기 위해서는 aspect ratio, no, stop, tile, video 파라미터를 제외한 나머지 파라미터는 사용하지 않는다.

≡ 이미지 가중치 활용하기

이미지 프롬프트에서 이미지와 텍스트 명령 중에 어느 쪽 명령에 더 힘을 실어줄지에 대한 비율(중요도)을 가중치(Weight)라고 한다. 이번에는 웹사이트의 이미지를 활용하여 살펴본다. 구글이나 다음, 네이버 등에서 사용할 이미지 위에서 [우측 마우스 버튼] - [이미지 주소 복사]를 선택한다. 복사 금지 이미지는 주소를 복사할 수 없다.

프롬프트에서 ❶[/imagine] 명령어를 적용한 후 앞서 복사된 이미지 주소를 ❷[붙여넣기(Ctrl+V)]한다.

계속해서 또다른 웹사이트 이미지를 ❶❷[복사]한 후 이미지 프롬프트에서 앞서 붙여넣기 된 뒤쪽에 **한 칸 띄어쓰기** 한 후 ❸[붙여넣기]한다.

결과를 보면 두 이미지의 특징을 잘 살린 합성된 결과물이 생성되었다. 하지만 두 이미지 비율이 다르기 때문에 일정한 결과물은 아니다. **비율 부분을 일정하게 하기 위해서는 원본 이미지 비율이 같아야 한다.**

이번엔 텍스트 프롬프트를 넣어 다른 느낌으로 결합해 본다. 필자는 북극의 배경을 넣어보기로 했다. 프롬프트는 다음과 같다.

📑 해당 프롬프트는 [학습자료] – [책 속 프롬프트 목록] 파일 참고

『/imagine prompt: http://kpenews.com/Files/4/News/201902/120_2019
0219233212799.JPG
https://img.sbs.co.kr/newsnet/etv/upload/2017/02/15/30000562369_1280.jpg
make it an arctic 』

위의 결과물은 다음의 그림처럼 북극 배경으로 영화 "존윅"의 키아누 리브스가 포즈를 잡은 모습이 생성되었다. 이렇듯 이미지 프롬프트를 통해 결합되는 결과물에도 다양한 텍스트 표현을 할 수 있다.

이미지 가중치가 1(1:1)일 때의 결과

이제 이미지 가중치에 대한 이해를 위해 방금 생성한 북극 배경의 비중을 줄여보기로 한다. 현재는 기본적으로 이미지와 텍스트의 가중치(중요도)는 1:1이다. 여기에서는 텍스트보다 이미지의 가중치를 높여주기 위해 [--iw 1.5]로 하였다.

『http://kpenews.com/Files/4/News/201902/120_20190219233212799.JPG
https://img.sbs.co.kr/newsnet/etv/upload/2017/02/15/30000562369_1280.jpg
make it an arctic --**iw 1.5** 』

이미지 가중치를 [1.5]로 높인 후의 결과물을 보면 1:1을 사용했을 때 사용된 텍스트보다 이미지에 더욱 비중이 높아진 결과물이 생성된 것을 알 수 있다. 이렇듯 이미지 가중치는 텍스트와 이미지 프롬프트의 사용 비율을 설정할 때 사용된다.

가중치가 1.5일 때의 결과

☑ 이미지 가중치는 텍스트와 이미지 간의 비중을 설정하는 것이기 때문에 2개 이상의 다중 이미지를 사용할 경우에도 사용된 이미지는 모두 하나의 그룹으로 판단한다. 즉, 사용된 이미지를 개별로 가중치 값을 줄 수 없다는 것이다. 차기 버전에서는 사용된 이미지 간에도 가중치를 설정하게 되지 않을까 기대해 본다.

☰ 멀티 프롬프트 명령을 활용한 이미지 생성하기

프롬프트에 2개의 콜론[::]을 구분자로 사용하면 2개 이상의 단어(개체)를 별도의 개념으로 인식하여 프롬프트의 일부에 상대적인 중요성을 부여할 수 있다. 1~6 그리고 niji, niji 6 모든 버전에서 사용할 수 있다.

멀티 프롬프트 사용하기

프롬프트에 다음과 같이 컵과 밥, 2개의 의미를 가진 단어를 입력하여 이미지를 생성해 보면 사용된 두 단어를 조합하여 컵 속에 밥이 담긴 이미지가 생성한다.

「/imagine prompt: **cup rice** 」

하지만 첫 번째 단어 뒤쪽에 2개의 클론[::]을 입력한 후 다음 단어(한 칸 띄어쓰기)를 입력하여 이미지를 생성하면 사용된 두 단어는 독립된 형태의 개념으로 인식되어 컵과 밥의 그림이 개별로 생성된다.

『/imagine prompt: **cup:: rice** 』

계속해서 **3개의 클론**을 사용하여 이미지를 생성해 본다. 그러면 그림처럼 3개의 단

어가 각각 독립된 형태의 개념으로 인식되어 생성된다.

『/imagine prompt: cup:: rice:: spoon 』

멀티 프롬프트 가중치 설정하기

2개의 콜론[::]을 사용하여 프롬프트를 여러 개로 분리할 때 콜론 바로 뒤쪽에 숫자를 추가하여 해당 텍스트의 상대적 가중치(중요도)를 지정할 수 있다. 가중치는 최대 2까지 가능하며, 버전 1, 2, 3은 가중치를 정수만 사용이 가능하고, 버전 4부터는 소수점까지 가중치를 허용한다. 가중치를 부여하지 않으면 기본적으로 1(1:1)로 설정된 것을 의미한다.

다음의 그림들은 컵, 밥, 스푼 3개의 프롬프트에 대한 가중치를 다양한 비율(배율)로 설정한 예이다. 그림과 가중치 값이 어떻게 설정되었는지 확인해 보면 멀티 프롬프트와 가중치에 대한 이해를 할 수 있을 것이다.

cup::2 rice::1 spoon::2

cup::1 rice::2 spoon::1

cup::20 rice::200 spoon::50

cup::100 rice::20 spoon::50

음수 가중치와 --no 매개변수 사용하기

멀티 프롬프트 사용 시 원하지 않는 요소를 제거하기 위해 프롬프트에 음수(-) 가중치를 추가할 수 있으며, 때론 [--no] 매개변수를 사용하여 원치 않는 요소를 제거할 수 있다. [--no] 매개변수는 음수 [-1]과 동일하다.

cup::2 rice::-1 spoon::-1

cup::2 --no rice::-1 spoon::-1.5

☑ 가중치에 음수(-)를 사용할 경우 사용된 모든 가중치의 합은 0 이상의 양수여야 한다. 예: -1:: 2:: -2일 경우에는 합이 -1이기 때문에 사용할 수 없다.

☰ 이미지 가중치에 활용하기

순열 프롬프트를 사용하면 하나의 [/imagine] 명령으로 프롬프트의 변형을 빠르게 생성할 수 있다. 순열 프롬프트는 프롬프트에 **중괄호{ }**를 만들고, 중괄호 안에 다양한 요소(텍스트)를 입력한다. 이렇게 중괄호 안에 포함된 요소들은 여러 이미지 그리드로 생성된다. 순열 프롬프트는 텍스트, 이미지 프롬프트, 파라미터, 프롬프트 가중치를 포함할 수 있으며, 패스트(Fast) 모드에서만 사용할 수 있다.

• **기본 요금제** 하나의 순열 프롬프트로 최대 4개 작업 가능

• **표준 요금제** 하나의 순열 프롬프트로 최대 10개 작업 가능

• **프로 요금제** 하나의 순열 프롬프트로 최대 40개 작업 가능

순열 프롬프트를 사용하기 위해 필자는 [할로윈 데이 {빨강, 초록, 노랑} 호박]라
는 프롬프트를 작성해 보았다.

『 /imagine prompt: halloween day **{red, green, yellow}** pumpkins 』

방금 작성한 순열 프롬프트를 정말 실행할 것인지에 대한 대화상자가 열리면
[Yes] 버튼을 누른다. 그러면 작성된 3개의 순열 프롬프트가 동시에 생성된다.

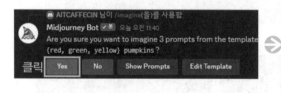

☑ 순열 프롬프트가 삽입되는 위치는 순열 프롬프
트로 사용될 텍스트 앞이어야 하며, 중괄호 안에
입력되는 텍스트들은 각각 **쉼표(,)**로 구분해야
한다. 또한 하나의 프롬프트에 여러 개의 순열 프
롬프트를 사용할 수도 있으며, 한 번에 사용 가능
한 개수는 구독 형식에 따라 다르기 때문에 자신
의 구독 형식에 맞게 사용하면 된다.

순열 프롬프트로 생성된 3개의 그리드

이번엔 하나의 프롬프트에 **①[색상과 버전]**, 2개 순열 프롬프트를 **②[적용]**해 보았다. 필자의 구독 형식은 기본 구독이기 때문에 중괄호 안에 각각 2개의 텍스트 요소를 입력하였다. 버전, 종횡비(비율) 등 모든 파라미터 사용할 수 있다.

『/imagine prompt: halloween day **{red, yellow}** pumpkins **{--v 5.1, --niji}**』

순열 프롬프트에서 멀티 프롬프트 사용하기

순열 프롬프트 안에서도 멀티 프롬프트를 사용하여 이미지 가중치를 개별로 설정할 수 있다. 살펴보기 위해 다음과 같은 프롬프트를 작성해 본다.

『/imagine prompt: digital art style of {moonlight::2, moonlight::0.1} moon』
beam::1

Moonlight::2   Moonlight::0.1

이번에는 같은 프롬프트에서 순열 프롬프트를 하나 삭제하고, 마지막에 사용한 [moon beam]의 멀티 프롬프트를 2와 50으로 각각 높여서 이이미지를 생성해 본다.

『/imagine prompt: digital art style of {moonlight::2} moon beam::2』 moon beam::2

moon beam::50

살펴본 것처럼 순열 프롬프트와 멀티 프롬프트를 사용하면 더욱 다양한 결과의 이미지를 생성할 수 있다. 이 두 작업법은 여러 번 반복했을 때 더욱 확실하게 원하는 결과물을 얻을 수 있다.

팁 & 노트

미드저니 계정 해킹을 당했을 때 고객센터에 소명하기

미드저니를 사용하다 보면 간혹 계정 해킹으로 로그인을 할 수 없게 되는 경우가 발생한다. 이럴 땐 계정 복구 요청을 통해 소명을 해야 한다. [학습 자료] 폴더의 [디스코드 문의 등록] 바로가기를 통해 고객센터 페이지에서 계정 복구 소명을 한다. 이때 등록에 사용되는 언어는 한국어로 작성해도 상관없다.

문의 등록 –
Discord

미드저니를 사용하면 웹사이트, 유튜브나 페이스북 등의 채널 아트 배경 이미지나 표지에 사용되는 이미지 그밖에 책 표지, 광고 디자인 소스, 로고, 각종 상품 이미지를 생성할 수 있다. 여기에서는 유튜브 채널 아트 배경과 책 표지에 사용할 이미지를 만들어 본다.

📑 해당 프롬프트는 [학습자료] – [책 속 프롬프트 목록] 파일 참고

☰ 유튜브 채널 아트 만들기

유튜브를 보는 것에서 직접 하는 것으로 바뀌는 요즘이다. 디자인에 취약한 분들에게 미드저니는 최고의 조력자이다. 앞서 살펴본 내용을 참고하여 유튜브 상단의 채널 아트 이미지를 만들기 위해 다음과 같은 프롬프트를 작성한다. 필자는 햄버거 관련 유튜브 채널에서 사용할 채널 아트를 만들 것이다.

『노란색 배경에 각종 야채가 푸짐하게 들어간 맛깔스러운 햄버거 4~5개가 담긴 웹사이트 』

> Website with four or five tasty burgers with plenty of assorted vegetables on a yellow background

위 영문은 구글 번역기를 통해 번역한 내용이다. 물론 챗GPT를 통해 번역을 해도 상관없다. 계속해서 번역된 영문 뒤쪽에 이미지의 **유튜브 채널 아트 목적**이라는 것을 알려주기 위해 youtube channel art, 이미지 비율 설정을 위해 --ar 16:9, 미드저니 버전은 5.1로 사용하기 위해 --v 5.1, 마지막으로 품질은 --q 3 정도로 입력하여 이미지 생성을 요청한다.

『/imagine prompt: website with four or five tasty burgers with plenty of assorted vegetables on a yellow background, youtube channel art, --ar 16:9 --v 5.1 --q 3』

프롬프트 결과 미드저니는 다음과 같은 그림을 선사하였다. 필자가 생각한 것과는 조금 차이는 있지만 제법 그럴싸한 결과물이다. 만약 새로운 이미지를 원한다면 프롬프트를 재작성하여 자신이 생각했던 것과 일치되도록 한다. **삽입된 글자를 없애기 위해서는 --no text 또는 --no typography 또는 --no banner 등을 넣으면 된다.**

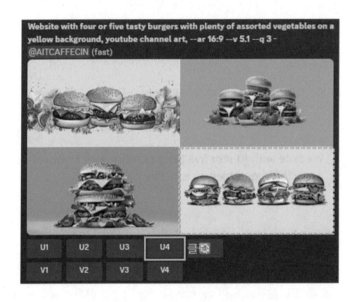

마음에 드는 그림이 생성됐다면 해당 그림을 업스케일링한다. 필자가 선택한 그림은 네 번째 그림으로 [U4] 버튼을 눌러 업스케일하였다. 업스케일 된 그림의 업데이트가 끝나면 해당 이미지를 사용하기 위해 하단의 [Web] 버튼을 눌러 미드저니 웹사이트를 열어준다. 만약 로그인이 필요하다면 앞서 생성한 계정으로 로그인한다.

자신의 계정으로 들어오면 지금까지 작업한 그림을 확인 및 다운로드할 수 있다. 다운로드하기 위해 디스켓 모양의 [Save with prompt] 버튼을 누른다. 저장된 이미지는 포토샵이나 김프(무료), 픽슬러(무료) 같은 이미지 편집 프로그램을 통해 작업한다.

☰ 책 표지 만들기

미드저니를 사용하면 책 표지나 정보지, 브로슈어 같은 출간물 이미지도 쉽게 만들 수 있다. 이번엔 음악 관련 표지를 만들어 본다. 원한 표지 컨셉트 문구를 영문으로 작성하기 위해 챗GPT를 활용해 본다. 다음은 챗GPT 프롬프트에 입력한 미드저니 용 프롬프트 요청 텍스트이다.

『바이올린, 피아노, 첼로, 기타, 트럼펫 등의 그림이 들어간 고급스럽고, 세련된 느낌의 책 배경 이미지 프롬프트 작성해줘 』

챗GPT의 결과, 미드저니에 대한 이미지 프롬프트를 다양하게 생성한 것을 알 수 있다. 이처럼 미드저니와 챗GPT를 사용하면 자신이 상상하는 것 이상의 이미지를 생성할 수 있으므로 다양한 분야에 활용할 수 있다.

✓ AIPRM For ChatGPT 챗GPT에서 미드저니, 스테이블 디퓨전 같은 생성형 AI의 텍스트 프롬프트를 작성해 주는 확장 프로그램이다. 자세한 내용은 453페이지를 참고한다.

다음의 두 표지는 실제로 출간된 표지에 사용된 이미지이다. 이렇듯 미드저니는 실무적으로 사용하는데 충분한 가치가 있다는 것을 알 수 있다.

『dead fish, tears of children, environmental destruction, polluted seas 』

『white background, image of headphones with blue and orange, cover design, image with artistic feeling, 8k 』

팁 & 노트

미드저니 사용자 정보 확인하기 (남은 사용 회수 확인하기)

인포(info) 명령어를 사용하면 미드저니 사용자 정보를 확인할 수 있다. 인포 명령어는 [/info] 프롬프트로 실행할 수 있다. 다음은 인포 창에서 제공되는 옵션들이다.

- **Subscription** 현재 구독하고 있는 현황을 보여준다. (월간/연간 회원 여부, 구독 만료일)

- **Job Mode** 현재 사용되고 있는 실행 모드이다. (패스트 또는 릴랙스)

- **Visibility Mode** 공개 모드를 보여준다. 결과물 공개 모드 중 Public(퍼블릭)은 공개 모드, Stealth(스텔스)는 숨김 모드이다. 스텔스 모드는 프로 플랜 사용자만 이용 가능하다.

- **Fast Time Remaining** 패스트 모드의 남은 시간 정보를 보여준다.

- **Lifetime Usage** 지금까지 생성한 이미지 개수를 보여준다.

- **Relaxed Usage** 릴랙스 모드에서 생성한 이미지 개수를 보여준다.

- **Running Jobs** 진행 중인 이미지 생성 작업이다.

유튜브 썸네일 만들기

이번에는 유튜브 썸네일을 만들어 본다. 아이디어를 얻기 위해 이번에도 챗GPT를 활용해 보기로 한다. 다음은 챗GPT에서 작성한 프롬프트이다.

『다음에서 설명하는 내용을 미드저니 이미지 프롬프트로 만들어줘. 태국 여행에 관련된 유튜브 썸네일 만들기, 재밌는 캐릭터 생성하기, 썸네일 비율도 정확하게 맞춰주기』

때에 따라서는 CSS 코드가 아닌 일반적인 형태로 미드저니 프롬프트를 생성할 때도 있다. 하지만 사용하는 데에는 문제가 없기 때문에 복사하여 사용하면 된다. 다음은 챗GPT에서 생성된 프롬프트 뒤쪽에 [--ar 16:9] 비율을 붙여서 작성한 결과이다.

패션 디자인 아이템 만들기

미드저니는 상상하는 모든 이미지를 창의적으로 생성한다. 이번에는 패션 분야에서 사용할 수 있는 프롬프트를 작성해 본다. 챗GPT를 활용하여 [올가을에 적합한 여성용 프렌치 코트 디자인 아이디어, 차분한 색상, 넓은 소매, 허리 부분 강조하기, 위 내용으로 미드저니 이미지 프롬프트 작성해 줘]라는 요청을 하였다.

『/imagine prompt: an elegant and sophisticated design of a women's French coat ideal for the upcoming fall season, with subdued colors, wide sleeves, and emphasis on the waistline 』

다음은 같은 방법으로 여성용 핸드백에 대한 디자인 콘셉트를 작성한 결과이다. 이렇듯 미드저니는 패션 분야에서도 다양하게 활용할 수 있다.

☰ 광고 이미지 만들기

미드저니에서 최상의 결과는 자신이 상상하는 것을 얼마나 정확하고 디테일하게 설명하느냐에 달렸다. 이것은 결코 쉽지 않은 작업이지만, 챗GPT를 활용하면 생각보다 쉽게 문제를 해결할 수 있다. 이번에는 전동 청소기에 대한 광고 이미지 제작을 하기 위해 다음과 같이 챗GPT에 요청하였다. **[신개념의 전동 청소기 광고 이미지, 여성이 좋아하는 디자인, 색상, 조용하지만 강력한 흡입력, 위와 같은 주제로 미드저니 프롬프트 작성해 줘]**에 대한 결과는 다음과 같다.

「/imagine prompt: a cutting-edge electric vacuum cleaner ad in a design and color that appeals to women, emphasizing quiet operation with powerful suction 」

원하는 결과를 얻었나? 개인적으로 전동 청소기는 제법 마음에 들었지만, 금발의 서양 여성은 상상하지 못한 것이어서 미드저니 프롬프트의 [women]에 [korea]을 추가하여 새로운 결과물을 생성하였다.

「/imagine prompt: a cutting-edge electric vacuum cleaner ad in a design and color that appeals to **korea women**, emphasizing quiet operation with powerful suction 」

대기업 TV 광고도 이젠 생성형 AI로 제작하는 시대

요즘 TV에서 볼 수 있는 광고 중에 대기업(삼성생명) 광고 하나가 눈에 띈다. 다음의 이미지들은 TV를 보는 사람이라면 한 번쯤 보았을 만한 광고이다.

💡팁&노트

미드저니 프롬프트 금기어에 대하여

미드저니에서는 금기어 목록이 존재한다. 이 목록에 있는 키워드를 사용하여 생성된 이미지는 본래의 목적과는 무관하게 유해한 콘텐츠를 생성할 수 있기 때문이다. 물론 금기어로 인해 창작물에 대한 자유권을 빼앗기도 하지만, 사회적 물의를 일으킬 수 있는 창작물을 사전에 방지한다는 목적도 있다. 버전 5.2에서는 이전 버전보다 금기어가 많이 풀렸지만, 창작권에 대한 자유를 보장받기 위해서는 사용자들의 더욱 성숙한 의식이 필요하다.

- **출혈 및 고어(혐오) 관련 단어** 대학살(bloodbath), 십자가형(crucifixion), 시체(corpse), 내장(visceral), 살인(kill), 생체 해부(vivisection), 헤모글로빈(hemoglobin), suicide(자살), 여성 신체 부위(female body parts) 등과 같은 출혈, 폭력, 사지 절단 등과 같은 단어를 금지한다.

- **성인물(Sex) 관련 단어** 아헤가오(ahegao: 야한 여성), 핀업(pinup), 쾌락(pleasure), 성적인 유혹(seducing), 관능적인(sensual), 슬레이브걸(slavegirl), 풍만한(voluptuous), 흥분(horny) 등과 같은 성적인 것을 유발하는 등의 단어를 금지한다.

- **신체 관련 단어** 엉덩이(arse), 유방(mammaries), 젖꼭지(nipple), 난소(ovaries), 음경(penis), 섹시한 여자(sexy female), 여성 성기(vagina), 후터스(hooters), 베니(veiny) 등과 같은 신체를 성적으로 표현하는 단어를 금지한다.

- **의류, 금기, 약품 관련 단어** 옷 없음(no clothes), 스피도(speedo), 벌거벗은(nude), 간소하게(scantily), 보이지 않는 옷(invisible clothes), 네글리제(negligee), 금기(taboo), 파시스트(fascist), 나치(nazi), 마약(drugs), 헤로인(heroin), 그랙(crack) 등과 같은 성적인 요소와 정치, 종교 관련 금기어, 마약과 같은 단어를 금지한다.

≡ 동화책 삽화 만들기

이번엔 동화책에 들어갈 삽화를 만들기 위해 챗GPT에서 [다리가 짧아지고 코가 길어진 기린과 코가 짧아지고 목이 길어진 코끼리의 모습을 보며, 서로가 바뀌었다는 사실을 알았다. 위 내용을 동화 속 그림에서 사용할 미드저니 이미지 프롬프트로 작성해 줘]라고 프롬프트를 작성하였다.

『/imagine prompt: a children's book illustration of an elephant with a short trunk and a long neck, resembling a giraffe, and a giraffe with a long trunk and short legs, resembling an elephant, realizing that they have switched their appearances 』

☰ 기업 로고 만들기

미드저니는 기업의 로고를 디자인할 때에도 매우 유용하다. 이번에는 챗GPT를 활용하여 로고 스타일을 미드저니의 프롬프트로 작성하여 로고를 만들어 본다. 필자는 AIPMR 451페이지 참고 확장 프로그램을 통해 다음과 같은 프롬프트를 작성하였다.

『여성 속옷 관련 업체의 로고 디자인에 관한 미드저니 프롬프트를 다음의 내용을 참고하여 영문으로 작성해 줘
-기업 이름: 브라다(Brada)
-20~40대 여성 속옷
-프랑스 스타일 로고
-깔끔하고 파스텔 톤의 색상
-간결한 모양 』

다음은 챗GPT의 AIPRM 확장 프로그램이 작성한 로고 디자인에 대한 아이디어이다. 이 프롬프트를 활용하여 미드저니에서 이미지를 생성해 본다.

『/imagine prompt: A chic logo for Brada, a women's lingerie company, tailored to 20–40 age group with a French style, utilizing pastel tones and a clean, simple shape, Set against a white, sophisticated boutique background with delicate lighting, Evoking elegance, refinement, and a touch of femininity, Photography, DSLR camera with a 50mm lens, aperture f/1.8, --ar 1:1』

위 프롬프트를 통해 완성된 로고의 모습은 다음과 같다. 필자가 생각했던 것보다 괜찮은 결과이다. 물론 약간의 변형 작업이 필요할 수도 있고, 포토샵 같은 이미지 편집 프로그램을 통해 배경을 빼거나 그밖의 편집이 필요하다.

☰ 일관된 캐릭터 만들기

다양한 포즈와 표정(multiple poses and expressions) 프롬프트를 사용하면 만화(웹툰) 캐릭터, 팬시, 굿즈 등의 작업에서 많이 사용되는 귀여운 캐릭터들의 포즈와 표정을 일관되도록 할 수 있으며, 한꺼번에 여러 장의 결과물을 얻을 수 있다. 다음의 프롬프트를 작성하면 그림처럼 여러 가지 일관된 캐릭터를 생성할 수 있다.

『/imagine prompt: little girl character, multiple poses and expressions, Icon illustration style, simple, cute, 4 years old girl, full color, red hooded dress, red clothes, long brown hair, flat color, --no outline 』

☰ 클립아트 만들기

미드저니에서는 홈페이지 제작, 도서, 간판 디자인 등에서 많이 사용되는 클립아트도 간편하게 만들어 사용할 수 있다. 화살표, 직업, 행사, 도구 등 클립아트의 종류는 매우 다양하다. 여기에서는 직업에 대한 클립아트를 생성해 본다. 다음은 무작위로 100가지 직업에 대한 클립아트를 일러스트 스타일로 생성하기 위한 프롬프트이다.

『 /imagine prompt: **100 random occupation clipart, 2D illustration style**』

생성된 결과를 보면 100가지 직업이 재밌고, 귀엽게 표현된 것을 알 수 있다. 그밖에
클립아트를 생성하여 실무에 활용해 본다.

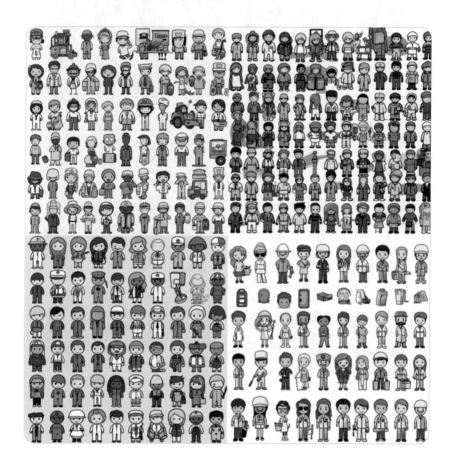

살펴본 것처럼 미드저니는 다양한 분야에서 활용 가능한 도구로써 유튜브 관련 디
자인, 패션 디자인 아이디어, 광고 이미지, 건축 및 인테리어, 삽화, 로고, 캐릭터 등
에서 사용할 수 있다. 이처럼 미드저니의 사용 범위는 광범위하고, 독특한 아이디
어가 필요한 모든 디자인 관련 작업에서 유용하게 활용될 수 있다.

새로 추가된 인페인트(베리 리전)를 활용한 특정 영역 수정하기

미드저니의 업데이트 속도는 따라가기 어려울 정도이다. 5.2 버전에 대한 책을 집필하면서 마지막으로 소개할 내용은 스테이블 디퓨전에서 유용하게 사용되는 인페인트와 같은 베리(리전)(Vary(Region))이다. 특정 이미지를 업스케일하면 나타나는 Vary(Region)은 수정하고자 하는 영역을 지정한 후 프롬프트를 작성하면 프롬프트 명령대로 이미지를 재생성할 수 있다.

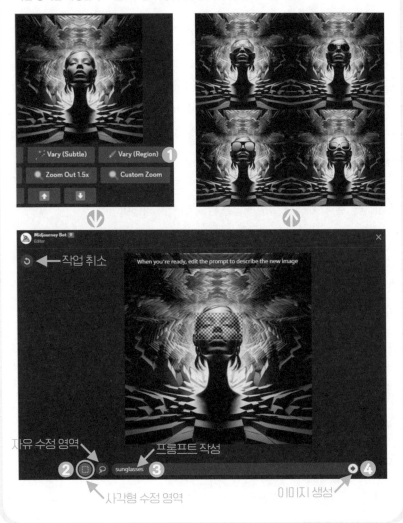

039. 미드저니 작업에 활력을 주는 것들

미드저니는 인공지능 이미지 생성 도구로써 다양한 명령어들을 통해 원하는 결과물을 얻을 수 있다. 여기에서는 미드저니 명령어와 그밖에 작업에 도움이 되는 것들에 대해 알아본다.

☰ 미드저니 명령어

미드저니는 DALL-E와 스테이블 디퓨전과는 다른 디스코드를 기반으로 하는 프로그램이기 때문에 미드저니만의 독특한 명령어를 사용해야 한다. 다음은 미드저니에서 사용할 수 있는 주요 명령어 목록이다. 이 명령어들을 통해 미드저니를 보다 효율적으로 사용할 수 있다.

/ask 궁금한 것에 대한 질문과 답을 얻을 수 있는 명령어이다.

/blend 2~5개의 이미지를 합성(결합)할 때 사용되는 명령어이다.

/describe 외부에서 이미지를 가져와 색다른 이미지를 생성할 때 사용되는 명령어이다.

/help 미드저니를 사용하는데 유용한 정보들을 받을 수 있는 명령어이다.

/info 사용자 계정에 대한 정보를 알려주는 명령어이다.

/invite 디스코드 서버로 외부인을 초대할 수 있는 링크를 보내주는 명령어이다.

/daily_theme 오늘의 주제를 알림으로 안내받도록 설정하는 명령어이다.

/fast 패스트 GPU 모드로 전환하는 명령어이다.

/relax 릴랙스 GPU 모드로 전환하는 명령어이다.

/stealth 프로 요금제 사용 시 비공개 작업(스텔스) 모드로 전환하는 명령어이다.

/public 공개 작업 모드로 전환하는 명령어이다.

/settings 자주 사용하는 파라미터와 명령어를 손쉽게 조작할 수 있는 설정 창을 열어주는 명령어이다.

/imagine 가장 즐겨 사용되는 명령어로 프롬프트를 통해 입력된 텍스트에 맞는 이미지를 생성하는 명령어이다.

/prefer remix 리믹스 모드로 전환하는 명령어이다.

/prefer auto_dm 생성한 모든 이미지와 이미지의 정보를 다이렉트 메시지로 받도록 설정하는 명령어이다.

/prefer suffix 모든 프롬프트 끝에 고정적으로 추가할 프롬프트와 파라미터를 설정하는 명령어이다.

/prefer option set 사용자 지정 옵션을 생성하거나 관리하는 명령어이다.

/prefer option list 현재 설정된 사용자 지정 옵션 목록을 보기 위한 명령어이다.

/private 비공개 모드를 실행하는 명령어이다. 비공개 모드를 사용하기 위해서는 프로 요금제로 업그레이드해야 한다.

/show job과 ID를 통해 지난 작업물을 찾을 때 사용되는 명령어이다.

/shorten 프롬프트를 분석하여 사용된 각 키워드에 대한 중요도를 정리해 주는 명령어이다.

/subscribe 베이식, 스탠더드, 프로 유료 요금제 결제를 할 수 있는 페이지의 링크를 보내주는 명령어이다.

미드저니 스타일 & 키워드 레퍼런스 활용하기

앞서 학습했던 미드저니 프롬프트 툴처럼 미드저니에서 다양한 명령어와 키워드를 쉽게 사용할 수 있도록 해주는 도구이다. 여기에서는 해상도 비교, 이미지 가중치 등에 대한 페이지도 포함되어 있어 미드저니에서 AI 아트 작업을 더 효과적으로 활용할 수 있도록 해준다. **[학습자료]** 폴더에 있는 **[MidJourney-Styles-and-Keywords-Reference]** 바로가기를 실행하여 해당 웹사이트에 들어갈 수 있다. **사용법이 어렵지 않으므로 여러분이 직접 살펴본다.**

📑 [학습자료] – [MidJourney-Styles-and-Keywords-Reference] 바로가기 실행

프롬프트 빌더 활용하기

프롬프트 빌더는 AI가 생성하는 디자인에 대한 상세한 프롬프트를 간편하게 작성할 수 있는 무료 도구이다. 사용자 친화적인 인터페이스를 통해 미드저니와 스테이블 디퓨전 같은 이미지 생성형 AI의 프롬프트를 상세하게 작성하여 사용자의 창의력을 향상시키고, 독특한 AI 아트 작품 생성에 도움을 준다. 살펴보기 위해 **[학습자료]** – **[Prompt builder]** 바로가기를 실행한다.

📑 [학습자료] – [Prompt builder] 바로가기 실행

더블클릭

그러면 프롬프트 빌더 페이지로 곧바로 연결된다. 여기에서는 미드저니, 드림 스튜디오 그리고 다음 장에서 학습할 스테이블 디퓨전의 프롬프트를 작성할 수 있는 빌더를 선택할 수 있다. 여기서 일단 미드저니에서 사용할 프롬프트를 간단하게 작성해 보기 위해 **[Midjourney]** 버튼을 누른다.

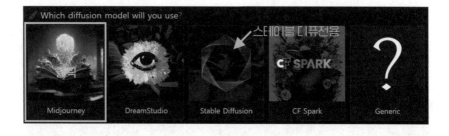

미드저니 프롬프트 빌더가 열리면 기본적으로 이미지와 텍스트 프롬프트를 추가할 수 있는 2개의 빌드가 있는 것을 알 수 있다. 일단 여기에서는 이미지를 가져와 사용하기 위해 **[add image prompt]** 버튼을 눌러 이미지 프롬프트를 추가한다.

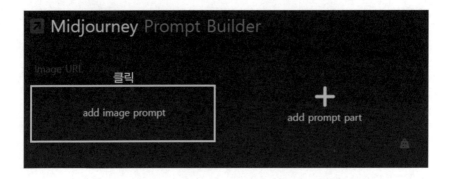

구글이나 네이버 등에서 새로 추가된 이미지 프롬프트에 사용될 이미지를 찾아 ❶
❷[이미지 링크 주소를 복사]한 후 앞서 추가한 이미지 프롬프트에 ❸[붙여넣기
(Ctrl+V)] 한다.

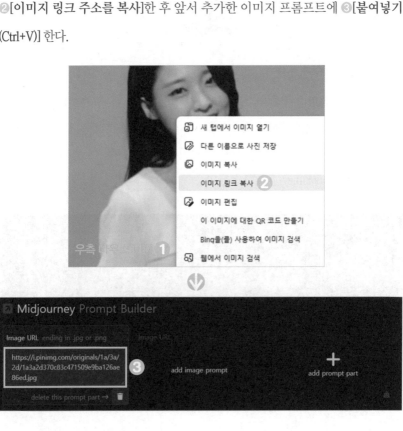

이제 붙여넣기 된 이미지에 변화를 주기 위한 작업을 해본다. 먼저 앞으로 살펴볼 옵션이 모습을 가장 보기 편한 모습으로 하기 위해 기본 이미지(Base image) 방식을 [첫 번째(beautiful symmetrical face)] 모드로 선택한다.

아래쪽 **세부 설정**(Select one more details) 목록에서는 아트, 카메라, 색상, 조명, 재질 등에 대한 선택 및 설정을 할 수 있다. 필자는 ❶❷[Art Medium] - [Drawing] 타입을 선택하였다.

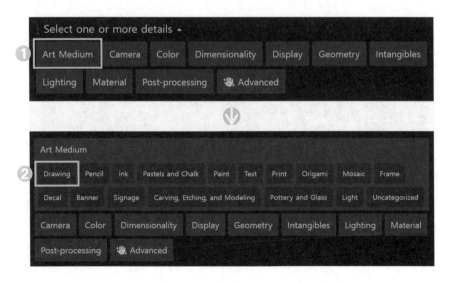

선택한 드로잉(Drawing) 목록이 열리면 적당한 타입을 선택한다. 필자는 [일러스트 (Illustration)] 타입을 선택하였다. 그러면 그림처럼 위쪽 미드저니 프롬프트 빌더의 이미지와 텍스트 프롬프트 사이에 자동으로 삽입되는 것을 알 수 있다. 이처럼 프롬 프트 빌더는 처음 사용하는 사용자도 쉽게 활용할 수 있다.

계속해서 아티스트, 미드저니 전용 파라미터, 이미지 크기에 대한 옵션을 통해 다 양한 변화를 줄 수 있는데, 이번에는 크기 설정을 위해 ❶[Image size Helper]를 열고 원하는 ❷[크기(비율)]를 선택한다.

나머지 옵션도 사용할 수 있지만 지금까지 작성한 프롬프트에 대해서만 사용해 본다. 이제 복사하기 위해 상단의 프롬프트가 작성된 필드 우측의 [Copy to clipboard] 버튼을 누른다. **지금의 작업은 하단의 [Copy it] 버튼을 사용해도 된다.**

미드저니로 돌아온 후 방금 복사된 프롬프트를 [붙여넣기(Ctrl+V)] 한 후 [엔터] 키를 눌러 이미지를 생성해 보면 그림처럼 일러스트 스타일의 결과물이 생성된 것을 알 수 있다.

살펴본 것처럼 프롬프트 빌더는 AI 아트를 탐구하고 창의력을 발휘하는데 매우 유용한 도구인 것을 알 수 있으며, 앞서 살펴본 몇 가지 프롬프트 작성 도구들은 미드저니를 보다 편리하게 사용할 수 있도록 도와주기 때문에 아주 유용하다. 최근 미드저니와 스테이블 디퓨전 같은 생성형 AI 프로그램이 이슈화되면서 관련 유틸리티들도 많이 출시되고 있다. 여기에서 설명되지 않는 숨겨진 보물(도구)들을 찾아 작업에 활용해 보기길 권장한다.

💡 팁 & 노트

미드저니 구독 해지하기

미드저니 유료 요금제를 해지하기 위해서는 [/subscribe] 프롬프트를 통해 [Manage Subscription] 페이지를 열고, [청구 및 인보이스 세부 정보(Billing & invoice Details)] 버튼을 눌러, 열린 페이지에서 [플랜 취소] 버튼을 통해 간편하게 해지할 수 있다.

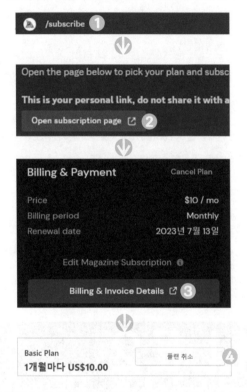

040. 캐주얼한 이미지는 모두 DALL-E가 해결한다

DALL-E는 챗GPT를 개발한 OpenAI의 인공지능 모델로 텍스트(프롬프트) 명령에 의해 이미지를 생성하는 프로그램이다. 달-E는 GPT-3와 같은 기반이며, 변형된 버전의 트랜스포머 아키텍처를 사용하여 학습되었다. 이 모델은 대용량 데이터 세트에서 다양한 이미지와 텍스트를 학습함으로써 사용자가 입력한 텍스트에 대응하는 시각적 이미지를 생성한다.

살펴보기 위해 위해 구글 검색기에서 ❶[DALL-E2]를 검색한 후 선택한다. DALL-E 2 페이지가 열리면 ❷[Try DALL-E] 버튼을 눌러 이미지 생성 프롬프트로 이동한다. DALL-E는 현재 버전 3이 출시되었다. 새로운 버전의 DALL-E 3는 챗GPT에서 기본 기능으로 탑재되어 챗GPT에서만 사용할 수 있다.

DALL-E 소개 창이 뜨면 ❶[Continue]와 ❷[Start creating with DALL-E] 버튼을 눌러 프롬프트 페이지로 이동한다. 달-E는 한 달에 15개 이미지를 무료로 생성할 수 있다.

☰ DALL-E 무작정 따라하기

달-E의 프롬프트 페이지가 열리면 상단 프롬프트 입력 필드에 원하는 문장을 입력한 후 [Generate] 버튼을 누르면 된다. 달-E 역시 미드저니처럼 원하는 이미지에 대한 설명을 영문으로 작성하면 되는데, 여기에서는 일단 캐주얼하게 ❶[어항 속 금붕어]를 생성해 보기로 한다. 이 문장을 구글 번역기나 네이버 파파고, 챗GPT 등에서 영문으로 번역하여 프롬프트로 작성한 후 ❷[이미지 생성 요청]한다.

『prompt: goldfish in fishbowl 』

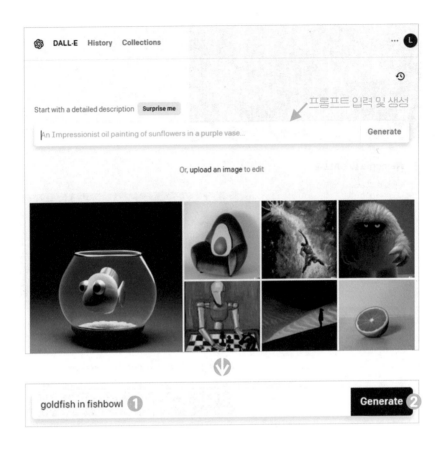

아래 이미지들은 방금 작성한 프롬프트에 대한 결과이다. 생성된 이미지는 기본적으로 4개이며, 프롬프트의 내용처럼 어항 속에 있는 금붕어가 정확하게 표현된 것을 알 수 있다.

앞선 방법으로 간편하게 이미지 생성이 되었다. 이번에는 좀 더 복잡한 이미지를 생성하기 위해 [어항 속 금붕어, 물방울이 피어나고 불가사리가 바닥에 있다]라는 프롬프트를 작성해 본다.

『prompt: goldfish in a fishbowl, with water droplets blooming and starfish on the bottom.』

Goldfish in a fishbowl, with water droplets blooming and starfish on the bottom.   **Generate**

결과는 다음과 같다. 작성한 프롬프트 내용에 맞게 어항, 금붕어, 물방울, 불가사리까지 모두 표현되었다. 하지만 사진(실사)이 아닌 일러스트 느낌이다.

이번에는 앞선 문장(프롬프트) 앞에 ❶[a photo image of]란 문장을 추가하여 ❷[요청]하였다. 결과는 다음의 그림처럼 실사(사진) 느낌으로 표현된 것을 알 수 있다. 이렇듯 달-E는 미드저니나 스테이블 디퓨전보다 품질은 떨어지지만 캐주얼한 이미지를 간편하게 생성할 수 있다는 것을 알 수 있다.

A photo image of a goldfish in a fishbowl, water droplets blooming and a starfish on the bottom.   **Generate**

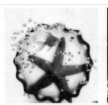

☰ 생성된 이미지 수정 및 다운로드받기

DALL-E는 이미지 생성 후 간단한 편집이 가능하다. 물론 전문적인 이미지 편집까지는 아니지만 영역 지우기, 자르기, 다른 이미지와 합치기 등의 작업은 가능하다.

이미지 편집하기

앞서 생성한 4개의 이미지 중 하나를 편집해 본다. 필자는 세 번째 이미지를 편집하기 위해 해당 이미지 상단의 ❶[메뉴]에서 ❷[Edit image] 메뉴를 선택하였다.

편집 창이 열리면 기본적으로 지우개 툴(도구)이 선택된 상태이다. 이미지 위에서 마우스 커서를 문지르기(클릭 & 드래그) 하면 그림처럼 이미지가 지워진다. 편집 창 우측에서 지우개 크기를 조절할 수 있으며, Ctrl + Z 키를 눌러 작업 취소(언두)도 가능하다.

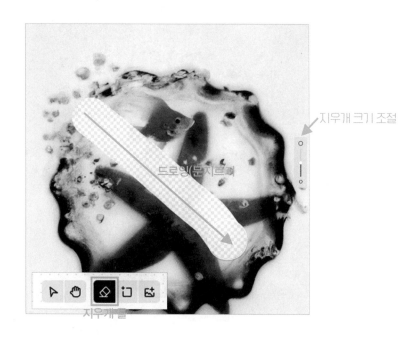

지우개 크기 조절

드로잉(문지르기)

지우개 툴

☑ 다시 4개의 이미지가 있는 페이지로 이동하기 위해서는 좌측 상단 Edit image 옆쪽 [<] 버튼을 누르면 된다.

< Edit image

이번엔 외부에서 이미지를 가져와 합쳐주기 위해 하단의 툴(도구)바에서 가장 우측에 있는 [Upload image] 툴을 선택한 후 [학습자료] – [아이콘] 이미지를 가져온다.

선택 툴

선택

화면 이동 툴

가져온 이미지는 크기와 위치를 조절할 수 있으며, [체크(v)] 표시를 클릭하여 생성된 이미지와 하나로 합쳐줄 수 있다. **그밖에 하단의 툴은 작업 영역 이동, 작업 범위 조절, 위치 이동 등의 작업이 가능하다.**

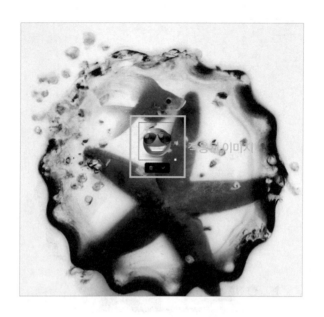

이미지 저장하기

생성된 이미지를 곧바로 저장하거나 편집 후 저장하거나 저장 방법은 동일하다. 이미지 편집 창 우측 상단을 보면 [↓] **다운로드** 버튼이 있는데, 이 버튼을 누르면 현재의 이미지를 이미지(PNG) 파일로 만들어 준다.

☰ 그밖에 유용한 무료 이미지 생성 AI 살펴보기

검색을 해보면 이미지를 생성해 주는 AI가 생각보다 많다는 것을 알 수 있다. 이들 중에는 무료로 운영되는 곳도 꽤 많다. **차후 유료로 전환될 확률이 높지만...** 또한 한 번의 클릭으로 간편하게 이미지를 생성해 주는 프로그램도 많이 있으므로 미드저니나 스테이블 디퓨전이 어려운 사람은 한 번쯤 살펴보길 권장한다.

대충 그린 그림, 완벽한 스케치로 만들기

오토드로우(Autodraw)는 진정한 똥손들을 위해 형체도 알아보지 못할 정도의 그림을 완벽한 그림으로 만들어 준다. [www.autodraw.com]로 접속하면 간단한 절차를 통해 그림을 완성할 수 있다.

무료로 고퀄리티의 이미지 생성하기

미드저니나 스테이블 디퓨전처럼 유료 또는 어려운 도구가 아닌, 이미지를 생성할 수 있는 AI 중에는 [플레이그라운드AI]라는 도구가 있다. [www.playgroundai.com]로 들어가면 간단한 프롬프트로도 고퀄리티의 이미지를 생성할 수 있다.

PART 04

모델형 AI
스테이블 디퓨전(SD)

스테이블 디퓨전 설치 및 실행, 체크포인트와 로라, VAE, 임베딩과 같은 기본 파일 설치와 사용 방법, 실제보다 더 실제 같은 이미지 생성, 프롬프트의 활용, 이미지 업스케일링 및 보정 기법, 컨트롤 넷을 이용한 완벽한 장면 생성, 고급 프로젝트 제작, 최신 기술인 SDXL 1.0의 활용 방법 등을 포함하고 있다. 또한, 여러 팁과 별책부록을 통해 초보자부터 중고급 사용자까지 모든 사용자가 스테이블 디퓨전을 효과적으로 사용할 수 있는 방법 및 고급 기능에 이르기까지 다양한 주제가 다루어진다.

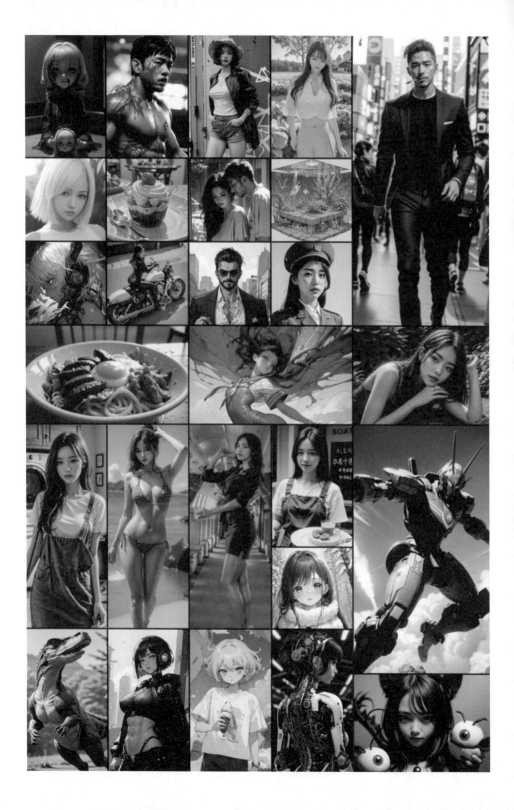

041. 자유로운 표현, 스테이블 디퓨전을 시작하기

스테이블 디퓨전(Stable Diffusion)은 최고급 AI 이미지 생성 도구로, 복잡한 이미지를 생성하는데 특화되어 있다. 이 프로그램은 **디퓨전 webUI와 ComfyUI 모델** 두 가지를 기반으로 하며, 복잡한 구조와 세부 이미지를 생성하는데 전통적인 GAN Generative Adversarial Networks: 생성적 적대 신경망 보다 더 안정적인 성능을 보여준다. 스테이블 디퓨전의 사용 방법은 다소 복잡할 수 있으며, 사용자가 원하는 이미지를 생성하기 위해 더 많은 개입과 조정이 필요할 수 있다. 하지만 이를 통해 사용자는 고유하고 특별한 이미지를 만드는데 더 큰 자유도를 가질 수 있다.

☰ 미드저니와 스테이블 디퓨전 비교하기

미드저니(MidJourney)와 스테이블 디퓨전(Stable Diffusion)은 모두 AI 이미지 생성 프로그램이다. 그러나 이 두 도구는 사용 방법과 기능에 있어 다음과 같은 몇 가지 차이점이 있다. 본 도서에서는 초보자도 쉽게 사용할 수 있는 **웹 유아이(webUI)**를 통해 학습해 본다.

아키텍처(Architecture)

아키텍처는 어떠한 구조물의 디자인과 계획, 구조 그리고 그것이 만들어 내는 공간을 연구하고 설계하는 것을 말하는데, 미드저니는 OpenAI에서 개발한 GPT-3 기반으로 한 고급 텍스트-to-이미지 생성 엔진이다. 이는 자연어 처리 알고리즘을 활용하여 사용자가 입력한 설명이나 프롬프트를 이해하고 그에 맞는 이미지를 생성한다. 반면 스테이블 디퓨전은 체크포인트(모델)이라는 학습된 스크립트와 세부 묘사를 위한 로라(LoRA)에 의해 작동한다. 이것은 복잡한 이미지를 생성하는데 있어 전통적인 GAN(갠)보다 더 안정적이다.

사용자 경험(User Experience, UX)

미드저니는 사용자 경험의 단순하고 친화적인 인터페이스를 제공하며, 원하는 이미지를 자세히 설명할 수 있는 프롬프트를 입력하는 것이 가능하고, 이를 통해 사용자는 세밀한 설정을 통해 원하는 결과물을 얻을 수 있다. 반면 스테이블 디퓨전은 사용자가 이미지를 생성하는 과정에 더 많은 기능을 활용할 수 있으며, 다양한 체크포인트(모델)와 로라(LoRA)를 통해 더 복잡한 결과물을 얻을 수 있다.

스타일 선택

미드저니에서는 다양한 아티스트의 스타일을 적용할 수 있어, 사용자는 프롬프트에 특정 아티스트의 이름을 포함시켜 그 스타일의 이미지를 생성할 수 있다. 반면에 스테이블 디퓨전은 이러한 기능을 제공하지 않고, 학습된 체크포인트(모델)들에 의해 이미지가 생성된다.

종합적으로 미드저니와 스테이블 디퓨전은 각각의 장점을 가지고 있다. 미드저니는 사용자 위주의 친화적이고 세밀한 설정이 가능하여 다양한 스타일의 이미지 생성에 유리하며, 스테이블 디퓨전은 학습된 모델(체크포인트)들에 의해 인물(캐릭터) 위주의 세밀한 이미지 생성에 더 안정적이다. 그러므로 사용자의 필요와 목적에 따라 두 도구 중 어느 것을 사용할지 결정할 수 있다.

☰ 스테이블 디퓨전 설치 및 실행하기

스테이블 디퓨전은 일반적인 프로그램과는 다르게 단독 프로그램으로 설치하여 사용할 수 없다. 보여지는 작업은 스테이블 디퓨전 wepUI이지만 실질적인 작업은 파이썬(Python)이기 때문이다. 그러므로 프로그램을 사용(실행)하기 위해서는 몇몇 웹사이트를 거쳐야 한다. **원활한 작업을 위해 PC 사양 중 그래픽 카드 메모리(VRAM)가 중요하다. 015 페이지 [학습(작업)에 적합한 PC 환경]을 참고한다.**

깃허브(Github) 계정 만들기

스테이블 디퓨전을 설치하기 위해서는 깃허브 **오픈 소스 프로젝트와 코드를 공유하는 웹 기반 호스팅 서비스** 라는 곳을 이용해야 한다. [www.github.com] 또는 [학습자료] 폴더에 있는 [GitHub] 바로가기를 실행한다.

🔖 [학습자료] – [https://github.com] 바로가기 실행

깃허브 웹사이트가 열리면 우측 상단의 [Sign up] 버튼을 누른다. 만약 이미 깃허브 계정을 만든 상태라면 Sign in으로 로그인하면 된다.

이메일 생성 단계에서는 자신이 사용하는 ❶[**현재 이메일 주소**]를 입력한 후 ❷ [Continue] 버튼을 누른다.

계속해서 비밀번호 입력 단계에서는 자신이 사용할 비밀번호를 입력한다. 보안을

위해 **열 자리 이상의 영문, 숫자, 기호를 혼합**하여 입력한다.

사용자 이름 입력 단계에서는 자신의 **영문 이름이나 닉네임**을 입력한다.

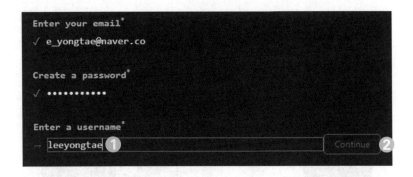

다음으로 깃허브 업데이트 정보를 이메일로 받을 것인지에 대한 유무를 선택한다.
받고자 한다면 [y], 받지 않는다면 [n]을 입력하면 된다.

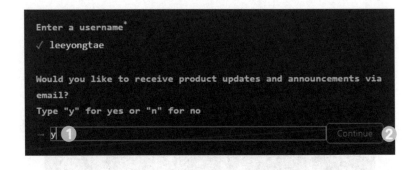

자동 등록 방지를 위한 문제를 풀기에서 ❶[확인] 버튼을 누른 후 질문에 부합하는 ❷[답]을 선택한다. 문제는 아래 이미지와 다르게 나타날 가능성이 높으며, 이 과정이 나타나지 않는다면 그냥 넘어가도 된다.

정확한 답을 선택했다면 [v]가 표시되며, 하단의 [Create account] 버튼을 누른다.

[Enter code] 입력 창이 뜨면 앞서 작성한 자신의 이메일로 들어가서 깃허브에서 온 ❶ [Your GitHub launch code] 이메일을 열고, 이 이메일이 포함된 ❷[여덟 자리 숫자]를 코드에 입력한다.

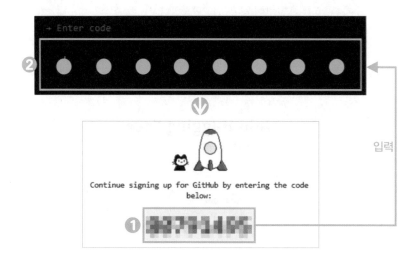

☑ 다음 과정 후 다시 깃허브를 통해 스테이블 디퓨전 프로그램(코드)을 다운로드받아야 하므로 깃허브 계정 등록 후 웹사이트 창은 닫지 않는다.

허깅 페이스(Hugging Face) 계정 만들기

스테이블 디퓨전에 필요한 모델(체크포인트) 설치 파일이 있는 허깅 페이스의 계정도 만들어 주어야 한다. 허깅 페이스를 열기 위해 [www.huggingface.co] 또는 [학습자료] 폴더에 있는 [Hugging Face] 바로가기를 실행한다.

🔖 [학습자료] – [Hugging Face] 바로가기 실행

더블클릭

허깅 페이스 웹사이트가 열리면 우측 상단에서 ❶[Sign Up] 버튼을 누른다. 이메일과 비밀번호 입력 창이 뜨면 ❷[자신의 이메일]과 허깅 페이스에서 사용할 ❸[비밀번호]를 입력한 후 ❹[Next] 버튼을 누른다. 비밀번호는 열 자리 이상의 영문, 소문자, 대문자, 숫자, 기호를 혼합하여 사용하길 권장한다.

사용자 정보 등록 창이 뜨면 ❶[이름]을 입력한 후 ❷[I have read and agree with the Terms of Service...]를 체크한 후 ❸[Create Account] 버튼을 누른다. 여기에서 옵션(optionl)은 작성하지 않아도 된다. 그다음 앞서 등록한 이메일로 들어가면 허깅 페이스에서 컨펌 메일이 왔을 것이다. 받은 메일로 들어가 ❹[링크된 주소]를 클릭하여 메일 인증을 마친다. 이메일이 안 왔다면 이메일 주소 확인 및 스팸 메일 확인을 한다.

Complete your profile

One last step to join the community

Username

lee

Full name

yongtae ❶

Avatar (optional)

Upload file

🐙 **GitHub username** (optional)

~~Research Interests~~

☑ I have read and agree with the <u>Terms of Service</u> and the <u>Code of Conduct</u> ❷

Create Account ❸

Confirm your email address by clicking on this link:

<u>https://huggingface.co/email_confirmation/UKVaCFWbcPYWcAroYqbLHXVvrqXb</u> ❹

If you didn't create a Hugging Face account, you can ignore this email.

팁 & 노트

허깅 페이스는 어떤 곳인가?

허깅 페이스는 인공 지능(AI) 분야에서 주목받는 스타트업 회사로 특히 자연어 처리(NLP, Natural Language Processing) 분야에 중점을 두고 있으며, 광범위한 머신 러닝 모델(주로 트랜스포머 기반)을 공개하고, 이러한 모델을 쉽게 사용하고 구현할 수 있도록 하는 프레임워 크를 제공한다. 허깅 페이스 제품 중 트랜스포머스(Transformers) 라이브러리는 BERT, GPT-2, GPT-3, T5 등과 같은 대표적인 트랜스포머 모델을 포함하고 있다. 이러한 모델들은 대화형 AI, 문장 생성, 문장 분류, 번역 등 다양한 NLP 작업을 수행할 수 있게 해준다.

깃 포 윈도우즈(Git for Windows) 설치하기

이제 윈도우즈에서 깃(Git)을 사용할 수 있도록 해주는 프로그램을 설치하기 위해 [www.gitforwindows.org] 또는 [학습자료] 폴더에 있는 [Git for Windows] 바로 가기를 실행한다.

📑 [학습자료] – [Git for Window] 바로가기 실행

프로그램 다운로드 창에서 ❶[Download] 버튼으로 다운로드한 후 ❷❸[설치]한다.

프로그램 설치 후 깃(Git)이 실행된 상태로 다음 작업을 진행한다. **앞서 프로그램 설치 후 곧바로 실행하기 위해 [Launch Gitp Bash]를 체크했기 때문에 자동으로 실행된 상태이다.**

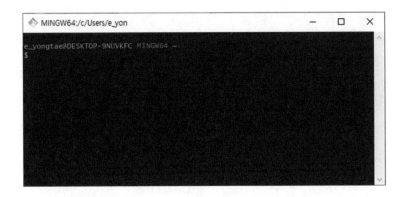

💡 팁 & 노트

깃 포 윈도우즈는 무엇인가?

깃 포 윈도우즈는 윈도우즈 운영체제에서 Git(깃)을 사용할 수 있게 해주는 소프트웨어이다. 이 프로그램을 통해 사용자는 윈도우즈 환경에서 Git의 모든 기능을 이용할 수 있다. Git은 분산 버전 관리 시스템으로 개발자들이 소스 코드의 변경 사항을 추적하고, 다른 개발자들과 협업을 할 수 있도록 돕는다. 깃 포 윈도우즈는 크게 다음과 같은 두 가지 주요 구성 요소로 이루어져 있다.

- **Git BASH** Git 명령어를 사용할 수 있는 터미널 환경을 제공한다. Bash 쉘은 Unix나 Linux에서 일반적으로 사용되는 명령 인터페이스인데, GIT BASH는 이를 윈도우즈에서 사용할 수 있게 해준다. 이를 통해 사용자는 Git 명령어 뿐만 아니라 Unix/Linux 스타일의 명령어를 윈도우즈에서 사용할 수 있게 된다.

- **Git GUI** 그래픽 사용자 인터페이스를 통해 Git을 사용할 수 있게 해준다. 명령어를 직접 입력하는 대신, 메뉴와 버튼 등을 통해 Git의 기능을 사용할 수 있게 된다.

따라서, 깃 포 윈도우즈를 설치하면 Git BASH와 Git GUI 둘 다 사용할 수 있게 되며, 사용자는 자신의 선호에 따라 명령어 입력 인터페이스나 그래픽 인터페이스 중 어느 것을 사용할지 선택할 수 있다.

스테이블 디퓨전이 설치(사용)될 폴더 생성하기

이번엔 스테이블 디퓨전이 설치될 폴더를 생성해 준다. **스테이블 디퓨전은 앞서 설치한 깃 포 윈도우즈를 통해 설치해야 해야 함** 여기에서는 폴더를 C 드라이브에 설치할 것이다. **자신이 원하는 위치가 있다면 해당 위치를 활용해도 됨** C 드라이브에서 ❶❷[우측 마우스 버튼] - [새 폴더] 메뉴를 통해 폴더를 만든 후 폴더명을 ❸[영문명(Stable Diffusion)] **자신이 원하는 이름으로 해도 됨** 으로 해준다. 그다음 생성된 폴더에서 ❹❺[우측 마우스 버튼] - [복사] 메뉴를 선택하여 폴더를 복사한다. **폴더는 반드시 메뉴를 통해 복사해야 함**

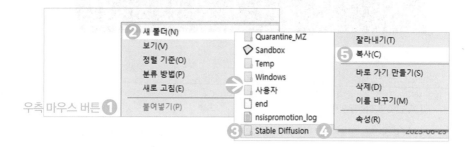

💡 **팁 & 노트**

스테이블 디퓨전을 맥(Mac)에서 사용할 수 있나?

DiffusionBee 앱은 스테이블 디퓨전을 맥에서 사용할 수 있게 해주는 프로그램이며, 다운로드 및 설치하기 위해서는 DiffusionBee 웹사이트를 통해야 한다. 참고로 스테이블 디퓨전은 맥 버전이 macOS Monterey 이상일 때 가능하다고 되어있다.

폴더를 복사했다면 이제 앞서 설치한 깃(Git)으로 이동한 후 아래쪽 [$] 옆에 소문자 ❶[cd]를 입력한 후 ❷[한 칸 띄우고], ❸❹[우측 마우스 버튼] - [Paste]를 선택하여 복사된 폴더 위치와 이름을 붙여넣기 한다. 그다음 ❺[엔터] 키를 눌러 폴더로 들어 간다. **사용된 명령어 cd는 체인지 디렉토리(Change Directory), 즉 폴더 위치를 바꿔주는 도스 명령어이다.**

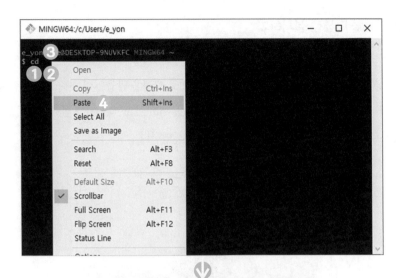

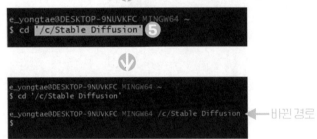

바뀐 경로

🔵 팁 & 노트

깃(Git)을 다시 실행해야 할 때

깃 사용 시 문제가 생겨 저절로 닫히거나 종료하여 다시 실행해야 한다면 윈도우 [시작] – [Git]
폴더에 설치된 [Git Bash]를 실행하면 된다.

실행 프로그램

스테이블 디퓨전 설치하기

앞서 스테이블 디퓨전이 설치될 경로(폴더: 디렉토리)가 지정됐기 때문에 이제 스테이블 디퓨전을 설치해도 된다. 다시 처음으로 계정을 만들었던 깃허브로 이동한 후 우측 상단 검색 창에서 [automatic1111/stable-diffusion-webui]을 입력하거나 [학습자료] 폴더의 [Stable Diffusion] 바로가기를 실행한다.

스테이블 디퓨전이 검색되면 우측 상단의 ❶[Code] 메뉴에서 HTTP 링크 주소를 ❷[복사] 버튼을 눌러 주소를 복사한다. 본 도서에서는 설치 버전이 1.4.1 버전이지만 지금은 이보다 훨씬 높은 버전이 출시되었을 것이다. 하지만 새로운 버전도 새로운 모델(체크포인트)을 반영하기 위한 것이므로 사용(학습)하는 데에는 문제가 없다.

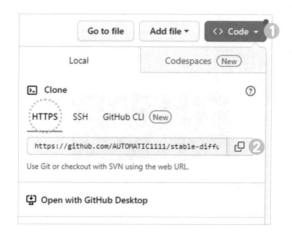

다시 깃으로 이동한 후 [$] 옆쪽에 소문자 ❶[git clone] 입력 후 ❷[한 칸 띄우고], ❸
❹[우측 마우스 버튼] - [Paste]를 선택하여 앞서 복사한 링크 주소를 붙여 넣는다.
그다음 ❺[엔터] 키를 눌러 프로그램을 설치한다. 이와 같은 방법으로 깃과 깃허브
를 통해 스테이블 디퓨전을 설치해야 한다.

☑ 설치 시간이 30분 이상 소요될 수 있으므로
모든 파일이 완전히 설치될 때까지 종료하면
안 된다.

기본 익스텐션(확장) 체크포인트 모델 설치하기

스테이블 디퓨전을 사용하기 위해서는 다양한 모델들이 필요하다. 모델의 설치는 허깅 페이스에서 해야 하므로 앞서 두 번째로 계정을 만들었던 [허깅 페이스]로 이동한 후 상단의 검색 창에서 ❶[stable-diffusion]을 검색한 후 나타나는 모델 중에서 ❷[runwaym1/stable-diffusion-v1-5]를 선택한다.

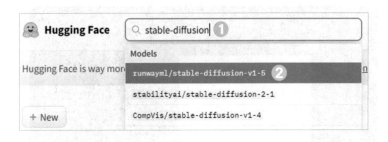

Stable Diffusion v1-5은 스테이블 디퓨전(SD)에서 이미지를 생성할 수 있는 기본 모델이다. 아래로 스크롤 해보면 [Original GitHub Repository]에서 [v1-5-pruned-emaonly.ckpt - 4.27GB]와 [v1-5-pruned.ckpt - 7.7GB] 용량이 다른 두 모델을 볼 수 있다. 사용자 작업 환경(PC 또는 모바일)에 맞게 적당한 용량의 모델을 받아 설치하면 된다. 본 도서에서는 PC에서 디테일한 작업을 할 것이기 때문에 용량이 큰 아래쪽 파일을 [다운로드] 하였다. 참고로 SD v1.5는 기본 모델이지만 반드시 설치해야 하는 것은 아니다. 스테이블 디퓨전은 새로운 기본 모델인 SDXL 1.0과 그밖에 다양하게 학습된 모델(체크포인트)들을 활용해야 하기 때문이다. 이 부분은 593페이지에서 자세히 살펴볼 것이다.

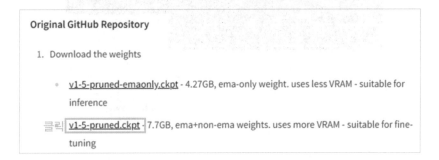

다운로드된 [v1-5-pruned.ckpt] 파일은 스테이블 디퓨전이 설치된 C 드라이브의 [Stable Diffusion] - [stable-diffusion-webui] - [models] - [Stable-diffusion] 폴더로 갖다 놓는다. ckpt 체크포인트용 모델 파일은 최근에는 잘 사용하지 않음 앞으로 사용되는 모든 모델(체크포인트)은 이 폴더에 다운로드받아 사용한다. 이 폴더에 있을 때만 작동된다.

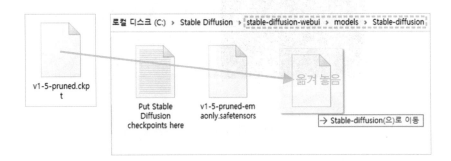

파이썬(Python) 설치하기

이제 마지막 과정으로 스테이블 디퓨전을 사용하기 위해 **파이썬(Python)**이라는 프로그램을 설치해야 한다. 파이썬은 앞서 설치한 스테이블 디퓨전이 실질적으로 작동하게 해주는 프로그램이다. 설치하기 위해 [www.python.org/] 또는 [학습자료] 폴더에 있는 [Python Releases for Windows] 바로가기를 실행한다.

📗 [학습자료] – [Python Releases for Windows] 바로가기 실행

파이썬 웹사이트가 열리면 [Downloads] - [Windows] 메뉴를 선택한다. 맥 사용자라면 macOS를 선택하면 된다.

파이썬 다운로드 페이지에는 다양한 버전이 있다. **현재는 3.11.4가 최신 버전임** 하지만 스테이블 디퓨전과 같은 오픈 소스 프로그램이 정상적으로 실행되기 위해서는 최신 버전보다는 이전 버전이 더 안정적일 수 있다. 그러므로 여기에서는 검증된 파이썬 ❶[3.10.6] 버전을 다운로드받아서 ❷❸❹❺[설치]해 준다. **파이썬 3.10.6 버전보다 높은 최신 버전의 파이썬은 GPU 수치 연산 가속화가 복잡하고, 변화하는 모델을 다루는 계산 그래프를 제공하는 토치(Torch)를 지원하지 않기 때문에 위 버전 설치를 권장한다.**

- Python 3.10.6 - Aug. 2, 2022
  Note that Python 3.10.6 *cannot* be used on Windows 7 or earlier.

  - Download Windows embeddable package (32-bit)
  - Download Windows embeddable package (64-bit)
  - Download Windows help file
  - Download Windows installer (32-bit)
  - Download Windows installer (64-bit) ❶

python-3.10.6-a
md64

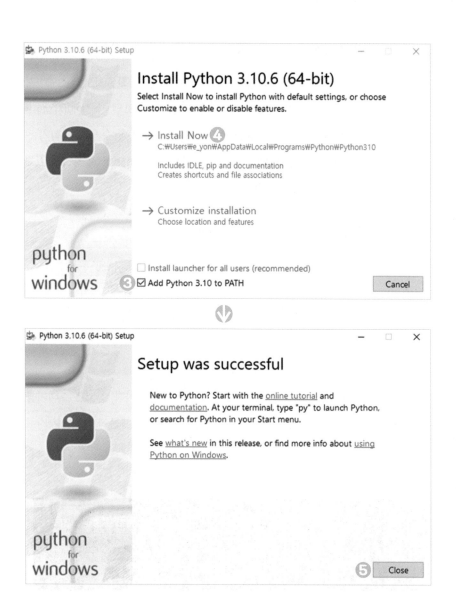

☑ Add Python 3.10 to Path(Add Python.exe to Path) 이 옵션을 체크한 상태로 설치하면 파이썬 실행 파일이 시스템의 PATH 환경 변수에 추가된다. 따라서, 파이썬을 설치할 때 이 옵션을 선택하는 것은 대체(때론 반드시)로 좋은 선택이다. 하지만 이것이 시스템의 기존 설정을 덮어쓰거나 기타 문제를 일으킬 수도 있으므로 이 옵션이 정확히 어떤 영향을 미치는지 이해하고 선택하는 것이 중요하다.

스테이블 디퓨전 최종 설치 및 실행하기

이제 스테이블 디퓨전을 설치할 수 있는 모든 준비가 끝났다. 최종적으로 스테이블 디퓨전을 방금 설치한 파이썬과 스테이블 디퓨전 익스텐션 모델 v1-5 **이미지 생성을 위해 필요한 스테이블 디퓨전(SD) 기본 모델**을 통합하여 실행(설치)할 수 있도록 하기 위해 C 드라이브에 설치된 [Stable Diffusion] - [stable-diffusion-webui] 폴더에 있는 [webui-user] 배치 파일을 [**더블클릭**]하여 실행한다.

그림과 같은 화면이 떴다면 정상적으로 설치가 진행되는 것이다. 참고로 스테이블 디퓨전은 PC 및 인터넷 환경에 따라 **최대 30분까지** 소요되기 때문에 여유를 가지고 기다려야 한다.

☑ 만약 위 그림과 같은 화면이 아니라 에러 메시지와 함께 [계속 진행을 하려면 아무 키나 누르세요]라는 메시지가 뜬다면 앞의 과정에서 설치한 파일 및 폴더를 모두 삭제한 후 다시 설치해야 한다. 이때 중요한 것은 파이썬 설치 시 기존의 데이터를 모두 덮어쓰기 위해 [Add Python.exe to Path] 옵션을 체크한 후 설치해야 한 다는 것이다.

모든 설치가 끝난 후 [Running on Local URL : http://127.0.0.1:7860]이라는 주소가 보일 것이다. 여기에서 ❶[주소] 부분만 복사한 후 웹 브라우저의 주소창에 ❷[붙여넣기] 한 후 ❸[엔터] 키를 누르면 이미지 생성 작업을 할 수 있는 스테이블 디퓨전 웹사이트가 열린다. **작업 중 검정색 배경의 스테이블 디퓨전 설치 및 실행 프로그램(cmd)을 닫으면 작업 웹사이트도 같이 닫히기 때문에 작업이 끝나기 전까지는 닫아서는 안 된다.**

스테이블 디퓨전(SD) web UI

스테이블 디퓨전을 다시 실행할 때

앞으로 스테이블 디퓨전을 실행할 때는 항상 [webui-user.bat(배치파일)]을 먼저 실행한 후 실행 경로인 [http://127.0.0.1:7860]을 복사해서 웹 브라우저에 붙여 넣은 후 실행하면 된다. 하지만 매번 이와 같은 방법으로 실행하는 것보다는 [배치파일]을 [바탕화면에 바로가기]로 만들어 실행하는 것을 권장한다. 다시 실행할 때는 설치 과정이 생략되기 때문에 오래 걸리지 않는다.

또한 실행 경로는 특별한 변동이 없다면 바뀌지 않기 때문에 작업 SD 웹사이트를 원하는 곳에 ❶[북마크]해 놓는 것도 좋은 방법이다. 북마크된 이름을 수정하기 위해서는 적용된 파비콘에서 ❷[우측 마우스 버튼] - [수정] 메뉴를 통해 가능하다.

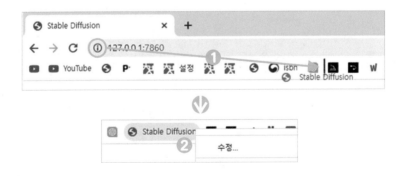

팁 & 노트

구글 코랩(Colab)을 활용한 스테이블 디퓨전 설치 및 사용에 대하여

구글 코랩(Google Colab) 또는 콜레버토리(Colaboratory)는 구글이 제공하는 무료 주피터 (Jupyter) 노트북 환경으로, 클라우드 기반의 무료로 사용할 수 있다. 코랩은 데이터 분석, 머신러닝, 인공 지능 연구 등 다양한 분야에서 소스 코드를 작성하고 실행하며 결과를 공유할 수 있도록 설계되었다. 즉, 사용자의 컴퓨터(하드웨어 시스템: CPU, GPU, 메모리, 하드디스크 등)를 사용하지 않고 구글 서버에서 제공하는 하드웨어 시스템을 자원으로 하여 작업을 할 수 있다는 것이다. 구글 코랩의 주요 특징은 다음과 같다.

• **클라우드 기반** 모든 작업이 클라우드에서 실행되므로 로컬 컴퓨터의 하드웨어 시스템 자원에 의존하지 않는다.

• **무료 GPU/TPU 사용** 필요에 따라 무료로 GPU나 TPU를 사용할 수 있다. 머신러닝 연구 등에 필요한 고성능 하드웨어인 GPU(Graphics Processing Unit)를 무료로 제공한다. GPU를 사용하면 CPU만 사용하는 것에 비해 연산 속도가 크게 향상된다.

• **파이썬(Python) 지원** 구글 코랩은 Python 2와 Python 3을 모두 지원하며, 데이터 과학과 머신러닝에 널리 사용되는 여러 파이썬 라이브러리를 포함하고 있다.

• **공유와 협업** 구글 문서나 구글 스프레드시트와 마찬가지로, 코랩 노트북은 쉽게 공유하고 협업할 수 있다. 여러 사용자가 동시에 노트북을 편집하고, 댓글을 달 수 있다.

• **주피터(Jupyter) 노트북과 호환성** 기존의 주피터 노트북을 코랩으로 가져오거나 코랩 노트북을 주피터 노트북으로 내보내는 것이 가능하다.

• **통합 개발 환경** 코드 작성, 실행, 디버깅 등을 하나의 플랫폼에서 진행할 수 있게 해주는 통합 개발 환경을 제공한다. 또한 코랩 노트북은 마크다운(Markdown)을 지원하여 코드에 대한 설명을 텍스트나 이미지 심지어 동영상으로 추가할 수 있다.

• **구글 드라이브와의 연동** 구글 드라이브와 연동되어, 노트북 파일을 쉽게 저장하고 불러올 수 있다. 또한 구글 스프레드시트나 구글 문서와 같은 다른 구글 앱과의 호환성도 뛰어나다.

이러한 코랩을 활용하면 스테이블 디퓨전을 설치하여 작업을 할 수 있다. 하지만 스테이블 디퓨전을 사용하기 위해서는 월 9.99~49.99달러(비용)가 들어가기 때문에 전문적으로 스테이블 디퓨전을 활용하고자 한다면 적절한 사양의 PC를 권장한다. 자세한 내용은 [학습자료] 폴더에 있는 [Google Colab] 바로가기를 실행해서 살펴보기 바란다.

· 추가: 별책부록_ "생성형 Ai 빅3 외전"의 [구글 코랩 설치하기] 참고

☰ 스테이블 디퓨전에서 첫 번째 이미지 생성하기

이제 처음으로 스테이블 디퓨전을 통해 이미지를 생성해 본다. 설치하느라 제법 긴 시간을 소비하였으니 지금이 가장 설레이는 시간일 것이다. 일단 다른 기능들은 제 쳐두고 스테이블 디퓨전에서 어떻게 이미지를 생성하는지 살펴보자. 현재는 [txt2img] 탭이 기본적으로 활성화된 상태이다. 이 탭은 말 그대로 텍스트 프롬프트 를 입력하여 원하는 이미지를 생성하는 공간이다. 아무 옵션도 건들지 말고 먼저 ❶[밝은 눈과 빛나는 미소를 가진 아름다운 소녀. 그녀의 머리카락은 부드러운 웨 이브로 흐르고, 밝은 파스텔 색상의 옷을 입고 있다. 분위기는 따뜻하고 매력적이 며 사실주의 스타일]이란 문장을 영문으로 번역한 후 ❷[Generate] 버튼을 누른다.

🔖 해당 프롬프트는 [학습자료] – [책 속 프롬프트 목록] 파일 참고

『/prompt: a beautiful young girl with bright eyes and a radiant smile. her hair flows in soft waves, and she is dressed in light, pastel-colored clothing. the atmosphere is warm and inviting, **realism style**』

생각보다 훨씬 빠르게 결과물이 생성되었다. 하지만 다소의 실망감은 어쩔 수 없다. 앞서 갤러리에서 본 이미지들처럼 안 나왔으니 말이다. 그나마 프롬프트 끝에 **사실 주의 스타일(realism style)**이라고 입력하여 이 정도의 느낌으로 결과물이 생성된 것 이다. 하지만 실망할 필요는 없다. 지금은 기본 체크포인트 모델인 v1-5에 대한 결 과일 뿐이기 때문이다. **참고로 현재 필자가 사용하는 PC 그래픽 사양은 RTX 2060(VRAM 6GB)이다. 차후 업그레이드를 하게 되지만...**

닫기

☑ 스테이블 디퓨전도 미드저니처럼 기본적으로 텍스트 프롬프트를 통해 원하는 이미지를 생성한다. 하지만 스테이블 디퓨전은 텍스트보다는 다양한 모델(체크포인트)을 활용하여 스타일을 표현하는 것에 더 특화되어 있다.

☑ 스테이블 디퓨전에서 이미지 생성을 요청했을 때 webui-user 배치파일, 즉 파이썬(smd) 프로그램이 작동되는 것을 알 수 있다.

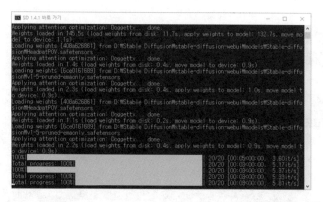

계속해서 이번엔 앞서 미드저니에서 사용된 프롬프트를 스테이블 디퓨전에 사용하면 어떤 이미지가 생성되는지 살펴보자. 다음은 362페이지 [광고 이미지 만들기]에서 사용한 프롬프트이다. ❶[txt2img] 탭의 프롬프트에 362페이지에서 사용한 프롬프트를 입력(복사하여 사용)한 후 ❷[Generate] 버튼을 누른다.

『/prompt: a cutting-edge electric vacuum cleaner ad in a design and color that appeals to **korea women,** emphasizing quiet operation with powerful suction 』

결과는 매우 충격적이다. 아래 그림처럼 미드저니(좌)와 스테이블 디퓨전(우)의 결과물은 누가 보아도 비교되는 수준이기 때문이다. 그렇다고 아직 절망할 필요는 없다. 같은 인공지능이라도 인공지능만의 특성(장단점)이 있으며, 스테이블 디퓨전은 다양한 모델(체크포인트) 스타일을 활용할 수 있기 때문이다. **이제부터 시작이다. 책** 내용을 하나하나 따라 하다 보면 누구나 갤러리 수준의 멋진 작품을 만들 수 있으니 기대하고 있어도 된다.

미드저니에서 생성한 결과물(좌)과 스테이블 디퓨전의 결과물(우)

042. 스테이블 디퓨전 web UI 메인 화면 살펴보기

스테이블 디퓨전(SD: Stable Diffusion)은 개인용 PC에서 실행할 수 있는 웹 UI(web UI) 기반의 강력한 AI 이미지 생성 소프트웨어이다. 이번 학습은 스테이블 디퓨전의 메인 화면의 주요 기능에 대한 설명이다. 주요 기능들에 대해 익혀두면 앞으로 살펴볼 다양한 작업들을 보다 쉽게 이해할 수 있을 것이다.

≡ 체크포인트(모델), 작업 방식, 프롬프트 살펴보기

스테이블 디퓨전의 메인 작업 화면에서 좌측 상단에 있는 기능들이다. 여기에서는 원하는 이미지 생성을 위한 체크포인트(모델)를 선택하고, 작업 방식과 프롬프트를 작성하는 기능들로 구성되어 있다.

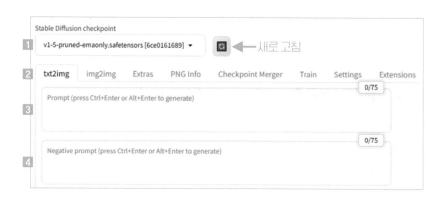

1 **스테이블 디퓨전 체크포인트** 어떤 그림 스타일의 모델로 이미지를 생성할 것인지 선택할 수 있다. 다양한 스타일의 결과물을 얻기 위해서는 모델들과 로라 등이 필요한데, 모델과 로라는 시빗AI(www.civitai.com)나 앞서 살펴보았던 허킹 페이스(www.huggingface.co)에서 다운로드 및 설치해 놓아야 한다. 우측 [새로 고침] 버튼은 설치된 모델을 새롭게 인식할 때 사용된다.

2 작업 방식 선택 스테이블 디퓨전에서 수행할 수 있는 작업 방식 탭이다. 각 탭은 텍스트 기반(txt2img)와 이미지 기반(Img2img)의 프롬프트, Extras는 이미지의 해상도를 높이는 업스케일 작업, PNG info는 PNG 정보, 이미지 생성 정보(자세한 속성) 확인, Checkpoint Merger는 모델들을 합치(혼합)는 작업, Train은 모델들을 훈련(학습)하는 작업, Settings는 SD web UI의 다양한 기능에 대한 설정, Extensions는 SD 확장 프로그램을 설치할 때 사용되는 탭이다.

3 프롬프트 사용자가 원하는 이미지 생성을 위한 텍스트 프롬프트를 작성하는 필드이다. 기본적으로 75자로 표시되어 있지만, PC 사양(메모리와 GPU 등)에 따라 원하는 만큼의 텍스트를 입력할 수 있다.

4 네거티브 프롬프트 부정적인, 즉 생성될 이미지에서 제외하고자 하는 단어(키워드)들을 입력하는 프롬프트이다. 미드저니의 --no 파라미터와 같은 역할을 한다.

≡ 제너레이트, 프롬프트 제어, 스타일 살펴보기

우측 상단은 작성된 프롬프트를 실행하여 이미지 생성과 스타일 설정에 대한 기능들로 구성되어 있다.

1 제너레이트 프롬프트에서 작성된 내용을 이미지로 생성할 때 사용된다.

2 **프롬프트 제어** 좌측부터 ✓ 모양의 아이콘 버튼은 마지막에 사용된 프롬프트를 다시 보여줄 때 사용되고, 🗑 아이콘은 프롬프트 지우기, 🖼 는 추가 네트워크 표시/숨기기로 모델이나 텍스추얼 인버전, 로라(Lora) 등을 적용하는 창을 보이기/숨기기, 🗐 는 스타일 목록에서 선택된 스타일을 프롬프트에 적용, 🗐 스타일 저장은 프롬프트에서 작성된 텍스트를 프롬프트 스타일로 저장할 수 있다.

3 **스타일** 등록된 즐겨 사용되는 스타일을 선택할 때 사용된다.

☰ 세부 설정 살펴보기

프롬프트 기준, 생성될 이미지의 비율(크기), 샘플링 방식, 샘플링 단계, 규모, 시드 등에 대한 세부 설정을 할 수 있는 옵션들로 구성되어 있다.

1 **샘플링 메소드(Sampling method)** 샘플링할 모델을 선택할 수 있다. 상단 체크 포인트가 메인 화풍(그림 스타일)을 선택하는 것이라면 샘플링 메소드는 서브 화풍, 즉 세부 그림 스타일을 선택할 수 있다. 기본적으로 [Euler a]를 사용하며, 인물 사진이나 실사에서는 [DPM++2M Karras]나 [DPM++SDE Karras] 그리고 사물 이미지에는 [DDIM] 같은 샘플링을 주로 사용한다. **예시: beautiful girl**

[Euler a]   [DPM++2M Karras]   [DPM++SDE Karras]   [DDIM]

2 **샘플링 스텝(Sampling steps)** 선택된 샘플링을 몇 번에 거쳐 이미지를 생성할 것인지 스텝 수를 선택할 수 있다. 보통은 샘플링 스텝의 수치가 높을수록 디테일 할 결과물을 얻을 수 있지만, 지나치게 높은 수치는 오히려 이미지가 뭉개질 수 있으므로 적당하게 설정해야 한다. 일반적으로 20~30 정도, PC 사양이 높을 경우에는 50~70 정도로 사용하는 것을 권장한다.

[샘플 스텝 20]   [샘플 스텝 60]   [샘플 스텝 100]   [샘플 스텝 150]

3 **리스토어 페이스(Restore faces)** 이 옵션을 체크하면 얼굴 부분을 자연스럽게 처리해 준다. 특히 멀리에서 보이는 작은 얼굴을 표현할 때 얼굴이 부자연스럽게

보이는 문제를 이 옵션을 통해 해결할 수 있다. 멀리서 보이는 얼굴이 포함된 이미지일 경우에는 이 옵션을 체크하는 것을 권장한다.

🔢 **타일링(Tiling)** 이 옵션을 체크하면 반복되는 이미지, 즉 타일 패턴 이미지를 생성할 수 있다.

🔢 **하이레스. 픽스(Hires. fix)** 이 옵션을 체크하면 구도 상의 문제를 억제하면서 고해상도의 이미지를 생성할 수 있다. 만약 프롬프트에 한 명의 캐릭터를 요청하였는데 여러 명으로 분열된다면 이 옵션을 통해 해결할 수 있다.

하이레스. 픽스 해제 시   하이레스. 픽스 체크 시

하이레스. 픽스를 체크하면시 하단에 4개의 설정 옵션이 나타나는데, 업스케일러(Upscaler)는 저해상도의 원본 이미지를 확대할 때에 업스케일러의 종류를 선택하며, 고해상도 스텝(Hires steps)은 고해상도 이미지 생성 시 스텝 수를 설정한다. 수치를 0으로 하면 샘플링 스텝 수와 같은 값이 적용되며, 일반적으로 0 또는 샘플링 스텝보다 작은 값으로 하는것을 권장한다. 그리고 노이즈 제거 강도(Denoising strength)는 업스케일을 하는 과정에서 이미지를 수정할 수 있는 자유도를 설정해 주는 수치 이다. 값이 낮을수록 자유도가 낮고, 높을수록 자유도가 높아진다. 값이 높으면 정밀한 이미지를 만들 수는 있지만 원래 이미지와 완전히

동떨어진 그림이 될 가능성이 높다. 권장 값은 0.5~0.6 정도이다. 마지막 업스케일 배율(Upscale by)은 이미지 확대율로 수치가 높아질수록 고해상도가 되지만, 이미지 생성 시간이 증가된다. 일반적으로 2 정도를 사용한다.

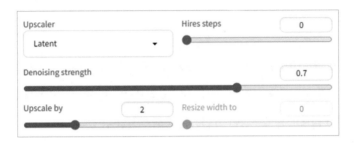

6 7 **가로/세로 비율(Width/Height)** 이미지의 가로/세로 비율(크기)을 설정한다.

8 **배치 카운트(Batch count)** 이미지 생성 시 한 번에 몇 개의 이미지를 생성할 것인지 개수를 설정할 수 있다. 가령, 배치 카운트를 5로 설정하면 생성되는 이미지가 5개가 된다.

9 **배치 사이즈(Batch size)** 이미지 생성 시 배치 카운트 값을 곱하여 한 번에 몇 개의 이미지를 생성할 것인지 개수를 설정할 수 있다. 가령, 배치 카운트가 5이고, 배치 사이즈가 2라면 최종적으로 10개의 이미지가 생성된다.

10 **CFG 스케일(CFG scale)** 이미지 생성 시 프롬프트의 내용에 결과물이 얼마나 반영(일치)되는 이미지로 생성할 것인지 설정하는 옵션(기능)이다. CFG 스케일 값이 낮으면 출력 변화의 자유도가 높아지고, 값이 높아지면 출력물의 자유도가 낮아진다. 즉, 프롬프트의 내용과 더 일치되도록 하려면 값을 높여야 한다는 것이다.

11 **시드(Seed)** 미드저니와 같이 AI의 계산(연산)에 변수를 주어 다양한 결과물이 생성되도록 유도하는 값이다. 다른 세팅 값이 다 같아도 시드 값이 다르면 다른 결과

물이 나온다. 기본값은 −1이며, −1은 항상 랜덤한 이미지를 생성하는 값이다. 시드 값은 0부터의 19자리의 정수 **필자는 9999999999999999999까지 테스트 가능하였음** 를 사용하여 이미지를 생성할 수 있다. 시드 값이 같으면 결과도 같다. 우측 🎲 버튼을 눌러 −1, ♻ 버튼을 눌러 마지막에 사용된 시드를 선택할 수 있으며, Extra를 체크하여 시드에 대한 서브(세부적인 설정) 설정을 할 수 있다.

12 **스크립트(Script)** 샘플링을 할 때 추가적인 스크립트를 실행할 수 있는 곳이다. 설정 값과 체크포인트 등에 따른 차이점을 비교할 수 있는 여러 개의 이미지를 한꺼번에 생성해 주는 다양한 스크립트를 제공한다.

☰ 저장 및 보내기 살펴보기

생성된 이미지에 대해 저장하기, 압축, 이미지2이미지와 인페인트, 엑스트라스로 보내기에 관한 기능들로 구성되어 있다.

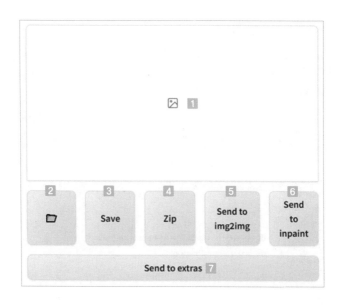

1 **결과 창** 생성된 이미지의 결과를 볼 수 있는 화면이다.

2 **이미지 출력 폴더** 생성된 이미지가 저장된 폴더를 열어준다.

3 **저장하기** 생성된 이미지를 새로운 이름으로 저장한다. 제너레이트를 통해 이미지가 생성되면 기본적으로 Outputs 폴더에 자동 저장된다.

4 **압축하여 저장하기** 생성된 이미지를 압축 파일로 저장한다.

5 **이미지2이미지로 보내기** 생성된 이미지를 img2img 탭에서 사용할 수 있도록 보낸다.

6 **인페인트로 보내기** 생성된 이미지를 Inpaint 탭에서 사용할 수 있도록 보낸다.

7 **엑스트라로 보내기** 생성된 이미지를 Extras 탭에서 사용할 수 있도록 보낸다.

팁 & 노트

한글 인터페이스로 전환하려면?

스테이블 디퓨전은 웹에서 실행되는 프로그램이기 때문에 브라우저에서 한글화할 수 있지만 프로그램 자체를 한글화하고자 한다면 [Settings] – [User interface] – [Localization]에서 [ko_KR]을 입력한 후 프로그램을 다시 실행하면 된다.

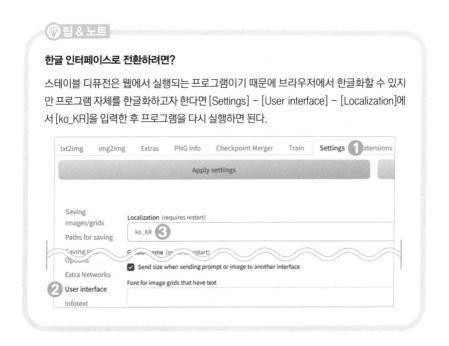

043. 스테이블 디퓨전 기본 파일 설치(세팅)하기

스테이블 디퓨전은 다양한 체크포인트(모델)을 활용해야 하기 때문에 현재의 기본 상태에서는 흡족한 결과물을 얻을 수 없다. 스테이블 디퓨전에서 기본적으로 필요한 4가지 파일은 다음과 같다. **반드시 이해해야 할 파일들이다.**

체크포인트(Checkpoint: Model)

그림을 그리는 주체로 쉽게 말해서 모델(체크포인트)을 바꾸면 그림체가 바뀐다고 보면 된다. 얼굴(Face), 몸통(Body), 팔과 다리 등 캐릭터 전체의 분위기(스타일)를 결정한다. 다시 말해 그림(이미지)을 애니 스타일, 실사 스타일, 예술 스타일, 미술 작품 스타일, 일러스트 스타일 등 어떤 방식으로 이미지를 생성할 것인지에 대해 결정하는 파일이다. 초기에는 컨셉트나 구도 등에 영향을 주는 모델들도 존재했지만 로라(LoRA)의 등장으로 대부분 그림체 관련 모델만 나오고 있다.

로라(LoRA: Low-Rank Adaptation)

전체 분위기를 결정하는 체크포인트(Model)를 기반으로 특정 인물이나 형상 등을 원하는 형태에 맞게 학습된 스크립트(파일)이다. 예를 들어, 특정 모델이나 배우, 가수의 얼굴 모습만 나오게 한다든지, 특정 애니메이션 캐릭터 얼굴 모습이 나오게 하는 등의 결과물을 얻고자 할 때 사용된다.

VAE(Variational Autoencoder)

VAE는 그림의 색감을 변경해 주며, 모든 체크포인트의 품질을 개선하는데 사용되는 확장(Extension) 스크립트이다. 딥러닝의 한 유형인 오토인코더(AutoEncoder)의 변형으로 입력 데이터를 압축하여 새로운 표현을 만들고, 그것을 다시 입력 데이터로 복원하는 역할을 한다. 이 과정을 통해 데이터의 중요한 특징을 학습하여 이미지 품질을 자동으로 높여주는 보정 모델(변형 인공신경망)이라고 보면 된다. 예를 들어, 이미지에서 눈이 잘 표현되지 않았을 경우 눈 부분을 개선한 VAE를 적용할 수 있다. 하지만 대부분 모델(체크포인트) 자체에 VAE가 포함되어 있기 때문에 결과가 만족스럽다면 굳이 VAE를 바꿀 필요는 없다. **파일 확장자는 pt이다.**

임베딩(Embeddings)

체크포인트에 영향을 주지 않고 프롬프트를 추가(삽입)하는 방법이다. 기본적으로 스테이블 디퓨전의 경우 성인 여성 모습을 많이 사용하기 때문에 **일반적으로 네거티브 프롬프트(Negative Prompt)**를 학습시킨 파일을 많이 사용한다.

☑ 네거티브 프롬프트(Negative Prompt) 프롬프트(자연어) 처리(NLP) 과정에서 주어진 문맥에서 불필요하거나 원치 않는 결과를 필터링하는데 사용되는 파일이다. 모델(체크포인트)이 원치 않는 방향으로 학습하거나 결과를 생성하는 것을 방지하는 역할을 할 때 반드시 필요하다.

살펴본 4가지 파일은 다양한 곳에서 다운로드 받을 수 있으나 체크포인트와 로라 파일의 경우 해당 파일을 만든 제작자가 상업적 이용이나 연예인, 스포츠 스타, 정치인 등의 유명인 얼굴에 대해서는 사용을 금지하는 경우도 있다. 그러므로 해당 파일에 대해서는 상세 설명서를 잘 읽어 보고 목적에 맞게 사용해야 한다. 하지만 사용에 특별히 제한이 없는 파일이 더 많기 때문에 걱정할 필요는 없다.

💡 팁 & 노트

LDSR(잠재적 확산 슈퍼 해상도)에 대하여

LDSR(Latent Diffusion Super Resolution)는 Stable Diffusion 1.4와 함께 출시되었으며, 기존 업스케일러보다 우수한 품질을 제공하는 파일(스크립트)이다. 하지만 상대적으로 이미지 생성 시간이 오래 걸리기 때문에 고사양 PC에서만 사용할 수 있다.

💡 팁 & 노트

업스케일러(Upscaler) 비교하기

- **LDSR** Latent Diffusion Super Resolution은 우수한 품질을 제공하지만 매우 느리다.

- **ESRGAN 4x** ESRGAN(Enhanced Super-Resolution Generative Adversarial Networks)
  은 2018년 지각 이미지 복원 및 조작 챌린지에서 우승한 이전 SRGAN보다 개선된 모델이다.
  디테일을 유지하여 선명하고 뚜렷한 이미지를 생성한다.

- **R-ESRGAN 4x** R-ESRGAN(Real-ESRGAN)은 ESRGAN을 개선한 것으로 다양한 실제
  이미지 복원이 가능하여 사실적인 사진에서 가장 뛰어난 성능을 발휘하며, ESRGAN에 비
  해 더 부드러운 이미지를 생성한다.

그밖에 스테이블 디퓨전의 익스텐션(Extensions) 탭에 있는 ScuNET, SwinIR은 AI 기본 업스
케일러이며, Lanczos와 Nearest는 오래된 업스테일러 모델이다.

Extension	URL	Branch	Version	Date	Update
☑ LDSR	built-in	None		Wed Jun 28 14:03:20 2023	
☑ Lora	built-in	None		Wed Jun 28 14:03:20 2023	
☑ ScuNET	built-in	None		Wed Jun 28 14:03:20 2023	
☑ SwinIR	built-in	None		Wed Jun 28 14:03:20 2023	
☑ prompt-bracket-checker	built-in	None		Wed Jun 28 14:03:20 2023	

☰ 4가지 주요 파일 설치하기

이제부터 본격적으로 스테이블 디퓨전을 통해 보다 전문적이고 고퀄리티의 이미
지 생성을 하기 위해 주요 4가지 파일을 설치해 본다.

체크포인트(모델) 설치하기

먼저 사진과 같은 실사 이미지를 생성하는데 가장 많이 사용되는 모델 중 나오노프
(Naonovn)가 개발한 [chilloutmix_NiPrunedFp32Fix]를 설치해 본다. 이 모델을 통해
유튜브나 블로그 등에서 많이 보았던 멋진 결과물을 경험하게 될 것이다. 체크포인
트 파일을 설치 하기 위해 [허깅 페이스] 웹사이트(www.huggingface.co)로 들어간 후

검색창에 ❶[chilloutmix_NiPrunedFp32Fix]를 입력하여 나타나는 파일 중 [naonovn chilloutmix_NiPrunedFp32Fix]를 선택한다. 그다음 ❷[Files and versions] 탭에서 chilloutmix_NiPrunedFp32Fix의 ❸[다운로드] 버튼을 눌러 다운로드한다. **LFS가 표시된 파일을 받으면 된다.**

☑ [학습자료] 폴더에서 [chilloutmix_NiPrunedFp32Fix [다운로드] 바로가기]를 통해 받을 수도 있으며, 학습자료에는 다운로드된 파일도 있다.

더블클릭

다운로드된 [chilloutmix_NiPrunedFp32Fix] 파일은 스테이블 디퓨전이 설치된 C 드라이브의 [Stable Diffusion] - [stable-diffusion-webui] - **[models]** - **[Stable-diffusion]** 폴더로 갖다 놓는다. **체크포인트(모델)은 이 폴더에 갖다 놓아야 정상적으로 작용된다.**

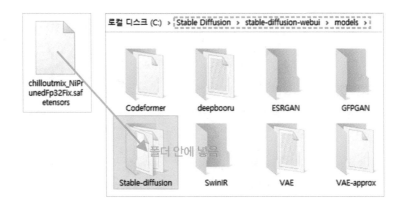

로라(LoRA) 설치하기

미소녀 느낌의 실사 이미지를 생성하는데 가장 많이 사용되는 로라(모델)을 설치해 본다. 설치하기 위해 앞서 체크포인트를 다운로드했을 때처럼 [허깅 페이스]에서 ❶[koreandoll]로 검색하여 [KrakExilios koreandoll]을 선택한 다음 ❷[Files and versions] - [다운로드]받는다. **LFS가 표시된 파일을 받으면 된다.**

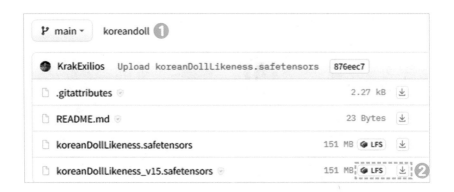

다운로드된 [koreanDollLikeness_v15.safetensors] 파일은 스테이블 디퓨전이 설치된 C 드라이브의 [Stable Diffusion] - [stable-diffusion-webui] - [models] - [Lora] 폴더로 갖다 놓는다.

임베딩(Embedding: 네거티브 프롬프트) 설치하기

이번엔 생성될 이미지에 원치 않는 개체가 표현되지 않도록 해주는 네거티브 [ng_deepnegative_v1_75t.pt] 프롬프트 파일을 [학습자료] 폴더에서 스테이블 디퓨전 이 설치된 [Stable Diffusion] - [stable-diffusion-webui] - [embeddings] 폴더로 갖다 놓는다. 가끔 모델, 로라, VAE 파일들을 삭제하는 경우가 있기 때문에 학습자료 폴더에 보관한 것임

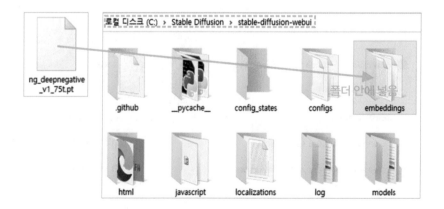

☑ 네거티브 프롬프트 파일 팩은 [허깅 페이스]에서 [negative prompt]로 검색한 후 [negative prompts pack]에서 원하는 파일을 다운로드받을 수 있다. 차후 사용될 수 있으므로 받아두길 권장한다.

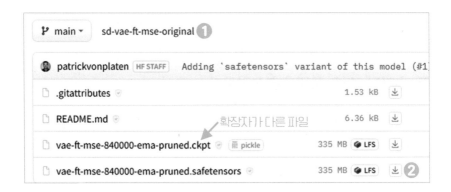

VAE(Variational Autoencoder) 설치하기

마지막으로 이미지의 품질을 높여주는 VAE 파일을 설치하기 위해 역시 [허깅 페이스]에서 ❶[mse-original]로 검색 후 ❷[Files and versions] - [다운로드]받는다.

다운로드된 [vae-ft-mse-840000-ema-pruned] 파일은 스테이블 디퓨전이 설치된 C 드라이브의 [Stable Diffusion] – [stable-diffusion-webui] – [models] – [VAE] 폴더로 갖다 놓는다. VAE(모델)은 이 폴더에 갖다 놓아야 정상적으로 작용된다.

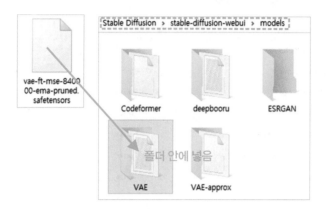

모델 파일 확장자에 대하여

- **safetensors** 해킹(악성코드) 위험이 적은 체크포인트와 로라를 병행하는 모델용 파일 형식이다.
- **ckpt** 체크포인트라고 읽으며, 기본적인 모델 파일의 확장자이다. 하지만 최근에는 잘 사용되지 않는다.
- **pt** 작업을 자동으로 수행하는데 사용되는 알고리즘이 포함된 학습 모델이다. 주로 임베딩과 VAE의 모델에 사용된다.

☰ 추가된 4가지 모델을 활성화하기

계속해서 앞서 설치한 4가지 모델 파일을 스테이블 디퓨전에서 활성화하는 방법에 대해 알아본다. 먼저 스테이블 디퓨전의 체크포인트 우측에 있는 ❶[새로고침] 버튼을 누른 후 앞서 설치한 ❷[체크포인트] 파일을 선택한다. **시간이 소요된다.**

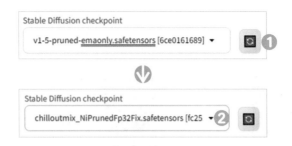

팁 & 노트

간편하게 스테이블 디퓨전 초기화하기

여러 기능을 통해 작업을 하다 보면 스테이블 디퓨전을 초기 상태로 리셋해야 할 때가 있다. 이
럴 때 [F5] 키를 누르거나 웹사이트 우측 상단(크롬 브라우저 기준)의 [페이지 새로고침] 버튼
을 누르면 된다. 스테이블 디퓨전은 웹사이트에서 작동되는 클라우드 방식의 프로그램이기
때문이다.

계속해서 로라(Lora) 파일과 임베팅(Embedding) 파일을 인식하기 위해 🔲 ❶❸❹
[추가 네트워크 표시/숨기기] 버튼을 누른 후 해당 창이 나타나면 ❷**[Refresh]** 버튼
누른다. 새로 설치된 로라, 텍스추얼 인버전, 하이퍼네트워크, 체크포인트 등을 한꺼번에 인식할
수 있다.

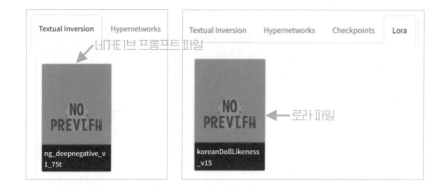

VAE 파일은 ❶[체크포인트 머저(Checkpoint Merger)] 탭으로 가서 [Bake in VAE]의
❷[새로 고침] 버튼을 눌러 인식한 후 ❸[선택]하면 된다.

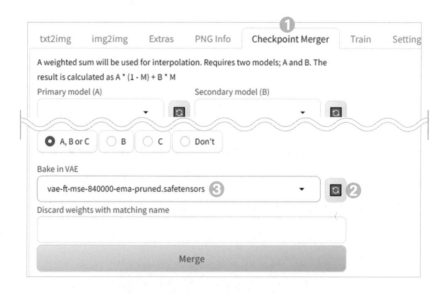

🔧 팁 & 노트

체크포인트, 로라, 임베딩, VAE 파일 다운받을 수 있는 대표 웹사이트

● https://civitai.com ● https://huggingface.co

044. 실제보다 더 실제 같은 미소녀 이미지 생성하기

이제 4가지 모델 파일을 반영하여 이미지를 생성해 본다. 프롬프트는 앞서 사용한
간단한 [예시: beautiful girl]를 입력하여 테스트해 본다. 결과는 이전과 달라지긴 했
지만 많은 차이는 없다. 프롬프트 키워드가 다양하지 않고, 아직 로라와 네거티브
프롬프트가 적용되지 않았기 때문이다.

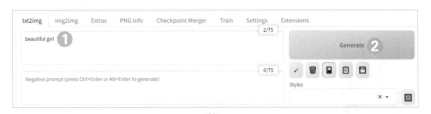

프롬프트에 로라 적용하기

먼저 로라(LoRA)를 적용하기 위해 ■[추가 네트워크 표시/숨기기] 버튼을 누른 후
❶[Lora] 탭에서 앞서 설치한 ❷[koreanDollLikensess_v1.5] 파일을 클릭한다. 그러
면 해당 로라 파일이 프롬프트에 적용된다.

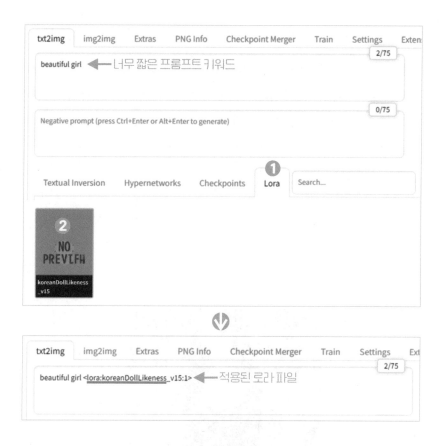

이제 다시 [Generate] 버튼을 누른다. 그러면 이전과는 확연히 다르게 실사 느낌의 미소녀 이미지가 생성된 것을 알 수 있다. 이렇듯 로라 모델(파일)은 기본 체크포인트만 사용했을 때와는 다른 디테일한 결과물을 표현해 준다. **아직은 완전한 상태가 아니다. 계속 학습을 하다보면 놀랄만한 결과를 얻을 수 있다.**

네거티브 프롬프트에 네거티브 임베딩 파일 적용하기

이번엔 네거티브 파일을 적용한 후 이미지를 생성하기 위해 ❶[Textual Inersion] 탭
에서 ❷[ng_deepnegative_v1_75t]를 클릭한다. 그다음 ❸[Generate] 버튼을 누른다.
ng_deepnegative_v1_75t는 손가락이나 다리가 이상하게 나오지 않도록 해주는 파일이다.

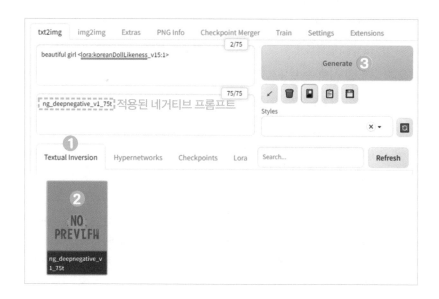

그러면 거의 완벽에 가까운 실사(사진) 느낌의 이미지가 생성된 것을 알 수 있다. 이렇듯 기본 네거티브 프롬프트만으로도 훨씬 자연스러운 결과물이 생성된다.

프롬프트에 키워드(단어) 입력하기

단순히 로라(Lora)만 적용하면 스테이블 디퓨전 임의의 기본 이미지만 생성된다. 그러므로 자신이 원하는 이미지를 생성하기 위해서는 로라와 함께 이미지 표현을 위한 키워드들을 입력해야 한다. 다음은 프롬프트에 새롭게 입력할 키워드들이다. 일단 [학습자료] - [책 속 프롬프트 목록]에서 해당 프롬프트 키워드를 찾아 복사하여 사용한다. 이 키워드들의 한글 표현은 다음과 같다. [울트라 디테일, 고해상도, (사실적, 사실적:1.4), 8k, 원시 사진, (걸작), (최고 품질), 물리적 기반 렌더링, 여대생, 긴 갈색 머리, 한국, 거리, 보기, 청바지, 흰색 티셔츠, 사실적인 사진, 전문가용 컬러 그레이딩, 8K, F2.4, 35mm]

『/prompt: ultra detailed, highres, (realistic, photo-realistic:1.4), 8k, raw photo, (masterpiece), (best quality), physically-based rendering, Female college student, long brown hair, Korea, street, looking, jeans, white T-shirt, realistic photography, professional color graded, 8K, F2.4, 35mm 』

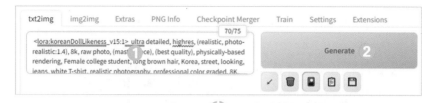

네거티브 프롬프트에 키워드(단어) 입력하기

네거티브 프롬프트에도 원치 않은 개체가 나타나지 않도록 키워드들을 입력한다. 다음은 네거티브 프롬프트에 새롭게 입력할 키워드들이다. 이 키워드들의 한글 표현은 다음과 같다. [그림, 스케치, (낮은 품질:2), (보통 품질:2), (최악:2), 저해상도, ((흑백)), ((회색조)), 여드름, 피부 반점, 검버섯, 피부 결점 , 나쁜 발, ((잘못된 발)), (잘못된 신발), 나쁜 손, 왜곡, 흐릿함, 누락된 손가락, 여러 개의 발, 나쁜 무릎, 여분의 손가락]

『/negative prompt: , paintings, sketches, (low quality:2), (normal quality:2), (worst quality:2), lowres,((monochrome)), ((grayscale)), acnes, skin spots, age spot, skin blemishes, bad feet, ((wrong feet)), (wrong shoes), bad hands, distorted, blurry, missing fingers, multiple feet, bad knees, extra fingers 』

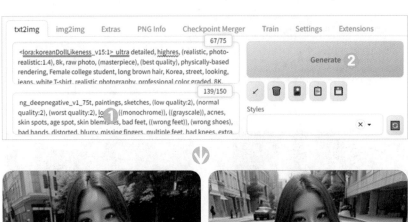

자연스러운 얼굴 만들기

샘플링 메소드를 사진과 같은 실사 이미지 표현에 가장 많이 사용되는 ❶[DPM++ SDE Karras]로 선택하고, ❷[Restore faces]를 체크한 후 ❸[Generate] 버튼을 누른다.

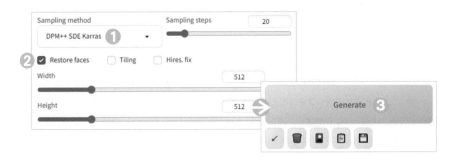

결과는 다음과 같이 유튜브나 블로그에서 보았던 미소녀의 모습과 유사한 모습으로 표현된 것을 알 수 있다. **하지만 더욱 디테일한 설정이 필요하다.**

☑ 생성할 때마다 달라지는 이미지 같은 프롬프트와 옵션 값으로 이미지를 생성하더 라도 시드(Seed) 값이 [-1]이라면 이미지를 생성할 때마다 다른 모습의 결과물이 표현된다.

자연스러운 구도와 포즈 만들기

❶[하이레스. 픽스(Hires. fix)] 옵션을 체크한 후 다시 ❷[Generate] 버튼을 누른다.

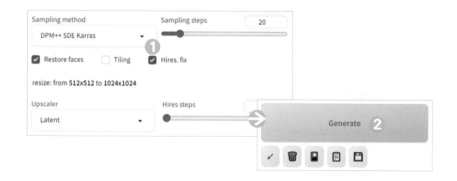

결과는 다음과 같이 자연스러운 구도와 포즈가 표현되었다. **사용자가 원하는 완벽한 포즈를 잡기 위해서는 차후 학습할 537페이지 [컨트롤넷의 오픈포즈]를 참고한다.**

마지막으로 이미지의 크기(비율)를 조정하여 결과물을 만들어 본다. 필자는 가장 일반적으로 사용되는 비율을 위해 높이(Height)만 ❶[768]로 설정하였고, 업스케일러 값은 기본값인 ❷[2]를 그대로 사용하였다.

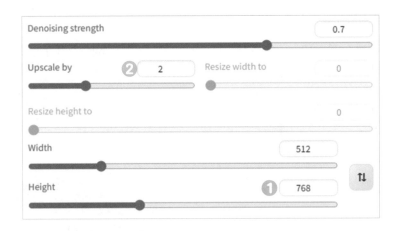

결과물은 다음과 같은 비율(크기)로 정확하게 표현되었고, 이미지의 크기가 커졌기 때문에 이미지 생성 시간이 2배 정도 소요되었다.

☑ 이미지 생성 중 다양한 문제(오류)들에 대하여 스테이블 디퓨전을 사용하다 보면 다양한 문제가 발생될 수 있다. 이것은 대부분 낮은 사양의 PC 환경 때문이기 때문에 문제 발생 시 적절한 해결책이 필요하다.

☑ 이미지 생성 중 초기화되는 문제 프롬프트 작성 및 세부 옵션 설정 후 이미지를 생성할 때 마지막 또는 중간 단계에서 작업이 초기화된다면 이미지의 크기와 업스케일러 값을 줄이는 것으로 해결할 수 있다. 하지만 고해상도의 결과물이 필요한 경우에는 PC 사양을 업그레이드해야 한다.

☑ something went wrong 오류 해당 오류가 발생되면 스테이블 디퓨전을 실행할 수 없다. 해결책은 런타임을 다시 시작하거나 세션을 초기화하는 것이다. 구글 코랩을 사용할 경우 때론 인터넷 연결 문제로 오류가 발생될 수도 있으며, 또한 작업 리소스가 한계에 도달했을 때에도 이런 문제가 발생될 수 있다.

☑ 여러 개의 팔(손)이 표현될 때 이미지의 크기(비율)에 따라 발생될 수 있으며, 지나치게 높은 이미지 크기도 이러한 문제를 발생시킬 수 있다. 이것은 시스템에 부담이 생기거나 이미지 비율이 사용된 모델의 학습된 비율과 다르기 때문에 발생된다. 해결책은 적절한 크기(비율) 설정, 업스케일러 값 감소, 옵션 설정 등이 있다.

3개의 팔이 생성된 모습(오류)

생성된 이미지 파일로 저장하기

최종적으로 문제가 없는 결과물이라면 ❶[Save] 버튼을 누른 후 ❷[Download] 버튼을 눌러 다운로드받을 수 있다. 이미지 파일은 기본적으로 PNG 형식이지만 [Settings] 탭의 [Saving images/grids]에서 원하는 형식으로 변경할 수 있다.

045. 스테이블 디퓨전 프롬프트의 모든 것

스테이블 디퓨전 같은 AI 이미지 생성 프로그램에서 프롬프트(Prompt)는 그림을 생성하기 위해 입력하는 키워드나 텍스트를 의미하며, 이 입력값은 AI에게 어떤 종류의 이미지를 생성해야 하는지 알려주는 중요한 역할을 한다. 이러한 방식으로 사용자는 자신의 요구사항에 맞는 이미지를 AI에게 생성하도록 요청할 수 있다.

프롬프트 사용의 정석

스테이블 디퓨전은 한글을 지원하지 않는다. 그러므로 반드시 영문으로 된 프롬프트를 입력해야 하여, 괄호를 사용하여 특정 키워드를 강조할 수 있다.

영문으로 입력하기

스테이블 디퓨전의 프롬프트는 반드시 영문으로 입력해야 정확한 전달이 가능하며, 미드저니와는 다르게 자연어(대화나 문장)보다는 원하는 이미지의 특징을 단어, 즉 **키워드 형식으로 입력하는 것이 보다 정확한 결과물을 생성한다.**

특정 키워드를 강조하기 위한 괄호 사용하기 (가중치 이해하기)

스테이블 디퓨전에서 이미지 생성을 할 때 특정 키워드를 강조하거나 약화시키데 괄호가 사용된다. 그중 **중괄호 "( )"**는 특정 키워드를 강조하는 역할을 한다. 중괄호 안에 키워드를 입력하면 그 키워드가 이미지 생성시 더 잘 나타나도록 강조된다. 또한 중괄호는 여러 개를 겹쳐서 사용할수록 키워드 강조 효과가 증가된다. 예를 들어, [white t-shirt]라는 키워드에 (white t-shirt) 또는 ((white t-shirt))처럼 중괄호를 더 많이 사용하면 해당 키워드가 이미지에 더욱 강조된다는 것이다.

살펴보기 위해 다음과 같은 프롬프트를 작성해 본다. 사용한 프롬프트는 앞서 사용한 [chilloutmix_NiPrunedFp32Fix] 체크포인트, [네거티브 프롬프트]는 별도의 프롬프트 없이 네거티브 프롬프트 파일만 적용하였다. **두 소녀의 구분은 마침표로 할 것**

📑 해당 프롬프트는 [학습자료] – [책 속 프롬프트 목록] 파일 참고

『/prompt: comic book cut, girl A:cute girl with long red raw hair and with white t-shirt and jeans, girl B:cute girl yellow bob, red shirt, and green skirt, girla and girlb are walking down a new york street, chatting happily. 』

Stable Diffusion checkpoint

chilloutmix_NiPrunedFp32Fix.safetensors [fc25 ▼]

| txt2img | img2img | Extras | PNG Info | Checkpoint Merger | Train | Settings | Exte |

54/75

comic book cut, girl A:cute girl with long red raw hair and with white t-shirt and jeans, girl B:cute girl yellow bob, red shirt, and green skirt, girla and girlb are walking down a new york street, chatting happily.

75/75

ng_deepnegative_v1_75t

샘플링 메소드는 기본 ❶[Euler a]를 그대로 사용하였으며, 업스케일(Upacale) 값은 이미지 생성 시간을 줄이기 위해 ❷[1]로 줄인 후 ❸[실행]하였다.

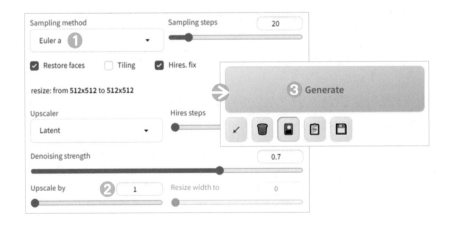

결과는 소녀 A에 [white t-shirt]를 포함되었으나 하얀색 티셔츠는 표현되지 않았다.

white t-shirt_괄호 없음

이번엔 [white t-shirt]에 괄호(white t-shirt)를 포함하여 생성해 본다. 그러면 그림처럼 한 명의 소녀만 하얀색 티셔츠가 표현되었다. 이렇듯 스테이블 디퓨전에서의 괄호는 특정 키워드를 강조하기 위해 사용되는 것을 알 수 있다. 아래 두 그림은 괄호를 하나 사용했을 때와 이중(다중) 괄호를 사용했을 때이다. 이중 괄호를 사용한 이미지는 두 소녀가 모두 하얀색 티셔츠가 표현되었다. 이렇듯 괄호의 사용을 어떻게 하느냐에 따라 결과가 달라지므로 적절하게 사용해야 할 것이다.

(white t-shirt)_괄호 사용   ((white t-shirt))_이중 괄호 사용

중괄호에 대한 가중치에 대해 보다 자세히 살펴보기 위해 이번엔 다음과 같은 프롬

프트를 작성해 본다. 여기에서는 앞서 사용한 프롬프트와 동일하지만 [네거티브 프롬프트]는 프롬프트 파일 뒤에 앞서 학습한 [실제보다 더 실제 같은 미소녀 이미지 생성하기]에서 사용한 네거티브 프롬프트를 사용하였다. 결과는 다음과 같이 무표정에 가까운 여인의 모습이다. 현재 파란색 점선 표시엔 아무 키워드도 없는 상태이다.

『/prompt: _ _ _ _ _ _ higres, cinematic lighting, detailed lighting, 8k, UHD, intricate details, detailed face, extreamly detailed CG, perfect eyes, detailed eyes, realistic eyes, detailed skin, beautiful 1 1girl. 』

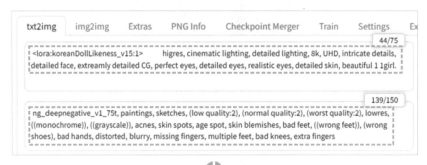

이번엔 파란색 점선이 있는 곳에 [smile]이란 키워드를 입력한 후 이미지를 생성해 본다. 그러면 살짝 미소를 머금은 여인의 모습이 표현되는 것을 알 수 있다.

「/prompt: **smile,** higres, cinematic lighting, detailed lighting, 8k, UHD, intricate details, detailed face, extreamly detailed CG, perfect eyes, detailed eyes, realistic eyes, detailed skin, beautiful 1 1girl.」

계속해서 이번엔 [smile] 글자에 **중괄호()**와 **이중 괄호(())**를 사용해 본다. 그러면 그림처럼 미소짓는 모습의 강도가 높아진 것을 알 수 있다.

(smile)_괄호 사용   ((smile))_이중 괄호 사용

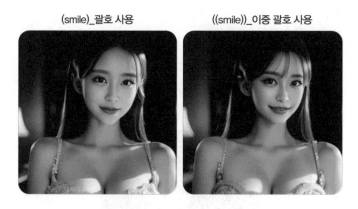

대괄호 "[ ]"는 특정 키워드의 가중치를 낮추는 역할을 한다. 대괄호 안에 키워드를 입력하면 해당 키워드가 이미지 생성 시 덜 표현된다는 것이다. 대괄호도 중괄호와 마찬가지로 여러 개를 겹쳐서 사용할수록 키워드의 가중치를 더욱 낮출 수 있다.

따라서, 이러한 괄호 사용법을 이용하면 이미지 생성을 하는데 어떤 키워드를 강조하거나 약화시켜야 하는지 더욱 세밀하게 명령할 수 있다. 다음은 앞서 작성한 프롬프트에서 중괄호를 빼고 대괄호를 넣은 결과물이다.

[smile]_대괄호 사용

[[smile]]_이중 대괄호 사용

a (word) – 가중치 1.1배 증가
a ((word)) – 가중치 1.21배 증가 (1.1 * 1.1)
a [word] – 가중치 1.1배 감소
a (word:1.5) – 가중치 1.5배 증가
a (word:0.25) – 가중치 4배 감소 (= 1 / 0.25)

☑ 여기에서 괄호를 (((((5개))))) 사용하면 그림처럼 소녀의 미소는 더욱 뚜렷해진다. 즉, 괄호는 2개 이상 사용해도 되며, 많을수록 효과가 극대화된다는 것을 알 수 있다.

괄호 안에서 숫자로 특정 키워드 강조하기 (가중치 활용)

이미지 생성 시 특정 키워드를 강조하거나 약화시키기 위해 괄호 안에 숫자를 넣어 강조 비중을 조절할 수도 있다. 중괄호 "()" 속 키워드 뒤에 콜론 ":"과 **숫자**를 입력하면 해당 숫자만큼 키워드를 강조할 수 있다. 이때 숫자 1이 100%이며, 1.5는 150% 강조된다는 의미이다. 예를 들어, "(smile:1.5)"는 "smile" 키워드를 150% 강조하라는 의미가 되는 것이다. 살펴보기 위해 앞서 사용한 프롬프트를 다음과 같이 수정한 후 이미지를 생성해 본다.

『/prompt: **(smile:1.5)**, higres, cinematic lighting, detailed lighting, 8k, UHD, intricate details, detailed face, extreamly detailed CG, perfect eyes, detailed eyes, realistic eyes, detailed skin, beautiful 1 1girl.』

☑ 프롬프트의 키워드와 옵션값에 따라 가중치가 2 이상으로 사용할 경우 흉물스런 결과물이 생성될 수 있으므로 주의해야 한다.

> 💡 **팁 & 노트**
>
> **쉼표(,)와 마침표(.)에 대하여**
> 하나의 키워드를 작성하고 다음 키워드를 작성할 때 쉼표는 문장이 이어지는 것을 의미하고 마침표는 문장이 끝나는 것이므로 문장이 완전히 바뀌거나 끝날 때는 마침표를 권장한다.

대괄호 "[ ]" 안에도 마찬가지로 키워드 뒤에 콜론 ":"과 **숫자**를 넣으면 해당 숫자만큼 키워드의 가중치를 낮출 수 있다. 예를 들어, "[smile:0.5]"는 "smile" 키워드의 가중치를 50% 낮추게 된다는 의미이다. 이렇듯 괄호와 숫자를 조합하여 사용하면 이미지 생성 시 어떤 키워드를 얼마나 강조하거나 약화시켜야 하는지 더욱 세밀하게 조절할 수 있다.

스테이블 디퓨전은 왜 인물에 특화되었나?

스테이블 디퓨전은 체크포인트(모델), 로라(Low-Rank Adaptation), 임베딩(Embeddings), VAE 이 네 가지 파일 중 가장 핵심이 되는 것이 바로 인물 생성에 특화된 체크포인트와 로라 파일이다. 이 2개 파일은 대표적으로 Civitai.com에서 다양한 사용자들이 인물사진 중심으로 학습시킨 파일을 제작하여 무료로 배포하기 때문에 스테이블 디퓨전은 인물에 특화된 이미지 생성 AI라고 인식되었다. 하지만 SD는 건축이나 SF 같은 느낌의 표현에도 뛰어나다.

앞쪽에 있는 키워드 순으로 강조되는 프롬프트

스테이블 디퓨전의 프롬프트에서는 기본적으로 앞에 위치한 키워드가 뒤쪽의 키워드보다 더 강조된다. 그러나 앞서 설명한 괄호의 사용을 통해 뒤에 위치한 키워드를 앞에 있는 키워드보다 더 강조할 수도 있다. 이 특성은 입력 순서에 따른 기본 가중치를 재조정하는데 도움이 된다.

자연어(문장) 보다는 키워드 단위로 표현하기

스테이블 디퓨전은 문장보다 키워드를 권장한다. 이 키워드들을 쉼표 ","로 연결하는 것이 보다 효과적인데, 예를 들어, [a beautiful woman in a white t-shirt]라는 표현 대신 [beautiful woman, white t-shirt]와 같은 키워드를 입력하고, 쉼표로 연결하는 방식을 사용하면 프롬프트에 가까운 결과를 얻을 수 있다.

☰ 프롬프트 자동 생성기 활용하기

프롬프트를 효과적으로 입력하는 것은 멋진 그림을 생성하는데 중요하다. 그러나 개인이 프롬프트를 만드는 것에는 한계가 있을 수 있다. 이번에는 제목만 입력하면 다양한 프롬프트를 AI가 자동으로 생성해 주는 [AIPRM]이란 확장 프로그램에 대해 알아보기로 한다. **AIPRM를 사용하기 위해서는 챗GPT가 필요하다.**

AIPRM 확장 프로그램 설치하기

AIPRM는 크롬 웹 스토어에서 확장 프로그램으로 등록(설치)해야 한다. 먼저 구글에서 [크롬 웹 스토어]로 검색하여 들어간다.

크롬 웹 스토어가 열리면 검색기에 ❶[AIPRM]을 입력한 후 ❷[aiprm for chatgpt]를 선택한다. AIPRM 프로그램이 검색되면 ❸[클릭]한다.

열린 AIPRM for ChatGPT 확장 프로그램 페이지가 열리면 우측의 ❶[Chrome에 추가] 버튼과 ❷[확장 프로그램 추가] 버튼을 누른다. 이것으로 간단하게 AIPRM 툴이 챗GPT의 확장 프로그램으로 등록되었다.

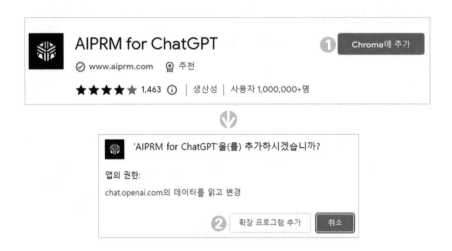

오픈AI와 AIPRM 계정 연동에 대한 메시지가 뜨면 일단 [취소] 버튼을 누른다. 이 메시지가 뜨지 않으면 패스해도 되며, [Continue] 버튼을 누르면 유료 구독 페이지로 이동할 수 있다.

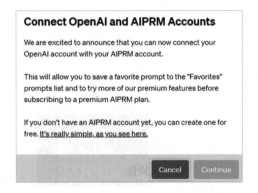

☑ AIPRM은 즐겨찾기 목록에 좋아하는 프롬프트를 저장하는 등 보다 많은 프리미엄 기능을 이용할 수 있는 프리미엄 AIPRM 요금제를 사용하지 않고도 챗GPT에서 프롬프트를 작성하는 것은 무료로 사용할 수 있다.

챗GPT에서 스테이블 디퓨전 프롬프트 생성하기

챗GPT 웹사이트가 열리면 먼저 상단에 [AIPRM - ChatGPT Prompts]라는 글자가 표시되는 것을 알 수 있다. 이제 우측 상단 검색기에 ❶[stable...]라고 입력한다. 그러면 그림처럼 다양한 스테이블 디퓨전용 프롬프트 생성기가 나타난다. 여기에서 가장 사용자가 많은 ❷[Stable Diffusion Prompt based of your Idea]를 선택한다.

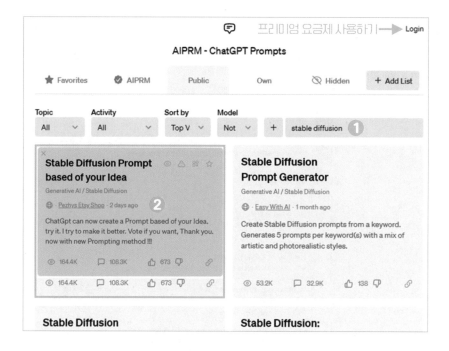

☑ 검색된 다른 프롬프트를 사용할 수 있지만, 사용자가 많은 프롬프트가 가장 보편적이고, 결과물의 만족도가 높다. 그밖에 다른 프롬프트는 각자 특성이 있기 때문에 한 번씩 살펴보길 바란다.

이제 프롬프트를 생성하기 위해 하단에 생성된 프롬프트 생성기에서 Output in을 ❶[한국어] Default language로 하면 한글을 인식하지만 한글 설명을 하지 않 로 해주고, ❷[아름다운 여인]을 입력한 후 ❸[보내기] 버튼을 누른다. 현재는 챗GPT 3.5에서 실행하였다.

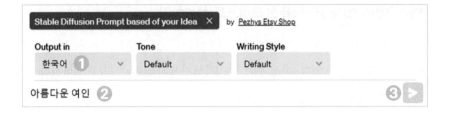

생성된 프롬프트는 다음과 같이 한글과 영문이 동시에 출력되어 프롬프트를 이해하는데 도움이 된다. **한글과 영문을 동시에 보여주지 않지만, 보다 간결하고 세련된 키워드는 챗GPT 4.0이 유리하다.**

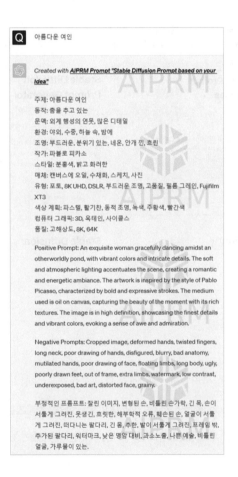

만약 프롬프트가 마음에 들지 않거나 새로운 프롬프트를 원한다면 [Regenerate response] 버튼을 누른다. 그러면 새로운 내용의 답변을 생성할 수 있다.

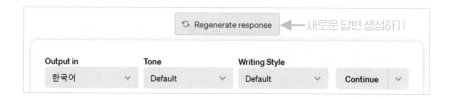

새로운 주제를 생성하고자 한다면 화면 우측 상단의 ①[AIPRM] 버튼을 누른 후 나타나는 프롬프트 생성기들 중 앞서 선택했던 ②[생성기]를 선택한 후 진행하면 된다.

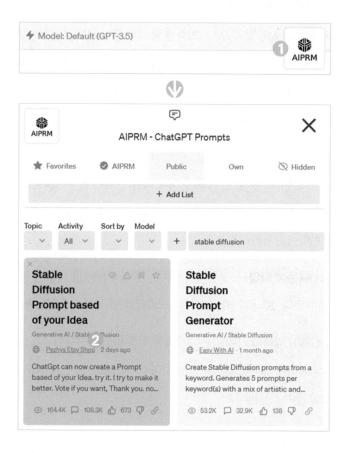

AIPRM 프롬프트 옵션 살펴보기

AIPRM 프롬프트에서 제공되는 4개의 옵션은 보다 구체적인 프롬프트 생성을 위해 사용된다. 하지만 이 옵션을 제대로 활용하기 위해서는 프리미엄 요금제를 사용해야 한다. 현재는 무료 버전을 사용하기 때문에 언어 선택을 제외한 나머지 옵션은 디폴트(Default) 사용을 권장한다.

- **Output in(출력 언어)** 최종적으로 출력될 언어를 선택한다. 어떤 언어에서도 주제 입력 시 한글을 사용할 수 있다. 최종 출력 시 한글과 선택된 언어(영문)를 동시에 출력하고자 한다면 챗GPT 3.5를 사용해야 하고, 보다 간결하면서 세련된 키워드를 원한다면 4.0을 사용하는 것을 권장한다. 4.0에서는 결과를 한글과 영문을 동시에 제공하지 않는다.

- **Tone(감정)** 기쁨, 슬픔, 우울, 절망, 공포, 경악, 불안, 분노, 놀라움, 애정, 레스토스, 행복, 불쾌, 만족, 원망, 안정 등 감정에 대한 선택을 할 수 있다. 하지만 더욱 다양한 감정을 사용하기 위해서는 Upgrade for more를 통해 프리미엄 요금제를 사용해야 한다.

- **Writing style(문장 타입)** 풋풋함, 성인 취향, 서술적 취향 등 다양한 문장 스타일을 선택할 수 있다. 보다 다양한 문장은 프리미엄 요금제를 사용해야 한다.

- **Continue(계속)** 앞쪽의 키워드 문장에 대한 최종 동작을 선택할 수 있다. 무료 버전에서는 명확하게 하기(Clarify), 예시 보여주기(Exemplify), 설명하기, 다시 쓰기(Rewrite) 등이 제공된다.

스테이블 디퓨전에서 사용하기

이번엔 앞서 프롬프트 생성기를 통해 생성된 프롬프트를 복사하여 스테이블 디퓨전의 ❶[프롬프트와 네거티브 프롬프트]에 붙여넣기 한다. 여기에서는 일단 체크포인트와 네거티브 파일(ng_deepnegative_v1_75t)은 앞서 사용했던 그대로 사용하며, Sampling method는 ❷[DPM++ SDE Karras], 크기는 일단 기본 크기인 ❸[512 x 512], Seed는 ❹[843912968]로 설정한 후 이미지를 ❺[생성]한다.

해당 프롬프트는 [학습자료] - [책 속 프롬프트 목록] 파일 참고

『/prompt: an exquisite woman gracefully dancing amidst an otherworldly pond, with vibrant colors and intricate details. the soft and atmospheric lighting accentuates the scene, creating a romantic and energetic ambiance. the artwork is inspired by the style of pablo picasso, characterized by bold and expressive strokes. the medium used is oil on canvas, capturing the beauty of the moment with its rich textures. the image is in high definition, showcasing the finest details and vibrant colors, evoking a sense of awe and admiration. 』

『/negative prompt: cropped image, deformed hands, twisted fingers, long neck, poor drawing of hands, disfigured, blurry, bad anatomy, mutilated hands, poor drawing of face, floating limbs, long body, ugly, poorly drawn feet, out of frame, extra limbs, watermark, low contrast, underexposed, bad art, distorted face, grainy 』

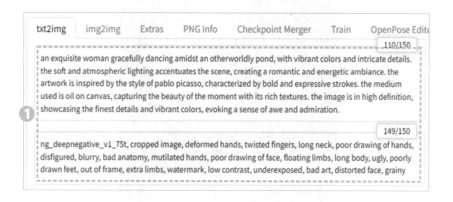

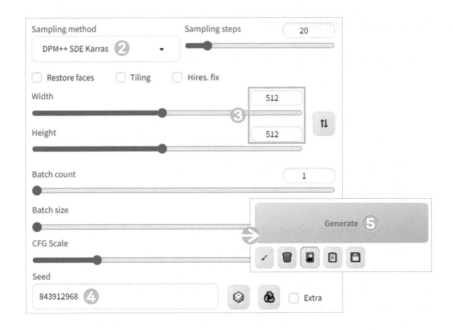

결과는 그림처럼 물에서 춤을 추고 있는 아름다운 여인의 모습이다. 보다 자세하게 살펴보기 위해 이미지를 크게 해보면 여인이 쳐다보는 곳이 정면이 아닌 것을 알 수 있다. 이번엔 이 부분을 수정해 본다.

여인이 바라보는 방향을 수정하기 전에 먼저 방금 생성한 이미지의 크기를 좀 더 크게 설정한 결과를 살펴보기 위해 크기 값만 [1024 x 1024]로 설정할 후 다시 [생성]해 준다. 그러면 그림처럼 같은 시드 값임에도 완전히 다른 결과가 나타난 것을 알 수 있다. 이것으로 화면의 크기(비율)와 옵션 값이 달라지면 그 결과도 달라질 수 있다는 것을 참고한다.

프롬프트에 "looking at viewer"란 키워드를 추가해 본다. 그러면 그림처럼 정면을 바라보는 이미지가 생성된 것을 알 수 있다. 이때 만약 새로운 키워드(looking at viewer)가 마지막 키워드로 들어갈 경우 기존 키워드의 **마침표(.)를 보존한 상태에서 뒤쪽에 새로운 키워드를 입력해야 원하는 결과물을 얻을 수 있다. 다음의 두 결과물을 보면 .과 ,의 결과가 다르다는 것을 알 수 있다.**

마침표(.) 뒤에 입력된 결과

쉼표(,) 뒤에 입력된 결과

다시 한번 크기만 [512 x 768]로 설정한 후 이미지를 [생성]해 보면 역시 완전히 다른 결과물이 탄생된 것을 알 수 있다.

☑ 어떻게 학습된 규격의 모델인가? 사용되는 모델(체크포인트)이 어떤 규격으로 학습된 모델인지에 따라 결과가 달라진다. 그러므로 SD에서 설정되는 규격과 학습된 규격이 얼마나 일치되는지 중요하다. 일반적으로 512 x 512에서 학습된다.

046. 시빗AI(CivitAI.com) 100% 활용하기

시빗AI는 스테이블 디퓨전에 특화된 AI 이미지 모델을 공유하고 개선하기 위한 웹 사이트(플랫폼)으로 사용자가 만든 AI 모델을 업로드하거나 다른 사용자가 공유한 모델을 활용할 수 있다. 2023년 7월까지 250명 이상의 창작자가 만든 1,700개 이상의 모델을 보유하고 있으며, 커뮤니티에서는 12,000개 이상의 이미지와 프롬프트를 제공하고 있다. **시빗AI에서 공유한 파일만으로도 원하는 대부분의 결과물을 얻을 수 있다.**

≡ 시빗AI 회원가입 및 다운로드받기

시빗AI에서 원하는 모델을 다운로드받기 위해서는 먼저 계정을 만들어야 한다. 시 빗AI에 들어가기 위해서는 [www.civitai.com] 또는 [학습자료] 폴더에 있는 [Civitai] 바로가기 파일을 실행한다.

🔖 [학습자료] – [Civitai] 바로가기 실행

더블클릭

계정 만들기 (회원 가입하기)

시빗AI 웹사이트가 열리면 우측 상단의 [Sign In] 버튼을 누른다.

회원 가입 창이 뜨면 앞서 미드저니에서 회원 가입을 한 디스코드, 깃허브, 구글 등의 계정을 활용하여 간편하게 계정을 생성할 수 있다. 여기에서는 [**깃허브**] 계정을

사용할 것이지만 자신이 원하는 방법이 있다면 그 방법을 사용하면 된다. **필요하다면 이메일을 사용하여 별도의 계정을 생성할 수도 있다.**

시빗AI 승인 창이 열리면 깃허브 계정을 시빗AI와 연동 승인하기 위해 [Authorize civitai] 버튼을 누른다.

서비스 약관 창이 열리면 확인 후 ❶[Accept] 버튼을 누른다. 두 번째 설정 창이 열리면 사용할 ❷[이름(영문: 닉네임도 가능)]을 입력한 후 ❸[Save] 버튼을 누른다.

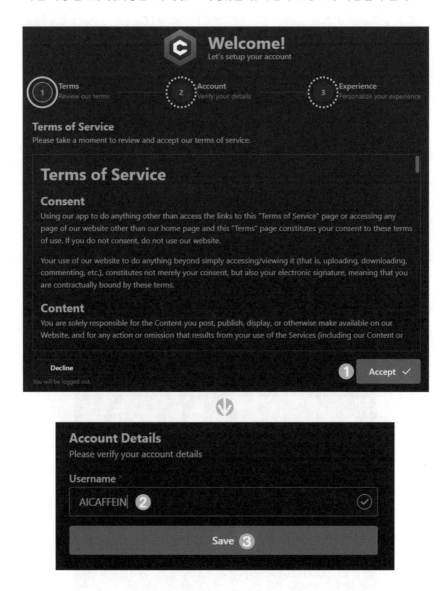

세 번째 창에서는 불편한 단어를 차단 및 성인 인증에 대한 설정을 할 수 있다. 성인

이며, 특별히 차단할 단어가 없다면 Hidden Tags를 비어있는 상태로 남겨두고, 아래쪽 ❶[Mature Content] 옵션 버튼을 클릭(켜기)하여 18세 이상의 성인임을 알려준다. 그다음 ❷[Done] 버튼을 눌러 계정을 완료한다. 이것으로 나체, 누드, 성인용품, 속옷, 성적, 폭력, 고어, 시체, 방해, 공격적인 손짓 등의 단어를 사용할 수 있다.

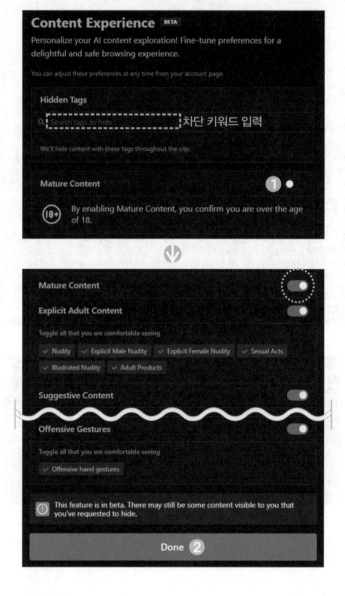

계정이 정상적으로 생성되면 그림처럼 로그인 상태의 시빗AI 웹사이트 화면이 나타난다. 이제 여기에서 원하는 모델과 로라 등을 다운로드받아 사용할 수 있다.

체크포인트 및 로라 다운로드받기

시빗AI에서 원하는 체크포인트와 로라를 사용하기 위해 자신이 원하는 스타일을 [클릭]하여 다운로드받는다. 필자는 웹툰 스타일과 실사 스타일 3개를 다운로드받을 것이다. **학습을 위한 것이므로 일단 필자와 같은 스타일을 사용하길 권장한다.**

다운로드 창이 열리면 [Download] 버튼을 눌러 다운로드받는다.

팁 & 노트

해당 체크포인트와 로라에 대한 정보를 얻고자 한다면

체크포인트와 로라 다운로드 창 아래쪽에는 해당 파일에 대한 정보를 [Show More]를 클릭하여 확인할 수 있다. 여기에서는 해당 파일 제작에 대한 기본 정보 및 구체적인 확장과 설정법에 대한 설명이 있으며, 깃허브와 허깅페이스에서 세부(얼굴 복원 등) 설정을 위한 파일을 다운로드받을 수 있는 주소까지 링크해 주고 있다. 영문에 익숙하지 않다면 페이지를 한글 모드로 전환하여 확인한다. 이것으로 실질적인 학습 효과를 가장 많이 얻을 수 있다.

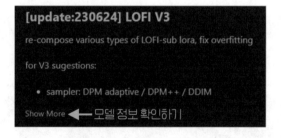

계속해서 필자가 다운로드한 로라(LoRA) 파일도 3개 정도 다운로드받아 놓는다.
체크포인트와 로라 파일이 시빗AI에서 삭제되었다면 유사 파일이나 학습자료를 사용한다.

Headpat POV | Concept LoRA   ★★★★★ 13   ♡ 336 ◯ 2 ⬇ 989

Æ Karina Makina Lora   ★★★★★ 8   ♡ 499 ◯ 1 ⬇ 5.7K

百花醸   ★★★★★ 8   ♡ 611 ◯ 3 ⬇ 2.5K

💡 팁 & 노트

로라 파일을 더 강조할 때 사용하는 트리거 워드에 대하여

로라 파일을 다운로드받을 때 아래쪽 트리거 워드(Trigger Words)에는 몇 개의 키워드가 있을
것이다. 이 키워드는 프롬프트 작성 시 해당 로라에 대해 좀 더 강조하고자 할 때 사용되며, 키
워드 버튼을 클릭하여 복사하여 사용할 수 있다.

☰ 체크포인트와 로라 사용하기

보통 체크포인트는 Stable-diffusion 폴더, 로라는 Lora 폴더에 설치하지만, 서로 반
대의 폴더에 설치하면 각 스타일이 더 강조되거나 독특한 결과를 얻을 수 있다.

체크포인트 및 로라 설치하기 (설치 위치에 따라 달라지는 결과)

다운로드받은 6개의 파일 중 일단 하나를 테스트해 본다. 먼저 한자로 된 [百花 醸:

백화향] 로라 파일을 C 드라이브에 설치된 스테이블 디퓨전의 [models] 폴더의 [Stable-diffusion]과 [Lora] 폴더에 각각 설치(복사해 놓기)한다.

체크포인트 및 로라 사용하기

설치(복사)된 로라 파일을 사용하기 위해 먼저 체크포인트 목록에 인식되도록 상단의 체크포인트의 ①[새로 고침: Refresh] 버튼을 클릭하여 ②[백화향] 파일을 인식한 후 선택한다.

이번엔 앞서 학습한 챗GPT의 [AIPRM]을 활용하여 [한국 고전 미인]이란 주제로 새로운 프롬프트를 생성하여 사용한다. 방금 선택한 체크포인트 상태에서 이미지를 생성해 보면 백화향 스타일로 이미지가 생성된 것을 알 수 있다. **챗GPT 버전은 4.0이**

며, 설정 옵션과 프롬프트는 이전에 사용된 네거티브 키워드는 그대로 사용하였다.

📋 해당 프롬프트는 [학습자료] – [책 속 프롬프트 목록] 파일 참고

📋 [Seed: 3328767786] [크기: 512 x 512] [샘플링 메소드:DPM++ SDE Karras]

이번엔 백화향 파일을 로라 형태로 사용하기 위해 ❶[추가 네트워크 표시/숨기기] 버튼을 클릭한 후 ❷[Refresh: 새로 고침] 버튼을 눌러 로라(백화향) 파일을 인식시킨다.

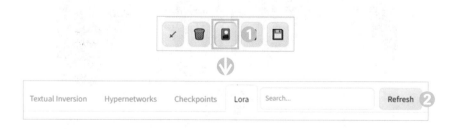

그다음 ❶[Lora] 탭에서 ❷[백화향] 파일을 클릭하여 프롬프트 뒤쪽에 적용한 후 이미지를 ❸[생성]한다. **로라 파일은 프롬프트의 앞, 뒤 어디에 적용해도 상관없다.**

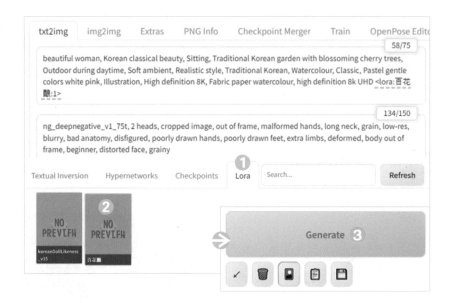

생성된 이미지를 보면 **체크포인트만 사용했을 때(좌측 이미지)와 프롬프트에 로라를 적용했을 때(우측 이미지)**가 확연하게 다르다는 것을 알 수 있다. **로라 파일을 체크포인트로 사용하면 전체적인 분위기, 프롬프트에 사용하면 모델의 표정과 윤곽이 더욱 강조된다.**

체크포인트만 적용한 모습

체크포인트와 로라에 모두 적용한 모습

로라에 가중치를 설정할 수도 있다. 프롬프트에서 〈lora:百花釀:1〉을 〈lora:百花釀:2〉로 설정한 후 다시 이미지를 생성해 본다. 그러면 그림처럼 더욱 강렬한 이미지가 표현된다. **확인 후 가중치를 다시 1로 설정해 놓는다.**

이번엔 체크포인트를 백화향 로라가 아닌 이전에 사용했던 [Chilloutmix...]를 선택한 후 다시 이미지 생성을 해보면 그림처럼 전체 느낌에 변화가 생겼지만 모델의 특징은 프롬프트에 적용된 로라(백화향)에 더 가깝게 표현된 것을 알 수 있다. 이렇듯 체크포인트와 로라를 서로 병행하여 독특한 결과를 얻을 수 있다.

프롬프트에 다중 로라 사용하기

체크포인트와 로라는 서로 교차 및 병행이 가능하며, 프롬프트에 여러 개의 로라를
적용할 수도 있다. 살펴보기 위해 앞서 다운로드받은 6개의 파일 중 사용하지 않은
5개의 파일을 그림처럼 [models] 폴더의 [Stable-diffusion]폴더와 [Lora] 폴더에 각각
복사해 넣는다.

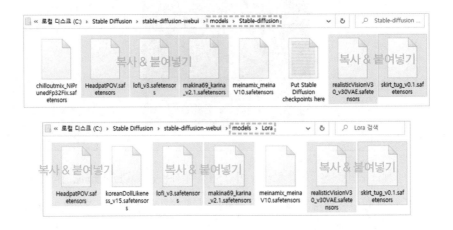

복사한 5개의 파일들을 모두 인식하기 위해 ❶[체크포인트]와 추가 ❷❸[네트워크
표시/숨기기] - [새로 고침] 버튼을 누른다.

이제 로라를 사용해 본다. 먼저 프롬프트를 작성하기 위해 [시빗AI] 웹사이트로 가서 앞서 다운로드받았던 로라 중 [Headpat POV | Concept LoRA] 파일의 다운로드 창에서 우측 이미지 하단의 ❶[ⓘ] 버튼을 클릭하여 해당 이미지의 정보를 나타나게 한 후 ❷❸[프롬프트와 네거티브 프롬프트]를 복사하여 스테이블 디퓨전에 붙여 넣는다. 그밖에 옵션 설정을 참고하여 스테이블 디퓨전 설정에 활용한다.

☑ 시빗AI에서 제공되는 로라에는 해당 로라의 샘플 이미지가 어떻게 만들어졌는지 프롬프트 및 세부 설정이 있기 때문에 학습에 유용하다.

체크포인트(모델)은 다음과 같이 이전에 사용했던 ❶[chilloutmix...]를 사용하여 이미지를 생성하기로 한다. 일단 ❷❸[프롬프트]는 로라 이미지에서 복사한 것을 사용하고, 세부 설정은 해당 이미지와 동일하게 ❹샘플링 메소드(Sampling Method)는 [DPM++2M Karras], 얼굴과 동작에 대한 문제가 없도록 ❺[리스토어 페이스(Restore faces)]와 ❻[하이레스. 픽스(Hires. Fix)]를 [체크]해 주고, ❼업스케일(Upscale by)는 [1], ❽크기는 [512x768], ❾시드(Seed) 번호는 [102]로 설정한 후 이미지 생성을 한다.

🔖 해당 프롬프트는 [학습자료] – [책 속 프롬프트 목록] 파일 참고

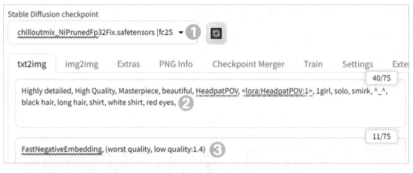

Stable Diffusion checkpoint

chilloutmix_NiPrunedFp32Fix.safetensors [fc25 ▼] **1**

| txt2img | img2img | Extras | PNG Info | Checkpoint Merger | Train | Settings | Exte |

40/75

Highly detailed, High Quality, Masterpiece, beautiful, HeadpatPOV, <lora:HeadpatPOV:1>, 1girl, solo, smirk, ^_^, black hair, long hair, shirt, white shirt, red eyes, **2**

11/75

FastNegativeEmbedding, (worst quality, low quality:1.4) **3**

Sampling method | Sampling steps | 20

DPM++ 2M Karras **4** ▼

5 ☑ Restore faces | ☐ Tiling **6** ☑ Hires. fix

resize: from **512x768** to **512x768**

Upscaler | Hires steps | 0

Latent ▼

Denoising strength | 0.7

Upscale by **7** 1 | Resize width to | 0

Resize height to | 0

Width | 512

8

Height | 768

↑↓

Batch count | 1

Batch size | 1

CFG Scale | 7

Seed

102 **9** | ☐ Extra

해당 프롬프트 및 설정에 대한 이미지는 다음과 같다. 샘플 이미지와 비슷한 느낌은들지만 완전히 똑같지는 않다. 그 이유는 사용된 체크포인트가 다르기 때문이다. **여기서 중요한 것은 머리에 손을 얹은 모습을 표현하기 위해 사용된 트리커 워드(Trigger Words)인 [HeadpatPOV]이다.**

☑ 만약 시빗AI의 로라 샘플 이미지와 같은 스타일의 결과물을 얻고자 한다면 해당 이미지에 사용된 체크포인트(모델)인 [IncursiosMemeDiffusionPruned]과 [FastNegativeEmbedding] 네거티브 파일을 받아 설치해야 한다.

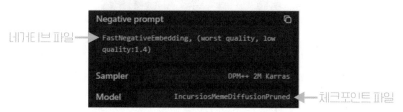

살펴보기 위해 시빗AI에서 해당 모델과 네거티브 파일을 찾아 다운로드하였다. 참고로 모델은 동일한 이름이 검색되지 않아 거의 동일한 것으로 받았다. 이 2개의 파일은 [학습자료] 폴더에서 사용할 수 있다.

FastNegativeV2.
pt

incursiosMeme_v
16Pruned.safete
nsors

다음의 이미지는 시빗AI의 샘플 이미지에서 사용된 모델과 네거티브 파일을 스테이블 디퓨전의 해당 폴더에 설치(복사 후 붙여넣기)한 후 동일한 설정으로 생성한 이미지이다. 원본 모델이 없어 동작은 차이가 있지만 전체 느낌은 샘플 이미지와 같다는 것을 알 수 있다. 이렇듯 다양한 모델과 로라 그리고 옵션의 설정은 만족스러운 결과물을 얻기 위해 매우 중요하다.

계속해서 다중 로라를 사용하기 위해 ❶[Lora] 탭에서 ❷[makina69_karina] 로라(실사 느낌을 표현하는 로라)를 클릭하여 프롬프트에 적용한 후 이미지를 생성해 본다. 그러면 그림처럼 실사 느낌의 이미지가 생성된다. 하지만 손가락이 부자연스럽게 표현되었다.

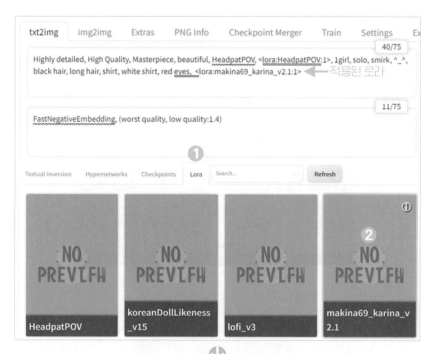

☑ **손가락 표현의 한계?** 생성형 AI들은 아직 극복해야 할 과제가 많다. 특히 손가락 개수와 모양이 제대로 표현되지 않을 때가 있기 때문이다. 지금처럼 다중 로라 사용 시 로라마다 가지고 있는 학습된 특징(스크립트)과 가중치로 인해 문제가 발생되기도 한다. 하지만 이러한 문제는 다양한 네거티브 프롬프트를 통해 개선되고 있다.

엑스트라 네트워크에 있는 모델과 로라 썸네일 만들기

로라, 체크포인트, 텍스츄얼 인버전 등의 썸네일은 기본적으로 [NO PREVIEW]로 되어있어
많은 파일을 사용할 경우 매우 혼잡스럽다. 이럴 때 각 파일을 구분할 수 있는 이미지를 썸네일
로 적용하면 어떤 파일인지 쉽게 구분할 수 있다. 썸네일을 적용하는 방법은 버전에 따라 다르
기 때문에 여기에서는 공통적으로 할 수 있는 방법에 대해 살펴볼 것이다.

여기에서는 로라의 썸네일을 적용해 본다. 먼저 스테이블 디퓨전이 설치된 폴더의 [stable-
diffusion-webui] – [models] – [Lora] 폴더로 들어간다. 썸네일 이미지로 사용할 파일을 가져
와 로라 파일의 이름과 동일한 이름으로 수정한다. 필자는 학습자료에서 [썸네일 01]을 사용하
였다. 참고로 썸네일로 사용할 이미지는 시빗AI에 있는 이미지를 캡처하거나 생성된 이미지가
저장된 폴더에서 적절한 이미지를 사용해도 된다.

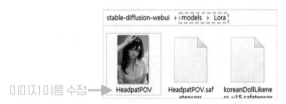

이제 [Refresh] 버튼을 누르면 방금 적용한 이미지가 해당 로라의 썸네일 이미지로 적용된 것
을 알 수 있다. 썸네일 적용법은 체크포인트, 텍스츄얼 인버전 등에서도 동일하다.

부자연스러운 손가락 모양 수정하기

손가락 문제를 해결하기 위해 ❶[Textual Inversion] 탭에서 ❷[ng_deepnegative] 네거티브를 클릭하여 적용한다. 그리고 다시 이미지를 생성해 보면 이전보다 훨씬 자연스러운 손가락이 표현되었다.

☑️ 또 다른 해결법 네거티브 프롬프트로도 해결되지 않는 이미지의 문제는 [이미지 2이미지(img2img)]를 통해 해결할 수 있다. 이 방법은 차후 해당 학습에서 자세히 살펴보기로 한다.

즐겨 사용하는 스타일 등록 및 다시 사용하는 방법

자주 사용하는 프롬프트는 스타일로 등록했다가 다시 사용할 수 있다. 가령 현재 사용된 프롬프트를 다음에 다시 사용할 것이라면 [Save style] 버튼을 눌러 스타일 목록에 적당한 이름으로 등록한다. 그다음 다시 사용할 때는 스타일 목록에서 선택한 후 [Apply selected styles to current prompt] 버튼을 눌러 간편하게 프롬프트에 적용할 수 있다.

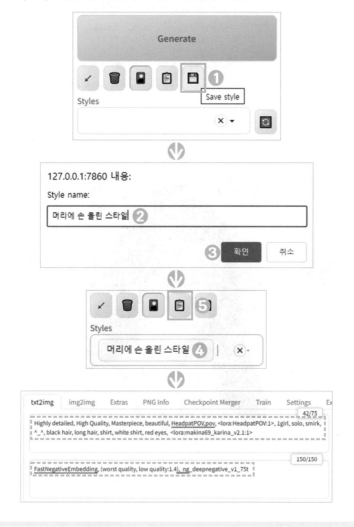

다중 로라에 가중치 부여하기

다중 로라를 사용할 때에도 각각의 로라에 대한 가중치를 부여하여 표현되는 비중을 조절할 수 있다. 살펴보기 위해 앞서 적용된 [karina] 로라의 기본 가중치였던 1:1을 [0.3] 정도로 줄여서 이미지를 생성해 본다. 그러면 그림처럼 해당 로라의 비중이 줄어들어 손 모양이 더 명확하게 표현되는 것을 알 수 있다.

Highly detailed, High Quality, Masterpiece, beautiful, HeadpatPOV,pov, <lora:HeadpatPOV:1>, 1girl, solo, smirk, ^_^, black hair, long hair, shirt, white shirt, red eyes, <lora:makina69_karina_v2.1:1>

Highly detailed, High Quality, Masterpiece, beautiful, HeadpatPOV,pov, <lora:HeadpatPOV:1>, 1girl, solo, smirk, ^_^, black hair, long hair, shirt, white shirt, red eyes, <lora:makina69_karina_v2.1:0.3>

☑ 방금 설정한 가중치 0.3은 백분율로 환산하면 30%의 비율을 의미한다. 로라의 가중치는 1이 기본값이며, 1보다 많은 값을 사용하면 부자연스러운 결과물이 나온다. 그러므로 0~1 사이의 값을 사용하는 것을 권장한다.

계속해서 또 다른 로라를 적용해 본다. 필자는 [백화향] 로라를 적용하여 이미지를 생성해 보았다. 결과는 그림처럼 웹툰과 실사가 합쳐진 독특한 이미지가 생성되었다. 적용된 백화향 로라의 가중치가 1(100%)이기 때문이다.

마지막으로 [백화향] 로라의 가중치를 [0.5] 정도로 낮춰준 후 이미지를 생성해 본다. 그러면 그림처럼 이전에 적용됐던 두 로라의 가중치 비율에 맞게 이미지가 생성된 것을 알 수 있다. 이렇듯 다중 로라를 사용할 때 가중치는 최종 결과에 영향을 준다는 것을 알 수 있다.

Highly detailed, High Quality, Masterpiece, beautiful, HeadpatPOV,pov, <lora:HeadpatPOV:1>, 1girl, solo, smirk, ^_^, black hair, long hair, shirt, white shirt, red eyes, <lora:makina69_karina_v2.1:0.3> <lora:百花酿:0.5>

🔵 팁 & 노트

연속되는 이미지 생성 모드 사용하기

랜덤한 이미지를 생성하기 위한 –1 시드 값을 사용할 때 무한대의 이미지 생성을 하기 위해서는 [Generate] 버튼 위에서 [우측 마우스 버튼] 클릭 시 나타나는 [Generate forever]를 선택하면 된다. 이 기능을 사용하면 취소할 때까지 무한대로 이미지가 생성된다. 이미지 생성 중 마음에 드는 이미지가 나타나면 다시 [우측 마우스 버튼] – [Cancel generate forever]를 선택하여 정지할 수 있다.

047. 스테이블 디퓨전 고수가 되기 위한 활용법

UI(사용자 인터페이스) 형태로 된 스테이블 디퓨전을 보다 효과적으로 사용하기 위해서는 UI에서 제공하는 기능과 옵션을 제대로 이해해야 한다. 이번 학습에서 살펴볼 기능과 옵션은 보다 정교하고 복잡한 이미지를 생성하고, 오류를 줄여 사용자가 원하는 결과물에 최대로 근접한 이미지 생성에 도움이 될 것이다.

고정 시드 값을 활용한 같은 포즈 다른 의상 만들기

시드(Seed) 값은 AI의 연산에 변수를 주어 다양한 결과물이 나오도록 유도하는 값이다. 특정 시드 값을 입력하면 스타일이나 분위기를 변경할 수 있으며, 고정된 모델이나 사물의 포즈를 반복 생성할 수 있다.

마음에 드는 포즈 선택을 위한 고정 시드 값 찾기

고정 시드 값은 처음부터 지정할 수 있지만 처음에는 랜덤하게 이미지를 생성하는 것이 좋다. 살펴보기 위해 설정 옵션 창의 Seed 값을 -1로 설정한다. **프롬프트는 [프롬프트에 다중 로라 사용하기]에서 사용한 것을 그대로 사용한다.**

프롬프트 맨 앞쪽에 의상 관련 키워드인 [a mini sundress]을 입력한다. **쉼표(,) 사용할 것** 그리고 마음에 드는 이미지가 생성될 때까지 이미지를 반복 생성한다.

a mini sundress, Highly detailed, High Quality, Masterpiece, beautiful, HeadpatPOV,pov, <lora:HeadpatPOV:1>, 1girl, solo, smirk, ^_^, black hair, long hair, shirt, white shirt, red eyes, <lora:makina69_karina_v2.1:0.3> <lora:百花醸:0.5>

☑ 랜덤한 이미지 생성을 할 때 배치 카운트(Batch count) 값을 2(이상의 값)로 설정하면 2개의 결과물을 동시에 얻을 수 있어 원하는 이미지를 찾기 위한 시간을 단축할 수 있다.

랜덤 이미지 생성 중 마음에 드는 이미지가 나타났다면 해당 이미지를 ❶[클릭]한다. 그러면 아래쪽 [Send to extras]의 네거티브 프롬프트에 해당 이미지의 시드 번호가 표시된다. 이제 이 시드 번호를 ❷[복사(Ctrl+C)]한다.

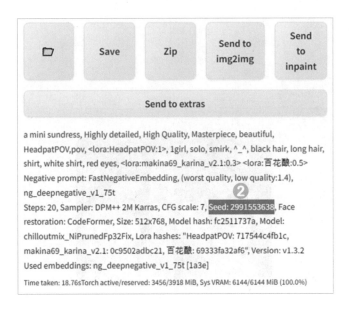

a mini sundress, Highly detailed, High Quality, Masterpiece, beautiful, HeadpatPOV,pov, <lora:HeadpatPOV:1>, 1girl, solo, smirk, ^_^, black hair, long hair, shirt, white shirt, red eyes, <lora:makina69_karina_v2.1:0.3> <lora:百花釀:0.5>
Negative prompt: FastNegativeEmbedding, (worst quality, low quality:1.4), ng_deepnegative_v1_75t
Steps: 20, Sampler: DPM++ 2M Karras, CFG scale: 7, Seed: 2991553638, Face restoration: CodeFormer, Size: 512x768, Model hash: fc2511737a, Model: chilloutmix_NiPrunedFp32Fix, Lora hashes: "HeadpatPOV: 717544c4fb1c, makina69_karina_v2.1: 0c9502adbc21, 百花釀: 69333fa32af6", Version: v1.3.2
Used embeddings: ng_deepnegative_v1_75t [1a3e]
Time taken: 18.76sTorch active/reserved: 3456/3918 MiB, Sys VRAM: 6144/6144 MiB (100.0%)

복사한 시드 번호를 설정 옵션 창의 Seed에 ❶[붙여넣기(Ctrl+V)] 한다. 그다음 Batch count를 다시 ❷[1]로 설정한다. 원하는 포즈를 찾았기 때문에 이제 여러 개의 배치 이미지는 무의미하다.

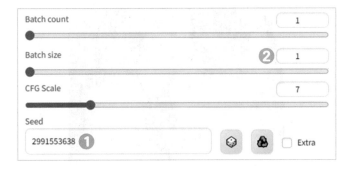

이제 프롬프트에 앞서 사용한 의상 키워드를 [casual jeans and a white t-shirt]으로 수정한 후 이미지를 생성한다. 그러면 시드 값과 같은 포즈는 그대로 유지된 상태로 의상만 바뀐 것을 알 수 있다.

casual jeans and a white t-shirt, Highly detailed, High Quality, Masterpiece, beautiful, HeadpatPOV,pov, <lora:HeadpatPOV:1>, 1girl, solo, smirk, ^_^, black hair, long hair, shirt, white shirt, red eyes, <lora:makina69_karina_v2.1:0.3> <lora:百花醸:0.5>

즐겨 사용되는 의상 키워드

의상을 표현할 수 있는 키워드는 아주 다양하다. 다음은 일반적으로 가장 많이 사용하는 의상 키워드이지만, 강조 어휘를 혼용하여 보다 다양하게 표현할 수 있다.

• Casual wear 일상생활에서 즐겨 입는 편안한 옷

• Formal attire 공식적인 행사나 행사에 적합한 옷

• Vintage clothing 과거의 패션 트렌드를 반영하는 옷

• Sportswear 운동이나 레크리에이션 활동에 적합한 옷

• Winter outfit 겨울철에 적합한 두껍고 따뜻한 옷

• Summer outfit 여름철에 적합한 얇고 가벼운 옷

• Elegant dress 우아하고 고급스러운 드레스

☰ 고해상도 이미지(그림)로 업스케일링 하기

스테이블 디퓨전에서 생성되는 기본 이미지 크기는 [512 x 512]이다. 이는 처음 이미지를 생성하기 위한 크기로는 적당하지만 최종적으로 사용하기에는 부족하다. 그러므로 최종적으로 사용하고자 하는 이미지는 더 좋은 해상도로 업스케일링을 해야 한다. 스테이블 디퓨전은 크게 Hires. fix, SD upscale, Extras 세 가지 방법으로 이미지를 업스케일링 할 수 있다. 업스케일링은 단순히 이미지의 크기를 키워주는 것만이 아닌 이미지의 세부 묘사도 추가되기 때문에 반드시 필요한 과정이다.

텍스트2이미지(txt2img)에서의 Hires. fix를 활용한 업스케일링

고해상도 이미지 생성 시 하나의 캐릭터가 둘이나 셋으로 분열되고, 동작이나 구도가 변형되어 알 수 없는 형태의 배경이 생성될 수 있다. 이러한 문제를 방지하기 위해 사용하는 것이 바로 하이레스. 픽스(Hires. Fix: 고해상도 보조)이다. 이 옵션을 체크하면 업스케일링을 할 수 있는 옵션이 활성화된다. 살펴보기 위해 먼저 Hires. Fix를 사용하지 않고 그림과 같은 기본 이미지를 생성해 본다. **자신이 원하는 프롬프트를 작성하여 이미지를 생성해 본다.**

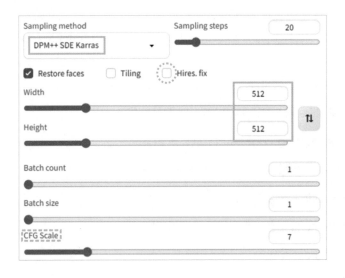

팁 & 노트

CFG 스케일이란?

설정 항목 중 CFG(Classifier-free guidance) 스케일은 프롬프트의 키워드를 얼마나 반영할지를 결정하는 값이다. CFG는 확산 모델과 분류 모델을 동시에 학습시키는 방법으로, 스케일 값이 클수록 프롬프트의 키워드를 따르지만 이미지 품질이 떨어질 가능성이 있다. 반대로 스케일 값이 작으면 이미지 품질은 향상되지만 프롬프트 키워드로부터 멀어질 가능성이 높다. 특히 스테이블 디퓨전은 옷 색상을 바꾸는 것이 어렵기 때문에 이를 강제하기 위해 CFG 스케일을 너무 크게 설정하면 다른 부분의 이미지 품질이 손상될 수 있어 기본적으로 7(7~11이 가장 적당함)로 설정되어 있다. 하지만 일부 프롬프트는 스케일을 조금 더 높게 설정하여 더 좋은 결과를 생성할 수 있으니 테스트할 필요가 있다. CFG 스케일의 일반적인 규칙은 다음과 같다.

CFG 2~6 스테이블 디퓨전(AI)가 알아서 처리함

CFG 7~11 프롬프트 키워드를 5:5 정도로 처리함(권장)

CFG 12~15 프롬프트 키워드를 받아 드리는 확률이 높아짐

CFG 16~20 프롬프트 키워드를 대부분 받아 드림

이번엔 [Hires. fix]를 체크한 후 **업스케일러(Upscale by)** 값이 [2]인 상태로 이미지를 생성해 본다. 그러면 그림처럼 이미지의 크기가 커진 것을 알 수 있으며, 결과물이 더욱 디테일하게 표현된 것을 알 수 있다. 이처럼 Hires. fix를 사용하면 보다 우수한

결과물을 얻을 수 있다. 하지만 이것은 시스템(PC) 성능에 따라 원치 않는 결과물이 나타날 수 있기 때문에 낮은 시스템 환경에서는 피하는 것이 좋다.

Hires. Fix 해제 시   Hires. Fix 사용 시

- **업스케일러(Upscaler)** 기본(저해상도) 이미지를 업스케일링 하는 방식을 선택할 수 있다.

- **고해상도 스텝(Hires steps: high-resolution)** 업스케일러 사용 시 스텝 수를 설정한다. 0~150까지 설정이 가능하며, 스텝 수가 높을수록 많은 단계(과정)를 거쳐 이미지를 생성한다고 설명서에 나와 있지만, 실제는 그만큼 정교하지는 않기 때

문에 기본 스텝인 0이나 샘플링 스텝 수보다 작은 값으로 하는 것을 권장한다.

- **노이즈 제거 강도(Denoising strength)** 이미지의 디테일에 대한 설정으로 값이 높아질수록 정밀한 이미지가 되지만, 원래 이미지와 다른 그림이 될 가능성이 커진다. 추천 값은 0.4~0.6 정도이다.

- **업스케일 배율(Upscale by)** 이미지 확대율 설정으로 값이 높을수록 고해상도 이미지를 생성하지만 생성되는 시간이 증가되며, 시스템 환경에 따라 작업 수행이 불가능해 질 수 있다. 일반적으로 2 정도 사용한다.

팁 & 노트

업스케일러에 대하여

어떤 방식(보간법)으로 업스케일링 할 것인지 선택할 수 있다. 보간법(Interpolation)은 이미지나 비디오 등을 확대할 때 미지의 영역을 채우기 위해 주변 정보를 이용하여 채우기 위한 값을 추정하는 기술이다. 즉 512 x 512 이미지(동영상)를 1024 x 1024 크기로 만들기 위해서는 4배로 확대해야 하는데, 262,144(512 x 512)개의 픽셀을 1,048,575개(1024 x 1024)의 픽셀(화소)로 만들어야 하는 것과 같다. 업스케일러에 제공되는 방식 중 일반적으로 Latent를 사용하며, 애니(웹툰) 느낌일 경우에는 R-ESRGAN 4x+ Anime6B 그리고 사진과 같은 실사 이미지는 R-ESRGAN 4x+나 LDSR 그리고 R-ESRGAN 방식을 권장한다. 만약 고해상도 이미지를 생성하고 싶은데 오류가 난다면 고성능 그래픽 카드(VRAM이 12BG 이상)로 교체하거나 확장 VAE를 사용해야 한다. 확장 VAE에 대해서는 차후 자세히 살펴볼 것이다. 다음은 업스케일러에서 제공되는 방식에 대한 설명이다.

- **Latent(Latent space vector)** 이미지를 업스케일링 할 때, 원본 이미지의 잠재 공간 벡터와 함께 사용된다. 잠재 공간 벡터(Latent space vector)는 이미지 생성 과정에서 사용되는 벡터로, 딥러닝 모델의 중요한 입력 값이다. 벡터는 크기와 방향을 가진 요소의 집합으로 특정 공간에서의 좌표를 이용하여 표현된다. 잠재 공간 벡터는 여러 개의 실수 값을 가지며, 이 값들의 조합을 통해 딥러닝 모델은 이미지를 생성한다. 따라서 잠재 공간 벡터는 이미지 생성에 있어 중요한 역할을 수행한다.

- **Latent(antialiased)** 이미지를 부드럽게 만들기 위해 앤티앨리어싱 기술(anti-aliasing technique)을 적용한다. 앤티앨리어싱은 디지털 이미지(동영상)의 해상도를 높이거나 크기를 변환할 때 생기는 계단(거친 픽셀) 현상을 완화하기 위해 사용되는 기술이다.

- **Latent(bicubic)** 바이큐빅 보간법을 활용하여 이미지의 크기를 조정하는 방식이다. 바이큐빅 보간법은 원본 이미지에서 얻은 정보를 사용하여 새로운 이미지를 생성하는 기법이며,

이때 인접한 16개의 픽셀 값을 활용하여 보간한다. 2차 다항식 함수를 이용하여 해당 픽셀 값을 조절하고, 이를 통해 생성된 픽셀 값은 이미지의 부드러움을 유지하면서도 크기 변화를 자연스럽게 처리한다. 따라서, 이 방식을 사용하면 업스케일링 된 이미지가 선명하면서도 부드러운 느낌을 준다.

- **Latent(bicubic antialiased)** 바이큐빅 보간법과 함께 앤티앨리어싱 기술을 활용하는 방식이다. 이 방식을 통해 가장 부드러운 이미지를 생성할 수 있다. 그러나 사용자는 각 이미지의 특성과 용도에 맞게, 자신의 목적에 가장 적합한 모드를 선택해야 한다는 점을 유념해야 한다.

- **Latent(nearest)** 이미지를 업스케일링할 때 인접한 픽셀 값을 사용하는 가장 기본적인 방식이다. 이는 보간법 중에서 가장 단순한 형태로, 복잡한 계산 없이 가장 가까운 픽셀의 값을 그대로 사용한다.

- **Latent(nearest-exact)** Nearest 모드와 유사하나 더욱 높은 화질의 이미지를 생성하는 방식이다. 이 방식은 이름에서 알 수 있듯이 업스케일링 과정에서 더욱 정확하게 보간을 진행하도록 설계되었다.

- **Lanczos** 바이큐빅 보간법과 비슷하게 동작하지만, 이미지를 여러 개의 작은 구역으로 나누고, 각 구역을 Lanczos 함수를 활용해 보간하는 점에서 차이가 있다. 랑초스(Lanczos) 함수는 주기적으로 변화하는 파동형 함수로써 이를 이용해 이미지를 보간함으로 부드러운 이미지를 생성할 수 있다.

- **Nearest** 가장 기본적인 최근접 주변 보간법만을 사용하여 이미지를 생성하는 방식이다. 이 방식은 단순함을 주요 특징으로 하나, 그 결과로 이미지가 계단 현상을 보일 수 있으며, 더욱 부드러운 이미지를 원하는 경우에는 다른 업스케일링 방법을 선택해야 한다.

- **ESRGAN_4x** SRGAN(Super-Resolution Generative Adversarial Network) 모델을 기반으로 한 딥러닝 업스케일링 방식이다. 이 방식은 GAN이라는 프레임워크를 사용하여 이미지를 생성한다.

- **LDSR(Light Deep Super Resolution)** 기존의 Super Resolution(SR) 기술보다 경량화된 딥러닝 업스케일링 방식이다. 이 방식은 업스케일링 속도가 빠르며, 고품질 이미지 생성에 대한 성능도 뛰어나다는 평가를 받고 있어 주로 자연 이미지나 사물 이미지 등에서 사용된다. 모바일 기기나 IoT(사물 인터넷) 디바이스 등에서도 적용 가능하다. 또한, 고해상도 이미지를 생성할 때 속도와 성능면에서 우수한 결과를 보인다.

- **R-ESRGAN 4x+ Anime6B** Anime6B라는 데이터 공간에서 학습된 R-ESRGAN 4x+ 모델로 애니메이션 이미지에 특화된 방식이다. 이 방식은 원본 이미지의 크기와 원하는 업스케일링 비율에 따라 결정된다.

- **SwinIR 4x** Swin Transformer 기반의 이미지 업스케일링 방식으로 이미지에서의 계층적인 특징을 추출하고, 업스케일링을 통해 고품질의 이미지 생성에 뛰어난 성능을 보인다.

엑스트라스(Extras)를 활용한 업스케일링

업스케일 엑스트라스를 사용하면 이미 생성된 이미지(외부에서 가져와도 됨)에 대해 업스케일링을 할 수 있다. 살펴보기 위해 앞서 생성한 이미지를 저장한다. ❶ [Save] 버튼을 클릭한 후 ❷[Send to extras] 버튼을 눌러 Extras 탭으로 보내준다. **별도 의 이미지 파일로 저장하기 위해서는 [Download] 버튼을 누르면 된다.**

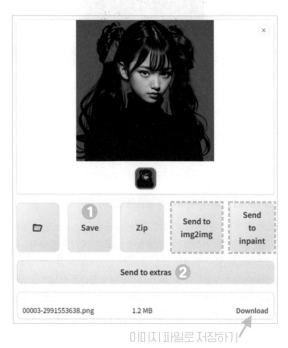

이미지 파일로 저장하기

☑ Send to img2img와 Send to impaint 버튼을 사용하면 생성된 이미지가 해당 작업 탭으로 보내지므로 문제가 있는 부분을 수정한 후 업스케일링 할 수 있다. 하지만 현재는 수정할 곳이 없기 때문에 곧바로 엑스트라스 탭으로 보냈다.

❶[Extras] 탭으로 이동하면 txt2img에서 생성된 이미지가 적용된 것을 알 수 있다. 이제 [Scale by]에서 [Resize] 값을 설정하여 크기를 조절한다. 필자는 ❷[2] 정도로 설정한 후 ❸[Generate] 버튼을 눌러 2배 더 큰 크기의 이미지를 생성하였다.

이미지 가져오기   이미지 자르기

팁 & 노트

Batch Process와 Batch from Directory를 활용한 업스케일링

이미지 업스케일링을 하기 위한 방법 중 배치 프로세스(Batch process)는 외부에서 하나 또는 여러 개의 이미지를 한꺼번에 가져와 업스케일할 수 있으며, 배치 프롬 디렉토리(Batch from directory)는 업스테일링 할 이미지가 있는 경로(Input directory)와 저장될 경로(Output directory)를 지정하여 업스케일링 할 수 있다. 그밖에 설정 옵션은 현재의 Single Image 항목과 동일하다. 참고로 엑스트라스와 다음에 살펴볼 이미지2이미지(imag2img)는 스테이블 디퓨전에서 생성된 이미지가 아닌 외부에서 임포팅된 이미지도 업스케일링 할 수 있다.

이번에는 업스케일링 방식을 사용하여 크기를 키워본다. [Upscaler 1]은 ❶[Nearest], [Upscaler 2]는 ❷[SwiniR_4x]로 선택한 다음 [Upscaler 2 visibility]를 ❸[0.015] 정도로 설정한 후 이미지를 ❹[생성]한다.

- **Scale by** 업스케일링 크기(배율)를 설정한다.

- **Scale to** 크기를 가로(Width)와 세로(Height)를 개별로 설정하는 곳으로 나머지 옵션들은 Scale by와 같다.

- **Upscaler 1** 업스케일되는 방식을 선택한다. 보통 이 방식 하나만 사용한다.

- **Upscaler 2** 한 번 더 업스케일하며, 그 방식을 선택한다. 업스케일러 1과 혼합된 결과를 얻을 수 있다. 업스케일러 2에서는 주로 SwinIR_4x를 사용한다.

- **Upscaler 2 visibility** 업스케일러 2를 사용할 때 해당 업스케일러 방식의 결과를 얼마나 보여줄 것인지 가시성을 설정한다. 수치가 0이면 업스케일러 2의 가시성이 전혀 없으며, 1이면 업스케일러 2의 결과만 100%로 반영된다.

- **GFPGAN visibility** 이미지의 노이즈를 제거하여 보정해 준다. 0.5 이내의 값을 권장하며, 결과를 보면서 적절하게 수정한다.

- **CodeFormer visibility** 이미지의 흐릿한 부분의 디테일을 보정해 준다. 0.5 이내의 값을 권장하며, 결과를 보면서 적절하게 수정한다.

- **CodeFormer weight** CodeFormer visibility의 가중치를 설정한다. 0.5 이내의 값을 권장하며, 결과를 보면서 적절하게 수정한다.

GFPGAN visibility, CodeFormer visibility, CodeFormer weight는 사진과 같은 실사 느낌의 이미지 표현을 위한 후보정 작업에 용이하지만, 시스템(PC) 성능에 영향을 받기 때문에 적절한 값을 사용해야 한다.

　이제 업스케일링을 한 이미지들을 확인하기 위해 [Open images output directory] 버튼을 누른다.

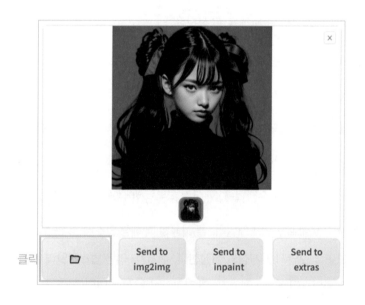

이미지 속성을 살펴보기 위해 먼저 [00001] 파일에서 [우측 마우스 버튼] – [속성] – [자세히] 항목을 보면 1024 x 1024픽셀(px)인 것을 알 수 있으며, 엑스트라스에서 업

스케일한 [00002]는 2048 x 2048픽셀인 것을 알 수 있다. 이것으로 엑스트라스를 활용하면 저해상도 이미지를 고해상도로 업스케일링 할 수 있다는 것을 알 수 있다.

이미지 프롬프트 정보를 확인하는 방법

스테이블 디퓨전에서 생성한 이미지 중 프롬프트 정보를 알고 싶을 때에는 [PNG Info] 탭에서 이미지를 가져오면 우측 정보 창에 나타난다. 단, 프롬프트 정보를 알 수 있는 이미지는 스테이블 디퓨전에서 생성한 것만 가능하다.

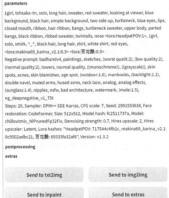

이미지2이미지(img2img)를 활용한 업스케일링

❶[Img2img]는 스테이블 디퓨전 또는 외부에서 이미지를 가져와 프롬프트, 인페인트, 스케치 등의 작업으로 이미지 보정을 할 수 있으며, 앞서 살펴본 엑스트라스처럼 간편하게 업스케일링 할 수 있는 작업 공간이다. 먼저 간단하게 업스케일링을 하기 위해 ❷[이미지를 끌어 놓으세요] 부분을 [클릭]한다. 이번엔 다른 곳에서 생성(촬영)한 이미지를 가져와 본다. 필자는 [학습자료] 폴더에 있는 [주미 06] 파일을 가져왔다. 이미지 정보(속성)를 확인해 본다.

이제 업스케일링을 하기 위해 하단의 [Script]에서 ❶[SD upscale]을 선택한다. SD는 Standard Definition(표준 해상도)의 약자 일단 Scale Factor(크기 배율)는 기본값인 2를 그대로 사용하고, [Upscaler]는 실사(사진)에 주로 사용되는 ❷[R-ESRGAN 4x+]로 선택한다. Tile overlap은 타일별로 몇 픽셀만큼 겹쳐지게 할지에 대한 설정으로 특별한 이유가 없다면 기본값인 64로 사용하는 것을 권장함 그다음 [Denoising strength] 값을 ❸[0]으로 설정하여 원본의 모습이 훼손되지 않는 이미지가 생성되도록 한 후 이미지를 [생성]해 준다. 그러면 설정된 값에 맞게 업스케일링 된 것을 알 수 있다. 자세한 이미지 속성을 확인하기 위해 ❹[폴더]를 열어준다.

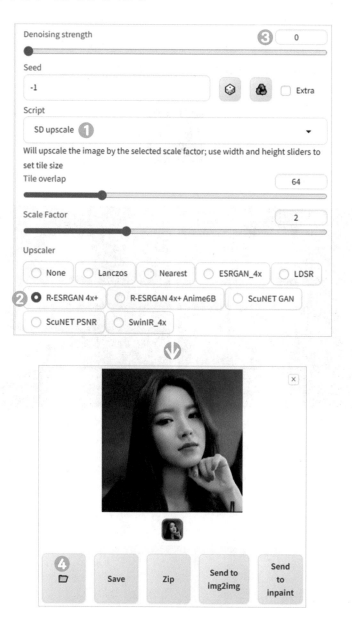

폴더가 열리면 지금까지 작업한 날짜 기준으로 폴더가 생성된 것을 알 수 있다. 여기에서 방금(오늘) 생성한 날짜의 폴더로 들어가 생성된 이미지의 속성을 [우측 마우스 버튼] - [속성] - [자세히]에서 확인해 보면 원본 이미지보다 두 배로 업스케일링 된 것을 알 수 있다. 여기에서 중요한 것을 업스케일링 된 이미지는 단순히 크기만 커진 것이 아니라 업스케일러에 의해 훨씬 부드러운 이미지가 되었다는 것이다. **지금 사용된 스크립트의 SD 업스케일러는 이미지 크기 설정에 영향을 받지 않는다.**

| 원본 이미지(거친 느낌) | 업스케일링 한 이미지(부드러운 느낌) |

☑ Denoising strength 원본 이미지의 노이즈를 제거하여 부드럽고 깨끗한 이미지로 만들어 준다. 낮은 값(0.3~0.5)은 단순한 이미지에 좋고, 높은 값(0.6~0.8)은 복잡한 이미지에 좋다.

☑ SD 업스케일 애러 스크립트에서 제공되는 방식들은 대부분 시스템(PC) 성능에 영향을 받기 때문에 VRAM이 부족할 경우 작업을 수행하지 못하게 된다. 이럴 땐 컴퓨터를 재부팅한 후 작업을 하거나 멀티 디퓨전 업스케일러 익스텐션(설치 필요)을 사용해야 한다. 이래도 안되면 시스템 업그레이드가 답이다.

502 ···· 모델형 AI 스테이블 디퓨전(SD)

리사이즈 모드(Resize mode)에 대하여

생성될 이미지 크기(SD upscale 사용 시 제외) 설정 시 원본의 크기에 대한 방식을 선택할 수 있다. Just resize는 가져온 인풋 이미지의 비율(크기)과 상관없이 리사이즈되며, Crop and resize는 새로 설정된 크기에 맞게 원본 이미지를 잘라준다. Resize and fill은 설정된 이미지가 원본보다 클 경우 커진 부분을 이미지 주변의 데이터를 끌어다 채워준다. Just resize (latent upscale)은 Just resize와 같지만 letent upscaling(화질 열화됨) 방식의 업스케일링을 사용한다. 다음의 예는 512 x 512 원본을 512 x 750으로 리사이즈했을 때의 결과이다.

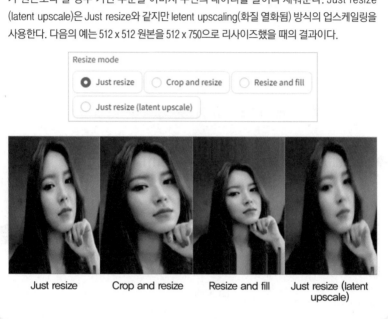

| Just resize | Crop and resize | Resize and fill | Just resize (latent upscale) |

☰ 확장(익스텐션) 알고리즘 파일을 활용한 업스케일링

이미지 업스케일링 방법은 그밖에 확장(Extension) 파일을 활용할 수 있다. 이번에는 가장 일반적으로 사용되는 MultiDiffusion with Tiled VAE과 4x-UltraSharp를 사용하여 업스케일링을 하는 방법에 대해 살펴보기로 한다. 또한 확장 파일을 스테이블 디퓨전에서 직접 설치하는 방법에 대해서도 알아보도록 한다.

MultiDiffusion with Tiled VAE를 활용한 업스케일링

멀티디퓨전 위드 타일드 VAE는 주로 4K 이상의 고해상도 이미지를 만들 때 그래픽 카드(VGA) 메모리(VRAM)에 대한 소모를 소프트웨어적으로 보완해 주는 확장 파일이다. 해당 파일을 설치하기 위해 먼저 [깃허브]에서 [multidiffusion-upscaler-for-automatic1111]을 검색하거나 [**학습자료**] 폴더에 있는 [multidiffusion-upscaler-for-automatic1111] 바로가기 파일을 실행한다.

📑 [학습자료] – [multidiffusion-upscaler-for-automatic1111] 바로가기 실행

해당 파일이 검색되면 ❶❷[Code] – [HTTPS]에 있는 파일 경로를 ❸[**복사**]한다.

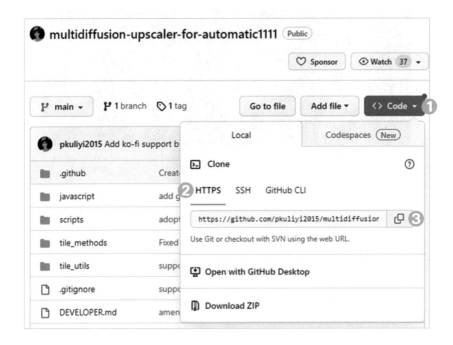

다시 스테이블 디퓨전으로 돌아와 ❶[Extensions] 탭에서 ❷[Installfrom URL] 탭의 ❸[URL for extension's git repository]에 방금 복사한 파일 주소를 [**붙여넣기**(Ctrl+V)]

한다. 그다음 ❹[Install] 버튼을 눌러 설치를 진행한다.

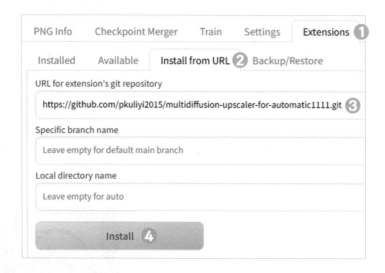

❶[Installed] 탭으로 이동해 보면 방금 설치된 확장 파일을 볼 수 있다. 이제 정상적으로 사용하기 위해 ❷[Apply and restart UI] 버튼을 누른다. **모든 작업 및 설정이 리셋됨**

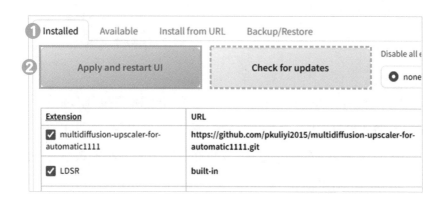

☑️ Check for updates 스테이블 디퓨전의 새로운 버전이나 설치된 파일(들)에 대한 업데이트가 있을 때 사용한다.

스테이블 디퓨전 UI가 다시 시작되면 그림처럼 하단에 Tiled Diffusion과 Tiled VAE 옵션이 추가된 것을 알 수 있다. [◀] 버튼을 클릭하여 옵션을 열어놓는다.

살펴보기 위해 ❶[img2img]에서 외부 이미지 파일을 ❷[가져오기]한다. 필자는 [학습자료] 폴더에 있는 [00002] 파일을 사용하였다. **이미지 정보(속성)를 확인해 본다.**

MultiDiffusion with Tiled VAE는 다음의 그림처럼 ❶[Enable Tiled Diffusion]와 ❷ [Enable Tiled VAE]를 체크(활성화)하여 해당 확장 기능을 사용할 수 있다. 그리고 업스케일링 후 색상이 바뀌는 것을 보정 및 방지하기 위해 ❸[Encoder Color Fix] 항목을 체크해 놓으면 사용하는데 기본적으로 문제는 없다. 이제 업스케일링을 하기 위해 나머지 옵션은 앞서 학습한 [이미지2이미지(img2img)를 활용한 업스케일링]과 같은 설정을 한 후 이미지를 생성해 본다. **MultiDiffusion with Tiled VAE 옵션 설정 시 특정 업스케일러 선택 및 지나치게 높게 설정한 값은 최종 이미지에 문제가 생길 수 있으므로 주의해야 한다.**

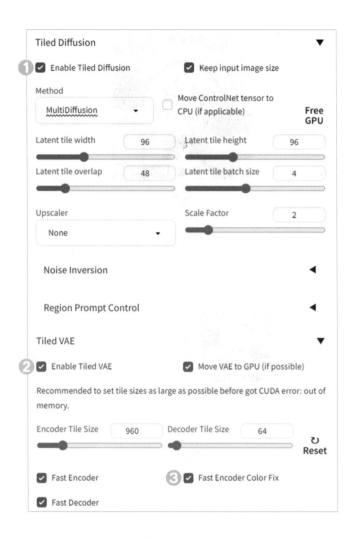

☑ MultiDiffusion with Tiled VAE 옵션(기능)에 대한 설명은 해당 파일을 다운로 드받은 깃허브에서 확인할 수 있다.

업스케일링되면 ❶[폴더]를 열어준 후 방금(오늘) 생성한 날짜의 [폴더]로 들어가 생성된 이미지의 속성을 ❷[우측 마우스 버튼] - [속성] - [자세히]에서 확인해 보면 원본 이미지보다 두 배로 업스케일링 된 것을 알 수 있다.

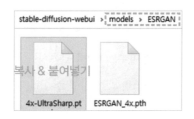

4x-UltraSharp를 활용한 업스케일링

4x-울트라샤프는 빠르고, 안정적인 업스케일링을 위한 스크립트(파일)이다. 사용하기 위해 [학습자료] 폴더에 있는 [4x-UltraSharp] 파일을 스테이블 디퓨전이 설치된 C 드라이브의 [Stable Diffusion] – [stable-diffusion-webui] – [models] – [ESRGAN] 폴더에 넣는다. www.upscale.wiki/wiki/Model_Database에서 다운로드받을 수도 있다.

이제 정상적으로 사용(인식)하기 위해 [Apply and restart UI] 버튼을 누른다.

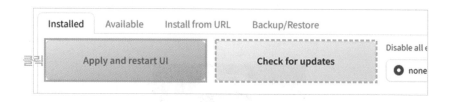

살펴보기 위해 ❶[Extras]에서 외부의 ❷[이미지 파일]을 임포팅한다. 필자는 앞서
사용한 [00002] 파일을 사용하였다. 4x-UltraSharp는 txt2img와 img2img에서도 가능하다.
이제 업스케일링을 하기 위해 ❸[Resize]의 배율을 [4]로 설정한 후 [Upscaler 1]에서
❹[4xUltraSharp] 스케일러를 선택한 후 ❺[생성] 버튼을 누른다. 여기에서는 Upscaler
2는 사용하지 않는다.

생성된 이미지를 확인해 보기 위해 [폴더]를 열어 이미지 속성을 확인해 보면 원본보다 4배 더 업스케일링 된 것을 알 수 있다. 4x-UltraSharp는 매우 빠른 속도로 이미지를 생성한다.

00047-3681083492

| 원본 이미지(계단 현상 노출) | 4x-UltraSharp 사용(부드럽고 선명) |

이처럼 MultiDiffusion with Tiled VAE와 4x-UltraSharp를 사용하면 안정적인 환경에서 빠른 속도로 고품질의 이미지를 얻을 수 있어 저해상도 이미지를 고해상도 이미지로 변환하여 시각적 품질을 크게 향상시킬 수 있다. 또한 전문적인 기술과 지식이 없어도 누구나 쉽게 사용할 수 있다는 것은 두 업스케일러의 큰 장점이다. 지금도 다양한 업스케일러가 공개되고 있다. 깃허브와 같은 AI 자료와 정보를 얻을 수 있는 플랫폼에 관심을 갖기 바란다.

팁 & 노트

업스케일링 하는 기본 순서

이미지(동영상) 업스케일링을 하는 순서는 일반적으로 시스템(PC)에 무리가 가지 않는 [이미지 생성] 후 [img2img]에서 수정 과정을 거치고, 최종적으로 [Extras]에서 마무리하는 것이 기본 순서이다. 물론 이 순서는 작업 상황에 따라 달라질 수 있다.

☰ Checkpoint Merger와 Train 활용하기

스테이블 디퓨전은 2~3개의 모델들을 합쳐 혼합된 이미지를 생성할 수 있은 체크포인트 머저(Checkpoint Merger)와 자신만의 모델을 학습시킬 수 있는 트레인(Train) 기능을 제공한다. 이제부터 간단한 사용법에 대해 알아보기로 한다.

여러 모델을 병합한 체크포인트 만들기 (2.5D 모델 제작)

여러 가지의 로라(LoRA)를 혼합하여 독특한 결과를 얻을 수 있는 것처럼 2~3개의 모델(체크포인트)을 혼합하여 사용할 수도 있다. 특히 체크포인트 머저를 활용하면 실사(3D) + 2D 느낌을 혼합한 2.5D 이미지 생성에 효과적이다.이제 간단하게 여러 모델을 합병하여 하나의 새로운 체크포인트 모델을 만들어 본다. 여기에서는 두 모델을 병합한 모델을 생성해 보기로 한다. ❶[Checkpoint Merger] 탭에 ❷[Primary Model (A)]와 ❸[Secondary model (B)]에서 각각 원하는 모델로 선택한다. 필자는 앞선 학습에서 설치한 모델 중 A를 애니메이션 스타일의 [MeinaMix], B를 실사 느낌의 [LOFI]로 선택하였다. 그리고 ❹[Custom Name]은 두 모델의 이름을 딴 이름으로 입력하였고, ❺[Multiplier (M)]을 [0.5(50%)]로 설정하여 A와 B의 병합 비율을 5:5로 하였다. 그다음 ❻[Chackpoint format]은 [safetensors], ❼[Copy config from]을 [Don't]로 설정하였다. 이제 나머지는 기본 상태로 나두고 ❽[Merge] 버튼을 누른다. **세부 옵션에 대해서는 다음 설명을 참고한다.**

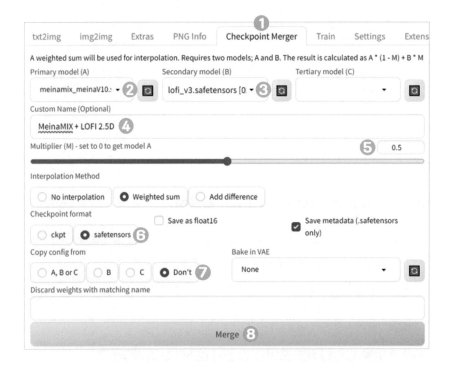

• **Primary Model(A)** 기본이 될 모델(파인튜닝을 적용할 모델)을 선택한다.

- **Secondary Model (B)** 기본 모델(A)과 병합될(특정 개체, 캐릭터 등에 파인튜닝된 모델) 모델을 선택한다.

- **Tertiary Model (C)** B모델의 기반이 된 모델로 Interpolation Method(보간법)에서 Add difference Method 선택 시 적용된다. 예를 들어 3D 실사 모델(B)에 가까운 모델에서 다른 실사 모델(C)을 뺀 다음 Multiplier (M)을 0.4 비율로 설정하여 2D 모델을 병합하면 결과는 3D 실사에 더욱 멀어진 이미지가 생성된다.

- **Custom Name (Optional)** 병합된 모델 이름 만들기. 입력하지 않으면 자동으로 A와 B의 이름과 비율이 사용된다.

- **Multiplier (M)** 모델을 섞는 비율. A + (B * M)

- **Interpolation Method** 모델 병합 시 이미지 보간법을 어떤 방식으로 할 것인지 선택한다. No interpolation은 100% A 모델을 따른다. 다만, VAE를 선택했을 경우 VAE에 영향을 받으며, Weighted sum은 일반적으로 사용되는 방식으로 Multiplier(곱하기)에서 설정된 값의 비율을 뺀 나머지를 A 모델 비율로 사용된다. 가령, Multiplier 값이 0.7(70%)이면 A 모델은 자동으로 0.3(30%) 비율이 사용된다. 그리고 Add difference는 B 모델에서 C 모델을 뺀 후 Multiplier에서 설정된 값을 뺀 나머지를 A 모델 비율로 사용된다. 즉, Multiplier 값이 0.7이면 A 모델은 자동으로 0.3이 되는 것이다.

  No interpolation A 그림체에 VAE 합치기.
  Weighted sum A 그림체와 B 그림체를 합치기. A * (1 - M) + B * M (가장 많이 사용되는 방식)
  Add difference A 그림체에서 B, C 그림체를 빼기. A + (B - C) * M

- **Checkpoint format** 저장될 파일 포맷 선택. ckpt는 초기부터 사용된 포맷이지만 최근엔 보안 및 로딩 속도가 빠른 safetensors를 더 많이 사용한다.

- **Save as float16** 모델 파일의 용량을 가볍게 해준다. 하지만 정밀도가 조금 떨어진다.

- **Save metadate (.safetensors only)** 설정된 모델들에 대한 메타데이터 정보를 저장한다. safetensors 방식의 체크포인트를 선택했을 때만 가능하다.

- **Copy config from** 다른 소스로부터 복사(Copy)한다는 의미로 설정 파일이나 설정 값을 다른 위치나 다른 파일(소스)로부터 복사하고자 할 때 사용된다.

- **Bake in VAE 품질** 이미지의 색감을 변경해 주며, 모든 체크포인트의 품질을 개선하는데 사용되는 확장(Extension) 파일을 선택한다.

- **Discard weights with matching mane** 여기에 입력된 이름과 일치되는 가중치는 사용하지 않는다.

- **Merge** 선택된 모델들을 병합한다. 병합된 모델은 모델 파일 폴더에 자동 저장되며, txg2img의 체크포인트에도 등록된다.

❷ Karina Makina

LOFI

체크포인트 머저 작업이 완료되면 병합된 파일이 저장된 경로를 확인할 수 있다.

> Checkpoint saved to C:\Stable Diffusion\stable-diffusion-webui\models\Stable-
> diffusion\MeinaMIX + Makina 2.5D .safetensors
> Time taken: 32.65sTorch active/reserved: 2637/2716 MiB, Sys VRAM: 5407/6144 MiB (88.0%)

💡 팁 & 노트

파인 튜닝(Fine-tuning)이란?

이미 학습된 모델에 새로운 데이터를 학습시켜 사용하는 것을 말한다. 예를 들어, 스테이블 디퓨전 모델에 판타지 풍의 그림을 계속 학습시키면 판타지 풍의 이미지 생성 모델을 만들어 낼 수 있다. 이와 같은 방법으로 새로운 데이터에 맞게 조정하여 더 좋은 성능을 낼 수 있다.

이제 새로 병합된 체크포인트를 사용해 보기 위해 [txt2img] 탭으로 이동한 후 다음과 같은 [프롬프트]를 작성한다. 그리고 [새로 고침] 버튼을 눌러 체크포인트 목록을 업데이트한 후 앞서 새로 만들어진 병합된 [MeinaMi + LOFI 2.5D] 체크포인트를 선택한다.

🔖 해당 프롬프트는 [학습자료] – [책 속 프롬프트 목록] 파일 참고

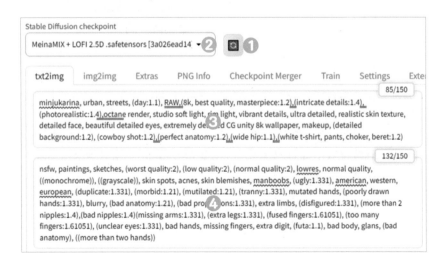

계속해서 옵션 설정은 기본값으로 하되 ❶[Restore faces]와 ❷[Hires. Fix]를 체크해 주고, [Upscaler]를 ❸[4xUltraSHARP]를 선택한다. 그리고 [Seed] 값을 ❹[585]로 설정한 후 이미지를 ❺[생성]해 본다.

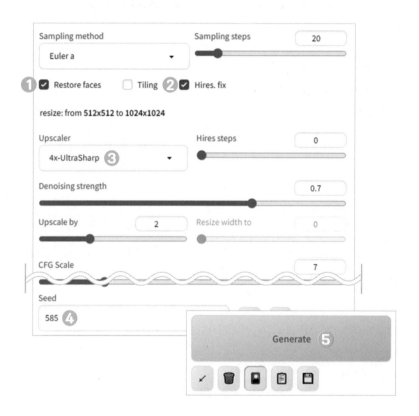

생성된 이미지를 확인해 보면 애니메이션 스타일의 [MeinaMix]와 실사 느낌의 [LOFI]가 5:5로 혼합된 2.5D 스타일의 이미지가 생성된 것을 알 수 있다. 다음의 이미지 중 아래쪽에 있는 MeinaMix(좌)와 LOFI(우)의 이미지는 방금 생성된 위쪽 이미지와 동일한 프롬프트와 옵션 값을 가진 결과물이다. 확인해 보면 위쪽 결과물과 차이가 있으며, 두 이미지가 혼합되었다는 것을 비교해 볼 수 있다.

MeinaMix와 LOFI 모델의 혼합된 결과물

MeinaMix 모델의 결과물

LOFI 모델의 결과물

트레인(Train) 모델 학습시키기

스테이블 디퓨전의 모델은 자신이 직접 만들어 사용할 수도 있다. 이 방법에 대해서는 별책부록을 참고한다.

· 추가: 별책부록_"생성형 Ai 빅3 외전"의 [나만의 모델 스타일 만들기] 참고

048. img2img를 활용한 이미지 보정하기

img2img에서는 스테이블 디퓨전(SD)에서 생성한 이미지나 외부에서 가져온 이미지를 다른 형태의 이미지로 변환하거나 수정(보정)할 수 있다. 이것은 문제가 되는 부분을 보정하고, 불필요한 요소를 지우거나 다른 요소로 바꿔주는 작업과 혹은 흑백 이미지를 컬러 이미지로 변환하거나 낮의 사진을 밤의 사진으로 변환하는 등의 다양한 작업이 가능하다. 또한 앞서 학습한 것처럼 고해상도 이미지를 생성하는 업스케일링 작업에도 활용된다.

☰ 인페인트(Inpaint)를 활용한 특정 부분 수정하기

인페인트(Inpaint)는 이미지의 문제가 되는 부분을 복원한다는 의미를 가지고 있다. 여기에서는 외부에서 이미지를 가져와 보정해 보기로 한다. ❶[img2img]에서 ❷[Inpaint] 탭으로 이동한 후 ❸[이미지를 끌어 놓으세요]를 클릭하여 [학습자료]에 있는 ❹[Girl 01] 이미지를 임포팅한다. **자신이 가지고 있는 이미지를 사용해도 된다.**

- **img2img** 이미지를 업스케일링 하거나 다른 스타일로 변환할 수 있다. 또한 프롬프트를 통해 원하는 스타일의 이미지를 생성할 수 있다.

- **Sketch** 이미지 위에 스케치(그림)하여 원하는 이미지를 생성할 수 있다. 스케치하는 브러시(페인팅) 색상을 선택할 수 있다.

- **Inpaint** 이미지에서 불필요한 부분을 지우거나 채워주기 및 다른 이미지(요소, 개체)로 대체할 수 있다.

- **Inpaint sketch** 스케치 형태의 이미지에서 불필요한 부분을 지우거나 채워줄 수 있다.

- **Inpaint upload** 외부에서 가져온 이미지의 불필요한 부분을 지우거나 채워줄 수 있다.

- **Batch** 여러 개의 이미지를 한꺼번에 수정(교정)할 때 사용된다. 가져올 폴더(Directory)와 저장될 폴더(Directory)를 지정할 수 있다.

팁 & 노트

이미지 작업 창과 브러시 크기 조절하기

이미지 작업 창 좌측 상단을 보면 ⓘ 아이콘이 있는데, 이 아이콘에 마우스 커서를 갖다 놓으면
단축키와 마우스 휠을 사용하여 작업 창의 크기를 확대/축소 할 수 있으며, 브러시 크기를 조
절할 수 있는 단축키 정보를 보여준다. 즐겨 사용되는 단축키를 기억해 둔다.

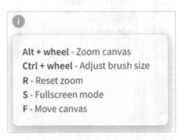

앞서 가져온 이미지의 목걸이를 다른 목걸이로 대체해 보기로 한다. 그러기 위해
그림처럼 목걸이가 있는 부분을 검정으로 페인팅해 준다. **기본적으로 브러시 툴이 선택
되었기 때문에 드로잉(드래그)하여 색을 칠해줄 수 있다.**

☑️ 마스크 영역 검정색으로 칠
해진 영역은 마스크(Mask)
영역으로 마스크 영역에 대
해서만 변화(보정)가 생긴다.

작업 창 우측 상단에는 도구(Tools)들이 있는데, 각각 작업 취소(Undo), 지우기 (Eraser), 삭제(Delete), 브러시 크기 조절(Brush size)에 사용된다.

- ↺ **작업 취소(Undo)** 클릭할 때마다 이전 작업 단계로 되돌아 간다.
- ◇ **지우기(Eraser)** 작업한 내용을 한 번에 지워준다.
- ✕ **삭제(Delete)** 이미지를 지워준다. 새로운 이미지를 가져올 때 사용된다.
- ✎ **브러시 크기(Brush size)** 브러시 크기를 조절한다. 단축키로도 가능하다.

이제 브러시로 페인팅한 마스크 영역에 있는 목걸이를 다른 목걸이로 대체해 본다. 프롬프트에 [a pearl necklace]라고 입력한다. **Ima2img에서도 프롬프트를 작성하여 임포팅 한 이미지를 프롬프트 명령에 맞는 이미지로 생성할 수 있다.**

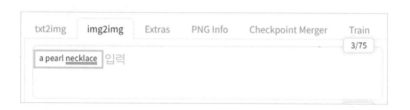

옵션 설정에서 Inpaint area를 ❶[Only masded]로 체크, Sampling method를 ❷ [DPM++ SDE Karras], Resize to에서 ❸[Auto detect size form img2img] 버튼을 클릭 하여 원본 크기로 조정한다. 그다음 Denoiaing strength를 ❹[0.55] 정도로 설정한 후 나머지는 기본값을 그대로 사용하고, ❺[Generate] 버튼을 눌러 이미지를 생성한다.

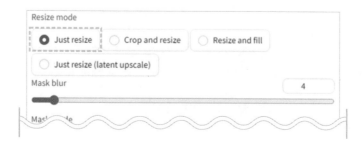

새롭게 생성된 이미지를 보면 프롬프트에서 작성된 진주 목걸이로 바뀐 것을 알 수 있다. 이렇듯 인페인트(Inpaint)를 사용하면 특정 부분(개체, 요소)을 수정할 수 있다. 인페인트 작업에서는 마스크 영역과 온리 마스크(Only masked), 디노이즈 (Denoising strength) 값과 시드(Seed) 값을 랜덤(-1)으로 하여 원하는 결과가 나타날 때까지 이미지를 반복 생성하는 것이 중요하다.

• **Resize mode** 원본과 새로 생성될 이미지의 크기(비율)가 다를 경우 선택한다.

just resize 새로 생성되는 이미지는 설정된 크기(비율)에 맞춰진다. 원본과 새로운 이미지의 비율이 다를 경우, 이미지가 왜곡된다.

Crop and resize 새로 생성되는 이미지는 설정된 크기(비율)에 맞게 잘려진다.

Resize and fill 새로 생성되는 이미지가 설정된 크기보다 작을 경우 빈 곳이 색상으로 채워진다.

Just resize(latent upscale) 잠재적 업스케일 방식을 통해 이미지 크기를 조절한다. 잠재적 업스케일(latent upscale)은 이미지의 내용을 보존하면서 해상도를 높이는 방법으로 이미지의 품질을 개선하면서 크기를 조절할 수 있다.

- **Mask blur** 마스크 영역을 흐리게 하는 강도를 픽셀 단위로 설정할 수 있다. 마스크 블러 값이 낮을수록 명확한 결과를 얻을 수 있다.

- **Mask mode** 마스크 영역에 대한 실행 방식을 선택한다.

   Inpaint masked 마스크 영역만 인페인트(Inpaint)가 실행된다.

   Inpaint not masked 마스크 영역을 제외한 부분만 인페인트(Inpaint)가 실행된다.

- **Masked content** 마스크 영역에 대한 표현 방식을 선택한다.

   fill 마스크 영역에 원본 이미지와 차별화된 이미지를 생성한다.

   original 마스크 영역에 원본 이미지가 더해진 자연스러운 이미지를 생성한다.

   latent noise 마스크 영역에 잠재적으로 유사한 특성을 보유하면서 이미지가 생성되도록 한다.

   latent nothing 마스크 영역에 잠재적으로 유사한 특성을 보유하지 않으면서 이미지가 생성되도록 한다.

- **Inpaint area** 마스크 영역에 대한 범위를 선택한다.

   Whole picture 프롬프트에서 작성된 명령에 의한 이미지가 마스크 영역에 표현되도록한다.

   Only masked 프롬프트에서 작성된 명령에 의한 이미지 전체가 마스크 영역에 표현되도록 한다.

- **Only masked padding, pixels** 이미지 처리 과정에서 특정 영역을 감추거나 보호하기 위해 사용되는 기술로 마스크 영역에서 사용되며, 특징을 강조, 노이즈 제거, 이미지 분할 등의 작업을 수행한다.

- **Denoising strength** 알고리즘(프롬프트)이 이미지에 대해 어느 정도 존중해야 하는지 결정한다. 0에 가까울수록 원본에 가까우며, 1에 가까울수록 생소한 이미지가 생성된다.

썬글라스(안경)를 착용한 모습 만들기

원본 이미지에는 존재하지 않았던 곳에 새로운 개체를 생성할 수 있다. 여기에서는 앞서 가져온 이미지에서 여인의 눈에 썬글라스를 착용한 모습을 표현해 보기로 한다. 그림처럼 썬글라스가 생성될 영역에 ①[색(마스크 영역)]을 칠해준다. 그다음 프롬프트에 ②[sunglasses]를 입력한다.

옵션 설정에서는 그림과 같이 마스크 영역을 명확하게 표현하기 위해 ①[Mask blur]를 [0], 마스크 영역만 표현하기 위해 ②[Only masked] 체크, 마스크 영역의 원본 이미지 모습을 보이지 않게 하기 위해 ③[Only masked padding, pixels]를 [0]으로 설정한 후 이미지를 [생성]한다. 그밖에 옵션은 기본값을 사용한다.

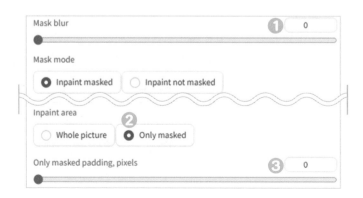

생성된 이미지를 보면 마스크 영역에 정확하게 썬글라스가 생성된 것을 알 수 있다. 필자와 같은 결과물이 나타나지 않을 경우에는 마스크 영역을 보다 명확하게 그려주고, 샘플 메소드 및 체크포인트 등을 다르게 선택한 후 다시 생성해 본다.

☑ 위의 이미지는 랜덤 시드 (-1)를 사용하여 원하는 모습이 나타날 때까지 반복하여 시드 값(번호) <1381341010>에서 얻어진 결과이다.

얼굴 바꾸기 (페이스 오프)

인페인트(Inpaint)를 사용하면 사람이나 동물의 얼굴을 다른 모습으로 대체할 수 있다. 살펴보기 위해 인페인트에 다음과 같은 이미지를 가져온다. 필자는 [학습자료] 폴더에 있는 [Girl 02] 이미지를 사용하였다. 임포팅된 이미지 속 얼굴이 명확하게 보이도록 확대하여 대체할 ❶[얼굴 부분만 마스크 영역]으로 칠해 준다. 지금의 작업은 스테이블 디퓨전에서 생성된 이미지를 곧바로 사용해도 된다.

옵션 설정에서는 ❷[Mask blur]를 [2], Inpaint area를 ❸[Only masked], Only masked padding, pixels를 ❹[4] 정도로 설정하였고, Seed는 ❺[랜덤 시드(-1)]로 설정한다.

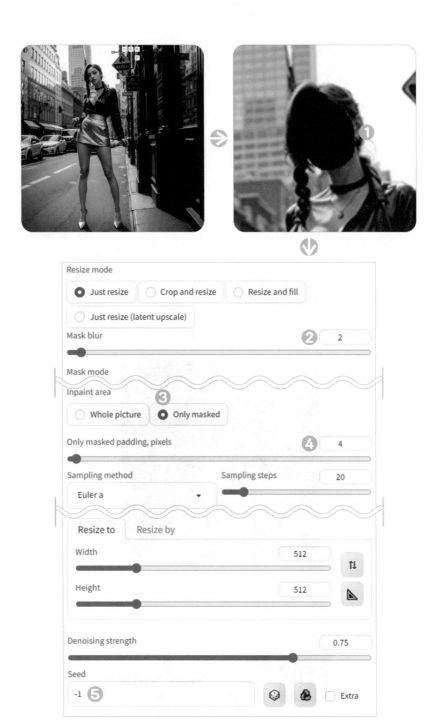

프롬프트에는 다음과 같이 웃는 얼굴로 바꿔주기 위해 [smiley face]와 살짝 미소만 띠우는 모습을 표현하기 위해 [:0.2] 정도의 가중치 값을 사용한다. 프롬프트가 작성되면 이미지를 [생성]한다.

여러 차례 반복한 결과 그림처럼 미소짓는 얼굴로 대체되었다. **이와 같은 결과를 얻기 위해서는 여러 번의 반복된 과정이 필요하다.**

🔖 [Seed: 4179042239]

☑️ 얼굴과 같은 섬세한 부분을 교정 및 대체할 경우 전체적인 색과 밝기, 음영 등이 원본과 차이가 날 수 있다. 이러한 문제는 포토샵, 픽슬러, 김프 등과 같은 전문 이미지 편집 프로그램을 통해 보정해야 한다.

손가락 수정하기

인페인트는 잘못된 손가락을 수정할 때나 색다른 손가락을 표현할 때도 유용하다. 살펴보기 위해 인페인트로 이미지를 가져온다. 그다음 이미지 속에 있는 캐릭터의 왼쪽 팔을 확대하여 그림처럼 색(마스크)을 칠한다. 캐릭터 왼쪽 손가락 모양을 보면 애끼 손가락이 펴져있는 것을 알 수 있다.

📑 [학습자료] – [Female warrior] 이미지 활용

방금 가져온 이미지에 대한 프롬프트를 분석하기 위해 [Interrogate CLIP] 버튼을 클릭한다. 그러면 그림과 같은 프롬프트가 작성된다.

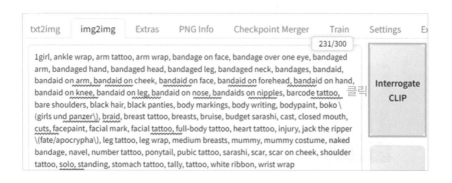

외부 이미지 프롬프트 분석하기

Interrogate DeepBooru와 Interrogate CLIP을 활용하면 외부에서 가져온 이미지를 분석하여 프롬프트를 생성할 수 있다. Interrogate DeepBooru는 이미지를 키워드 형태의 프롬프트로 작성해 주며, Interrogate CLIP은 이미지의 전체 스타일을 자연어 형태의 프롬프트로 작성해 준다. 이 두 기능을 통해 외부 이미지와 유사한 이미지를 생성하거나 이미지 수정 시 원본 이미지의 형태를 유지하는데 도움을 받을 수 있다.

계속해서 네거티브 프롬프트를 작성하기 위해 ❶[Show/hide extra networks]를 선택한 후 ❷[Textual Inversion] 탭에서 ❸[ng_deepnegative] 네거티브 프롬프트를 적용한다. **자칫 손가락 모양이 잘 못 그려질 경우를 대비한 스크립트이다.**

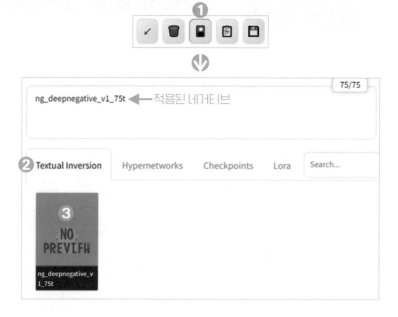

옵션 설정에서 Mask blur를 ❶[1], Inpaint area를 ❷[Only masked], Only masked padding, pixels를 ❸[188], ❹[Auto detect size from img2img]를 클릭하여 원본 크기로 전환, Denosing strength를 ❺[0.8] 정도로 설정한다. 그리고 이번에는 여러 장의 결과를 한꺼번에 확인하기 위해 Batch count를 ❻[4]로 설정한 후 이미지를 [생성]한다.

생성된 결과를 보면 4개의 그림이 한꺼번에 생성된 것을 알 수 있다. 여기에서 가장 자연스러운 이미지를 사용하면 되며, 마음에 들지 않는다면 마음에 드는 결과가 나타날 때까지 반복 생성을 한다. **본 이미지의 시드 값은 [2856018464]이다.**

☑ 본 작업에 새로운 프롬프트를 추가할 수 있다. 주먹을 진 손 모양을 표현하기 위해 맨 앞쪽에 강조된 ((fist)) 프롬프트를 작성했더니 다음과 같은 결과를 얻을 수 있었다. 몇 번의 반복 작업 및 설정 값을 변경해야만 자신이 원하는 결과를 얻을 수 있다는 것을 잊지 말아야 할 것이다.

((fist)), 1girl, ankle wrap, arm tattoo, arm wrap, bandage on face,
bandaged arm, bandaged hand, bandaged head, bandaged leg, l
bandaid, bandaid on arm, bandaid on cheek, bandaid on face, ba
on hand, bandaid on knee, bandaid on leg, bandaid on nose, bar

팁 & 노트

Fill, Original, Whole picture, Only masked의 차이

인페인트 옵션 설정에서 필(Fill)은 프롬프트 명령에 의해 생성되거나 원본 이미지와 자연스럽게 매칭이 되는 이미지가 생성되느냐에 대한 것이고, 홀 픽처(Whole picture)와 온리 마스크(Only masked)는 생성되는 이미지가 마스크 영역 만큼만 표현될지 전체 이미지의 모습이 표현될지에 대한 옵션이다. 다음의 그림들은 4가지 옵션에 대해 살펴보기 위해 가져온 그림으로 주황색 액자 부분만 칠(마스크)을 한 후 프롬프트에 [Sunflower]를 입력하여 생성한 결과들이다. 그림에서 알 수 있듯 각 옵션들은 완전히 다른 결과를 만들어주기 때문에 다양한 이미지와 프롬프트를 통해 각 옵션을 이해할 수 있도록 해야 할 것이다.

📕 [학습자료] – [Interior] 이미지 활용

Fill + Whole picture   Fill + Only masked

Original + Whole picture   Original + Only masked

☰ 스케치(Sketch)를 활용한 이미지 생성하기

Img2img의 스케치를 활용하면 스케치된 그림(선)을 이미지로 생성할 수 있다. 살펴보기 위해 ❶[img2img] 탭의 ❷[Skech]에서 스케치 밑그림으로 사용할 ❸[이미지]를 가져온다. **사용할 체크포인트는 기본 SD 모델(v1-5-pruned-emaonly)를 사용한다.**

📙 [학습자료] – [스케치] 이미지 활용

방금 가져온 ❶[이미지(스케치)]를 보면서 그려준다. **정확하게 그려주지 않아도 됨** 그다음 ❷[프롬프트]를 입력한 후 샘플링 메소드만 ❸[DPM++ 2M SDE Karras]로 설정하고 나머지는 기본 설정 상태에서 이미지를 생성해 본다. 필자와 같이 귀여운 의자가 탄생하였나? 최종 결과물은 스케치한 모습과 프롬프트에 영향을 받기 때문에 이 부분을 신경 써야 한다.

『/prompt: chair, plaid fabric, light green, yellow, wooden legs, cute style 』

팁 & 노트

투명한 배경 만들기

스테이블 디퓨전에서 생성된 이미지의 배경을 투명하게 사용하기 위해서는 프롬프트 앞에 흰색 또는 검정색으로 처리될 수 있도록 명령(키워드)어를 ((white background)) 또는 ((black background)) 괄호로 강조하여 넣어주면 된다. 하지만 이것은 투명한 상태가 아니기 때문에 포토샵, 김프, 픽슬러(배경 빼는 기능 있음) 등의 이미지 편집 툴을 사용하여 완전히 투명하게 처리하면 된다. 참고로 투명한 배경 이미지는 PNG, TGA, GIF 파일 형식만 지원된다.

🤖 049. 컨트롤 넷(ControlNet)으로 완벽한 장면 연출하기

컨트롤 넷(ControlNet)은 스테이블 디퓨전(SD)의 확장 모델로 구도와 피사체의 포즈를 복제하는 능력을 가지고 있다. SD 자체만으로는 특정 포즈를 표현하기 어렵기 때문에 이를 해결하기 위해서는 컨트롤 넷의 도움이 절대적으로 필요하다. 컨트롤 넷은 단독으로는 사용할 수 없으며, 다른 스테이블 디퓨전 모델과 함께 사용해야한다.

☰ 컨트롤 넷 설치하기

컨트롤 넷(ControlNet)은 기본적으로 오픈포즈(Openpose)나 캐니(Canny) 등의 컨트롤 넷 모델들을 제어할 수 있는 [sd-webui-controlnet]이 필요하다. 컨트롤 넷은 구글 코랩을 통해 설치하면 기본 기능으로 설치할 수 있지만 PC 버전에서는 별도로 설치해야 한다. PC 버전 사용자를 위해 ❶❷[Extensions] - [Available] 탭으로 이동한 후 ❸[Load from] 버튼을 눌러 스테이블 디퓨전에서 사용할 수 있는 확장 프로그램을 열어준다.

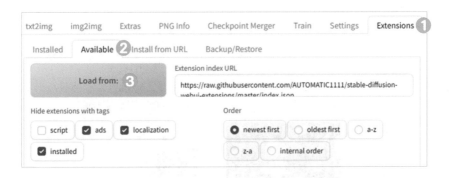

확장 프로그램 목록이 나타나면 [sd-webui-controlnet]의 [Install] 버튼을 눌러 컨트롤 넷을 설치한다.

SuperMerger **tab, models**	Merge and run without saving to drive. Sequential XY merge generations; extract and merge loras, bind loras to ckpt, merge block weights, and more. Added: 2023-02-18	Install
sd-webui- **controlnet** **manipulations**	WebUI extension for ControlNet. Note: (WIP), so don't expect seed reproducibility - as updates may change things. Added: 2023-02-18	클릭 Install
Latent Couple **manipulations**	An extension of the built-in Composable Diffusion, allows you to determine the region of the latent space that reflects your subprompts. Note: New maintainer, uninstall prev. ext if needed.	Install

설치가 끝나면 [Installed] 탭으로 와서 [Apply and restart UI] 버튼을 눌러 스테이블 디퓨전 UI를 재실행한다. 이것으로 컨트롤 넷을 정상적으로 사용할 수 있게 되었다. **재실행 시 멈추면 웹사이트 주소를 통해 다시 시작해야 한다.**

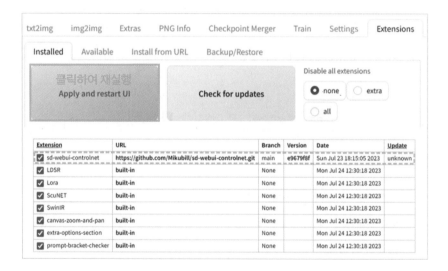

[txt2img] 탭으로 가보면 Seed 아래쪽에 컨트롤 넷 옵션이 등록된 것을 알 수 있다.

컨트롤 넷 모델(들) 설치하기

컨트롤 넷을 사용하기 위해서는 컨트롤 넷 모델들이 필요하다. 컨트롤 넷 모델들은
기본적으로 14개를 제공하며, 그중 포즈를 생성하는 오픈포즈와 이미지 경계선을
추출하여 새로운 이미지를 생성하는 캐니를 가장 많이 사용한다. 컨트롤 넷 사용법
에 대해 알아보기 위해 모델을 설치해 본다. **[학습자료]** 폴더에 있는 **[ControlNet-
v1-1]** 바로가기를 실행하여 웹사이트를 열어준다.

📘 [학습자료] – [ControlNet–v1–1] 바로가기 실행

ControlNet–v1-1을 다운로드 받을 수 있는 웹사이트가 열리면 먼저 [Openpose.pth]
파일을 다운로드 받는다. **yaml 파일은 앞서 컨트롤 넷을 설치할 때 자동으로 설치되었다.**

방금 다운로드 받은 파일을 [C 드라이브] - [Stable Diffusion] - [stable-diffusion-
webui] - [extensions] - [sd-webui-controlnet] - [models] 폴더에 복사해 넣는다.

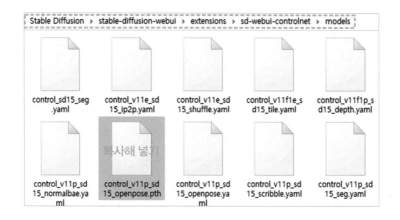

복사해 넣은 오픈포즈 모델을 인식하기 위해 스테이블 디퓨전을 다시 실행한다.

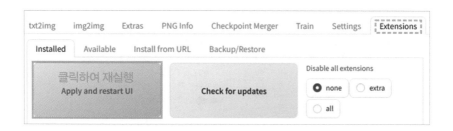

☑ 그밖에 모델들 컨트롤 넷 모델들은 위와 같은 방법으로 다운로드 받은 후 설치(복
사)하면 된다. 모든 모델을 설치할 필요는 없지만 앞으로 학습할 캐니(Canny)와
그밖에 주요 모델은 설치해 놓는 것을 권장한다.

≡ 오픈포즈를 활용한 모델 포즈 잡기

오픈포즈(Openpose)는 이미지 속 모델(사람, 동물 등)의 포즈를 인식하여 프롬프트
에서 명령한 이미지와 포즈 더미(Pose dummy)를 생성해 준다. 생성된 포즈 더미는
보다 간편하게 이미지 속 모델의 포즈를 잡는데 사용된다. 살펴보기 위해 [Single
Image]에서 [이미지를 끌어 놓으세요] 부분을 클릭하여 포즈를 잡기 위한 이미지를

가져온다. 필자는 [학습자료] 폴더에 있는 [Pose 04] 이미지를 사용하였다.

📑 [학습자료] – [Pose 04] 이미지 활용

포즈 이미지가 적용되면 일단 원본 이미지 크기와 동일하게 ❶[Width/Height] 수치를 설정하고, ❷[Enable], [Low VRAM], [Pexel Perfect]를 모두 체크한다.

- **ControlNet 유닛** 하나의 컨트롤 넷 결과를 다른 컨트롤 넷에서 사용할 때(다중 컨트롤넷) 사용된다. 보통은 한 가지 컨트롤 넷을 사용한다.

- **캔버스(Canvas)** 포즈를 잡기 위한 이미지를 가져오거나 직접 포즈를 그려 넣을 수 있는 공간이다.

📝 **새 캔버스 열기(Open new canvas)** 새로운 캔버스를 생성하여 직접 포즈를 그려 넣을 수 있다.

📷 **웹캠 활성화(Enable webcam)** 웹캠을 통해 직접 포즈를 잡아 오픈포즈 이미지로 사용할 수 있다.

⇄ **웹캠 미러링(Mirror webcam)** 웹캠 화면을 좌우로 바꿀 수 있다.

↱ **Send dimensions to Stable Diffusion** 캔버스로 가져온 포즈 잡기를 위한 이미

지 크기와 동일한 크기로 만들어 준다.

- **Enable** 체크하면 컨트롤 넷이 활성화되어 포즈 더미를 생성할 수 있다.

- **Low VRAM** 그래픽 카드(GPU) 메모리(VRAM) 소모량을 줄여준다. VRAM이
  8GB 이하일 때 사용하면 안정적인 작업을 할 수 있다.

- **Pixcel Perfect** 체크하면 하단에 Preprocessor Resolution이 활성화되어 픽셀
  설정을 할 수 있다. Preprocessor Resolution 값이 높아질수록 픽셀의 개수도 증
  가되어 이미지 생성 시 픽셀을 보다 정확하고 깔끔하게 표현할 수 있다. 하지만 그
  만큼 VRAM을 많이 사용하게 되어 속도가 느려진다.

계속해서 Contorl Type을 이번 학습에 사용하는 [OpenPose]로 선택한다. 하단의
Preprocessor에서는 신체 전부에 대한 포즈를 인식하기 위해 openpose_full이 자동으
로 선택되었고, Model 또한 control_v11p_sd15가 선택되었다.

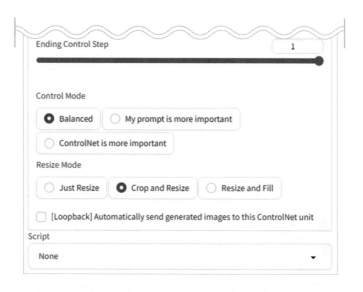

- **Allow Preview** 포즈 더미의 모습을 미리 볼 수 있다. 미리 확인하기 위해서는 하단의 Preprocessor와 Model 사이에 있는 [✖ Run preprocesser] 버튼을 누르면 된다.

- **Control Type** 사용할 컨트롤 넷 모델을 선택할 수 있다. 사용할 모델을 선택하면 전처리기(Preprocessor)와 모델이 자동 선택된다.

- **Control Weight** 컨트롤 가중치 값을 설정할 수 있다. 컨트롤 가중치는 프롬프트와 이미지의 자세가 다를 때 얼마나 컨트롤 넷의 자세(가져온 이미지 속의 포즈)를 따를 지 결정한다. 1은 프롬프트와 컨트롤 넷 가중치가 1:1이며, 1보다 높을수록 컨트롤 넷의 표현 비중이 높아진다.

- **ControlNet Step** Starting Control Step과 Ending Control Step은 컨트롤 넷이 어느 단계부터 어디까지 적용할지에 대한 반영 단계를 설정할 수 있다. 0에서 1이까지 설정할 수 있다.

- **Control mode** 프롬프트의 명령에 대한 컨트롤 넷 모드를 선택할 수 있다.

Balanced 기본 컨트롤 모드이며, 컨트롤 넷을 샘플링 단계에서 프롬프트 명령이 있는 경우와 없는 경우 모두에 적용하는 방식이며, 균등한 밸런스를 맞춰준다.

My prompt is more important 컨트롤 넷 명령의 비중이 더 높아지도록 한다. 이 옵션을 체크하면 결과적으로 프롬프트가 컨트롤 넷 보다 더 많이 영향을 미치도록 한다.

ControlNet is more important 프롬프트 명령보다 컨트롤 넷에서 설정한 값이 더 많은 영향을 미치도록 한다.

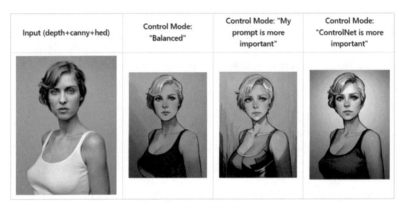

컨트롤 모드의 예

- **Resize** 포즈를 위해 가져온 이미지와 생성될 이미지의 크기(비율)가 맞지 않을 때의 처리 방식을 선택할 수 있다. img2img의 Resize 모드와 완전히 동일하다.

    Just resize 가져온 이미지를 생성할 이미지의 크기에 강제로 맞춰준다.

    Crop and resize 새로운 이미지의 공간에 원본 이미지를 맞춰준다.

    Resize and fill 원본 이미지를 새로운 이미지의 공간에 맞춰준다. 이때 생긴 공간은 원본 이미지의 기준 색으로 채워진다.

- **Loop Back** 컨트롤 넷을 통해 생성된 이미지를 다시 컨트롤 넷 유닛으로 자동으로 전송한다.

설정이 끝나면 [Generate] 버튼을 눌러 가져온 인풋(Input) 이미지를 분석하여 포즈 더미를 생성한다. 결과를 보면 아직은 프롬프트 조건(명령) 부여를 하지 않은 상태이기 때문에 이미지 품질은 낮지만 포즈 더미는 정확하게 표현된 것을 알 수 있다.

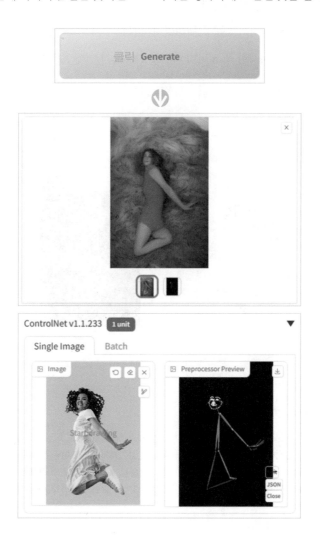

☑ 컨트롤 넷은 매우 빠르게 업데이트 되고 있기 때문에 본 도서에서 다루고 있는 컨트롤 넷 1.1 버전이 새로운 버전과 달라졌을 수도 있다. 물론 새로운 버전은 좀 더 쉽고 편리하게 진화되었을 것이다. 하지만 본 도서에서 다루고 있는 버전을 제대로 학습했다면 새로운 버전도 어렵지 않게 사용할 수 있을 것이다.

포즈 더미를 활용한 포즈 이미지 만들기

포즈 더미를 활용하면 보다 간편하게 포즈 이미지를 만들 수 있다. 살펴보기 위해 앞서 생성한 포즈 이미지에서 ❶[내려받기] 버튼을 눌러 포즈 더미 이미지를 저장한다. 그다음 방금 저장한 포즈 더미 파일로 사용하기 위해 ❷[이미지 캔버스]와 ❸ [프리뷰] 창을 닫는다.

📑 [학습자료] – [포즈 더미 03] 이름으로 저장

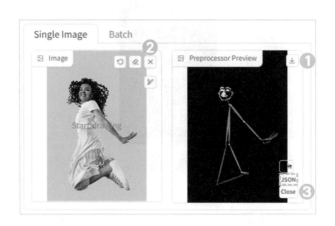

🔅 팁 & 노트

JSON 파일에 대하여

스테이블 디퓨전 모델에서 JSON(JavaScript Object Notation)은 주로 모델 설정 및 파라미터를 저장하고 관리하는데 사용된다. 스테이블 디퓨전 설정에서 JSON 파일은 일반적으로 학습하려는 모델의 구조, 사용할 최적화 알고리즘, 학습률, 배치 크기 등의 정보를 포함하며, JSON 파일을 통해 사용자는 모델 학습에 필요한 세부 정보를 쉽게 변경하고 조정할 수 있다.

방금 저장한 ❶[포즈 더비 03] 이미지를 다시 캔버스로 가져온 후 ❷[Enable]과 [Low VRAM]만 체크하고, Preprocessor를 ❸[none]으로 설정 **포즈 더미 사용 시 반드시 해제할 것** 하여 컨트롤 넷 프리 프로세서를 사용하지 않는다. 그다음 Control Weight를 ❹

[2]로 설정하여 컨트롤 넷의 포즈 가중치를 최대화한다.

[학습자료] – [포즈 더미 03] 이미지 활용

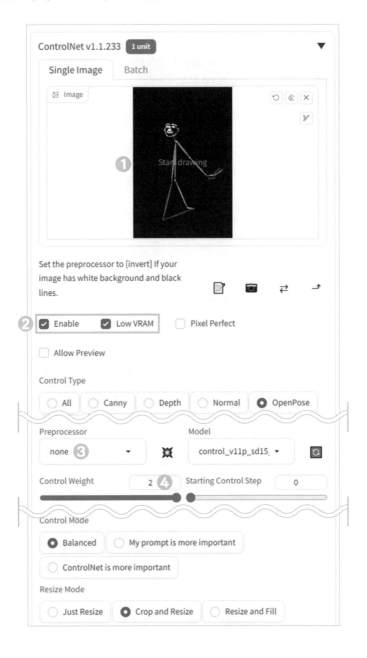

계속해서 체크포인트를 ❶[lofi_v3.safetensors]를 선택한 후 ❷[프롬프트], ❸[네거티브 프롬프트]를 다음과 같이 작성한다.

📑 해당 프롬프트는 [학습자료] – [책 속 프롬프트 목록] 파일 참고

「/prompt: full-body, a young female, highlights in hair, dancing outside a restaurant, brown eyes, wearing jeans 」

「/Negative prompt: ng_deepnegative_v1_75t 」

Stable Diffusion checkpoint

lofi_v3.safetensors [02f68485a1] ❶   ▼   ⬜

| txt2img | img2img | Extras | PNG Info | Checkpoint Merger | Train | Settings | E |

22/75

full-body, a young female, highlights in hair, dancing outside a restaurant, brown eyes, wearing jeans

❷

75/75

❸ ng_deepnegative_v1_75t

계속해서 Sampling method를 ❶[DPM++ SDE Karras]로 선택하고, ❷[Restore faces]와 ❸[Hires. fix]를 체크하여 얼굴과 동작에 문제가 없도록 한다. Upscale by는 ❹[1] 정도로 설정하여 일단 업스케일링은 하지 않도록 하며, 크기는 ❺[원본 크기]로 설정한다. 시드(Seed) 값은 ❻[랜덤]으로 하여 마음에 드는 이미지가 생성될 때까지 포즈 이미지를 생성한다.

Sampling method   Sampling steps   20

DPM++ SDE Karras ❶   ▼

❷ ☑ Restore faces   ☐ Tiling ❸ ☑ Hires. fix

Denoising strength		0.7

Upscale by   1 ④   Resize width to   0

Resize height to   0

Width		512

Height		768 ⑤

⇅

Batch count		1

Batch size		1

CFG Scale		7

Seed

-1 ⑥   ☐ Extra

생성된 결과는 다음과 같다. 얼굴과 손, 발 등에 문제가 발생되었다면 설정 값 변경 및 인페인트 그리고 차후에 학습할 Ddetailer를 활용하여 수정할 수 있다.

[Seed: 2415495599]

💡팁 & 노트

포즈 더미 파일 구할 수 있는 곳

포즈 더미를 다양하게 준비해 놓으면 보다 간편하게 포즈 이미지를 생성할 수 있다. 웹캠을 통해 자신의 모습을 포즈 더미 이미지로 만들어 줄 수 있지만 Civitai.com을 통해 다양한 포즈 더미 파일을 다운로드 받을 수 있다.

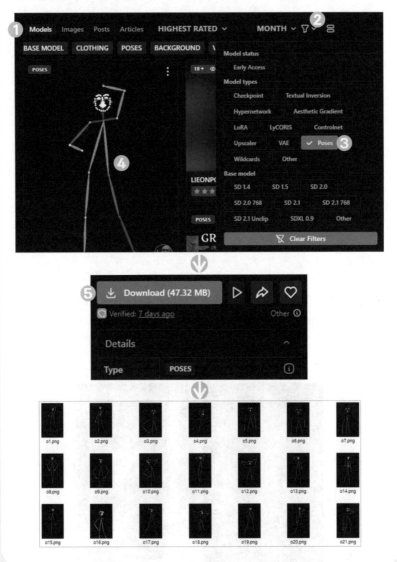

≡ 오픈포즈 에디터를 활용한 포즈 편집하기

이미지 속 모델 포즈는 자신이 원하는 완전한 포즈를 만들기에는 한계가 있다. 이러한 한계는 확장(Extension) 프로그램 중 원하는 포즈로 편집할 수 있는 오픈포즈 편집기(OpenPose Editor)를 통해 완벽하게 해결할 수 있다. 오픈포즈 에디터를 사용하기 위해 ❶❷[Extensions] - [Available] 탭에서 ❸[Load from] 버튼을 눌러 확장 프로그램을 검색한 후 ❹[OpnePose Editor tab]을 찾아 ❺[설치(Install)]한다.

☑ 익스텐션 탭에서는 스테이블 디퓨전에서 사용할 수 있는 모든 확장 프로그램을 설치하여 사용할 수 있다. 참고로 오픈포즈 관련 확장 프로그램 중 3D Openpose Editor tab은 입체 형태의 포즈를 편집할 수 있는 확장 프로그램이다.

오픈포즈 에디터를 인식하기 위해 ❶[Installed] 탭에서 ❷[Apply and restart UI] 버튼을 눌러 스테이블 디퓨전(SD)을 재실행 한다.

그러면 스테이블 디퓨전에 ❶[OpenPose Editor] 탭이 추가된다. 여기에서는 인체 각 부위별 포즈를 편집할 수 있는 공간과 기능들을 제공한다. 살펴보기 위해 그림처럼 자신이 원하는 포즈로 편집해 준다. 인체 각 부위별 관절(포인트)을 이동하여 ❷[포즈]를 잡은 후 ❸[Send to txt2img] 버튼을 누른다.

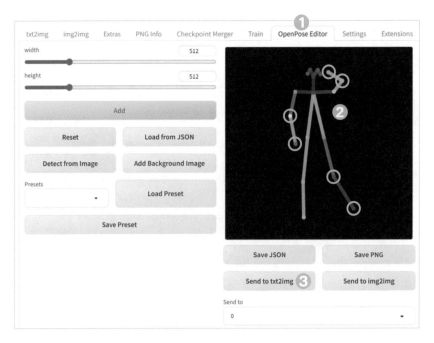

- **Width/Height** 오픈포즈 캔버스 크기를 설정한다.

- **Add** 새로운 포즈를 편집할 수 있는 포즈 더미를 생성한다.

- **Reset** 캔버스를 초기화한다.

- **Load from JSON** 포즈 더미 데이터가 있는 JSON 파일을 가져온다.

- **Detect from Image** 이미지 속 모델의 포즈를 감지하여 포즈 더비를 생성한다.

- **Add Background Image** 오픈포즈 캔버스 배경 이미지를 가져온다.

- **Save Preset** 포즈 더미의 모습을 프리셋으로 등록한다.

- **Presets** 등록된 포즈 더미 프리셋을 선택한다.

- **Load Preset** 등록된 포즈 더미 프리셋을 오픈포즈 캔버스에 적용한다.

- **Save JSON** 편집된 포즈 더미를 JSON 파일로 저장한다.

- **Save PNG** 편집된 포즈 더미를 PNG 이미지 파일로 저장한다.

- **Send to txt2img** 편집된 포즈 더미를 txt2img 탭으로 보낸다.

- **Send to img2img** 편집된 포즈 더미를 img2img 탭으로 보낸다.

- **Send to** 다중 컨트롤 넷 사용 시 편집된 포즈 더미를 해당 컨트롤 넷으로 보낸다.

포즈 더미가 txt2img 탭으로 보내지면 프롬프트, 네거티브 프롬프트 그리고 옵션들을 앞서 **[포즈 더미를 활용한 포즈 이미지 만들기]**에서 사용한 것과 동일하게 설정한 후 이미지를 생성해 본다. 결과물을 보면 오픈포즈 에디터에서 편집한 포즈가 정확하게 표현된 것을 알 수 있다. 이렇듯 오픈포즈 에디터를 활용하면 보다 간편하게 원하는 포즈를 만들어줄 수 있다.

[Seed: 2415495599]

Ddetailer를 활용한 뭉개진 얼굴 보정하기

SD에서 전신(Full body) 이미지를 생성하면 얼굴이 뭉개지는 현상을 볼 수 있다. 이 번엔 이 문제를 해결하기 위한 디텍션 디테일러(Detection detailer) 확장 프로그램에 대해 살펴본다. 설치하기 위해 ❶❷[Extensions] – [Avalilable] 탭에서 ❸[Load from] 버튼을 눌러 확장 프로그램을 검색한 후 ❹[Ddetailer]를 찾아 ❺[설치]한다.

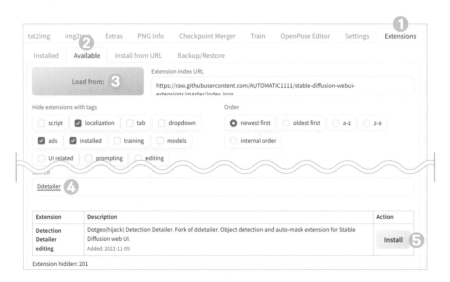

이제 설치된 디디테일러를 인식하기 위해 ❶[Installed] 탭에서 ❷[Apply and restart UI] 버튼을 눌러 스테이블 디퓨전 UI를 재실행한다.

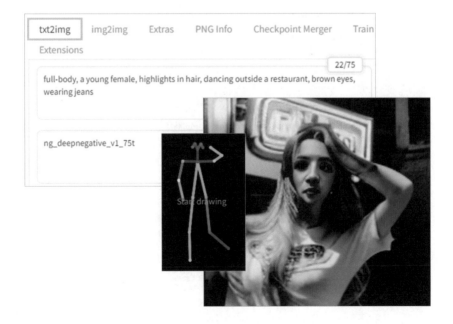

[txt2img] 탭에서 앞선 [포즈 더미를 활용한 포즈 이미지 만들기] 학습과 동일한 오 픈포즈와 프롬프트 그리고 옵션 값으로 이미지를 생성한 후 모델의 모습을 큰 화면으로 확인해 보면 얼굴이 뭉개진 것을 볼 수 있다.

📑 [Seed: 2415495599]

맨 아래쪽의 Script에서 ❶[Detection Detailer]를 선택한 후 Primary detection model (A)를 ❷[bbox/mmdet_anime-face_yolov3.pth]를 선택하고, Secondary detection model (B) (optional)까지 ❸[bbox/mmdet_anime-face_yolov3.pth]로 선택한 후 포즈 이미지를 생성해 본다.

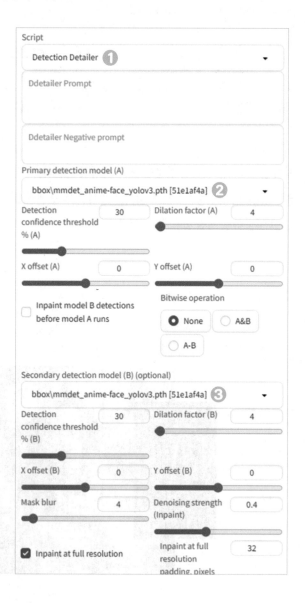

그러면 모델의 얼굴이 뭉개지지 않고 정상적으로 표현되는 것을 알 수 있다. 살펴본 것처럼 디디테일러를 활용하면 복잡한 설정 없이도 간편하게 **얼굴 및 마스크(인페인트)**에 대한 문제를 해결할 수 있다.

💡 팁 & 노트

디텍션 디테일러 설치 문제 해결하기

· **코랩(Colab) 설치시 문제** 우선 코랩 사용자는 디텍션 디테일러(DDetailer)를 설치(사용)할 수 없다는 것을 참고하기 바라며, 만약 실수로 설치한 후 스테이블 디퓨전이 실행되지 않는다면 [stable-diffusion-webui] - [extensions]에 설치된 (ddetailer) 폴더를 삭제하면 된다.

· **업데이트 설치시 문제** PC 버전 사용자가 DDetailer 업데이트 버전을 설치할 때의 오류는 기존의 [ddetailer] 폴더를 삭제한 후 업데이트 버전을 설치하면 간단하게 문제를 해결할 수 있다. 업데이트 버전은 [dddtailer]란 이름의 폴더로 사용된다.

📁 dddetailer

다중 오픈포즈 활용하기

포즈 더미를 여러 개 사용하면 여러 명의 포즈도 간편하게 표현할 수 있다. 살펴보기 위해 ❶[OpenPose Editor]에서 포즈 더미를 선택(드래그하여 선택)한 후 ❷[좌측 으로 이동]하여 우측에 여백을 만들어 준다. **캔버스 크기는 512 x 512로 설정한다.**

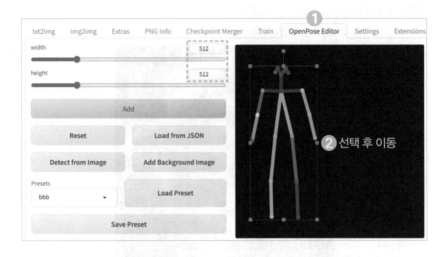

❶[Add] 버튼을 눌러 새로운 포즈 더미를 추가한 후 그림처럼 ❷[크기를 줄여 우 측]으로 이동한다. 그다음 각 관절을 이동하여 그림처럼 ❸[포즈]를 잡아 준 후 ❹ [Send to txt2img] 버튼을 누른다. **특정 관절만 선택하여 이동 및 회전할 수 있다.**

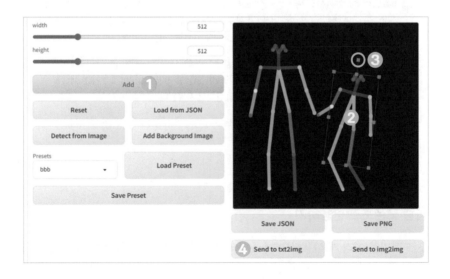

❶[txt2img] 탭에서 ❷[프롬프트]와 ❸[네거티브 프롬프트]를 작성한 후 옵션 설정에서 Sampling method를 ❹[DPM++ 2M SDE Karras] 선택하고, ❺[Restore faced]와 ❻[Hires. fix]를 체크, ❼[Upscale by]는 [1.5] 정도 설정한다. 그리고 컨트롤 넷과 스크립트의 디텍션 디테일러는 앞선 학습과 동일하게 설정한 후 포즈 이미지를 [생성]한다.

📓 해당 프롬프트는 [학습자료] – [책 속 프롬프트 목록] 파일 참고   📓 [Seed: 873626635]

『/prompt: full-body, girl A:40 years old, smile, cute girl with long red raw hair and with white t-shirt and jeans. girl B:17 years old, smile, small face, cute girl yellow bob, red shirt, and green skirt, girla and girlb are walking down a new york street, chatting happily, wearing jeans 』

『/Negative prompt: ng_deepnegative_v1_75t 』

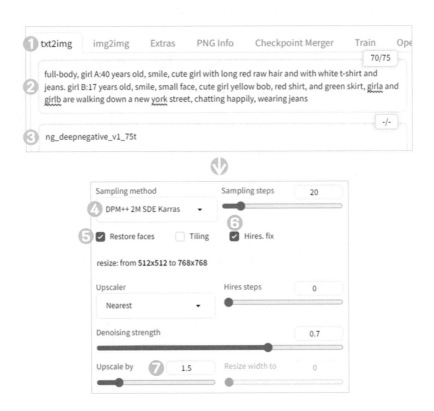

멀티 컨트롤 넷을 활용한 포즈와 배경 합성하기

멀티 컨트롤 넷을 사용하면 여러 가지 모델을 동시에 사용 및 컨트롤할 수 있다. 멀티 컨트롤 넷을 사용하기 위해서는 먼저 ❶[Settings] 탭에서 ❷[ControlNet]의 [Multi ControlNet: Max models amounst]를 통해 사용할 컨트롤 넷 개수를 설정해야 한다. 최대 10개까지 제공되지만 보통 3개 정도 사용하기 때문에 ❸[3]으로 설정한 후 상단의 ❹[Apply settings]와 ❺[Reload UI] 버튼을 차례대로 눌러 멀티 컨트롤 넷을 인식할 수 있도록 해 준다.

| txt2img | img2img | Extras | PNG Info | Checkpoint Merger | Train | OpenPose Editor | Settings ❶ |

Extensions

| Apply settings ❹ | Reload UI ❺ |

Saving images/grids
Paths for saving

Config file for Control Net models

models\cldm_v15.yaml

Saving to a directory

Config file for Adapter models

Upscaling

models\t2iadapter_sketch_sd14v1.yaml

Face restoration

Directory for detected maps auto saving

detected_maps

Interrogate Options	
Extra Networks	Multi ControlNet: Max models amount (requires restart)
User interface	
Infotext	Model cache size (requires restart)
Live previews	
Sampler parameters	ControlNet inpainting Gaussian blur sigma
Postprocessing	☐ Do not append detectmap to output
Canvas Hotkeys	☐ Allow detectmap auto saving
Detection Detailer	☐ Allow other script to control this extension
② ControlNet	☐ Passing ControlNet parameters with "Send to img2img"
Defaults	☐ Show batch images in gradio gallery output
Sysinfo	☐ Increment seed after each controlnet batch iteration
Actions	☐ Disable control type selection
Licenses	☐ Disable openpose edit
Show all pages	

Multi ControlNet: Max models amount (requires restart)　③　3

Model cache size (requires restart)　1

ControlNet inpainting Gaussian blur sigma　7

☑ UI 재실행 시 오류 메시지가 뜬다면 스테이블 디퓨전을 처음부터 다시 실행한다.

스테이블 디퓨전 UI가 다시 실행되면 [txt2img] 탭의 ❶[컨트롤 넷]에 멀티 컨트롤 넷을 사용할 수 있는 유닛(Unit)이 3개가 적용된 것을 알 수 있다. 이것으로 3개의 컨트롤 넷 모델을 한꺼번에 사용할 수 있게 되었다. 살펴보기 위해 먼저 ❷[ControlNet Unit 0]에 ❸[이미지]를 가져온다.

📕 [학습자료] – [포즈 더미_Girl 02] 이미지 활용

ControlNet Unit 0의 포즈를 잡기 위해 ❶[OpenPose]를 선택한 후 Preprocessor를 포즈 더미 형태를 사용하기 위해 ❷[none]으로 선택한다. 그다음 ❸[Enable]을 체크하여 현재의 컨트롤 넷을 활성화하고 ❹[Low VRAM]도 체크한다. Control Weight는 ❺[2]로 설정하여 포즈 가중치를 높여주고 Control Mode도 ❻[ControlNet is more important]를 선택하여 현재의 컨트롤 넷의 비중이 더 높도록 한다.

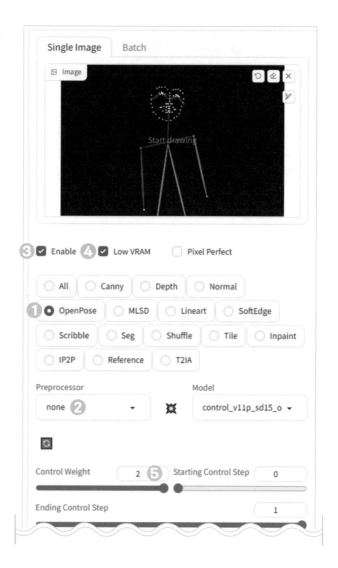

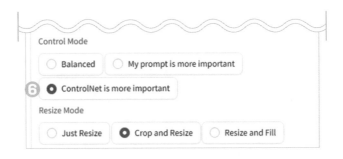

이번엔 ❶[ControlNet UNIT 1]에 대한 컨트롤 넷 모델을 설정하기 위해 ❷[Single Image]에 그림처럼 배경에 사용될 이미지를 가져온 후 ❸[Enable]과 ❹[Low VRAM] 을 체크한다. 그다음 Control Type을 ❺[Depth]로 선택한 후 뎁스 모델의 결과를 미리 보기 위해 ❻[✖ Run Preprocessor]를 클릭한다. 그러면 이미지 캔버스가 2개로 분리 되고, 우측 화면에 ❼[뎁스 모델]의 결과가 나타난다.

자동 체크

뎁스(Depth) 필드에 대하여

뎁스(Depth: 깊이) 필드는 3차원 공간에서 개체의 깊이를 표현하는데 사용되는 용어로 컴퓨터 그래픽스와 사진에서 많이 사용되며, 특히 카메라 거리 값 렌더링에서 중요한 역할을 한다.

· **깊이 맵(Depth map)** 깊이 맵 정보는 3D 씬에서 카메라까지의 거리를 나타내는 2D 이미지로 보통 흑백 이미지로 표현되며, 밝은 영역이 가까운 개체, 어두운 영역이 먼 개체를 나타낸다.

· **깊이 필드(Depth of field)** 카메라 렌즈의 설정에 따라 얼마나 많은 씬이 초점에 맞춰지는지를 나타낸다. 뎁스 필드가 좁으면 초점이 맞는 부분만 선명하게 처리되고, 나머지는 흐릿하게 처리된다. 이 정보는 주로 주제를 강조하거나 배경을 모호하게 만드는데 사용된다.

계속해서 Control Weight를 ❶[0.5]로 설정 **뎁스 가중치가 높으면 멀티 컨트롤 넷 합성이 제대로 이루어지지 않음** 하여 뎁스 가중치를 낮춰주고 Control Mode는 ❷[ControlNet is more important]를 선택하여 현재의 뎁스 컨트롤 넷의 비중이 더 높도록 한다.

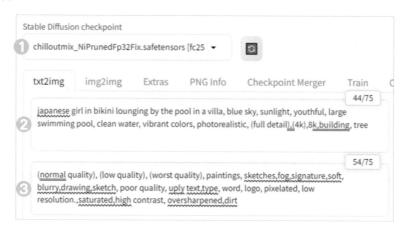

이제 체크포인트를 ❶[chilloutmix_NiPrunedFp32Fix]로 선택하고, ❷[프롬프트]와 ❸[네거티브 프롬프트]를 다음과 같이 작성한다.

📕 해당 프롬프트는 [학습자료] – [책 속 프롬프트 목록] 파일 참고

『/prompt: japanese girl in bikini lounging by the pool in a villa, blue sky, sunlight, youthful, large swimming pool, clean water, vibrant colors, photorealistic, (full detail),(4k),8k,building, tree 』

『/Negative prompt: (normal quality), (low quality), (worst quality), paintings, sketches, fog, signature, soft, blurry, drawing, sketch, poor quality, uply text, type, word, logo, pixelated, low resolution, saturated, high contrast, oversharpened, dirt 』

Sampling method는 ❶[DPM++ SDE Kjarras], ❷[Restore faces] 체크, 크기는 ❸[768 x 512]로 설정한다. 시드 값은 ❹[랜덤(−1)]으로 하여 원하는 결과물을 [생성]한다.

▌ [Seed: 906231678]

생성된 이미지를 보면 포즈 더미의 모습과 동일한 포즈 그리고 프롬프트의 명령에 맞게 이미지(모델)가 생성된 것을 알 수 있다. 하지만 배경에 사용된 뎁스 컨트롤 넷 이미지는 완전히 다르게 표현되었다.

☑ 멀티 컨트롤 넷 결과 이미지 + 포즈 더미 + 뎁스 이미지가 같이 생성된다.

오픈포즈 컨트롤 넷의 다양한 포즈들

오픈포즈 모델을 활용하면 다음과 같은 다양한 포즈 이미지를 생성할 수 있다.

· 추가: 별책부록_"생성형 Ai 빅3 외전"의 [우리 회사 전속 모델 채용하기] 참고

# 050. 레벨 UP, 고품격 프로젝트 제작하기

스테이블 디퓨전은 그림, 디지털 아트, 웹툰, 애니메이션, 웹사이트, 광고, 게임, 건축, 의류 디자인, 컨셉 아트 그리고 다양한 교육 자료 개발에 활용할 수 있다. 여기에서는 가장 대표적인 건축, 웹툰, 애니메이션 제작에 활용할 수 있는 모델에 대해 알아보기로 한다.

☰ 건축가도 놀라는 건축 디자인 컨셉트 이미지 생성하기

스테이블 디퓨전은 인물에만 사용되는 것이 아닌 건축(인/익스테리어) 컨셉 디자인 아이템을 얻는 데에도 유용하다. 이번 학습에서는 가장 즐겨 사용되는 [XAchi-InteriorDesgin]을 사용해 본다. 다음의 바로가기를 실행하여 [시빗AI] 웹사이트에서 해당 모델을 다운로드 받은 후 [models] - [Stable-diffusion] 폴더에 넣어 사용한다.

📕 [학습자료] – [XSAchi−InteriorDesginV5ForCN – v5.1] 바로가기 실행

익스테리어 이미지 생성하기

앞서 다운로드 받은 XAchi-InteriorDesgin 모델은 인/익스테리어 모두 사용이 가능하다. 건축에 목적을 두고 학습된 모델이기 때문에 뛰어난 결과물을 얻을 수 있다. Stable Diffusion checkpoint에서 [새로 고침] 버튼을 누른 후 [xsachi_v51InSafetensor] 모델을 선택한다. 그다음 다음과 같은 프롬프트를 입력한다.

📕 [체크포인트 : xsachi_v51InSafetensor]

📕 해당 프롬프트는 [학습자료] – [책 속 프롬프트 목록] 파일 참고

『/prompt : dvArchModern, 85mm, f1.8, portrait, photo realistic, hyperrealistic, orante, super detailed, intricate, dramatic, sunlight lighting, shadows, high dynamic range, beach house, masterpiece, best quality, (8k, RAW photo:1.2), ((ultra realistic))』

『/Negative prompt: signature, soft, blurry, drawing, sketch, poor quality, ugly, text, type, word, logo, pixelated, low resolution, saturated, high contrast, oversharpened, clip 』

옵션 설정에서 Sampling method를 ❶[DPM++ SDE Karras] 선택, Sampling steps를 ❷ [50], 크기를 ❸[768 x 512], 시드 값을 ❹[3255214213]으로 설정한 후 이미지를 [생성]해 보면 간단하게 제법 그럴싸한 건축 이미지가 생성되는 것을 알 수 있다.

📑 [Seed: 3255214213]

인테리어 이미지 생성하기

인테리어도 간단하게 표현할 수 있다. 프롬프트에 다음과 같은 인테리어 관련 키워드를 입력한 후 이미지를 생성해 본다. 그러면 그림과 같은 인테리어 이미지가 생성된다. **옵션 값은 앞서 학습한 [익스테리어 이미지 생성하기]와 동일하다.**

🔖 해당 프롬프트는 [학습자료] – [책 속 프롬프트 목록] 파일 참고

🔖 [Seed: 3255214213]

『/prompt: (masterpiece), (high quality), best quality, real,(realistic), super detailed, (full detail),(4k), 8k, interior,XS, no humans, plant, scenery, table, window, indoors, couch, potted plant, wooden floor, door, carpet, chair, flower pot, curtains 』

『/Negative prompt: (normal quality), (low quality), (worst quality), paintings, sketches 』

☑ 살펴본 것처럼 인/익스테리어의 표현도 결국 프롬프트의 키워드를 어떻게 입력하느냐에 따라 결과물이 결정된다. 그러므로 건축에 관련된 전문용어와 다양한 프롬프트 어휘들을 익혀두어야 할 것이다. 참고로 스테이블 디퓨전에서 사용되는 프롬프트 목록은 [생성형 Ai 빅3 외전]을 참고하기 바란다.

☑ 다음의 이미지들은 현재 학습에 사용된 [xsachi_v51InSafetensor] 모델을 사용하여 어두운 거리에 관한 키워드로 생성된 결과물이다. 이처럼 스테이블 디퓨전에서도 프롬프트(네거티브 포함)의 키워드만 명확하게 입력한다면 인물 이외의 상

≡ Canny와 MLSD 모델로 외곽선으로 이미지 생성하기

컨트롤 넷의 모델 중에는 이미지의 외곽선을 감지하여 객체를 생성해 주는 모델이 몇 개 있다. 그중 캐니(Canny)와 MLSD는 건축 관련 이미지 제작에도 유용하다. 컨트롤 넷 모델을 모두 설치하지 않았다면 앞서 학습했던 **[컨트롤 넷의 모델들 설치하기]**를 참고하여 모두 설치 또는 이번에 학습할 캐니(Canny)와 MLSD를 다운로드 받아 [extensions] - [sd-webui-controlnet] - [models] 폴더에 복사해 넣고, 스테이블 디퓨전을 재실행한다.

캐니를 활용한 건축 디자인 컨셉트 이미지 만들기

캐니(Canny)는 이미지의 외곽선을 추출하여 새로운 느낌의 이미지를 생성한다. 특히 캐니는 유사 모델인 MLSD보다 섬세한 외곽선을 추출하여 무늬까지 표현할 수 있다. 여기에서는 건축 모양이 스케치된 이미지를 사용하여 다양한 모양의 건축 디자인 이미지를 생성해 본다. 살펴보기 위해 [txt2img] 탭에서 ❶[컨트롤 넷 0]의 캔버스에 그림과 같은 ❷[건축 스케치] 이미지를 가져온다.

📑 [학습자료] - [건축 스케치] 이미지 활용

출처: 페이스북 Stable Diffusion Korea 그룹

그다음 ❶[Enable]과 ❷[Low VRAM]을 체크한 후 Control Type을 ❸[Canny]로 선택한다. 그러면 자동으로 Preprocessor와 Model이 [canny]와 [control_v11p15_canny]로 선택된다. Control Weight를 ❹[0.5] 정도로 줄여서 컨트롤 넷 자유도를 프롬프트 명령에 영향을 더 받도록 하고, Control Mode를 ❺[ControlNet is more important]를 선택하여 캐니 컨트롤 넷의 비중이 더 높도록 한다. 모든 설정이 끝나면 ❻[✖ Run preprocessor] 버튼을 눌러 캐니 모델의 결과를 미리보기한다.

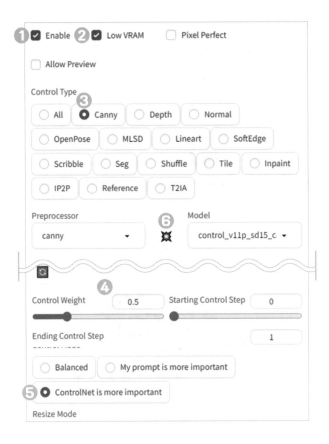

그러면 이미지 캔버스가 2개로 분리되고, 우측 화면에 [캐니 모델]의 결과가 나타난다.

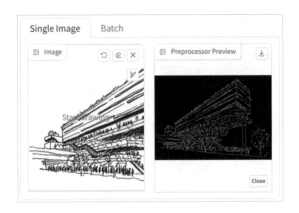

계속해서 체크포인트를 건축에 유용한 ❶[xsachi_v51InSafetensor]을 선택하고, 다음과 같은 ❷❸[프롬프트(네거티브 포함)]를 입력한다.

『/prompt: ((peoples)), dvArchModern, 85mm, f1.8, portrait, photo realistic, hyperrealistic, orante, super detailed, intricate, dramatic, shadows, high dynamic range, beach house, masterpiece, best quality, (8k, RAW photo:1.2), ((ultra realistic)), ((real tree)), ((white exterior wall)), ((straight outline)), yellow lights indoors 』

『/Negative prompt: signature, soft, blurry, drawing, sketch, poor quality, ugly, text, type, word, logo, pixelated, low resolution, saturated, high contrast, oversharpened, clip 』

Stable Diffusion checkpoint

❶ xsachi_v51InSafetensor.safetensors [1e9f0009f: ▼]

| txt2img | img2img | Extras | PNG Info | Checkpoint Merger | Train |

69/75

❷ ((peoples)), dvArchModern, 85mm, f1.8, portrait, photo realistic, hyperrealistic, orante, super detailed, intricate, dramatic, shadows, high dynamic range, beach house, masterpiece, best quality, (8k, RAW photo:1.2), ((ultra realistic)), ((real tree)), ((white exterior wall)), ((straight outline)), yellow lights indoors

39/75

❸ signature, soft, blurry, drawing, sketch, poor quality, ugly, text, type, word, logo, pixelated, low resolution, saturated, high contrast, oversharpened, clip

Sampling method는 ❶[DPM++ 2M SDE Karras], Smpling steps은 ❷[65] 정도로 높여주고 크기는 가로(Width)만 ❸[768]로 설정한 후 이미지를 [생성]한다.

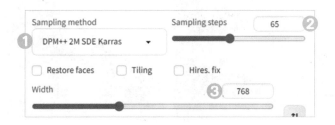

Sampling method
❶ DPM++ 2M SDE Karras ▼

Sampling steps   65 ❷

☐ Restore faces   ☐ Tiling   ☐ Hires. fix

Width   ❸ 768

다음은 캐니 모델의 건축 스케치 이미지와 프롬프트에 의해 생성된 건축 이미지들로 랜덤 시드 값으로 생성된 이미지 중 몇 가지를 캡처한 것이다. 캐니 모델 컨트롤넷보다 프롬프트의 자유도(비중)를 높였기 때문에 다양한 모양의 건축물들이 생성된 것을 알 수 있다. 이처럼 캐니 모델은 대략적인 스케치로도 다양한 결과물을 얻을 수 있기 때문에 건축 디자인 컨셉트를 잡는데 매우 유용하다.

[Seed: 267529625]   [Seed: 494838589]

[Seed: 4036489796]   [Seed: 3932840995]

[Seed: 4130989620]   [Seed: 3147500849]

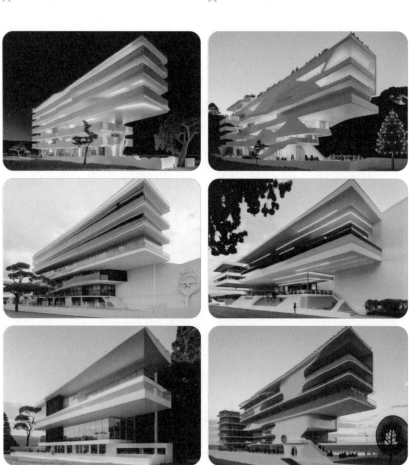

☑ 캐니(Canny) 모델을 활용하면 건축뿐만 아니라 인물에 대해서도 다양한 결과물을 얻을 수 있다. 특정 인물을 완전히 다른 인물로 만들 수 있기 때문에 저작권 문제까지 해결할 수 있다.

MLSD를 활용한 건축 디자인 컨셉트 이미지 만들기

MLSD(Multi Level Soft Differentiable)는 캐니와 유사한 모델로 이미지 경계를 감지하여 외곽선을 생성한 후 이미지를 생성해 주는 컨트롤 넷 모델이다. 특히 이미지 속의 직선을 빠르게 감지하기 때문에 인/익스테리어, 거리 등에 효율적이다. 살펴보기 위해 앞서 학습한 **[캐니를 활용한 건축 디자인 컨셉트 이미지 만들기]** 설정값을 그대로 사용한 상태에서 기존의 ❶[스케치 이미지]와 ❷[캐니 모델 이미지]를 모두 [삭제]한 후 그림과 같은 ❸[Interior] 이미지를 가져온다.

🔖 [학습자료] – [Interior] 이미지 활용

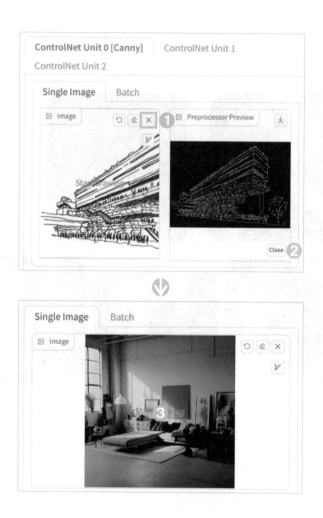

컨트롤 타입을 ❶[MLSD]로 선택한다. 그러면 프리프로세서와 모델이 [mlsd]로 자동 선택된다. 그다음 ❷[✖ Run preprocessor] 버튼을 눌러 MLSD의 결과를 미리보기 해보면 실내 이미지의 경계가 외곽선으로 감지된 것을 알 수 있다.

이제 다음과 같은 프롬프트(네거티브 포함)를 입력하여 이미지를 생성해 본다. 그러면 그림처럼 색다른 느낌의 실내 이미지가 생성된 것을 알 수 있다.

📗 해당 프롬프트는 [학습자료] – [책 속 프롬프트 목록] 파일 참고

『/prompt: (masterpiece),(high quality), best quality, real,(realistic), super detailed, (full detail), (4k),8k,scenery, no humans, cityscape, couch, table, window, plant, lamp, indoors, skyline, city lights, night, candle, city, sky, building, bottle, cup, pillow, chair, potted plant, skyscraper, drinking glass, ceiling light 』

『/Negative prompt: (normal quality), (low quality), (worst quality), paintings, sketches, soft line, fog 』

▌ [Seed: 3147500849]　　　　▌ [Seed: 1355842671]

💡 팁 & 노트

프롬프트(네거티브) 파일(PT) 만들기

자신이 직접 작성한 프롬프트(네거티브 포함)는 텍스츄얼 인버전(Textual Inversion)으로 사용할 수 있다. [Train] – [Create embedding] 탭의 Initialization text(초기화 텍스트)에 사용할 프롬프트를 입력한 후 적당한 이름을 부여한 다음 [Create embedding] 버튼을 누르면 자동으로 [PT] 파일이 생성되어 embeddings 폴더에 저장된다. 이렇게 만들어진 파일은 프롬프트(네거티브)로 적용하여 사용할 수 있다.

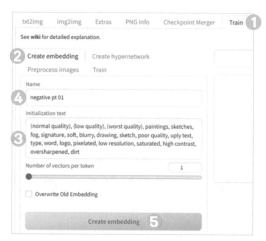

☰ 웹툰 캐릭터 이미지 생성하기

스테이블 디퓨전은 누구나 웹툰 작가가 될 수 있다는 꿈을 꿀 수 있게 해준다. 웹툰 스타일을 표현하는 모델(체크포인트)과 로라는 아주 다양하다. 그중 필자가 가장 좋아하는 [CuteYukiMix]와 [Aniverse - Aniverse V1.1]를 사용해 보기로 한다. 두 모델 파일은 학습자료에 있는 바로가기 파일을 실행하여 해당 웹사이트에서 다운로드 받아 [models] - [Stable-diffusion] 폴더에 복사해 넣는다. **해당 모델이 없어졌다면 [학습자료] 폴더에 있는 것을 사용한다.**

이제 웹툰 캐릭터를 생성해 본다. 먼저 체크포인트(모델)를 ❶[CuteYukiMix]로 선택한다. 그다음 다음과 같은 ❷❸[프롬프트(네거티브 포함)]를 작성한다.

📕 해당 프롬프트는 [학습자료] - [책 속 프롬프트 목록] 파일 참고

『/prompt: cute little girl standing in a Mediterranean port town street, wind, pale-blonde hair, blue eyes, very long twintails, white dress, white hat, blue sky, laugh, double tooth, closed eyes, looking at viewer, lens flare, dramatic, coastal 』

『/Negative prompt: NG_DeepNegative_V1_75T, EasyNegativeV2, extra fingers, fewer fingers, lowres, bad anatomy, bad hands, text, error, missing fingers, extra digit, fewer digits, cropped, worst quality, low quality, normal quality, jpeg artifacts, signature, watermark, username, blurry, (worst quality, low quality:1.4), Negative2, (low quality, worst quality:1.4), (bad anatomy), (inaccurate limb:1.2), bad composition, inaccurate eyes, extra digit,fewer digits, (extra arms:1.2), (bad-artist:0.6), bad-image-v2-39000 』

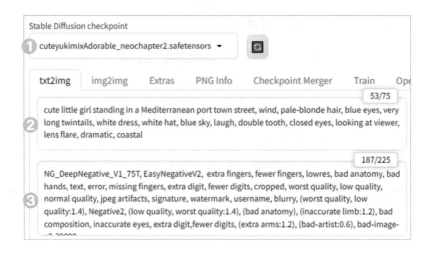

Sampling method를 ①[DPM++ SDE Karras]로 선택하고, 기본 크기인 ②[512 x 512] 그리고 시드 값은 ③[2767472141]로 설정한 후 그림을 [생성]해 본다. **자신이 원하는 캐릭터를 찾고 싶다면 랜덤 시드를 통해 마음에 드는 캐릭터를 찾아 사용하면 된다.**

그러면 그림과 같은 캐릭터와 배경(장면)이 생성된다. **그림의 채도와 색보정이 필요하다면 포토샵이나 픽슬러, 김프와 같은 프로그램을 사용한다.**

☑ 얼굴 표정이 마음에 들지 않는다면 앞서 학습한 인페인트나 컨트롤 넷의 인페인트를 활용하여 바꿔줄 수 있다. 참고로 컨트롤 넷의 인페인트는 스테이블 디퓨전의 인페인트보다 뛰어난 결과물을 얻을 수 있다.

오픈포즈를 활용한 캐릭터 포즈 설정하기

캐릭터 선정은 시드 값을 통해 가능하지만 포즈는 매번 프롬프트로 표현할 수 없기 때문에 오픈포즈 모델을 사용해야 한다. 앞서 살펴보았듯이 ❶[OpenPose Editor]에서 ❷[원하는 포즈]를 설정한 후 ❸[Send to txt2img] 버튼을 눌러 컨트롤 넷으로 전송한다. Send to가 [0]인 상태로 전송되었기 때문에 컨트롤 넷 [0]으로 전송된다.

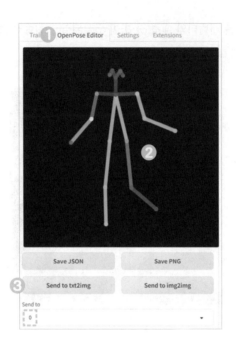

컨트롤 넷 0으로 포즈 더미가 전송되면 컨트롤 타입을 ❶[OpenPose]로 선택하고 프리프로세서를 ❷[none]으로 설정한다. 컨트롤 웨이트(Control Weight)는 ❸[2]로 설정하여 포즈 더미의 가중치를 최대화하고, 컨트롤 모드는 프롬프트가 더 중요한 요소로 인식되도록 ❹[My prompt is more important]를 체크한 후 그림을 [생성]한다.

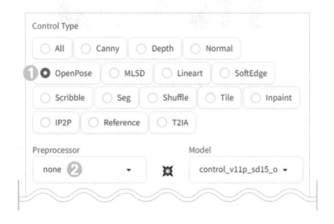

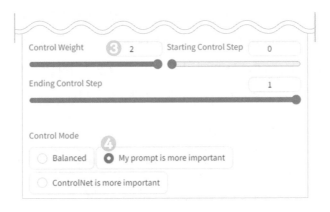

확인해 보면 포즈 더미의 모습과 일치되는 포즈로 캐릭터가 생성되었다. 하지만 오픈포즈를 적용한 후 생성된 이미지는 처음 생성한 이미지와 몇 가지 달라진 점(배경과 의상)을 발견할 수 있다. **프롬프트에 있는 지중해 항구 마을 거리(a Mediterranean port town street)는** 오히려 오픈포즈가 적용된 후에 더 명확하게 표현되었다.

☑ 오픈포즈의 가중치와 그밖에 설정값으로 인해 오픈포즈를 사용하지 않을 때 생성된 캐릭터의 변화가 생긴다. 그러므로 웹툰과 같은 연속성이 필요한 캐릭터 작업일 경우에는 우선적으로 오픈포즈를 사용한 상태의 캐릭터를 사용하는 것을 권장한다.

지금의 문제를 해결하는 방법은 프롬프트에서 문제 해결을 위한 적절한 키워드가 필요하다. 처음 생성한 캐릭터의 가슴 부분에 있는 커다란 리본을 재현하기 위해 [((large ribbon across the chest))]란 강조 키워드를 넣은 후 다시 [생성]해 본다. 그러면 새로 추가된 키워드에 맞게 리본이 생성된 것을 알 수 있다.

59/75

cute little girl standing in a Mediterranean port town street, wind, pale-blonde hair, blue eyes, very long twintails, white dress, white hat, blue sky, laugh, double tooth, closed eyes, looking at viewer, lens flare, dramatic, coastal, ((large ribbon across the chest)) ◀— 강조 키워드 입력

☑ 장면이 바뀌어도 완벽하게 매칭되는 캐릭터를 생성하기란 결코 쉽지 않다. 하지만 몇몇 프롬프트의 수정과 옵션 설정을 통해 해결할 수 있으며, 또한 빠르게 진화되는 인공지능 기술은 조만간 보다 편리하고 효율적인 작업 환경을 제공할 것이다.

Aniverse를 활용한 2.5D 웹툰 캐릭터 생성하기

웹툰 스타일은 일반적으로 2D(평면) 기반이지만 스테이블 디퓨전 같은 인공지능에서는 3D 기반의 웹툰도 간편하게 표현할 수 있다. 물론 애니메이션이 아닌 스틸 컷으로 보여주는 웹툰은 3D 스타일이 낯설게 느껴질 수 있을 것이다. 하지만 2D와 3D

중간의 2.5D 스타일의 웹툰은 시각적 매력을 끌 수 있는 요소가 된다. 2.5D 스타일 모델 또한 다양한 것들이 업로드되고 있지만, 여기에서는 앞서 다운로드 받은 애니버스(Aniverse) 모델(체크포인트)을 통해 웹툰 캐릭터를 생성해 보기로 한다. 아래 그림은 다음의 프롬프트를 통해 생성한 캐릭터이다.

🔖 [체크포인트: aniverse_V11Pruned]

🔖 [Sampling method: DPM++ SDE Karras]

🔖 [Sampling steps: 20]

🔖 [Seed: 2767472141]

🔖 해당 프롬프트는 [학습자료] – [책 속 프롬프트 목록] 파일 참고

『/prompt: (best quality, masterpiece, colorful, dynamic angle, highest detailed)(Rei Ayanami), upper body photo, fashion photography of flirting blue bobbed hair girl (Rei Ayanami), detailed red eyes, dressing high detailed Evangelion white suit (high resolution textures), in dynamic pose, bokeh, (intricate details, hyperdetailed:1.15), detailed, sunlight passing through hair, colorful splash art background, (high contrast, Evangelion official art, extreme detailed, highest detailed)』

『/Negative prompt: FastNegativeV2, b&w, black&white, sepia 』

다음은 오픈포즈를 활용하여 다양한 포즈로 생성한 웹툰(러프한 상태)이며, 각각의

프레임은 갠바(www.canva.com)를 통해 실제 웹툰처럼 각 장면을 프레임 처리한 모습이다. 물론 캐릭터의 의상, 색, 액세서리 등의 변화가 있지만 프롬프트 키워드를 보다 세부적이고 명확하게 해준다면 훨씬 안정적인 결과물을 얻을 수 있다. **자세한 웹툰 제작법은 관련 도서를 참고한다.**

● 일반적인 인공지능 웹툰 제작과정 ●

≡ 동영상(애니메이션) 만들기

스테이블 디퓨전은 주로 이미지를 생성하기 위해 사용되지만 동영상 파일을 가져와 완전히 다른 스타일의 동영상(애니메이션)을 생성할 수 있다. 이번 학습에서는 컨트롤 넷의 기본 스크립트인 [m2m]을 활용하여 실사 동영상을 애니메이션 스타일로 만들어 볼 것이다. 살펴보기 위해 먼저 ❶[Settings] 탭에서 ❷[ControlNet] 항목을 선택한 후 ❸[Do not append detectmap to output]과 ❹[Allow other scrip to control this extension] 옵션을 체크한다. 그다음 ❺[Apply settings] 버튼을 눌러 설정값을 적용하고, ❻[Reload UI] 버튼을 눌러 스테이블 디퓨전 UI를 재실행한다.

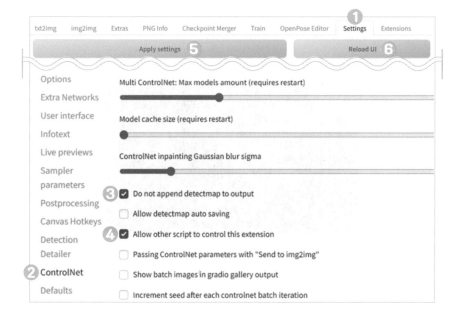

- **Do not append detectmap to output** 사전 처리 과정에서 생성된 결과물을 이미지 출력 폴더에 저장되지 않도록 하여 최종 출력물과 섞이지 않도록 한다.

- **Allow other script to control this extension** m2m 스크립트가 상위 컨트롤 넷 모델에서 제어가 가능하도록 한다.

SD가 재실행되면 이제 동영상 파일 생성에 대해 살펴보기 위해 txt2img 하단에 있는 Scrpt에서 ❶[controlnet m2m]을 선택한다. 그러면 또 다른 형태의 컨트롤 넷이 활성화된다. 이제 ❷[ControNet-0]에서 ❸[Movie Input]에 학습용 ❹[동영상] 파일을 가져온다. 그다음 Duration을 ❺[10]으로 설정한다.

[학습자료] – [Headphone girl] 동영상 활용

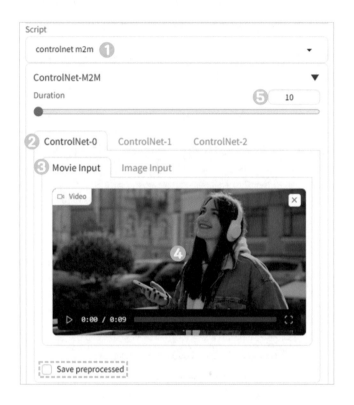

☑ Image Input m2m에서 이미지 파일을 가져올 경우 가져온 이미지 파일 하나만 생성되기 때문에 동영상 파일을 만들기 위해서는 반드시 Movie Input 탭을 활용해야 한다.

☑ Duration 초당 사용되는 프레임 개수를 설정한다. 예를 들어, 50은 1초짜리 동영상 기준으로 50개의 프레임이 생성된다는 것이다. 프레임 개수가 많을수록 영상 속 개체의 움직임이 더 부드러워지지만 일반적으로 30프레임을 사용한다. 여기에서는 작업 시간을 줄이기 위해 10프레임으로 설정하였다.

💡 팁 & 노트

Save preprocessed 옵션에 대하여

사전 처리 저장(Save preprocessed)은 스테이블 디퓨전 모델에서 처리를 위한 데이터를 저장하는 기능이다. 이 옵션을 활성화하면 이미지나 텍스트 등의 원본 데이터를 모델이 이해하고 처리할 수 있는 형태로 변환하는 전처리 과정이 완료된 후 결과를 디스크에 저장한다. 이렇게 저장되어 사전 처리된 데이터는 후속 실행에서 재사용할 수 있기 때문에 모델 학습이나 이미지 생성 과정을 더 빠르게 수행할 수 있다. 이는 고용량 데이터를 다룰 때, 같은 데이터를 여러 번 반복 사용 시 유용하다. 예를 들어, 동일한 텍스트 프롬프트로 여러 번 이미지를 생성할 때 사전 처리 과정을 한 번만 거치고 그 결과를 재사용할 수 있다는 것이다. 하지만 이 옵션을 사용하려면 충분한 디스크 공간이 필요하다.

❶[컨트롤 넷 유닛 0]에서 ❷[Enable], [Low VRAM], [Pixel Perfect] 체크, Control Type을 ❸[Normal]을 선택하여 이전과 별다른 차이 없는 컨트롤 넷 모델을 사용한다. 일단 Control Weight는 기본값인 [1]을 그대로 사용한다.

체크포인트를 2D 애니메이션 스타일로 표현하기 위해 ❶[cuteyukimixAdorable_neochapter2]로 선택하고, ❷[프롬프트(네거티브 포함)]를 다음과 같이 작성한다. 옵션 설정은 ❸[Restore faces]를 체크하고, 크기는 작업 시간을 단축하기 위해 원본의 1/2 크기인 ❹[640 x 360]으로 설정하며, ❺[시드] 값은 캐릭터에 변화가 없도록 원하는 시드 값을 설정한 후 이미지를 [생성]한다. **랜덤 생성 후 원하는 시드 값을 사용한다.**

📑 해당 프롬프트는 [학습자료] – [책 속 프롬프트 목록] 파일 참고

『/prompt: **Blue headphones, pink hair, white jacket, cute Korean girl, cyber style** 』

『/Negative prompt: **ng_deepnegative_v1_75t** 』

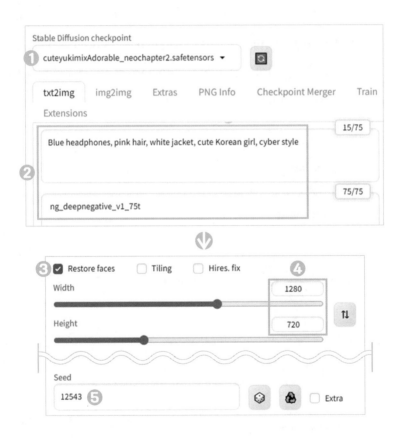

[Open images output directory] 버튼을 눌러 생성된 **결과(생성된 날짜 폴더)**를 확인해 보면 그림과 각 장면들이 낱장의 이미지로 생성된 것을 알 수 있다. 하지만 한눈에 보아도 캐릭터가 입은 옷의 색상과 배경 등이 일정하지 않다는 것을 알 수 있다.

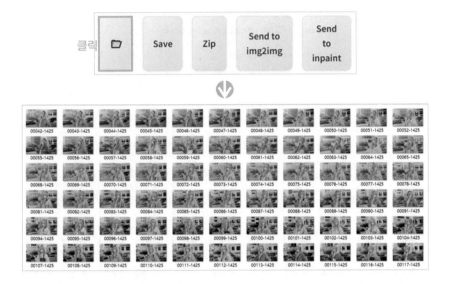

🔅 팁 & 노트

낱장 이미지 파일을 동영상으로 만들기

낱장 이미지 파일은 시퀀스(Sequence) 파일이라고 하며, 이미지마다 번호가 있어 장면의 순서를 알 수 있다. 이러한 시퀀스 이미지 파일들을 동영상으로 만들거나 편집하기 위해서는 프리미어 프로(유료), 파이널 컷 프로(유료), 다빈치 리졸브(무료), 히트필름(무료), 곰믹스(무료), 샷컷(무료)과 같은 동영상 편집 프로그램을 사용해야 한다.

이번엔 컨트롤 넷의 Control Weight를 ❶[0.5]로 낮춰 컨트롤 넷의 가중치를 줄여주고, Control Mode를 ❷[My prompt is more important]로 선택하여 프롬프트 명령에 더 비중을 놓여준 후 다시 이미지를 [생성]해 본다.

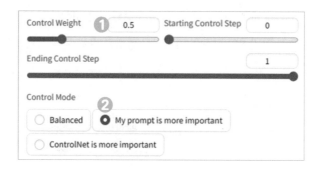

결과를 보면 이전과는 다르게 캐릭터 의상 색상이 거의 변하지 않은 것을 알 수 있으며, 전체적으로 한결 일정하게 표현된 것을 알 수 있다. 이처럼 컨트롤 넷의 설정과 프롬프트의 키워드는 동영상 파일을 생성하는데 중요한 역할을 한다. 그러므로 완전한 결과물을 얻기 위해서는 더욱 세부적인 프롬프트 키워드가 필요하다.

☑ 그밖에 ControlNet img2img, mov2mov extention, SD-CD Animation extension, Temporal Kit, Runaway Gen-2, temporal kit, Ebsynth 등의 모델을 활용하여 동영상 제작을 할 수 있다. 하지만 비디오(애니메이션) 생성에 대한 인공지능은 아직 만족스러운 단계는 아니다. 그렇다고 절망할 필요는 없다. 이 분야의 기술이 빠른 속도로 발전하고 있으므로 5~7년 후에는 어떤 환경에서도 누구나 쉽고 간편하게 동영상 콘텐츠를 제작할 수 있을 테니까 말이다.

> · 추가: 별책부록_ "생성형 Ai 빅3 외전"의 [동영상(애니메이션) 만들기] 참고

051. 미친 신기술, SDXL 1.0 제대로 활용하기

스테빌리티AI는 새로운 버전인 SDXL 1.0(스테이블 디퓨전 XL 1.0)을 출시했다. SDXL 1.0 모델은 기본 SD 1.5와 이전 SDXL 0.9 모델보다 더 적은 키워드로도 고해상도의 이미지를 빠르게 생성할 수 있으며, 최소 5개의 이미지를 통해 특정 주제의 이미지 생성이 가능하다. 또한 35억 개 매개변수의 기본 모델과 66억 개 매개변수의 더 높은 성능으로 최고의 결과물을 얻을 수 있도록 설계하였다.

≣ SDXL 1.0 설치 및 사용하기

SDXL 1.0을 사용하기 위해서는 스테이블 디퓨전 web UI가 1.5 버전 이상이어야 한다. 그러므로 본 도서에서 다루었던 1.4.1 버전에서 1.5 이상의 버전으로 업데이트를 해야 한다. 1.5 이상의 버전 사용자는 업데이트가 필요 없다.

스테이블 디퓨전 web UI 업데이트하기

처음 스테이블 디퓨전을 설치했던 깃허브 웹사이트로 가서 ❶❷[master] – [Tags] 탭에 있는 ❸[v1.5.1] 최신 버전을 선택한 후 우측 ❹[commints]를 선택한다. 1.5.1 이상의 버전이 출시되었다면 보다 상위 버전을 설치하는 것을 권장한다.

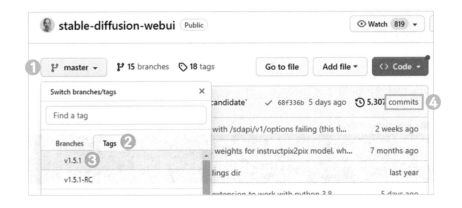

선택한 web UI 버전 다운로드 창으로 이동하면 맨 위쪽 Merge branch 'release_candidate' 우측의 [Coty the full SHA] 버튼을 클릭하여 해당 버전 설치를 위한 커밋을 복사한다.

스테이블 디퓨전이 설치된 폴더로 들어간 후 상단 주소 창의 ①[빈 곳]을 클릭한다. 그러면 주소 전체가 선택되어 파란색 블록이 만들어진다. 그다음 ②[cmd]라고 입력한 후 ③[엔터] 키를 누른다.

📑 해당 프롬프트는 [학습자료] – [책 속 프롬프트 목록] 파일 참고

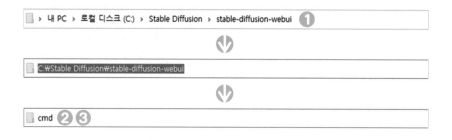

cmd 창이 열리면 글자 맨 끝에 [git pull]을 입력한 후 [엔터] 키를 누른다.

그러면 현재 web UI에 대한 정보를 빠르게 보여준 후 다시 처음 cmd 창이 열렸을 때와 같은 글자가 나타난다.

계속해서 글자 끝쪽에 [git fetch --all --tags git]을 입력한 후 [엔터] 키를 누른다. 그러면 다음과 같은 짧은 메시지가 나타난 후 다시 초기 상태의 글자가 나타난다.

마지막으로 글자 끝쪽에 [git checkout]을 입력한 후 한 칸 띄고 [우측 마우스 버튼 또는 Ctrl+V] 키를 눌러 앞서 복사한 커밋(Commits) 번호를 붙여넣는다. 그다음 [엔터] 키를 누르면 해당 버전으로 업테이트된다.

```
C:\Stable Diffusion\stable-diffusion-webui>git fetch --all --tags git
fatal: fetch --all does not take a repository argument

C:\Stable Diffusion\stable-diffusion-webui>git checkout 68f336bd994bed5442ad95bad6b6ad5564a5409a
Note: switching to '68f336bd994bed5442ad95bad6b6ad5564a5409a'.

You are in 'detached HEAD' state. You can look around, make experimental
changes and commit them, and you can discard any commits you make in this
state without impacting any branches by switching back to a branch.

If you want to create a new branch to retain commits you create, you may
do so (now or later) by using -c with the switch command. Example:

  git switch -c <new-branch-name>

Or undo this operation with:

  git switch -

Turn off this advice by setting config variable advice.detachedHead to false

HEAD is now at 68f336bd Merge branch 'release_candidate'

C:\Stable Diffusion\stable-diffusion-webui>
```

새로운 버전이 업데이트되면 [cmd] 창을 닫고 스테이블 디퓨전 [Webui-user] 배치 파일을 실행한다. 그러면 [cmd] 창에 Version: v1.5.1이라고 나타날 것이다. 이와 같은 방법을 활용하면 새로운 버전으로 간편하게 업데이트(하위 버전으로 다운데이트도 가능)할 수 있다.

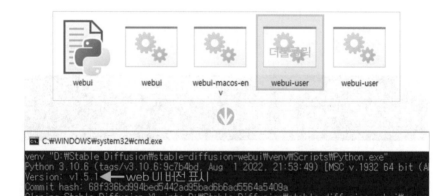

✓ 업데이트가 되면 실행된 스테이블 디퓨전 web UI 하단에도 버전이 표시된다.

web UI 버전 표시

🔆팁&노트

스테이블 디퓨전 web UI 자동 업데이트하기

스테이블 디퓨전(SD)의 모델들이 빠르게 업데이트되는 것처럼 SD web UI도 빠르게 업데이트되고 있다. 만약 SD가 업데이트될 때마다 매번 업데이트해 주는 것이 번거롭다면 다음과 같은 자동 업데이트 방법을 활용할 수 있다. SD가 설치된 폴더로 들어간 후 [webui-user] 배치 파일에서 [우측 마우스 버튼] – [편집] 메뉴를 선택한다.

메모장이 열리면 맨위쪽에 [git pull] 명령어를 입력한 후 메모장을 저장해 준다. 그러면 이후부터는 스테이블 디퓨전 web UI가 업데이트될 때마다 자동으로 업데이트된다. 만약 PC 환경 문제로 업데이트가 되지 않을 경우에는 앞선 방법으로 업데이트해야 한다.

SDXL 1.0 설치하기

SDXL 1.0은 두 개의 기본 체크포인트와 하나의 VAE(옵션)를 다운로드받아 각각의 폴더에 설치(갖다 놓기)해야 한다. 먼저 [stable-diffusion-xl-refiner-1.0] 모델을 다운로드받기 위해 [학습자료] 폴더에서 ❶[stable-diffusion-xl-refiner-1.0], [stable-diffusion-xl-base-1.0], [stabilityai-sdxl-vae] 3개의 바로가기 파일들을 실행한다. 그

다음 열린 허깅 페이스 웹사이트에서 sd_xl_refiner_1.0의 ❷[LFS] 버튼을 눌러 다운 로드한다. 이어서 ❸[sd_xl_base_1.0]도 다운로드해 준다.

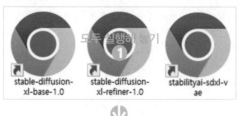

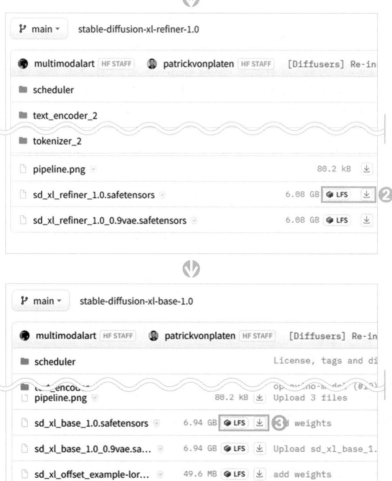

☑ base와 refiner의 차이 base 모델은 전체적인 구도를 설정하는 역할을 하며, refiner 모델은 보다 자세한 디테일을 추가하는 모델이다.

계속해서 [sdxl_vae] 파일도 다운로드받는다. sdxl_vae 파일은 반드시 받아야 하는 파일은 아니지만 SDXL의 품질을 제대로 확인하고자 한다면 사용하는 것을 권장한다.

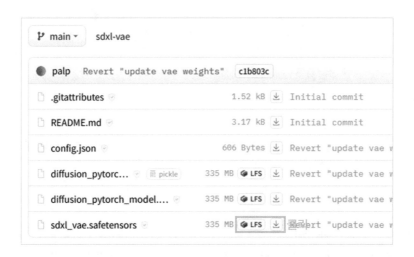

다운로드받은 3개의 파일들을 각각 해당 폴더에 넣어주기 위해 먼저 [refiner]와 [base] 파일을 ❶[stable-diffusion-webui] - [models] - [Stable-diffusion] 폴더에 넣어 주고, [vae] 파일은 ❷[models] - [VAE] 폴더에 넣어준다.

☑ SDXL 1.0 관련 파일들이 각각의 폴더에 설치되면 스테이블 디퓨전을 실행한다. 이미 실행된 상태라면 재실행하거나 체크포인트를 새로 고침하여 인식하도록 한다.

SDXL 1.0 사용하기 (Base)

이제 SDXL 1.0을 사용해 보기 위해 ❶[체크포인트]를 ❷[sd_xl_base_1.0]으로 선택한다. 전환되는 시간이 다소 걸린다.

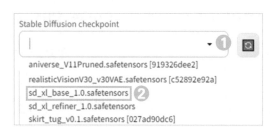

일단 모든 옵션 설정은 기본값으로 사용한 상태로 다음과 같은 [**프롬프트(네거티브 프롬프트 포함)**]를 작성한다.

🔖 해당 프롬프트는 [학습자료] – [책 속 프롬프트 목록] 파일 참고

『/prompt: a pretty girl with wet hair and a Floral embroidered sundress with a sweetheart neckline, photorealistc, stream, smile,soft smooth skin, rain, classic beauty, pretty aquiline nose, very thin, wild water, shoulder-length hair, polaroid color photo, 16mm film live soft color 』

『/Negative prompt: ng_deepnegative_v1_75t 』

계속해서 이번엔 샘플링 메소드(Sampling method)를 실사(사진) 느낌으로 표현해 주는 [DPM++ 2M SDE Karras]로 설정한다.

이제 가장 중요한 크기를 [1024 x 1024]로 설정한 후 이미지를 [**생성**]해 본다. 결과는

SDLX 1.0 다운 이미지가 생성되었다. 그것도 마치 미드저니에서 생성한 이미지처럼 보정까지 한 결과물이다. SDLX 1.0은 1024 x 1024로 학습된 모델이기 때문에 변형된 크기에서는 정상적인 결과물을 기대하기 어렵다.

☑ 6GB VRAM의 한계 필자는 두 배로 커진 SDXL 1.0를 위해 기존 RTX 2060_6GB VRAM에서 RTX 3060_12GB VRAM 그래픽 카드로 교체하였다. 이렇듯 최고 품질의 결과물을 얻고자 한다면 그에 걸맞는 작업 환경을 구축해야 한다.

SDXL 1.0 사용하기 (Refiner)

한 단계 더 진보된 리파이너(Refiner)는 베이스(Base)에 잠재된 노이즈와 같이 품질을 저하시키는 요소들을 정제하여 보다 정교한 고품질 이미지를 생성할 수 있는 모델이다. 하지만 아직(2023. 9월)까지는 SDXL 1.0의 refiner는 스테이블 디퓨전 web UI를 지원하지 않는다. 다음은 리파이너 모델을 통해 생성된 이미지들이다. 보이는 것처럼, 생성된 이미지들의 모습은 정상적이지 않은 것을 알 수 있다. **앞서 베이스 모델에서 사용된 프롬프트를 그대로 사용한 결과물이다.**

☑ SDXL 1.0에서의 컨트롤 넷 SDXL 1.0은 아직 컨트롤 넷을 지원하지 못한다. 그러므로 컨트롤 넷을 사용하기 위해서는 다른 모델을 사용할 수밖에 없다. 물론 현재 진행형이기 때문에 조만간 SDXL 1.0에서도 컨트롤 넷을 사용할 수 있게 될 것이다.

그렇다면 리파이너 모델을 사용할 수 없나? 물론 향후 SD webUI에서도 리파이너 모델을 정상적으로 사용될 수 있도록 지원을 해줄 것이다. 하지만 좀 더 기다려야 한다. 하지만 만약 지금 즉시 리파이너 모델을 사용하고 싶다면 **컴피 유아이(Comfy UI)**를 사용해야 한다.

컴피 UI(Comfy UI)의 모습

컴피 유아이는 스테이블 디퓨전의 웹 유아이(webUI)와 같이 인공지능 모델들을 사용하여 이미지를 생성해 주는 프로그램이지만, 컴피 유아이는 위 그림처럼 노드(Node) 기반의 작업 환경으로 되어있어 직관적인 웹 유아이보다 디테일한 설정이 가능하다. 물론 직관적인 UI에 익숙한 사용자에게는 접근성이 떨어지는게 사실이다. 하지만 이보다 더 좋은 결과물을 얻기 위해서는 반드시 넘어서야 할 과제이다.

지금까지 생성형 AI 빅3에 대한 학습이 모두 끝났다. 처음 시작하는 비전공 독자들에게 많은 정보를 주려다 보니 생각보다 훨씬 많은 지면을 할애하였다. 물론 이게 끝이 아니라 본 도서에서 다루지 못한 것들은 별책부록 [생성형 Ai 빅3 외전]에서 다룰 것이다. 이 두 가지 책을 통해 AI를 이해하고 이를 통해 스스로 발전해 나가길 바란다.

· 추가: 별책부록_"생성형 Ai 빅3 외전"의 [컴피 UI를 활용한 이미지 생성] 참고

{ 에필로그 }

어떻게 활용할 것인가? [질문하고, 그림만 생성하는 사람들에게...]

이 책을 쓰기 전에 나는 AI라는 단어밖에 모르는 건어치였다. 하지만 지금은 자타가 인정하는 AI 전문가가 되었다. 이렇듯 시작은 누구나 아무 것도 없이 시작하는 것이다. 책을 쓰면서 AI에 대한 놀라움에 경의를 표했지만 결국 이것을 이용하고 해석하며 감동을 느끼는 주체는 바로 우리 인간임을 느꼈을 때 온 몸에 전율을 느꼈다.

●●● 왜 여태 나만 몰랐나? 챗봇에서부터 음성 인식, 이미지 분석, 자동 번역, 게임 개발에 이르기까지 인공지능은 우리 일상의 많은 부분에 스며들고 있다. 더 나아가 의료, 금융, 제조 등 다양한 산업 분야에서도 혁신을 주도하고 있다. 인공지능은 단순한 기계가 아닌, 학습과 성장이 가능한 도구다. 이를 통해 우리는 더 빠르고 정확하게 일을 수행할 수 있으며, 더 복잡하고 창의적인 문제를 해결할 수 있다.

●●● 질문과 그림만 잔뜩 만들면 뭐 하나? 생성형 AI는 장난감이 아니다. 실무 능력 향상 및 수익 창출은 인공지능의 진정한 가치를 발휘하는 방법 중 하나이며, 또한 고객 서비스의 품질을 높이고, 디자인 및 마케팅 분야에서 혁신을 가져올 수 있다. 생성형 Ai는 비즈니스 성장과 경쟁력 향상을 위한 강력한 도구이다. 이것을 제대로 활용하면 기업은 물론 개인도 얼마든지 수익을 창출할 수 있다.

이 책은 여러분에게 AI에 대한 호기심과 흥미를 넘어 놀라움을 선사할 것이다. 하지만 이 책은 그저 시작일 뿐이다. 이 책을 통해 여러분이 가지고 있던 능력을 세상에 펼칠 때, 비로소 이 책의 임무를 완수한 것이다. 인공지능의 세계는 이런 여러분을 기다리고 있다.